七班阅读

花火
魅丽文化
花火工作室

喜欢你，没道理

公子衍 著

江苏凤凰文艺出版社
JIANGSU PHOENIX LITERATURE AND ART PUBLISHING

图书在版编目（CIP）数据

喜欢你，没道理 / 公子衍著 . -- 南京 : 江苏凤凰
文艺出版社 , 2020.11
ISBN 978-7-5594-5180-4

Ⅰ . ①喜… Ⅱ . ①公… Ⅲ . ①长篇小说 - 中国 - 当代
Ⅳ . ① I247.5

中国版本图书馆 CIP 数据核字 (2020) 第 179405 号

喜欢你，没道理

公子衍 著

责任编辑 张 倩
特约编辑 黄 欢 周 周
装帧设计 安柒然
内页设计 郭 颂
出版发行 江苏凤凰文艺出版社
南京市中央路 165 号，邮编：210009
网 址 http://www.jswenyi.com
印 刷 湖南天闻新华印务有限公司
开 本 880mm × 1230mm 1/32
印 张 10
字 数 278 千字
版 次 2020 年 11 月第 1 版
印 次 2020 年 11 月第 1 次印刷
书 号 ISBN 978-7-5594-5180-4
定 价 40.80 元

CONTENTS

目录

C O N T E N T S

目 录

第一章 好好学习

八月，烈日炎炎，空气黏腻又闷热。

孤儿院门口。

保养良好的中年妇人哭得眼眶通红，站立不稳，娇弱的身躯被她的丈夫薛晟搀扶着：“这就是我们可怜的女儿？”

薛晟也红了眼眶，点头道：“嗯。”

薛晟跟妻子叶俪青梅竹马，婚后一直很恩爱。怎料女儿却不慎丢失，找了十八年。他原本都不抱希望了，可惊喜来得太突然，竟在孤儿院找到了。

薛晟看向朝着他走来的两个人，视线落在乖巧地跟在院长身后的女孩身上。

她戴着白色鸭舌帽，穿着一身干净的蓝色运动装。一头乌黑的秀发在脑后整齐地扎成马尾，瓷白的脸庞上五官精致，一双眼尾上挑的漂亮凤眸静静地看着他们，眼神迷茫，带着雾气。

跟情绪激动的薛晟二人比起来，她看起来有些……太平静了。

薛晟微愣。

两个人走近，院长将女孩推到前面：“薛先生、薛夫人，这就是薛夕。”

院长又对女孩开口：“夕夕，这是你的父母，他们来带你回家。”

薛夕听到这话，视线终于有了焦距，定格在叶俪身上。

叶俪的情绪激动，压抑又期待地看着薛夕，嘴唇哆嗦着想要相认，又小心翼翼怕她抗拒。

半晌，薛夕才缓缓开口："你好。"

她态度疏离，还带着一些漠然。

叶俪没察觉到异样，克制不住地紧紧抱住薛夕，放声痛哭起来："女儿，我终于找到你了！这些年你受苦了……"

柔软又温暖的身躯贴近，让薛夕身躯略僵。她不太适应这样的亲昵。可若将对方推开，她又有些不忍。

纠结间，薛夕瞥见男人给院长使了个眼色。两个人走得稍远些后，薛晟用自以为她听不到的声音小声询问："院长，夕夕……这里不会……"

薛晟指了指头。

院长急忙开口："没有，薛夕很聪明，超级聪明，是我们院里出了名的天才。这孩子痴迷于学习，对人际交往方面的事情反应会慢半拍。"

天才？

薛晟不以为意，只要不傻就好。

他松了一口气，等叶俪平复了情绪后，几个人便上车回家。

薛夕透过车窗静静地看着外面。杂乱的街道上，孤儿院那扇略有些老旧的大门，伴随着车子的驶离慢慢后退。直到车子拐了个弯，再也看不见，淡淡的不舍才后知后觉地席卷而来……

几个人都没看到，在他们走后，一辆低调的黑色路虎缓缓停在孤儿院门口。

车内坐着两个人。

司机扭头："向帅，我们来晚了一步。"

后座的男人坐得笔直，下颚轮廓坚毅。车内昏暗的光线让他近乎完美的五官被笼罩上一层薄雾。

此刻，他那双犀利的眼让人产生发自肺腑的惧怕，不敢与他直视。

向淮骨节分明的修长手指轻轻敲打了扶手两下，冷冷地提醒道："在外面换个称呼。"

司机急忙改口："是，老大。"

他摸不准这位的心思，又请示道："要不我们直接去薛家抢人？"

薛家虽然地位不低，是滨城的地头蛇，但跟这位也是不能比的。

可没想到男人略微停顿后回了一句：“不急。”

司机愣住，查了那么久才找到这个女孩，怎么现在老大反而不急了？

司机思索间，就听到向淮的命令：“她的事情，我会亲自跟进。”

几个小时后，车子到达滨城，进入薛家。

薛夕好奇地看着装修华丽的独栋别墅，被叶俪牵着手进入大门，陌生的环境让她有几分茫然。

刚进门，刺鼻的酒精喷雾便扑面而来。

用人孙嫂拿喷壶对着薛夕一通乱喷。头发花白的老太太在旁边指挥：“头发，还有鞋子，哪里也不能落下……”

薛夕下意识地捂住眼睛，叶俪则快速挡在她身前，惊呼：“妈，你干什么？”

薛老夫人撑着耷拉的眼皮，语气刻薄：“不知道孤儿院里收留的都是什么野孩子，万一带进来细菌和病毒可怎么办？”

叶俪又心疼又愤怒地喊道：“妈！”

薛老夫人上下打量着薛夕。女孩看着挺乖巧，垂着眸，长长的睫毛在脸颊上洒下一抹剪影，长得挺好看，但木然得像是没听出她话里的讽刺。

薛老夫人眼里透出浓浓的嫌弃：“你看她呆头呆脑的，不会是个傻子吧？你们查清楚了吗？找了十八年都没找到，一封莫名其妙的邮件你就确定了？”

薛晟的态度很严肃：“妈，我查过DNA（脱氧核糖核酸）了，她的确是我的女儿。这种话以后不要再说！还有，她不傻。”

薛晟说完，指着薛老夫人对薛夕介绍道：“夕夕，这是你奶奶。”

薛晟又指着老太太身边那个长相娇艳明媚，年纪跟薛夕差不多的女孩：“这是你二叔家的，你的堂妹，薛瑶。”

薛老夫人一改对薛夕的态度，慈祥地拍着薛瑶的手背：“瑶瑶，你离她远点，她脑子有毛病，别传染给你了。”

薛瑶面上挂着得体的笑：“奶奶，你可真会说笑话。”

她的脚步却往后退了一步，用手捂住鼻子：“大伯母，你快带堂姐去洗个澡吧。”

嫌弃的样子尽显。

叶俪急忙看向薛夕，本以为女孩会伤心难过，可映入眼帘的却是一脸平静，似乎根本没听到两个人说的话。

叶俪心中一酸，带着薛夕就往楼上走："夕夕，你爸爸还要去办你转学的事情，我先带你上楼休息。你的房间是我亲自设计装修的，时间匆忙，我也不知道你喜欢什么样的。你先看看，如果有不喜欢的，之后再调整。"

叶俪的举动像是往薛夕如古井般幽冷的心中注入了一丝暖流。可推开房门看到里面的情况后，叶俪愣住："这是怎么回事？"

宽大漂亮的房间里，用人正在忙碌地整理着。床上堆着一些衣服，但薛夕明明才刚到……

这时，薛瑶走了进来："大伯母，奶奶说让我住这间，你们去别的房间吧。"

薛瑶挑衅地看了薛夕一眼。

薛瑶原本住的房间其实也不错，可看到叶俪为薛夕准备的公主房时，她嫉妒了！都是薛家的女儿，凭什么这个乡巴佬可以住这么好的房间？

叶俪皱眉："这不行……"

叶俪的话还没说完，薛老夫人趾高气扬的声音便传来："怎么不行？不就是一间房吗？给妹妹又怎么了？"

叶俪微愣。

叶俪知道薛老夫人一直看不上她这个儿媳妇，所以在家里委曲求全，想要安稳度日，可事关夕夕……

叶俪鼓足勇气反驳："妈，这是我专门给夕夕准备的，您不能这么偏心……"

薛老夫人再次强势地打断她的话："我怎么偏心了？瑶瑶学习好，人又聪明，今年开学后就上高三，也是高考的关键时期。这个房间采光好、隔音好，给她住那叫物尽其用。至于这个傻子，一个从乡下来的，住哪儿不一样？给她随便找个房间好了。"

叶俪还想坚持，薛老夫人的脸色一沉，拔高音量训斥道："这个家到底谁做主！"

叶俪的话被堵住。

薛家目前是由老爷子当家，管理着偌大的公司。虽然薛晟已经开始接替老爷子的工作，但家里的事情老夫人拥有绝对的话语权。

叶俪败下阵来，委屈地攥紧拳头："夕夕，我带你去别的房间。"

薛夕点头。

住在哪里对薛夕来说都一样，只是……

薛夕慢悠悠地看向薛老夫人："学习好就可以住得好？"

她的声音和人一样，给人一种淡漠到极致的感觉。

薛老夫人一愣："什么？"

薛夕收回视线，又恢复了漠然。两秒后，她回道："没什么。"

直到薛夕跟着叶俪进入另一个房间后，薛老夫人都没回过神来。

刚才她的那句话是什么意思？

第二天。

滨城国际学校，高三实验一班，围着一群看热闹的学生。

"那是新来的转学生吗？"

"听说是薛家丢了十八年，最后在乡下孤儿院里找回来的孩子。"

"乡巴佬呀？听得懂我们的外教课吗？"

"上得了我们的舞蹈课吗？还有钢琴课，她摸过钢琴吗？"

一片嘲讽声中，有一道不和谐的声音发出惊呼："不过她长得还挺好看。"

众人看向教室的最后一排，正在看书的女孩。

薛夕乖巧听话地坐着，葱白的手指拿着一套《黄冈密卷》。一头漆黑的秀发整齐地扎成马尾，露出白皙饱满的额头。黑白色校服穿在她身上，硬是透出一股书卷气。她没有表情的脸庞上，一双漂亮的凤眸静静地看着试卷，眼睛里雾气缭绕。

旁边的几个男生简直看直了眼。

能在国际学校读书的大部分是豪门子弟，他们见惯了各种明星美女，可像薛夕这么漂亮的，实在少见。

见男生们一副没出息的样子，有一个女生突然声音尖锐地开口："薛瑶，你堂姐怎么都不理人，这么傲吗？"

薛瑶听到这话，瞥了一眼身边英俊的男生，目光闪了闪："你别这么说，我堂姐只是反应迟钝。她初来乍到，学习上可能还要请大家多帮帮忙。"

"反应迟钝？那就是傻子了！"

"怪不得看着又呆又木！"

学习委员也不满地道："是学渣就别来我们实验班啊，今天开学就有摸底考试，她拉低了全班平均分可怎么办？"

一班是整个学校的精英班，能进入这个班级的学生个个傲气得很。

"她这样为什么还要来我们一班？"

不知是谁忽然提了一句："该不会是为了范瀚吧？"

话落，大家齐刷刷地看向校草范瀚。

圈子里都知道，薛家和范家有个娃娃亲，典型的豪门联姻。但因为之前薛家大小姐丢了，婚约就默认给了薛瑶。

现在薛夕回来了，该不会是要将范瀚给抢回去吧？

有人戳了戳范瀚的肩膀："你真的要跟一个傻子订婚吗？"

范瀚的心情越发烦躁，下巴紧绷，若有所指地嘲讽道："我怎么可能喜欢一个又木又呆的花瓶？"

那个人顿时兴奋起来："那你是要退婚吗？"

"砰！"

班主任老刘忽然走进教室，将卷子摔在桌上，打断了他们的对话。四十多岁的男人眉头皱成一个"川"字，他训斥道："一个假期，看把你们野的！说个没完没了啊？先说好，摸底考试班级后十名打扫一周卫生！现在，你们立刻把桌子收拾干净。学习委员，发卷子！"

教室里瞬间传来窸窸窣窣的声音。

学习委员将卷子分成几份，从第一排往后传。

坐在薛夕前面的同学将卷子传给她："喂！"

两秒钟后，薛夕才抬起头来，像是根本没听到大家的议论，平静地接过卷子，埋头答题。

范瀚拿着试卷，一个字也看不进去。烦躁的他拧着眉头往后看。

这是数学考试，大家都在草稿纸上写写算算，薛夕却直勾勾地盯着题目，十秒写一个答案，有规律得很。不到十分钟，她就已经写到第三页了……

半个小时后，薛夕竟然站起来交卷。

范瀚的眼里出现浓浓的嫌弃之色。

她这是在乱写吗？呵。

薛家将薛夕送到高三的班级，只是为了混一个毕业证好送出国吧。转一圈后就好像很了不起似的。

这一招，豪门里只给那些没出息的纨绔子弟用。范瀚最讨厌这种一无是处的人了。

坐在讲台上监考的刘老师也是一阵头疼。

薛家大小姐，据说高中课程是自学的，脑子还有问题。学校把这么一个学渣安排到他的班级里，不能打也不能骂的，真让人糟心！

现在，薛夕才半个小时就交了卷，这是直接放弃了？

老刘叹了一口气，反正监考也无聊，干脆就批一下吧。他低头，发现卷子很整洁，选择题、填空题都直接写上答案，也不知道能猜对几道……

第一题选 C，对了。

第二题是 B，又对了，运气这么好？

第三题……

第四题……

刘老师看着看着，忽然有点蒙了。

薛夕慢悠悠地下楼。

从小过目不忘的她，痴迷于学习各种知识和技能。或许人有所长，就必有所短，她在感情和人际交往方面反应就比较迟钝。

但薛夕不傻。

同学们对她的恶意，她都感受到了，所以做完那张对她来说过于简单的卷子后，她就先行离开了教室。

薛夕出了教学楼，外面的热浪扑面而来。她的脚步顿了顿，有点后悔交了卷。

学校离家有段距离，薛家每天都会派车接送她和薛瑶上下学。中午来回走太浪费时间了，所以她们就在学校食堂用餐。

但现在刚十点半，食堂还没开门……

薛夕那双雾蒙蒙的眼睛往外看了看，决定在学校外面逛一逛，熟悉一下周边的环境。

跟学校隔着一条马路的是一排排破旧的老房子。

薛夕跨越马路，漫步在安静的小巷子里。

两边临近街道的全是“底商”，各种文具店、衣服店，还有小饭馆。

但这个时间还太早，除了早餐店，大部分还未营业。

薛夕走了一会儿，感觉有些口渴。她随意扫了一圈，发现只有前面一个店铺开着，于是闷头走了过去。

无论什么店，应该都有水卖吧？

店铺内。

高大的男人视线冰冷地扫过货架，面色阴沉，周身笼罩着濒临暴怒的气息。

旁边的陆超讨好地说道："老大，是您让我随便在这里安排一个店铺，方便您就近观察。做个店老板是委屈您了，可您也不能生气呀……"

向淮瞥了陆超一眼。

陆超邀功般地继续说："我还专门考察了一下，这周围卖吃的、穿的一大把，人们吃饱喝足后总要谈一场恋爱呀，那就用得上我们了！

向淮强忍着把这个人一脚踢出去的冲动："所以，你开了一个成人用品店？"

陆超点头："指不定我们生意红火，还能赚点零花钱呢！"

向淮语气凉凉地道："你觉得高中生会来买这种东西？"

向淮的话音刚落，只听门口风铃"叮"的一声，穿着校服的薛夕闯了进来。

薛夕进入的这个店铺外面看着普通，里面竟然足有一百多平方米，像是超市一般竖立好几个货架，上面摆满了东西。

这么大的店里没人购物，只在靠近门口的柜台边上站着两个男人。

其中一个有两颗小虎牙的应该是店员，正在讨好地笑，似乎是惹怒了另一个人。

被惹怒的男人穿着黑裤子、黑衬衫，低着头，短发半遮住犀利的眉眼。他一只手插在口袋里，另一只衬衫袖子略挽起，露出冷白消瘦的小臂，骨节修长的手指随意地搭在柜台上，看着就不太好惹。

而此刻，这两个人都盯着薛夕看。尤其是"小虎牙"的笑都僵在了脸上，像是看到了什么怪物。

薛夕愣了愣，觉得有点莫名其妙。

足足过了十秒以后，房间里诡异的气氛才被打破。那老板语气有点不对劲：“买东西？”

声音倒是很好听。

薛夕停顿了两秒，点头：“有矿泉水吗？”

“有。”

男人对“小虎牙”命令道：“去拿。”

“小虎牙”这才回过神来，打了个响指，转身屁颠屁颠地往角落里的冰箱走去。

很快，一瓶矿泉水被放在柜台上。

薛夕低着头打开钱包，询问：“多少钱？”

薛夕面前忽然一暗，那瓶矿泉水被男人递到面前。他的声音从头顶传来，低沉中带着磁性：“小朋友，不要钱。”

薛夕愕然抬头。

男人比薛夕高了足足一个头，此时略弯腰，那张精致漂亮到嚣张的面庞离她仅有几厘米。他那幽深的棕色瞳孔深不见底，让人心里发怵。

这个人很危险，要离他远远的。

薛夕后退一步，就在这时，她的脑子忽然恍惚起来，胸腔里有一股热流划过，像是有什么东西苏醒了。随即薛夕的胸口处又蓦地蹿上一股痛意，就像是被什么东西狠狠地戳进去搅动。

薛夕痛得弯下腰，额头上冒出冷汗。这时她的耳畔隐约出现呢喃声，像是从很远的地方传来，又像是近在咫尺：“不靠近他会死……不靠近他会死……”

痛感在快速加重，薛夕很快就痛得无法呼吸了。心像快要被捏碎的痛感让她清醒地意识到，这不是在开玩笑。

靠近谁？他又是谁？

就在这时，薛夕的胳膊被一只大手握住，她抬头对上那个冰冷男人打量的眼神：“你没事吧？”

难道是他？

薛夕眼前一阵阵发黑，在即将疼晕过去以前，反握住男人的手——

“我有钱，也很能打。”

“跟我做朋友，我罩着你。”

薛夕的心绞痛伴随着这句话，竟然真的缓解了一些。

果然有用。

薛夕重重地松了一口气。

“嘶！”旁边有倒吸凉气的声音传来，“小虎牙”惊讶地瞪大眼睛，见薛夕看过来，忙摆手：“别管我，你们继续。”

这个世上竟然有人不怕死地敢握他老大的手？

陆超眼里燃起熊熊的八卦之火，兴奋得想尖叫。他恨不得拿起手机，给其他人来一场现场直播！谁能想到老大会遇到这种情况呢？

再有钱，能有老大有钱？

再能打，能比老大能打？

这女孩是察觉到他们在监视她，所以才故意来羞辱人的吧？不知道老大会怎么处置她，是将她直接绑走，还是……杀了她？

店铺里一时间鸦雀无声。

薛夕的胸口处还一阵阵抽痛，但已经不会影响她的思考了。

面前这个男人一看就不是什么普通的良好公民，身上那一股子戾气是混道上的？这家店铺如此凄凉，肯定不怎么赚钱，所以有钱也很能打，这两个条件应该足够吸引他吧？

薛夕想得很明白。

虽然薛夕还没搞清楚那道声音是怎么回事，但只是握个手又不会少块肉，先保住命再说。

可男人迟迟没回应，他双眼微眯，平静无波的眼里透出一抹惊讶。

就在薛夕想着如果他不同意，再去找别人能不能来得及时，男人终于缓缓开口：“向淮。”

薛夕慢慢瞪大了眼睛。

向淮继续说：“你新朋友的名字。”

薛夕的疼痛感突然全部消失，身体的轻松让她有些恍惚，就好像刚刚的一切都只是幻觉。

她呆愣愣地站在那里，直到向淮将矿泉水放到她手里，低沉的嗓音如有魔力地说道：“小朋友，你该去上学了。”

薛夕离开了店铺，炙热的阳光再次照到她身上，她慢慢回头看向这个店铺。

刚刚的事情是在做梦吗？还是这个男人对她做了什么？这一切到底是

怎么回事？

学校里的放学铃声传来，打断了薛夕的思路，她这才茫然地迈开脚步往学校走去。

店铺内，陆超溜到向淮旁边：“老大，虽然您一表人才、帅炸天，可她明显这么莫名其妙、不怀好意，您怎么就这么答应了？您该不会真被她的外表迷惑了吧？”

向淮淡淡地扫了陆超一眼，陆超顿时站直身体，吓得闭上了嘴巴。

薛夕在学校食堂吃过午饭，下午又全是考试。

最后一科考试，薛夕照旧提前交卷，在楼下发呆一个多小时。等薛瑶也考完以后，两个人才上了薛家的车。

司机李叔跟着薛晟好几年，对薛夕爱屋及乌，见她上了车就一直沉默着，关心地问道：“大小姐，今天在学校怎么样？”

薛夕慢慢侧头看向外面，回道：“还行。”

“扑哧！”旁边的薛瑶忍不住低笑出声，随即又若有所指地开口，“堂姐，第二天就会出成绩和排名哦！”

薛瑶说完，用眼角的余光打量薛夕。

女孩侧头看着窗外，眼睛里依旧像是蒙了一层雾，安静得很。她像是没听到薛瑶的话，令薛瑶心里忽然升起一股烦躁。

车子回家时经过那条街道时，薛夕忽然发现中午去的那家店铺匾额上写着三个字：夜来香。

一个疑问忽然升起：这个店铺是卖什么的？

车子开得不慢，从店门口一晃而过。带着疑惑的薛夕没看到，店里柜台处，懒洋洋地坐在那里的向淮似乎若有所觉，看过来，双眸中有犀利的光芒在闪烁。

一路上，薛夕都在思考这天发生的诡异事情。

薛夕葱白的手指轻轻捂住胸口，一向没什么表情的眼里透出几分迷茫。下午在学校时，她的身体没有任何异常。

可上午的那一场疼痛，现在想来还有些触目惊心。

不靠近他会死……到底为什么会这样？

直到回到家，薛夕也没理出什么头绪来。她心不在焉地正打算往楼上走时，身后传来薛瑶惊喜的声音：“范伯父、范伯母！”

薛夕的脚步微顿，这才发现家里来了客人。

薛老夫人面带笑容地坐在客厅的沙发上，叶俪却失魂落魄地坐在她旁边，此刻眼眶通红，明显刚刚哭过。

三个人对面则坐着一男一女两个中年人，女人先对薛瑶笑了笑，视线落在薛夕身上，将她上下扫了一遍后轻轻地撇了撇嘴，语气里带着轻浮：“这就是夕夕吧？长得倒是标致……”

薛夕顿了顿，还未开口，薛老夫人便哼了一声：“对，从小在孤儿院长大，没什么家教，连喊人也不会，呆呆的。哪里像我们家瑶瑶，从小就机灵懂事，勤奋好学。”

薛夕果断地闭上了嘴巴。

薛瑶露出甜美的笑，小跑着坐在老夫人身边，撒娇地挽住老夫人的胳膊，亲昵又讨好地询问：“伯父、伯母，你们怎么来了？”

两个人顿时露出尴尬的神色，没说话。

倒是薛老夫人不甚在意地开口：“来讨论两家的婚约！你马上也快过十八岁生日了，等过了生日，就给你和范家小子……”

“妈！”话语忽然被叶俪打断，“这婚约是夕夕的，您不能这样！”

薛老夫人耷拉着眼皮，语气严肃：“范家和我们家是至交，当年定了婚约，也是为了两家能同心协力，关系更进一步。你如果非要让薛夕嫁过去，这不是害了范家吗？那就不是结亲，是结仇了！”

叶俪猛地站起来，委屈地喊道：“夕夕嫁过去怎么就是结仇了？”

叶俪觉得很难过，自己辛苦找回来的女儿竟然被人这么嫌弃。

薛老夫人却一点儿也不觉得自己过分：“既然你这么问了，那我就把话说清楚。范瀚有多优秀，我们都知道，从小到大，方方面面都是第一，未来可期。而薛夕呢？她一个呆子怎么配得上范瀚？他们有共同语言吗？”

“范瀚跟她讨论学术上的问题，她回答得上来吗？范瀚去参加宴会，她会跳舞吗？她会弹钢琴吗？她什么都不会！两个人在一起，说出去就是个笑话！”

“我们瑶瑶一直很优秀，她跟范瀚在一起才叫郎才女貌、金童玉女。”

叶俪被堵得说不出话来，嘴巴张了张，还想说什么，薛老夫人却没给她开口的机会，反而看向薛夕：“薛夕，你怎么想的？”

这话一出，客厅里的几个人都看向薛夕。

面对这或打量、或得意、或担忧的眼神，薛夕拧了拧眉。

虽然才回来一天，可薛夕已经搞清楚了这个家的状况。

偏心的奶奶，软弱却真心待她的妈妈，还有那个充满恶意的堂妹，范家这两个明显看不起她的长辈……有点烦人啊。

至于那个范瀚——上课时，她有注意到这个人，哪有这群人说得那么优秀。不说其他，就单论长相，比起店铺里的男人，都差远了。

薛夕漂亮的大眼睛里闪过一丝不耐，慢慢地说道："就这样吧。"

说完，薛夕淡漠地收回视线，往楼上走去，只留下一客厅的人面面相觑。

这姿态，怎么好像薛夕并不怎么稀罕范瀚？

范夫人皱起眉头，心中略有些不悦。

半晌，薛老夫人笑了："既然薛夕有自知之明，那这件事就这么定了！我们来讨论一下孩子们订婚的事吧？"

气氛徒然放轻松。

这种情况，薛瑶不适合待在现场，她站起来："那你们聊，今天堂姐可能考得不太好，才半个小时就交了卷，我去看看她需不需要帮忙。"

薛瑶羞涩地跑上楼前，也没忘记给薛夕穿小鞋。

叶俪绷住下巴，看向范母，果然见对方眼里闪过一丝不屑。她急忙解释道："孤儿院里只有九年制义务教育，高中的课程夕夕没学过，不会也正常，我正想着给夕夕请个家教……"

薛老夫人嗤笑一声打断了她的话："请家教有用吗？我看也是浪费钱，还不如多给瑶瑶买件衣服……我们薛家的孩子都很聪明，这孩子这么呆，有你们家的基因，指不定将来也是个神经病！"

叶俪顿时羞红了脸，攥紧了手指，眼里闪过一抹恼怒。

叶家……父亲原本是个大学教授，可前几年突然得了精神病。从那以后，本就不喜欢她的老夫人没少对她冷嘲热讽，现在还咒她的女儿……

叶俪"噌"地站起来："妈，您怎么说我都没事，但您不能这么说夕夕！"

"啪！"

薛老夫人年纪虽大，但速度一点儿不慢，一巴掌狠狠地扇在叶俪的脸上，打断了她的话："反了你了！当着客人的面竟然敢跟我顶嘴！现在我们要讨论瑶瑶的婚事，没你什么事，给我滚上去，别在这里丢人现眼！"

叶俪的脸颊火辣辣的，难以置信地看着老夫人。

半晌，她捂着脸跑上楼。

薛夕住的房间虽然不如叶俪装修的那间精致漂亮，却也足够宽敞明亮。

薛夕将书包随意地扔到书桌上，随即躺在床上，两只手背在脑后，盯着随风飘动的浅紫色纱帘发呆。

或许是在孤儿院长大的原因，薛夕从小就没什么野心，唯一的喜好就是学习。

薛夕对知识有着一种近乎病态的渴望，可平时能接触到的东西都太浅了，高深的内容只有高等学府才会有。

所以，薛夕的目标是考上最好的大学。

只不过，她还要等一年。

薛夕思索间，楼下传来一阵躁动。

想到叶俪还在楼下，薛夕起身打开房门，刚好看到上楼的叶俪。

叶俪的脚步顿住，下意识地侧过脸去，不想让女儿看到自己这副模样。可她从薛夕身边经过时，却被扣住手腕。薛夕的眼神很犀利，声音很冷："你……脸怎么了？"

叶俪心中一酸，差点儿哭出声来。可她还是急忙低头，捂住肿起来的脸颊，强忍着哽咽开口："没什么，夕夕，我的腮红涂多了，你……你回房间吧。"

薛夕静静地看着叶俪，半晌，淡淡地"哦"了一声。

就在叶俪松了一口气时，薛夕却绕过她径直下了楼。

叶俪的瞳孔一缩，急忙跟在薛夕身后："夕夕、夕夕……"

客厅里的几个人听到动静，齐刷刷地扭头看过来。

薛夕直接走到薛老夫人面前，依旧面无表情，大大的眼睛看着有点呆，但说话的声音很冷："为什么打她？"

薛老夫人莫名一愣，有那么一瞬间，她感觉这个女孩的气场惊人，可很快她就回过神来。

只不过是一个跟瑶瑶同岁的小女生而已，刚刚肯定只是错觉。

她稳稳地坐在沙发上，仰着头，冷笑道："她给我们家生了个傻子，丢光了我们薛家的脸面，我只扇她一巴掌还算轻了！"

此时叶俪已经追了过来，护在薛夕面前："妈，夕夕不傻！"

"不傻？"老夫人嗤笑，"不傻能这样？叶俪，你也别觉得委屈，我不求薛夕能跟瑶瑶一样优秀，只要她的成绩跟瑶瑶不差多少，我绝对对你客客气气的，把你当祖宗一样供着！"

叶俪哆嗦着嘴唇，说不出话来。

"不用。"

薛夕忽然开口，定定地看着薛老夫人，视线从范家夫妻身上扫过，凉凉地道："如果我的成绩比薛瑶好，你给我妈道歉就行。"

说完这句话，薛夕便带着叶俪上楼了。

直到两个人消失在楼梯上，薛老夫人才再次回神。对上范母打量的视线后，她嗤笑道："就她，还想成绩比瑶瑶好？下辈子吧！"

薛夕带着叶俪回到自己的房间，关上门，刚回头，就见叶俪两眼含泪，感动地握住薛夕的手："夕夕，你刚刚喊我'妈'了？"

薛夕僵住，没什么表情地"嗯"了一声，带着淡淡的疏离和尴尬。

虽然薛夕知道父母不是故意抛弃自己，也对叶俪没什么抱怨，可毕竟十八年没见，突然冒出来这么一个妈，让她有几分不自在。

叶俪见薛夕这样，也没逼她，只是低下头絮絮叨叨地说起来："夕夕，是妈对不起你，当初生下你后没看好你，让你被人偷走了……"

叶俪哽咽起来："我跟你爸爸找了这么多年，好不容易让你回家了，却还因为妈妈没本事，让你跟着我受委屈。"

薛夕看着叶俪哭泣有点无所适从，略有些慌乱地拿出纸巾递给她，然后就只呆呆地站在那里。

等了一会儿，叶俪终于哭够了，缓和了情绪后才觉得有点不好意思。

叶俪将纸巾放下，红着眼睛挤出一抹笑。

女儿的维护让叶俪心里温暖，可一想到刚刚的事情，又怕薛夕压力大，于是反过来安慰她："夕夕，你不要有压力，也别听你奶奶说的那些话，成绩并不能代表一个人是否优秀，知道吗？"

薛夕茫然地点点头。

叶俪又继续劝道："在妈妈眼里，无论你怎么样，都是最好的。我只希望你能平平安安、快快乐乐地度过一生。夕夕，为了你，我也会慢慢坚强起来的，你放心！”

薛夕：“哦。”

薛老夫人这一巴掌力气不大，红肿在薛晟下班回来时已经消退。薛晟没发现，叶俪也没提。

等吃过晚饭，两个人躺下以后，薛晟才叹了一口气：“都怪我不如老二会哄妈开心，委屈你们了。你再等等，以后我带你和夕夕搬出去住。”

叶俪突然开口：“我要重新开始画画了。”

叶俪以前是个画家，可孩子丢了后，她整个人就废了，这么多年都没动过画笔。而现在，夕夕回来了，为母则刚，她要振作起来。

老夫人会这么欺负她们，还不是因为她爸妈只是教授，她又没收入。

天亮了，一夜无梦的薛夕醒来时觉得胸口有点闷。她没在意，洗漱后下楼吃了早餐，上车就往学校去。

距离学校越近，她身体的不舒服就越明显，心像是被一只无形的手握住，在慢慢收紧……

直到车子从“夜来香”店铺前缓缓驶过时，薛夕胸口的疼痛猛地加重。

薛夕下意识地喊道：“李叔，停车！”

车子猛地停下，薛瑶的身体晃了晃，坐稳后忍不住开口：“姐，今天出成绩，你该不会为了躲避要逃学吧？”

薛夕根本没理薛瑶，快速下了车，跌跌撞撞地往“夜来香”走去。

趁着还能思考的时间，薛夕忽然萌生了一个想法。难道必须靠近那个男人才可以？换个人不行吗？

这个念头让薛夕停下脚步，随便拽住旁边经过的一名男生。见他穿着校服，头发被染成红色，她都没看清楚对方的长相就直接询问：“同学，可以牵我的手吗？”

男生一脸茫然。

薛夕此话一出，疼痛不仅没有缓解，竟然变得越发严重。

没用。

薛夕加快脚步，推开“夜来香”的店门。在看到坐在柜台后的那道高大的身影后，疼痛再次疾速缓解。

这说明，薛夕必须靠近向淮。

薛夕扶着门框，定定地看着前面。

所以，这件事跟向淮有关？那她是被他下了毒，还是被他下了蛊？世界上怎么会有这么奇幻的东西？

在薛夕发呆的时候，向淮缓缓抬起头来。

店铺里冷气十足，向淮依旧穿一身黑衣，拿着一本书，悠闲地坐在那儿，面上没什么表情。他将视线轻飘飘地落在薛夕身上，低声询问："小朋友，你来干什么？"

薛夕默了默："想要靠近你。"

两个人四目相对，一时无言。

店铺里足足安静了半分钟。

向淮低笑出声，那笑声像是有魔力一般环绕在薛夕耳朵边，她的脸颊慢慢红了。

薛夕没话找话："你这店是卖什么的？"说完她看向货架。

向淮垂眸："杂货铺。"

向淮昨晚临时让陆超换了店里的东西。

薛夕有些疑惑："我昨天来的时候，货架上全是小盒子，那是什么？"

"呃……"

向淮慢悠悠地放下书本，身体前倾，一本正经地回答："气球。"

薛夕缓缓在脑海中打出一个问号。

杂货铺进那么多气球干什么？

但薛夕没多问，总觉得这个杂货铺跟她之前见过的杂货铺不一样，就连名字都很特别，夜来香……杂货铺？

薛夕没再说话。

她根本不认识向淮，这才是第二次见面，她更不知道该怎么去靠近一个男人。

可薛夕不说话，胸口处的钝痛就会慢慢加重。见向淮悠闲地看着书，完全没开口的意思，她纠结了一会儿，只能再次找话题询问："小虎牙呢？"

小虎牙？

向淮挑眉，她指的是陆超？

小朋友取名字的方式挺独特啊？

向淮冷白修长的手指在柜台上敲了敲："买早餐去了。"

正在这时，陆超拎着早餐从门口走进来："老大，吃饭了！"

看到薛夕，陆超先是一愣，随即"嘿"了一下算是打招呼，接着便将买的早餐一一摆放到旁边的桌子上。

向淮站起来，他足有一米八几的身高给整个房间带来一种压迫感，让房间显得有点逼仄。

向淮走到餐桌前，随口询问："一起？"

薛夕眨了眨眼睛。早上醒来就不太舒服，导致她早餐也没吃好。况且薛家的早餐是西式的面包、牛奶，从小在孤儿院里吃惯了包子和粥的她有点不习惯，所以也没怎么吃。

薛夕想了想，点头："好。"

陆超看到小姑娘坐在老大对面，悠然自得地拿起一个包子吃起来，惊呆了。

还没见过谁能在老大面前这么自在的？这个小女孩不简单啊！

薛夕一边吃包子，一边不着痕迹地打量着对面的人。

男人吃东西的动作很快，不显粗鲁，反而透着优雅。薛夕吃一个包子的时间，这个人已经吃了三个……

薛夕加快速度，等吃完早餐，胸口处的疼痛也完全消失了。她拿起餐巾纸擦了擦嘴巴后站起来，询问："我可以走了吗？"

向淮慢条斯理地抬起头，深棕色的眸子里闪烁着碎光，锋芒内敛："你随时可以走。"

薛夕微顿。

这个男人身上全是神秘和危险的气息，让人看不透，更猜不到他的企图。但至少从目前看来，这个人还算平和，没有恶意。

从昨天到现在，薛夕产生过好几个想法。

薛夕考虑过报警。可她要怎么对警察说呢？

"这个男人不知道对我做了什么，让我必须靠近他。"别说警察不信，她都不信，恐怕会被人当成一个疯子！

思来想去，薛夕最终决定暂时按兵不动，看看他到底要干什么。

而昨天下午和晚上一切正常，直到早上才开始胸口疼，这难道说明她每天都要来见他一面，跟他握个手什么的？

薛夕询问道："我第二天再来？"

向淮眉毛一挑，嘴角微勾："随你。"

薛夕出了店铺，往学校走去。

教室里闹哄哄的，刚过完暑假的同学们哪怕被昨天的考试摧残过，也个个兴致勃勃。

"昨天的卷子好难！数学题我竟然好几道都不会！"

"感觉题目超纲了吧？范瀚，你觉得题目难吗？"

早就坐在第一排的范瀚听到询问，坐直了身体，优越感十足地回应："还行吧。"

"看来你考得不错，学霸就是学霸啊！"

在众人的感叹中，薛夕走进教室。

逆着光的女孩身形高挑，秀发乖巧地扎在脑后，瓷白的脸颊上是一双大大的凤眸，带着一丝雾气。

长得漂亮的女孩就像是发光体，吸引了所有人的注意力，就连范瀚都忍不住多看了几眼。

这个小动作被薛瑶捕捉到了，她压下眉眼里的厌恶，大大咧咧地开口："薛夕，你昨天的数学考得怎么样呀？"

薛夕顿了顿脚步，看向薛瑶。

不知道怎么回事，薛夕明明没什么表情，那淡漠的模样却像是看透了自己的小心思，让薛瑶不自觉地移开视线。

薛夕收回眼神，往自己的座位上走，只留下轻飘飘的两个字："还行。"

还行？

范瀚嗤笑出声，见所有人都看过来以后，他下巴微抬："华夏文化真是博大精深。"

他的还行，是谦虚，是肯定。

而某人的还行，呵……

大家都听出了范瀚的潜台词，顿时大笑起来："也是，范瀚是考不到满分就是还行，薛夕是能考个六十分就还行吧，对自己的要求也太低了，哈哈哈——"

办公楼，高三数学办公室。

伴随着铃声，一班班主任老刘抱起数学试卷准备往外走。这时，有其他班级的老师询问："老刘，听说你们班有个考满分？"

老刘脚步顿了顿，笑得脸上的皱纹都起来了："对。"

那个老师感叹："这次考试可是超纲了，就为了给那群兔崽子一个打击，让他们收收心好好学，那张卷子很难的。你们班范瀚真是牛！这次你们班平均分又是年级第一吧？"

老刘正准备说些什么，旁边二班班主任李老师却开口了："一班实力的确强，可架不住有人拖后腿啊！"

李老师是个三十几岁的女人，笑道："刘老师，你们班那个转学生考得怎么样？"

老刘听到这话，顿住脚步："李老师，我听说校长本来是打算让薛夕去你们班的？"

提起这件事，李老师心里十分得意。

高三有两个实验班，一班和二班，年级前一百的尖子生都是随机分配，两个班竞争很激烈。

当初薛夕转学时，薛家只要求进实验班。校长一开始是打算安排在她班上的，毕竟那个女孩有点问题，女老师会好沟通一点。

但李老师坚决拒绝，推给了老刘。

凭什么范瀚那种常年占据年级第一的给了老刘，这种问题少女就给她？

而且有薛夕在，也能拉低一班的平均分，这次二班的数学肯定是第一了吧？

李老师这么想着，便开了口："对呀，我们班人满了。"

老刘却一扫刚接收薛夕时的忧愁，笑呵呵地说道："那我可谢谢你喽！"

说完，老刘就哼着小曲从李老师身边走过。

李老师愣住了。

旁边有老师已经跑到老刘的办公桌旁，当看到他统计出来的成绩单时，惊呼了一声："这次考满分的，竟然不是范瀚？"

李老师听了这话，心里顿时产生了一种不好的预感："是谁？"

老刘进入教室时，上课铃声还未响起。

他将厚重的卷子放在讲台上："课代表发一下卷子！"

教室里顿时安静下来，薛夕坐在最后一排，看见同学们都抻长脖子。等课代表陆续将卷子发下来后，一阵窸窸窣窣中，叹息声、惊喜声不断在各个角落响起。

课代表周振斯文但瘦弱，戴着一副厚重的眼镜。他走到薛瑶身边，将她的卷子递过去。

有人好奇地询问："多少分？"

薛瑶看了一下分数，语气里带着轻松和骄傲："一百二十七分。"

"题目这么难竟然能考这么高？"

薛瑶装出一副谦虚的样子："哪有，跟范瀚比起来我还是差一点。"

"怎么能跟范瀚比呢？他可是从小数学联赛拿奖拿到手软的人！不过你跟他真是天生一对，成绩都这么好……"

听着周围的惊叹声和赞美声，薛瑶像是早已经习惯，下巴微抬，不自觉地看向最后一排。

薛瑶假惺惺地开口："周振，快看看我堂姐考了多少分？"

周振在卷子里翻了翻，没看到薛夕的，却先看到了范瀚的。他急忙抽出来，准备递给范瀚……

这时，讲台上的老刘开口了："这次数学考试，全年级有且仅有一个满分，就在我们班！"

"哇！"

"范瀚这分数也太牛了吧？"

在众人的惊叹声中，范瀚默默地松了一口气。

其实昨天考试他有几道题把握不准，现在看来全对了……

"范瀚，恭喜你啊！你真是太厉害了！"

耳边传来薛瑶的恭贺声，范瀚勾起嘴角看向她。

昨天回家后被告知，婚约换成薛瑶，范瀚当时就松了一口气。他这样的人，就应该最优秀的女孩才配得上他！

一百二十七分……嗯，勉强可以吧。

这时，范瀚眼前一晃，周振将卷子放到他的桌子上。

范瀚下意识地看向分数栏，随即笑容僵在脸上，一百三十八分？这是怎么回事？拿错卷子了吧？

就在他们疑惑时，大喘气的老刘说了下一句话："让我们恭喜薛夕同学！她的数学知识非常扎实，这次考试题目很难，她的成绩出乎意料！比第二名范瀚整整高了十二分！”

这话落下，整个教室里的人就像是被按了暂停键，瞬间鸦雀无声！

足足两秒后，大家才齐刷刷地扭头看向最后一排的女孩。

范瀚错愕地瞪大眼睛，难以置信地扭头。就见女孩缓缓抬起头来，原本没有焦距的瞳孔慢慢定格在他的身上。随即女孩缓缓勾起嘴角，扯出一抹意味深长的浅笑。她嘴唇动了动，无声地开口：“还行。”

范瀚的脸瞬间火辣辣，宛如被人狠狠地扇了一巴掌！

旁边的薛瑶同样僵住了，满脑子只有一句话——怎么会？怎么可能？

“下课！”

老刘卡着下课的时间点讲完卷子，离开教室。

他前脚刚走，教室里后脚就炸开了锅。

“吱！”

椅子拉动的声音响起，薛夕的前桌转了个身，人跟得了软骨症似的靠在薛夕的桌子上：“喂，薛夕是吧？我叫秦爽！”

女孩一头粉红色的头发，脸上的妆容比较夸张，像是二次元里的人物。她嚼着口香糖，说完这句话顺势吹了个泡泡。

薛夕好奇地看了她一会儿，回应：“你好。”

见薛夕回应，秦爽掏出手机，小嘴叭叭的：“现在我们学校的贴吧里都在讨论范瀚的第一是不是保不住了！哈哈，我早就看范瀚和薛瑶那两个人不顺眼了，那头扬得跟天鹅似的。不就是成绩好点吗，有什么好傲的？”

薛夕：“哦。”

自来熟加话痨，这是她对秦爽的第一印象。

秦爽一点儿都不介意薛夕漠然的回应，自顾自地说道：“我听说范家觉得你成绩差，所以跟你退婚了？那你能拿总成绩第一吗？这样才能狠狠地打他的脸！”

她还很八卦。

第二章 天天向上

下一节是语文课，薛瑶身为课代表拿到卷子后，第一反应就是查薛夕的成绩。当她看到上面的数字后，整个人松了一口气。

薛瑶刻意走过来，打算将卷子发给薛夕，刚好听到秦爽的这句话。

于是薛瑶开口了：“范瀚可不仅仅是数学好，他每科成绩都很棒。”

说完，薛瑶将薛夕的语文卷子递给她：“一百零二分，堂姐，你偏科这么严重，一科就跟范瀚差了三十分，这样还妄想第一？别做梦了！”

“啪！”

秦爽的口香糖再次吹破一个泡泡，她歪着头看向薛瑶：“薛夕考不考得过范瀚我不知道，但分数肯定比你高，你骄傲个什么劲？”

薛瑶被堵得一噎，半晌后才反唇相讥：“身为倒数第一，你当然骄傲不起来。”

“不。”秦爽笑呵呵地说道，“我倒数第一，我骄傲。”

薛瑶气呼呼地转身离开。

昨天考试，老师们连夜判卷，再各自统计。一直等到这天下午放学，总排名才终于统计出来。

成绩单被贴到前面的墙壁上，放了学的同学都挤过去看。

薛夕没去看，成绩这个东西对她来说并不重要。于是她拎着书包率先出了门。

教室里，范瀚和薛瑶都没走，边收拾书包边看着前面。两个人自恃清高，不屑跟一群人挤，却又格外想知道这次的排名。

等人都走得差不多了，范瀚才迈开脚步走过去。他的视线直接落在第一排最左边的位置，平时总是第一的他，此刻却换了一个位置。

范瀚愣住了。

旁边的薛瑶则快要疯了……

晚上六点半，车子驶进薛家大门。

车子才刚停稳，薛夕正打算推门下车，一道尖锐的声音就传过来："你很高兴？"

薛夕稍愣，却见薛瑶红了眼眶，眼睛里蓄满了泪水。她大喊道："假装自己是个傻子，让我和范瀚出糗，你满意了吗？"

薛夕十分错愕。这人脑子有病吧？

薛夕还没把这句话说出来，薛瑶就推开车门，哭着跑进了别墅。

等薛夕下了车，跟着进入客厅后，就听到薛老夫人急切的声音："瑶瑶，你怎么了？"

薛瑶没说话，哭着跑上楼，并反锁上房门。

薛老夫人在门外急得团团转："这是怎么了？好端端的哭什么……"

"对了，今天出成绩了，是不是薛夕看你考得好，嫉妒你、欺负你了？"

刚走进来的薛夕无语。

薛夕换了拖鞋正打算回房间，穿着一身紫色连衣裙，浑身透着几分文艺气质的叶俪从厨房走出来，看到她以后温婉一笑，并对她招了招手。

等薛夕走到餐厅，叶俪这才将手中一个精致的小碗递给她，又压低声音说道："夕夕，饿了吗？刚炖好的燕窝，加了蜂蜜和牛奶，你先吃一点。"

叶俪的态度让薛夕的眼神温和了许多，她接过来喝了一口，有点腥，但牛奶的醇香加上蜂蜜，余味回甘。

薛夕正打算喝完，一道训斥的声音从楼梯处传来："吃吃吃，就知道吃！没看到瑶瑶哭成那样吗？"

叶俪吓了一跳，身子紧绷，然后讨好道："妈，小孩子嘛，有点不愉快很正常，我陪您去劝劝瑶瑶……"

叶俪说完，绕过薛夕，正打算往楼上走。薛老夫人却停下脚步，耷拉着的眼睛不善地扫向薛夕。当看到她手中的碗时，眼睛瞪圆了，怒斥道：“谁让她吃燕窝的？这是给瑶瑶炖的！”

叶俪急忙解释：“妈，我知道，瑶瑶的还在保温呢。我今天炖了两份，一会儿就把另一份给瑶瑶……”

薛瑶每天要吃一份燕窝，这是她的习惯。

叶俪觉得都是薛家的女儿，给薛夕每天也吃一份是应该的。可没想到这话一出口，薛老夫人就怒了：“瑶瑶吃燕窝，是因为她每天学习都很累，应该好好补一补。就薛夕这个猪脑子，给她吃了也是浪费！以后不许给她炖！”

叶俪听到这话，惊呆了。

燕窝对于薛家来说是很日常的开销，有时候炖多了，还会给家里的保姆们吃一些。

她怎么也想不到，老夫人对薛夕竟然刻薄到如此地步！

薛夕看了看手中的燕窝，她对这些没什么追求，毕竟在孤儿院里时，只要能吃饱就行。

薛夕将碗放在餐桌上，就准备上楼。

这时，老夫人又站到薛夕面前：“还有，你说，是不是你把瑶瑶惹哭了？”

叶俪摆手：“怎么会，夕夕她……”

叶俪的话还没说完，就听到一个“嗯”的声音。她被打断了话，跟着薛老夫人一起看向薛夕。

薛夕干脆也不走了，似乎永远蒙着一层雾的眼睛直直地看向薛老夫人：“好像还真是。”

薛老夫人面露嫌恶：“我就知道是你！你个神经病，你说，你对瑶瑶做了什么？！她为什么哭？”

薛夕沉默了两秒后说：“或许是因为我的成绩比她好？”

“什么？！”

薛老夫人一愣，怀疑自己听错了。她的成绩比瑶瑶好？这怎么可能！

薛夕将背在身后的书包轻轻一拽，随即将书包里最终的成绩单递给薛老夫人。

薛老夫人下意识地接过来，上面是各科成绩——

数学：一百五十分

理科综合：二百八十八分

英语：一百四十分

语文：一百零二分

经常给别人炫耀薛瑶成绩的薛老夫人当然知道这些分数代表着什么，她难以置信地看向那个印象中“又呆又傻”的孙女。

薛夕的脚尖轻轻钩住餐椅腿，动作又帅又飒地一拉，椅子晃了晃，停在她的面前。接着她按着叶俪的肩膀让叶俪坐下，这才面无表情地看向薛老夫人：“现在，该你道歉了。”

道歉……

老夫人蓦地想到昨天女孩说过的话——

“不用。”

“如果我的成绩比薛瑶好，你给我妈道歉就行。”

薛老夫人涨红了脸，身子有几分颤抖。

让她给这个看不起的儿媳妇道歉？尤其还是当着家里保姆的面，不可能！

薛老夫人拧起眉头，忽然捂住胸口：“哎哟，哎哟……”

旁边的孙嫂配合地上前一步：“老夫人，您是不是心绞痛的老毛病又犯了，我扶您上楼去休息。”

“好……”

薛老夫人被孙嫂搀扶着，狼狈地逃离了餐厅。

之后一直到吃晚饭时间，薛老夫人和薛瑶才下了楼。

老爷子薛盛强终于忙完了一个收购案，回来一起吃饭，所以餐桌旁难得整齐。

薛夕坐在叶俪身边，第一次看见那个名义上的爷爷。

薛盛强属于比较保守的老人，哪怕七十岁，依旧声若洪钟，威严十足。他先将薛夕打量了一遍，之后就态度不明地点了点头：“回来了就好。”

他随即扫了一圈其他人，在看到薛瑶通红的眼睛时没说话，反而看向老夫人，淡声询问：“这几天，家里没事吧？”

老夫人回答：“没事。”

“你确定？”

老夫人一愣，有点儿不明所以。

薛盛强盯着她：“你是不是忘了给叶俪道歉？”

一句话让老夫人绷直了身体，似乎下一秒就要掀桌子。

薛盛强怎么会知道这件事？

老夫人攥紧拳头，只觉得一种前所未有的羞辱涌上心头。但是她不敢违逆老爷子，只能不甘地看向叶俪："那天……我不该打你。"

叶俪看着老夫人那怨恨的眼神，心中一惊。她知道，这次算是彻底惹怒了老夫人。

但她不能退缩，以前百般忍让是不想让薛晟夹在中间为难。可现在她有了薛夕，就必须挡在前面。

第二天一早，薛夕刚起床，叶俪就愉悦地来敲门："夕夕，你外婆来了！"

两个人下了楼，薛夕就看到一位头发花白的老太太，正拘谨地坐在客厅的沙发上。她穿着带古典韵味的对襟衣服，面上带着笑意，看着就很和善。

薛老夫人坐在对面，耷拉着眼皮子，一副看不起人的模样。

叶老太太宋文曼看到薛夕后激动地站起来，苍老却温暖的手掌用力地握住她的手，红着眼眶说道："好孩子，终于找到你了！"

叶俪向薛夕介绍："你外婆家不在滨城，本来打算周末带你去看望他们的，结果你外婆听说后就迫不及待先过来了！"

薛夕"哦"了一声，看向宋文曼，乖巧地喊道："外婆。"

"哎！"

三个人说着话，薛老夫人突然开口了："叶俪，家里的用人不知道你妈妈的口味，你亲自去给你妈沏杯茶。"

叶俪受宠若惊地点点头："好。"

叶俪往茶柜那边走过去时，薛老夫人瞥了孙嫂一眼，孙嫂对着她点了点头。

当薛夕迟钝地察觉到不对时，叶俪的惊呼声已经传来！

薛夕对人际关系慢半拍，动作却一点也不慢。

惊呼声刚起，薛夕已快速赶到，见叶俪站在那儿，不像受了伤的样子，她松了一口气，这才看到地上的半罐茶叶。

这时，薛老夫人的吸气声响起："叶俪，你闯大祸了！"

叶俪惊恐极了，结结巴巴地解释道："妈，我不是故意的。我刚打开茶柜，它就掉下来了。"

孙嫂摇头叹息："太太，你也太不小心了！"

薛老夫人似乎很急，骂道："你每天除了吃喝，还能干点什么？让你沏个茶，你都能捅出这么大的篓子！你知不知道，这是你公公特意买回来的，有大用的！"

叶俪愣怔地看着那些茶叶。

薛老夫人劈头盖脸地继续骂："没用的废物，现在哭丧着一张脸有什么用！你说你对这个家有什么贡献？连个儿子都生不出来，就是下不了蛋的母鸡！"

薛老夫人的话越说越难听。

薛夕皱眉，正要开口，一道厉喝声传来："刘桂华，你给我闭嘴！！"

宋文曼冲过来，直接挡在叶俪面前："身为豪门主母，你说的这是人话吗？！我们家叶俪从小诗词歌赋样样精通，嫁到你们这暴发户家里不是来受气的！"

暴发户……

薛夕惊呆了，外婆的骂人功底也不弱啊。

薛老夫人一噎，气势顿时矮了半截："她犯了错，我身为婆婆还不能说她两句了？"

宋文曼反驳："不就是一点茶叶吗？用得着这么大惊小怪？我去给你买回来不就行了！"

叶俪急忙拽了拽宋文曼："妈……"

薛老夫人却乐了，撇了撇嘴说道："一点茶叶？你知道这是什么茶吗？这可是武夷山大红袍！"

宋文曼直起脖子："只要有得卖，就总能买到。"

薛老夫人露出一副看好戏的表情："行，我可说好了，这茶是老爷子专门托人买回来的，这个周末要用。你们如果买不回来，就等着怎么给老爷子交代吧！"

说完这番话，薛老夫人扶着孙嫂的手就往餐厅走去，眼里闪过一抹幸灾乐祸的光。

昨天老头不是还罩着她吗？看她破坏了他的大事，老头怎么惩罚她！

等薛老夫人走了，宋文曼才察觉到不对劲："俪俪，我……"

叶俪急忙使了个眼色打断宋文曼的话，接着看向静静地看着她们的薛夕。有些事，她不想让女儿跟着担忧。

薛瑶已经吃过早饭了，正不耐烦地站在旁边：“走不走啊？”

叶俪勉强笑了笑，先去厨房拿了打包好的早餐递给薛夕：“夕夕，你先去上学。你外婆今天还不走呢，晚上再聊。”

薛夕看了看叶俪，“哦”了一声，就跟着薛瑶出了门。

等两个人走远后，宋文曼才低声询问：“刚刚那茶叶……”

叶俪苦笑：“妈，这茶仅剩的六棵母树，在十年前就被保护起来，不让采摘了，所以现在是有价无市。我公公这二两茶叶还是在拍卖会上，花了八十八万元高价才买到的，就是为了这个周末去给高老送礼，公司接下来的项目需要高老提携……”

高老是滨城最大的商业大亨，他爱茶，众所周知。

宋文曼听到这话，惊呆了：“八十八万元……才二两？”

叶俪再次看向地上的茶叶。

公公视这些茶叶如命，可现在即便再花一百万元也买不到了。

叶俪没想到薛老夫人竟然拿这个来污蔑她，她要怎么向公公交代呢？

薛夕照例在“夜来香”下了车，进入杂货铺。

坐在柜台后的向淮悠闲地抬起头，他似乎很喜欢穿黑色衣服，这天换了一件不同款式的衬衫，最上面的那颗扣子没扣，露出性感的锁骨，可那张坚毅的脸又充满禁欲的气息。

见薛夕进门，向淮站起来走向餐桌。经过薛夕身边时，他略低头：“小朋友，你迟到了。”

迟到了？

薛夕看了看时间，发现比昨天晚到了三分钟。

但现在胸口处的疼痛竟然没有那么剧烈，是因为她从出门开始就想着来这里，没有排斥见向淮？

薛夕带着这个念头坐在了向淮对面。

餐桌上，“小虎牙”早就将早餐准备好。三个人吃完，“小虎牙”收拾餐桌，薛夕喝完的豆浆放在她的左手边，“小虎牙”的在右边，懒得伸手来拿，就对薛夕说道：“把那个豆浆瓶递给我！”

薛夕的反应慢，停顿了两秒才去拿瓶子。可没想到的是，向淮见她没动，主动伸出了手。于是薛夕的手刚碰到瓶子，就被向淮握住了。

两个人同时僵住。

薛夕愕然地看向交握的两只手，男人的手掌很大，指甲干净整洁，掌心却很烫，炙热的温度似乎直接从她的手背蔓延到脸上……

薛夕急忙抽回手，带着些敌意地看向向淮。

这个男人又对她做了什么？让她的心跳都停了半拍。

薛夕板着小脸，拎起书包站起来：“我去上学了。”

却听到“啧”的一声，向淮两只手撑在餐桌上，略弯腰靠近薛夕：“小朋友，吃完就走？”

薛夕茫然起来。不走还干什么？难道他的意思是……

薛夕看着这无人问津的店铺，恍然大悟，她是应该照顾一下他的生意。

薛夕想到叶俪弄掉的茶叶，顺口问道：“你这杂货铺里有武夷山大红袍吗？”

刚出去丢垃圾回来的陆超听到这话，差点儿一个跟头栽倒在地上。

武夷山大红袍是在杂货铺里能买到的东西吗？

陆超正要开口，却见自家老大轻笑了一声：“有三两，够吗？”

薛夕点头。

叶俪弄掉的是二两，买三两回去应该没什么问题。

她询问道：“多少钱？”

市场价二两都要卖到八十万元，三两的话……

向淮深棕色的眸子闪了闪，给薛夕打了个折：“一百……”

“好贵！”

向来慢性子的薛夕惊叹了一声，让向淮将到嘴边的“万”字生生咽了下去。

在薛夕看来，孤儿院里院长喝的茶叶才十五元一袋，大红袍竟然要一百？

薛夕又看了看这凄凉的杂货铺。算了，溢价就溢价吧，他的生意也不好做。

薛夕从钱包里抽出两百，放在向淮面前：“不用找了，另外一百算饭钱。”

向淮向来沉稳的表情此刻都有要破裂的痕迹，但不过两秒就恢复了正常。他先是笑了笑，随即将两百元接过去，道：“茶叶在仓库里，你放学时来拿。”

“好。”

薛夕很干脆，转身就走。看到神色复杂的“小虎牙”时，她默默叹了一口气。

“小虎牙”肯定也觉得老板太黑心了吧？

但没关系。薛晟给了她一张银行卡，里面有十万元钱，她很有钱！

在可以接受的范围内，薛夕也不介意帮助一下向淮。况且他开心了，指不定她也能快点摆脱那个“不靠近他会死”的诅咒。

等薛夕离开后，陆超勾了勾嘴角，询问：“老大，仓库里哪有大红袍啊？”

仓库里只有第一天货架上摆着的那一堆小盒子！

向淮瞥了陆超一眼：“给小高打个电话，你去拿。”

陆超：“是。”

说完以后，陆超忍不住嘟囔：“老大，人家老高好歹也六十多岁的人了，您就不能喊老高吗？小高喊得……”

陆超对上向淮的眼神后，后面的话直接拐了个弯：“喊得您都显老了！”

向淮没理陆超，径直坐在柜台后，又拿起一本书看起来。

薛夕进入校门时，一辆奥迪刚好停在门口。

范瀚看着一闪而过的身影，一时间有点发愣，没下车。

亲自送儿子上学的范母没察觉到范瀚的异样，将憋了一晚上没说的话说出来：“这次只考了第二名是怎么回事？”

范瀚绷住脸，没说话。

范母吐槽道：“整个暑假你也没放松过，不可能考不好。是不是薛家那个傻子在考试那天纠缠你，让你考成这样？幸亏我们婚约换了人，否则，近朱者赤近墨者黑，跟那个傻子结婚，只会越来越差！”

范瀚压抑着即将爆发的情绪，烦躁地推开车门：“我去上学了！”

范母“哦”了一声，继续询问：“这次考第一的是谁啊？薛瑶吗？她拿一次第一也没什么。”

范瀚已经下了车，听到这话，他站定，慢慢地回过头，看着范母的他不知出于什么心理开了口：“是薛夕。”

“果然是薛……什么？”

范母愣住了。

范瀚收回视线，不明白自己这种突如其来叛逆的心思是怎么一回事，只是突然间有点厌烦范母的絮叨。还有，她去薛家退婚时，为什么不先跟他打个招呼？

第一节仍是老刘的课，身为班主任的他习惯多说几句关于纪律的问题。

最后，他点名："秦爽，昨天不是说让你把头发染回来吗？"

薛夕的前桌趴在桌子上，一副死猪不怕开水烫的样子："老师，染头发要钱的，我爸妈把我的银行卡扣了，要不你先帮我把卡要回来？"

老刘气得指着秦爽，半晌才叹了一口气，说道："大课间时，你，还有薛夕到我的办公室来一下。"

听到自己名字的薛夕疑惑地抬起头，喊她干什么？

两节课飞快地过去，薛夕也终于见识到自己这个前桌有多么让老师头疼。上课全程睡觉，睡够了就拿手机打游戏，老刘喊她回答问题，她直接说不会，去找别人吧……

第二节课的英语课老师直接放弃秦爽，全程没给她一个眼神。

两节课上完，大课间时，同学们去操场做操，活动身体，薛夕则准备往老刘的办公室去。

薛夕看秦爽依旧低着头打游戏，于是敲了一下她的桌子："你不去老师办公室吗？"

秦爽笑着回答："不去，老刘不会怎么样的。"

薛夕顿了顿，随即询问："那刘老师的办公室在哪儿？"

秦爽听了这话一愣，看到薛夕一脸的迷茫后，将手机锁屏后站了起来："算了，我带你过去吧。"

路上，秦爽充分发挥八卦的本性："老刘很怕老婆，每个月工资都要上交，到现在都是骑着一辆破旧的自行车上班……"

"哦。"

两个人进入办公室，走到刘老师面前。

老刘先对薛夕笑了笑："薛夕同学，你先等一下。"

然后老刘打开抽屉，从里面拿出一个用报纸包裹的东西。他一层层地打开，里面是一些零钱，有五块、十块……

老刘将钱塞到秦爽手中："我也不知道你们染头发要多少钱，这五百元应该够了吧？"

秦爽愣住，喃喃道："老刘，这是你藏的私房钱吧？你把钱给了我，就不怕我拿着去网吧打游戏？"

老刘笑道："钱给你了，你做什么都行。"

秦爽叛逆的眼神中出现一丝挣扎的情绪，最终她还是拿着钱离开：“行，那我现在就去上网！”

等秦爽走了，旁边有老师开口了：“刘老师，你理她干什么？她的父母都放弃她了，你还管……”

老刘叹息：“我再不管她，就更没人管她了。唉！”

说完以后，老刘才看向薛夕：“薛夕同学，我喊你来其实是想问问你，你想参加数学竞赛吗？”

数学竞赛？

薛夕呆了呆，一时间没回答。

老刘继续说：“数学竞赛考试的部分肯定都比较难，而且我们学校有系统的培训班，如果参加，你就要去上课学习比较深的知识……”

可以学习……

薛夕眼睛一亮，点头：“好。”

老刘递给薛夕一张报名表：“行，那你去填写一下这个报名表。再有一周，有一个非官方的数学之星邀请赛，可以去锻炼一下。然后每周一至周五的下午最后两节自习课，去阶梯教室那边的301进行竞赛培训。”

“好。”

薛夕走出办公室，就看见秦爽正靠在旁边的墙壁上低头玩游戏。见她出来，这才笑着开口：“走。”

直到回到教室，薛夕才反应过来，秦爽是在等她……

这时，教室里有人眼尖地看到薛夕手中的竞赛报名表，顿时惊呼道：“薛夕，你要参加数学竞赛？”

“我们班参加数学竞赛的，似乎只有范瀚……那岂不是以后每天的最后两节课，你都要跟范瀚一起去补习？”

这话一出，班级里瞬间鸦雀无声。

不知道过了多久，有人说了一句：“你不会是对范瀚还没死心吧？”

大家齐刷刷地看向薛瑶和范瀚。

感受到众人的视线，薛瑶坐直身子，笑着对范瀚说：“如果薛夕来纠缠你，怎么办？”

范瀚下巴微抬：“我们的婚约已经定了，不可能再更改。”

薛瑶顿时放下心来。她跟范瀚从小一起长大，一直保持着暧昧不清的好感。现在订婚的事情提上日程，她相信范瀚对那个呆子没有好感，也不会变心。

两个人的说话声不大不小，刚好能被周围的人听见。

有人阴阳怪气地开启了嘲讽模式：“即使考了第一名，也挽回不了范瀚的心呀。”

“我要是她，就离得远远的，怎么还这么不要脸地往范瀚身边凑……”

薛夕冷了眼，还未说话，秦爽就开口了：“有些人真是吃饱了撑的没事干，整天就盯着别人家那点破事！”

秦爽骂人的强调还挺好听。

说话的那几个人顿时闭上了嘴巴。

秦爽又看向薛瑶和范瀚，嗤笑一声：“有的人，脸真大！”

教室里没人再说话，论嘴皮子，谁也比不过秦爽。

薛夕见秦爽两句话便解决了麻烦，对她点点头表示感谢，走到自己的座位上。

秦爽却转身往外走。

班长询问：“秦爽，要上课了，你去哪儿？”

秦爽回头，嘴里的口香糖吹出一个泡泡：“网吧。”

薛夕微愣。

接下来的一整天，秦爽都没再回来。

时间很快到了下午自习课。

范瀚收拾了书本，准备去上补习课。

薛瑶也跟着站起来，她参加了物理竞赛，所以每天的这个时间点也要去补课，就在数学教室旁边的302。

她和范瀚走到门口，余光瞥见薛夕慢他们半拍站起来，也往他们这个方向走来时，又忍不住询问：“她要是缠着你说话，总不好不理人吧？”

范瀚沉默了，似乎也有些为难：“这倒也是……”

范瀚不自觉地放慢脚步，等薛夕慢慢跟上来时，两个人已经到了楼梯口。

就在他们纠结着要不要回应时，薛夕直视前方，视若无睹地从他们旁边走了过去。别说打招呼了，就连一个眼神也没给他们。

范瀚和薛瑶同时顿住脚步，莫名的尴尬弥漫开来。

薛夕到达教室后，发现来上课的总共只有十几个人。

薛夕找了个座位坐下，过了一会儿，老刘走进来，他先讲了几道竞赛题目，让大家自己刷题。之后才走到薛夕身边，给了她一张卷子："你先做一下，我摸摸你的底。"

薛夕点头，低头做起来。

范瀚坐在距离薛夕不远不近的地方，不自觉地注意着她的情况。

老刘给薛夕做的那套题目他做过，是当下竞赛的正常水准。

虽然只有三道题，却囊括了很多知识点，范瀚作为资深的数学竞赛者，这三道题全做对了。

薛夕做题很快，需要两个小时的卷子，她一个小时就答完了，这让范瀚心一沉。

接下来老刘现场判卷，并给出了答案：不及格！三道题全错！

范瀚听到这个结果，大大地松了一口气，一股优越感油然而生。

果然，数学考得好，并不代表竞赛就能考好。毕竟竞赛的题目很难也很复杂，对逻辑思维能力要求更高。

况且这次考试他的数学发挥失常，下次考试，他肯定能把第一名抢回来。

另一边，薛夕呆呆地看着卷子上的三个"×"，不解地询问："怎么会错了？"

老刘为了不影响其余同学，压低声音开口："你这三道题答案全对，但在正规考试时，所有人都会给你判错，你知道为什么吗？"

薛夕摇头。

老刘叹了口气："微积分是大学课程，你从哪儿学的？"

薛夕："自学的。"

老刘无声地惊叹了一下，然后解释道："高中数学联赛，考的是逻辑思维。换句话说，也就是必须用高中的知识点来解答这些问题。你的答案全对，但你的解题步骤超纲了，没用我们指定的知识点。"

薛夕抬起头来，一双雾蒙蒙的大眼睛委屈地看向老刘。还可以这样？

老刘安慰道："没关系，幸亏及早发现了问题，还来得及。我给你整理一些知识点，你看一下。"

说完以后，老刘又开口："有什么问题也可以请教范瀚。"

薛夕："哦。"

薛夕看向桌上的卷子。

这些题目薛夕以前从来没接触过，抛弃微积分等大学知识，似乎还真的有难度，可她感觉很有意思。

两节课很快上完，老刘宣布放学，薛夕收拾东西。

范瀚站在门口，视线不自觉地追随着薛夕的身影。

女孩的身形高挑单薄，脚步轻盈，脑后乖巧的马尾伴随着走路微微晃动，耳朵在夕阳的照耀下白得近乎透明……

薛瑶从物理班下课，就看到范瀚专注地盯着某个方向。她悄悄走过去，正打算戏弄一下他，可走到范瀚身边，顺着他的视线就看到了薛夕……

薛瑶的眉头蹙起，握着书本的手紧紧用力。

薛夕先到校门口，上车足足等了半个小时薛瑶才出来。她的脸色极其难看，导致车内的气压很低。

薛夕不以为意，让李叔将车停在杂货铺街边，她去拿茶叶。

装茶叶的盒子极其精致，说是古董也不为过。薛夕感叹："这盒子好漂亮，装茶叶可惜了。"

仍旧一身黑衣的向淮嘴角抽搐了一下："小朋友，听过'买椟还珠'吗？"

薛夕慢悠悠地抬起头，总觉得这人话里有话。

不过薛夕也没多想，毕竟一百块的茶叶怎么跟明珠比呢？

车子还在外面等着，薛夕不能多待，于是留下一句"第二天见"就离开了。

薛瑶早已等得不耐烦，见薛夕上了车，脸色更加阴沉："你怎么事这么多？磨磨唧唧的！"

薛夕没理薛瑶。

车子驶进薛家，刚停下，薛瑶就下了车，"砰"地用力关上车门，气冲冲地进入了大厅。

薛夕慢悠悠地带着茶叶下车。

还未进门，却看到门口旁边坐着一个熟悉的身影，头发花白，端庄知性，宋文曼？

薛夕疑惑地走过去询问："外婆，您怎么坐在这里？"

宋文曼满脸苦涩："夕夕，那个茶叶是真的买不到啊。我怎么这么无知，竟然放了狠话，我没脸进去……"

宋文曼在外奔波了一天。

她有几个学生在滨城，可大家都说整个滨城只有三两大红袍，还在高老那里。

宋文曼越问越绝望。

她被刘桂华嘲讽几句倒没什么，可叶俪得罪了公公，以后在薛家的日子肯定更难了！

薛夕想说什么，宋文曼又开了口："当年你妈要嫁给你爸的时候，我就不同意，这种豪门哪里容易生活？婚后刘桂华就对你妈各种看不顺眼，尤其是老二家的媳妇是门当户对的，你妈妈在家里的地位就更差了。"

薛夕好不容易找准空隙，说道："外婆，我……"

"后来你又丢了，你奶奶就更针对你妈。我劝她再生一个孩子日子会好过点，可这个傻子说什么也不同意，说这样对你不公平。"

薛夕愣了愣，胸口处涌上一股暖流，原来叶俪曾为她做到这种地步……这让她对叶俪的归属感和对"妈妈"这个词的认知感倍增。

"她就是个死心眼，什么事情认准了就一门心思往前扑。她以前多清高啊，那么多人追求她。可现在把她自己搞成这样子，我看着就心疼。"

宋文曼的眼眶红了："你爷爷现在已经回家了，而你爸爸去了邻省出差，今天肯定赶不回来，家里连个帮你妈说话的人都没有。不行，今天我就是拼了这条老命，也不能让你妈受委屈！大不了我就带我女儿回家！"

说完这话，宋文曼直接往大厅走去。

——外婆，您听我说句话行吗？

薛夕无奈地跟在宋文曼身后，快速将放进书包里的茶叶拿出来，塞到她手中。

宋文曼想看看这是什么，客厅里却传来薛老夫人的呵斥声："叶俪，你就是我们薛家的罪人！"

薛夕眉头微蹙，宋文曼也顾不上再说话，两个人加快脚步进入客厅。

保姆们都站在餐厅，抻长脖子往客厅那边看。

客厅里，薛老爷子和薛老夫人坐在沙发上，薛老爷子脸上阴云密布，而薛老夫人则是一副看好戏的表情。

叶俪站在他们两个人面前，被骂得抬不起头来，红着眼睛，眼泪滚落。

"你有什么脸哭？"薛老夫人继续骂，"除了哭，你还能干什么？叶俪，你知不知道这个项目对公司来说有多重要？”

叶俪无话可说，深吸一口气，抬起头来：“爸、妈，这次是我不对，我认罚。”

事情已经到了这种地步，再反驳也无用。

叶俪知道，薛老爷子最注重面子，上次帮她是因为薛老夫人那一巴掌做得太过分，有损薛家的体面，并不是他对自己有多么偏爱。

薛老夫人直接开口：“好，那就传家法！”

“家法”两个字一出，叶俪的身子抖了抖。

薛老夫人又继续说道：“叶俪啊，不是我针对你。犯下这么大的错，如果轻描淡写地揭过，薛家还有什么威信可言？老爷子，您对这个惩罚没有异议吧？”

薛老爷子蹙起眉头，点了点头。

他点头后，孙嫂便捧着早已准备好的戒尺慢慢地走过来。

在看到那宽大的尺子后，叶俪的瞳孔微缩，肩膀有些抖动。

这把尺子是精钢制造，打在身上生疼。薛晟说过，这把尺子打一下，就她这副身板，被打的部分能肿一个月！

薛老夫人的眼睛里迸射出亮光。昨天让她丢了的颜面，现在她就要找回来！

薛老夫人对孙嫂点了点头，孙嫂立马挥起尺子，就要对着叶俪的背部打过去。

“住手！”

宋文曼冲过来抱住叶俪，怒视薛老夫人：“这都什么年代了，竟然还请家法？你们这是私设刑堂，是违法的！你要是敢打我女儿，我就报警！”

薛老夫人耷拉的眼皮抬了抬，嗤笑道：“豪门世家谁家还没点规矩？亲家母，这是我们薛家的事，我劝你还是让开，免得误伤了你。”

宋文曼丝毫不惧，盯着孙嫂：“行啊，那你就对着我打，堂堂薛家欺负老弱，我看你们的名声怎么好听？”

薛老夫人下巴微抬，语气里带着鄙视：“行啊，你们家女儿娇贵，接受不了薛家的家风，那你就把你们家女儿带回去呗！”

宋文曼拽住叶俪：“走就走！叶俪、薛夕，跟我回家！”

叶俪沉默着没说话。

叶俪舍不得薛晟……薛晟是一个有些保守的男人，他不怎么管家里的琐事，但他是个好丈夫。

这些年，薛老夫人最多嘲讽她几句，没动真格地伤害过她，就是薛晟的功劳。

一边是亲生母亲，一边是妻子，薛晟能做到这样已经很不错了。

薛老夫人打叶俪那一巴掌，是这些年做得最过分的事。后来薛老爷子帮她撑了腰，这其中是怎么回事，薛晟没表功。但她知道，是薛晟给老爷子吹了耳边风。

再比如现在，家里的座机还有薛老爷子的手机一直在响，是薛晟因为距离太远赶不回来，在疯狂地打电话……

薛晟一直在用自己的方式默默地保护着她。

现在，女儿回来了，薛晟也处于要接替老爷子掌管公司的关键时刻。如果她回娘家，第二天就会传出薛晟离婚的传闻。

这对薛晟的名声很不好。

老二这么多年一直想要取代薛晟的地位，叶俪不能给对方这个机会。

想到这里，叶俪松开宋文曼的手："妈，我不走。"

宋文曼急得想打叶俪："叶俪！你怎么就这么倔呢！"

叶俪态度坚决，想说点什么，忽然看到宋文曼手中拿着的东西。她一愣，这种精致的小盒子，是装茶叶用的……

叶俪错愕地接过盒子打开，看到里面的茶叶后惊呆了："大红袍？"

情况突然转变，所有人都有点蒙。

薛老夫人本以为稳操胜券，可宋文曼真买到茶叶了？怎么可能！她直接大喊："这茶叶是假的吧？想要拿假茶叶来蒙混过关？"

薛老爷子上前一步，从一脸茫然的叶俪手中拿过茶，细细品了一下，难以置信地下结论："真的。"

而且只看盒子，就比他买的那个品质要好！

他惊讶地看向宋文曼，激动地询问："你从哪里买的？"

宋文曼根本不明白发生了什么，现在才反应过来，蓦地扭头看向薛夕。

夕夕只是一个高中生，身上也没钱，不可能买到这么贵的茶叶。

所以其实这是……薛晟买的？

这些年，薛晟在家里有重要场合时，总是会提前买好贵重的礼物给她送过来，为叶俪撑面子，也是提高叶家的地位。

这样的事情太多了，宋文曼下意识地觉得这肯定又是薛晟托人买好让薛夕给她，为她撑腰用的。

宋文曼很快回过神来，挺直腰板，看向薛老夫人道：“嗯，这茶叶可以吗？”

“可以！”

薛老爷子直接点头，拿着三两茶走到旁边，欣喜若狂。

周末去拜访高家，拿这个明显更上档次，盒子都不用换了！

薛老夫人仍旧难以置信：“你怎么可能买得到？”

宋文曼垂下眼帘，要多优雅有多优雅，高深莫测地说道：“不要小看大学教授，有句话叫‘桃李满天下’，哦，我忘了，你可能听不懂，需要我给你解释一下吗？”

画外音——我们叶家也是有人脉关系的，你可不能小看叶俪！

薛老夫人的脸瞬间涨得通红，气得身体都在发抖。

宋文曼就是有这种本事，平和儒雅地说着话，却能让人活活气死。

她不甘地看向叶俪，骂道：“这次算你运气好，以后在家里干活小心点！”

叶俪点点头。

一直旁边的薛夕见尘埃落定，于是放下心来。

想到老刘给她布置的数学作业，薛夕拎了书包，穿过众人淡定地往楼上走。上楼梯时，她突然停下脚步，看向薛老夫人，慢悠悠地说：“这茶叶别再放到茶柜里，免得谁再弄掉了。”

一句话点出问题所在，然后她既不管薛老爷子听到这句话后的沉思，也不管薛老夫人忽然的慌乱，径直上了楼。

进入房间后，薛夕关上房门，从书包里掏出卷子。

老刘说想要避免用超纲知识解答问题，唯一的办法就是搞题海战术，所以接下来她要疯狂刷题了。

薛夕进入学习状态后，楼下的嘈杂声、吵闹声、哭泣声，就被她屏蔽在外。

直到晚餐准备好，叶俪上楼来喊薛夕，她才茫然地回头：“啊？”

“吃饭了。”叶俪摸了摸薛夕的头，无奈地开口。

薛夕手下没停，算完一道题后才站起来：“哦。”

两个人下楼时，叶俪刻意开口：“老爷子要把孙嫂开除，老夫人硬保下来，罚了她两年工资，而且还不让她在房间里伺候，去后花园了。”

薛夕点了点头。

送礼的茶却放在家里日常喝的茶柜中，这很不合常理，肯定是老夫人搞的鬼。现在惩罚了孙嫂，以后家里的用人也就不敢小看叶俪了。

这一晚吃饭时，薛夕没抬头都能感受到来自薛老夫人和薛瑶的两道恶毒的目光。但向来迟钝的她没什么感觉，快速吃完饭又上楼去刷题了。

宋文曼想问薛夕一点什么，都没来得及开口。

第二天一早，宋文曼赶车回家，临走前询问叶俪：“你没问薛晟茶叶是在哪里买的吗？”

叶俪摇头：“昨天在电话里没说这件事，今天等他回家了我再问。”

“好。”

薛夕起床时，宋文曼已经离开。

反正周末都要去外婆家，所以她也没在意，照例在杂货铺下了车。

薛夕正要进入店铺，却见不远处的街道上，染着一头粉色头发，身上穿着校服的女孩正双手插在口袋里，脚下踢着石子走着。

秦爽？

或许是察觉到薛夕的注视，秦爽抬起头来，看到她后眼睛一亮，挥了挥手，正打算跑过来。却忽然看到什么，她急忙躲到一旁的小巷子里。

薛夕疑惑地回头，就看到了老刘。

老刘骑着一辆老旧的自行车，伴随着用力踩下去，车子发出“吱吱”的声音，晃晃悠悠的，像是下一秒就要散架。

天气有些热，老刘满头大汗地在附近寻找着什么。看到薛夕后，他伸直腿稳住车身：“薛夕啊，你看到秦爽了吗？”

薛夕下意识地往旁边的小巷子里看了一眼，没说话。

老刘却像是明白了什么，从口袋里掏出手绢擦了擦额头上的汗，这才说道：“唉，她昨天逃了一天的课，一晚上也没回家，我是担心她的安全。你要是见到她，就跟她说，头发不染回来也行，别躲了。”

薛夕：“哦。”

老刘声音这么大，是专门说给秦爽听的吧。

老刘“呵呵”一笑，看了一下杂货铺，开口：“你买东西吧，时间还早，别迟到就行。”

说完，他又蹬上自行车走了。

等老刘消失以后，秦爽才从小巷子里钻出来，走到薛夕面前。她看着老刘的背影，眼神有点飘：“老刘这车骑了七八年了吧，还有这身衣服，从高一时就见他穿着。我们学校工资不低，可他就是抠门。不过他们家也挺可怜，老婆摔断了腿不能上班，只有老刘一个人有收入……”

秦爽说着说着，声音低下来。五百元钱对于她这种家庭来说，也就一顿饭钱，可对于老刘……

秦爽沉默半晌，内心非常纠结。

薛夕询问：“你很喜欢粉色？”

“也不是。”

秦爽想说什么，可看到薛夕那干净的脸庞，到嘴的话咽了下去：“算了，说了你也不懂。”

她转身就走。

“你去哪儿？”薛夕追问。

秦爽背对着薛夕挥了挥手，没说话，那一头粉色头发在空中飘荡。

等秦爽走远后，薛夕才进入杂货铺。

早餐已经准备好了，薛夕进门后自然地坐到餐桌旁。和向淮、“小虎牙”三个人吃完早餐，她才猛地发现，不过三天，她竟然已经习惯了。

向淮竟然也没提出其他要求，难不成这个人给她下蛊就为了让她每天买点东西？

可昨天买了茶叶，今天又买什么呢？

薛夕想了很久，发现自己什么也不缺。毕竟叶俪心很细，什么都给她准备好了。

不等她想好，向淮疑惑的声音响起：“小朋友，你快迟到了。”

迟到……

薛夕急忙看了一下店铺里的时钟，还有五分钟就要响铃了。

她立刻拎起自己的书包往外跑：“我先走了。”

陆超看着女孩的背影，再慢慢看向自家老大。却见向淮整个人淡定地隐藏在昏暗中，再次看起了书。

陆超走过去，靠在柜台上，开了口：“老大，您什么时候回去啊？”

向淮："再说吧。"

陆超点头："对了，我昨天去找老高拿茶叶时，他侧面打听了一下您的行踪，今天又发消息询问你拿茶叶去干什么，我怎么回？"

这话一出，向淮沉默了一下。

在陆超以为对方的意思是不用回复时，向淮忽然低笑一声："聘礼。"

"啊？"

陆超蒙了，可很快又兴奋起来。

如果让老高知道，单身二十五年的老大有了未婚妻，还就在滨城，应该会惊掉眼球吧？

陆超回完信息，走到旁边的餐桌旁。他顺手将薛夕放下的一百元钱拿起来，正要塞进自己的口袋里，又听到向淮手指叩击桌面的声音。

陆超的身躯一僵，回头看见向淮直直地看着他。

陆超下意识地将那一百元递给向淮，看到他打开钱包，将一百元和昨天的那两百元放在一起后，又淡定地拿着书看起来。

两节课后的大课间，乖乖做完操回来的薛夕争分夺秒地刷着老刘给她安排的奥赛题。

这时，教室里忽然传来吸气声，随即鸦雀无声。

薛夕没在意，直到有人拉动了她前面的椅子，坐下时撞到了她的桌子，她才慢悠悠地瞥了一眼。

映入眼帘的是一头漆黑的墨发。

秦爽？

薛夕眨了眨眼睛，心里莫名有些喜悦的情绪在跳跃。

可话篓子秦爽蔫蔫的，有些心不在焉地趴在桌子上。她旁边的人则立刻将桌子拉远一点，就好像染回黑发的秦爽身上带着病毒……

第四节课是数学课，老刘进入教室，看到秦爽后顿时笑得满脸褶子："秦爽同学表现得不错！"

秦爽破天荒地没跟老刘怼两句，似有心事一般低着头。

薛夕发现，秦爽进入教室以后，整个教室里都笼罩着一层低气压。有几个人在小声议论，还对着秦爽指指点点，却没人敢跟她说一句话。

以前染着粉色头发的秦爽虽然也喜欢斗嘴，可跟班上同学的关系还不错……

第四节下课后，大家陆续往外走，准备去食堂吃饭。

薛夕刷完最后一道题，看到秦爽还趴在桌子上，于是站起来询问：“吃饭吗？”

教室里没走的几个同学齐刷刷地扭头，看着薛夕的眼神充满惊悚。

秦爽也没想到薛夕还敢跟她说话，她错愕地抬头：“你……”

秦爽忽然想到薛夕是转学生，不知道她的事，所以才这么横冲直撞吧。

秦爽苦涩一笑：“我不饿，你去吧。”

自己这种情况，还是别连累人家好学生了。

薛夕：“哦。”

情绪很淡的薛夕也不强求什么，自己去了食堂。

第三章 就是喜欢

吃完饭回来时，说不饿的秦爽仍旧趴在那儿，正在啃饼干、喝牛奶，似乎一副不敢出门的样子。

下午两节课上完，剩下的便是自习课，薛夕收拾了东西准备去上奥赛班。这时，有人喊了一句："秦爽，有人找。"

秦爽的身体颤抖了一下，但她还是走了出去。等她再回来时，脸上没有一点血色，苍白如纸，似乎很害怕。

薛夕想问她怎么了，需不需要帮忙。可秦爽根本没给她开口的机会，径直趴在桌子上，似乎是睡着了。

薛夕只好闭上嘴巴，抱着书本出门上课。

两节课很快上完，薛夕感觉还没刷几道题就到了放学时间。她无奈地收着卷子，就在这时，感觉面前一暗。

范瀚站在薛夕面前，眼里呈现几分犹豫，最后压低声音开口警告："你离秦爽远一点。"

薛夕疑惑地看向范瀚。

范瀚有点别扭，略抬了抬下巴，傲娇地开口："她不是什么好女孩，把头发染回来又惹上了大麻烦。总之，你别跟她走太近！"

范瀚说完，见薛夕用一双雾蒙蒙的大眼睛看着自己，不知怎么回事心里有些慌，急忙转身从教室走出去。

薛瑶此时已经等在教室外面，看到这种情况，凝眉询问："范瀚，她跟你说什么呢？"

范瀚略有些心虚，心情也有点乱："没什么。"

薛瑶一愣，没想到范瀚会这么敷衍她。她攥着手指，看着薛夕的眼里带上一抹厉色。

薛夕不明白范瀚为什么要来提醒她，但她也没多想，先回了教室，发现秦爽已经不在座位上了。

教室里只剩下值日生在打扫卫生，很快就扬起一层层灰尘。她拎着书包出了校门，正要上车时，却看见远处一道身影一闪而过，进入旁边的小巷子里。

是秦爽！

薛夕拧起眉头。

她向来感情淡漠，是不会多管闲事的。可一想到秦爽……她没有犹豫，打算直接往那边去。

她要去看看到底发生了什么！

她让李叔先回去，然后就往那边走了过去。

薛夕横跨马路后拐进小巷子里，外面嘈杂的商贩叫卖声瞬间像是被隔离在外，有种闹中取静的味道。

薛夕继续往前走了两百米的距离，终于听到前方拐角处传来动静。她拐了个弯，就看到了大概七八个人。

那一瞬间，薛夕眼前一片红。

那七个人穿着不同的校服，是不同学校的学生。女生的头发是粉色，男生的正红色短发则喷了足够的发胶，立起来，像是一簇簇火苗。

此刻，这群人正将秦爽围在中间——

"火苗一号"推了秦爽一把："谁让你把头发染黑的？"

"火苗二号"："秦爽，你是打算脱离我们吗？"

"火苗三号"："你是不是忘了退会有什么下场了？"

秦爽被围在中间，瑟瑟发抖，化了浓妆的脸上全是惊恐之色。她看向旁边："辰哥，求你放过我吧！"

薛夕这才发现，还有个"火苗八号"。

那个辰哥靠着灰色的墙壁，也顶着一头夸张的红发。但即便这样，也能看出长得很不错。他耷拉着脑袋，正低头玩手机游戏，脸上明晃晃地写着四个字——别烦老子。

“火苗一号”又说：“秦爽，你忘了入会的时候发过的誓了？给你一次机会，明天去把头发染回来。否则，背叛了我们烈焰会，你应该知道是什么下场！”

薛夕茫然地站在巷子入口处，听到这里，总算明白了这是怎么一回事。

秦爽那一头红发应该是“烈焰会”的标志，而这个会的老大就是那个辰哥。

学校里人人都躲着秦爽，原来是因为怕了辰哥。

就连范瀚也不敢得罪他，看来这个人要不是不要命，就是家世显赫。嗯，还有第三种情况——两者皆是。

秦爽很害怕，结结巴巴地询问：“到底要怎样我才能不染回去……”

“火苗二号”：“不染？你开什么国际玩笑！”

“火苗四号”：“秦爽，以前你被人欺负得哇哇叫的时候，是谁帮你？现在你竟然这么忘恩负义、不识好歹！”

“火苗一号”：“既然你不想染红发，那也行，我们几个想了个好办法，给你把头发剃光，这样不就行了？”

说完这话，他拿出了一把剪刀。

秦爽吓得蹲下身，用手捂住自己的头发：“不要……”她的胳膊却被人拽住，挣扎不得。

“秦爽，这是你咎由自取！”

“火苗一号”拎起秦爽的一缕秀发，毫不留情地剪上去！

“住手。”

一道清冷淡漠的声音传来，几个人的动作停下，扭头看向巷子口。

薛夕就站在那儿，一双雾蒙蒙的眼睛盯着他们。她的视线在众人身上扫过，最后落在了秦爽身上。

秦爽看到薛夕时愣了一下，接着便着急地喊：“薛夕，你别管我，你快点走！”

薛夕直直地朝着秦爽走过去，明明是乖巧单薄的模样，可她这么走过来时，“火苗们”竟不自觉地让开了路。

等薛夕挡在了秦爽身前，她先看向“火苗一号”。

就在“火苗一号”怀疑自己是不是穿反了衣服时，女孩终于开了口：“怎样才能放过她？”

“火苗一号”不自觉地回答：“只有一个办法，那就是打败辰哥，你就是烈焰会的老大，规矩你说了算！”

薛夕反应了好一会儿，才露出惊讶的神情。

打……架？

见薛夕这样，其余人才觉得正常了。

“火苗一号”也恢复了刚刚的嚣张：“怕了吧？少多管闲事，赶紧滚，别耽误我们的时间！”

秦爽也急忙推薛夕：“我们不熟，你赶紧走吧！”

薛夕将背在身后的书包拿下来递给秦爽，这才看向那位辰哥，淡淡地开口：“那就打吧。”

高彦辰没有第一时间回应，他等这一局游戏结束后，才不耐烦地将手机锁屏后扔给旁人。他活动了一下手腕和脖子，关节处发出“咔咔”的声音：“速战速决。”

可当高彦辰抬头看到是薛夕后，微愣。这不是前天在路上拽住他向他表白的那个女生吗？看着瘦瘦弱弱一副乖巧的模样，明显跟他们不是一个路子……这怎么打？

薛夕没认出他来，她站在那儿，他也站着，两个人对视半晌。

高彦辰开口：“你上啊！”

薛夕默了默，询问：“要不，你等我半个小时？”

高彦辰还是第一次见约架对方说稍等的。

他表示疑惑：“为什么？”

薛夕面上淡漠，心里其实觉得挺不好意思的：“我不会打架，要先学习一下。”

高彦辰蒙了，下意识地点了点头。

薛夕没管其他人脸上复杂的神色，在几个人的目瞪口呆中，往杂货铺那边走去。

向淮依旧坐在柜台后面看书，见薛夕进门略感惊讶，深棕色的眸子里有碎光闪烁：“有事？”

薛夕看着向淮。

向淮的脸庞轮廓分明，身上一股子悍匪气，明显应该是混江湖的。虽然他看着瘦弱，肤色呈现病态的冷白，但简单的打人招式应该会。

薛夕慢慢地开口："能不能教我怎么打架？"

正坐在小板凳上玩手机的陆超愣住，一脸呆滞地看向薛夕。

薛夕正组织语言，想着该怎么解释。躲在阴影中的向淮却什么也没问，随意地伸出大长腿，踢了陆超一脚："教她一套军体拳。"

"是。"

陆超下意识地回了一句，等站起来以后才反应过来。这么短的时间，她学得会吗？

不过服从命令是陆超的天职，他教道："军体拳是由踢、打、摔、拿、拧等格斗的基本要素组成，分解动作分别是这样……"

陆超在杂货铺里空旷一点的位置为薛夕演示了一遍，随即站到她面前："先做出攻击姿势。"

薛夕点头。

过目不忘的薛夕早已记住要点，她举起拳头，右脚后退一步，略弯腰，准备攻击。

一只温热的大手忽然按在薛夕的腰间，她身体绷住的同时，耳畔传来向淮低沉好听的声音："腰部绷紧。"

薛夕这才发现向淮不知道什么时候来到了她身边，那只手一触即走，她也就没多想。

她彻底放松下来，专心致志地学习。

向淮则后退一步，视线沉沉地落到手心里。

没想到宽大的校服下，女孩的腰部竟如此柔软纤细，好像他一只手都可以握住……

薛夕准备好以后，陆超在前方伸出一只手，刻意强调："要用力，而且要快。不过你是女生，反应又慢……"

陆超的话还没说完，薛夕一脚就踢过来。

"砰！"

陆超只感觉一股强大的力量袭来，将他踢得后退了五六步才稳住身体！

等陆超缓过劲来后，彻底蒙了！

小姑娘的力气怎么这么大？！

薛夕姿势帅气地落下脚，扭头看向陆超：“还要更用力吗？”

薛夕从小在孤儿院是要干活的，洗床单、洗被子等重活干习惯以后，力气就比常人要大。

只可惜薛夕没学过武术，不会打架。

陆超连忙摆手：“够了。”

陆超活动了一下发麻的手掌：“来做‘打’这个动作。嗯，你悠着点，力气不用太大。”

连续学了两遍，薛夕基本掌握了这套拳法的要素。看看时间，她又往秦爽那边赶过去。

此时天色已暗，小巷子里开了灯。薛夕赶到的时候，看到七个“火苗”加秦爽，正呆呆地蹲在昏黄的灯光下。高彦辰依旧靠着旁边的墙在低头玩游戏，几个人的样子莫名有种喜感。

“火苗一号”不知道从哪儿叼了根草，说：“她不会骗了我们，不回来了吧？”

秦爽急忙开口：“本来就不关她的事。辰哥，要不您打我一顿，再放我走吧！”

高彦辰冷嗤一声，没说话，接着耳朵微动，听到了轻盈的脚步声。

高彦辰歪头，看到女孩往这边走来。她依旧面无表情，神情淡漠，眼神天然呆，说话慢吞吞：“我学好了。”

秦爽急忙开口：“薛夕，你别闹了，赶紧走吧！辰哥他很能打的，这一片没人能打得过他……”

高彦辰挑了挑眉。他平时荤素不忌、男女都打，可不知怎么的，看到这样的乖乖女，他有点下不去手。

要不等会儿放点水，别让她输得太难看？

高彦辰想到这里，开口：“开始吧。”

话音刚落，静若处子的女孩就动起来。踢、打、摔、拿、拧，一套连贯的动作完成，高彦辰已经趴在地上，被她拧着胳膊控制住了。

周围所有人都惊呆了，愣怔地看着他们。

太快了，简直快到他们还没来得及站起来喊加油，就结束了。

高彦辰用力想摆脱女孩的控制，可薛夕看着明明没用多少力气，自己却偏偏挣脱不开！

高彦辰喊道："我刚才没准备好，再来！"

"嗯。"

薛夕点头，松开了高彦辰的胳膊，又伸出拳头，右腿后退一步，表情认真，眼神茫然，姿势分毫未变。

高彦辰活动了一下筋骨，准备好后喊道："开始！"

二十秒后，趴在地上的高彦辰开始怀疑人生。明明他都识破了她的招数，可偏偏就是跟不上她的速度！

这个人不是反应慢吗？！

高彦辰的脸涨红，攥紧了拳头，最后却只能不甘地说道："我认输。"

于是薛夕放开了高彦辰。

高彦辰站起来，拍打着身上的灰尘，脸上全是倔强和不屈："你等着，我总有一天会赢你，到时候你就是老子的手下，染红头发！"

薛夕："哦。"

高彦辰觉得宛如一拳打在了棉花上，使不上力气。

他深吸一口气，两手一挥，其余的几个人就齐刷刷地站直了身体。接着他们向薛夕鞠了一个躬，并齐声喊道："夕姐！"

"火苗一号"看了高彦辰一眼，在他的示意下询问："夕姐，我们需要把头发染黑吗？"

薛夕看了看这几个人的头发："随便。"

每个人的爱好不同，她不强求。

薛夕从秦爽的手中接过书包，转身就走。

高彦辰忍了又忍，可没忍住，询问道："你去那儿？"

薛夕顿了顿："回家刷题。"

等几个学生离开后，向淮和陆超才从阴影处走出来。

陆超感叹道："老大，夕姐身手不错啊，是个好苗子！"

陆超说完，偷偷瞥向淮，却见他的脸紧绷着，盯着前方的眼中目光闪烁。

陆超忍不住询问了一句："老大，夕姐身上到底隐藏着什么秘密啊，让您亲自留在这里？"

向淮凉凉地瞥了陆超一眼，他顿时闭上嘴巴，假装刚刚那句话没说。

高家。

六十多岁的高老背着手焦急地在房间里来回踱步，等秘书进来，他迫不及待地询问："查到了吗？"

秘书恭敬地低着头："查不到向帅的任何踪迹。"

高老皱起眉头，坐在沙发上抽了一口雪茄，吐出烟雾后才说道："向帅行踪诡秘，我们能查到就怪了！不过他既然来了滨城，那我们最近就谨慎些。你去告诉其他人，这个周末的聚会取消，不收任何人的礼，被向帅知道了少不得是一通责罚！"

秘书点头："是。"

高老又想了半晌："从那茶叶入手，查茶叶去了谁家，向帅的未婚妻在滨城，可千万别不经意间把人得罪了！"

"是。"

薛家。

总算出差回来的薛晟到家以后，先跟薛老夫人打了招呼，随即拽着叶俪进入卧室，紧张地询问："没受伤吧？"

叶俪摇头，将昨天的事情说了一遍。

听到薛老夫人要动用家法，薛晟的脸上阴云密布。叶俪叹了一口气："以前妈也没这么过分，最近这是怎么了？感觉总是针对我。"

两个人结婚近二十年，薛老夫人虽然不喜欢叶俪，却从没动过手。在外人面前，她也不会让叶俪没面子。

薛晟的目光暗了暗，叹了一口气："是因为我要接手公司了。"

叶俪不是小白花，之前什么都不管那是因为女儿丢了，万念俱灰，才与世无争。薛晟这话一出口，她顿时明白了是什么意思。

薛老夫人想让老二来继承公司？

叶俪的瞳孔一缩，后怕地说道："如果昨天我真的走了，你的名声将会一落千丈，那么……妈她太过分了！这心偏得都没边了！"

叶俪说完后，见薛晟的脸色不好看，估计心里更难过。她又急忙劝慰："没关系，你还有我和夕夕！"

薛晟点头，抱住叶俪。两个人互相倚靠了一会后，叶俪好奇地询问："那茶叶你是从哪儿买的？"

薛晟听到这话愣住："不是妈买的吗？"

薛晟正说话，门口传来保姆的声音："先生，老先生让您下楼。"

叶俪没听清薛晟的话，也不敢再问，急忙一起出门。

楼下，薛盛强面色严肃地坐在沙发上。屋子里的气压很低，用人们走路都小心翼翼的。

薛晟整理了一下衬衣领口的扣子，沉稳地询问："爸，怎么了？"

薛老爷子皱着眉头："你快想想，我们是不是哪里没做好得罪了高家？"

薛晟微愣："为什么这么说？"

薛老爷子开口："刚才高老的秘书打电话来，说这周末的聚会不用去了。"

这时，早已放学回来的薛瑶听到两个人的话，眼睛顿时一亮："爷爷、大伯，我知道了，肯定是因为薛夕！"

薛瑶这话一出，叶俪顿时着急地询问："夕夕怎么了？"

薛瑶撇嘴："我们班的秦爽得罪了高彦辰，然后放学时被拦住了。薛夕逞能，非要去帮忙。爷爷，高彦辰可是高老的命根子，我们家还要求着高家办事呢，她这样不是给家里添乱吗？"

高老的独子在一次意外中去世，只留下独孙高彦辰。高老护短厉害，这也是高彦辰在国际学校横行霸道的主要原因。

薛老夫人顿时拍桌子："太不像话了。我早就说过这样的野孩子不应该带回家，才几天就捅出这么大的篓子！"

叶俪的身躯晃了晃，手捂住胸口。

高彦辰可是出了名的混世魔王，特别能打，曾经把一个女孩打得肋骨骨折。

她的夕夕又瘦又弱，高彦辰一拳就能打掉她半条命吧？

叶俪正在着急，薛晟的目光直直地盯着薛瑶："他们在哪儿？这件事发生多久了？"

薛瑶回道："就在学校旁边的小巷子里，应该有一个小时了吧？"

薛晟怒了："你姐姐出事时你为什么不给家里打电话？"

薛瑶的目光闪了闪。

薛瑶巴不得高彦辰把薛夕打得惨一点，最好是打残了，又怎么可能帮她打求救电话呢？

薛瑶还没找借口敷衍，薛老夫人已经低喝出声："打电话干什么？她那种不知道天高地厚的小丫头片子就应该吃点苦头，长点教训！"

“妈！”薛晟打断薛老夫人的话，也没时间再追究，当务之急是确保夕夕的安全！

“备车！”叶俪的话里都带了颤音，她的夕夕可千万不能出什么事。

就在叶俪和薛晟慌乱地往外走，而其余众人等着看笑话时，门口忽然走进来一道纤细的身影。

薛夕一路走回家，背着书包，才刚进门就看到薛晟和叶俪正焦急地往外走，于是她乖巧懂事地往旁边让了一下。

叶俪却看着她久久没动，她茫然地眨了眨眼睛，主动询问：“妈，你要出门吗？”

整个大厅里鸦雀无声，大家的视线都落在薛夕身上。

隔了五秒后，叶俪才上下打量薛夕。宽大的校服遮挡了她清瘦的身躯，看不出哪里受伤。但校服裤子上蹭了一处灰，叶俪急了：“夕夕，你还好吗？”

薛夕一声叹息：“不太好。”

叶俪的眼眶瞬间红了，抓住薛夕的手，着急地询问：“哪里不好？”

薛夕一脸蒙，不明白叶俪为什么会这么激动。她慢慢地回答：“刘老师今天给了我五张卷子，我可能做不完了。”

薛夕本来打算放了学就回来刷题的，可秦爽的事情耽误了整整一个半小时。她恐怕要熬夜了。

正焦急查看薛夕哪里受伤的叶俪一脸蒙，错愕地询问：“就这个？”

薛夕点头，紧了紧握着书包的手，绕过叶俪打算上楼：“妈，我先去学习了。”

可薛夕刚走两步，就听到薛老夫人的声音：“别拿学习当借口！薛夕，既然你没什么大事，那现在立刻就去高家道歉！”

薛夕脑海中缓缓冒出一个问号，道什么歉？

在薛夕疑惑间，薛晟沉声道：“妈，到底是怎么回事我们还没搞清楚。再说了，孩子之间的事情用不着这么上纲上线的，没那么严重。”

说完以后，薛晟看向叶俪：“你带夕夕上楼。”

叶俪点头。

薛夕往楼上走时，就听到薛老夫人的训斥声：“老大，没有你这么维护孩子的！你不让她去道歉，高家的事情怎么办？”

薛晟的声音十分坚决：“我把薛夕找回来，不是为了让她受气的。这件事我自会处理。”

“你处理？”薛老夫人的声音瞬间拔高，随即发出嗤笑，“行，搞不定高家，股东们不认可你做董事长，我看你到时候怎么办？！”

一直到进入卧室，薛夕也没明白到底是怎么一回事。

高家……她不认识什么姓高的人啊！

薛夕看向叶俪：“怎么了？”

叶俪劝薛夕：“不要怕，有爸妈在，不会让你吃苦的。”

字典里从来没有“怕”这个字的薛夕有些不明所以。

这时，房门被推开，薛晟走了进来。薛夕感觉有几分不自在，自她回家以后，薛晟就出差了，所以跟这个爸爸没怎么接触过。

薛晟对着薛夕温和地笑道：“夕夕，写作业吧。”

薛晟伸出厚重的手掌轻轻地拍了拍薛夕的头，温声道：“放心，有我在。”

薛夕：“哦。”

薛夕低头，看着题目发了一会儿呆。她虽然不明白发生了什么，但这个男人厚实的肩膀似乎还真给她带来了一丝安全感。

一向面无表情的薛夕微微弯起嘴角，对这个家的归属感再次上升。

然后她摇了摇头，摒弃那些乱七八糟的念头，开始认真刷题。

薛晟和叶俪离开房间，也没打断她的思路。

等回到卧室，叶俪的脸色才难看下来：“怎么办？”

如果夕夕被打一顿，以高彦辰的行事作风，这件事也就过去了。可现在夕夕没事，这就说明高彦辰不会善罢甘休。

薛晟叹息：“我明天去一趟高家。”

身为男人，为了妻儿，该低头时就得低头。

叶俪只恨自己没有能力，心里越发产生要强大起来的念头。她无奈地点头：“那你把茶叶也带上，高老最爱茶了。看在茶叶的分上，她应该就不会计较了吧？”

薛晟心里不抱希望，但还是开口：“好。”

这一晚薛夕刷题到很晚，导致第二天醒得有点晚。

叶俪将早餐打包让薛夕在路上吃，看她打了个哈欠，又心疼地道：“夕夕，就算参加奥赛，也不要给自己这么大压力，身体才是最重要的。”

薛夕点了点头。

刚吃完饭的薛瑶听到这话，忍不住嘲讽道：“有些人，没有那个金刚钻就别揽瓷器活，考了一次第一，就真以为奥赛也能手到擒来？我可是听说了，昨天的模拟考试有人又是垫底的。”

薛夕没理薛瑶，拎着早餐就往外走。

昨天老刘说她的进步很大，只要再避开几个知识点别用，就没什么大问题了。当然，这需要刷更多的题。

薛瑶跟在薛夕身后，意有所指：“你该不会心不在奥数，有什么其他目的吧？”

薛夕充耳未闻，上了车。

薛瑶跟上去还想说什么，却见薛夕已经靠着车窗闭上了眼睛。她似乎睡着了，长长的睫毛微微翘着，白皙的脸颊上，红润的唇带着点湿意。

薛瑶忽然产生一股浓烈的想破坏这种美感的冲动。

车子照例在杂货铺前停下，薛夕似乎已补足了睡眠。在她拎着书包下车时，忍了一路的薛瑶再次讥讽道：“过几天的数学之星竞赛，你如果拿不到好名次，老刘也会让你退出奥赛班。我劝你还是别奢望那些不属于你的东西！”

薛夕下车的动作微顿，无奈地叹了一口气。

这只苍蝇好烦啊。

薛夕慢慢回头，直直地看向薛瑶，停顿片刻后开口：“我记得，你参加的是物理竞赛？”

薛瑶莫名心一惊，提防道：“你什么意思？”

薛夕收回视线，恢复淡漠：“没什么。”

薛夕将滑下来的书包往肩膀上提了提，就往杂货铺走去，留下薛瑶在车内惊疑不定。

薛夕进入店铺，向淮已经坐在餐桌边。

这张餐桌略小，板凳跟国际一中里学生们的椅子一样。向淮坐在那儿，一双大长腿无处安放，只能随意搭在桌腿上，锋利的眉眼里此刻带着几分懒洋洋。

见薛夕坐下，向淮拿起一个包子，“小虎牙”这才敢开吃。

三个人沉默不语，很快便吃完早饭。陆超一边收拾餐桌，一边询问薛夕：“嘿，昨天打架的感觉怎么样？”

薛夕看了陆超两秒，回答：“挺有意思。”

陆超一脸问号。

薛夕又缓缓说道：“以后可以经常打。”

陆超满脸黑线。

陆超见薛夕看向他，甩了甩现在还发麻的手掌，咽了一口口水，急忙开口道：“我还有事，没空陪你练！”

薛夕略感失望：“哦。”

她又瞥向向淮。

向淮往后靠了靠，挑了挑眉，以为小朋友会邀请他陪练。没想到薛夕的视线在他身上扫了四五秒后，就慢慢移开了。

向淮微愣，这是几个意思？

薛夕已经在心里对向淮做出评价——太瘦了，是个花架子，不如“小虎牙”敦实扛打。

薛夕站起来，准备去上学。她忽然停下脚步，对向淮说：“第二天周末，我要去外公家，怎么办？”

总不能从外公家回来后再跑到杂货铺见他一面吧？可是，不见他，会不会心绞痛？

向淮一双手放在餐桌上，修长的十指交握，身体前倾，一语道中她的心事：“在不方便见面的情况下，并不是必须每天见。不舒服时，你可以想想我。还不行的话，就给我打电话。”

薛夕听得眼睛微亮，这是不是说明她不用每天都来这里报到？

“当然，你每天上学经过这里，能见却偏不见，就是另一种情况了。”

薛夕刚亮起来的眼睛又暗下去：“哦。”

薛夕想了想，从书包里拿起薛晟给她买的手机：“你的电话号码多少？”

薛夕记下向淮的电话号码后，直接往外走：“我去上学了。”

向淮嘴角一抽。

按理说，要了他的电话，她不应该拨打一个，让他也存一下她的号码吗？

他家小朋友怎么不按常理出牌？

薛夕进入学校，就看到周围的人看她的目光有异，都躲得远远的。她倒也没在意，走进教室，教室里倏忽一静。

众人齐刷刷地看向薛夕。

薛夕继续往后走，刚坐下就听到旁边的人讨论——

“听薛瑶说，她为了秦爽得罪了辰哥……”

“她完了！”

“薛家都被她害惨了！”

薛夕疑惑地放下书包，不明白到底是怎么了。

这时，秦爽浓妆艳抹地走进教室，脚步轻松，两只手插在口袋里，嘴里吹着口香糖。来到薛夕面前后，她又崇拜又欣喜地小声喊道：“夕姐。”

薛夕抬头看向秦爽，秦爽一扫昨天的颓废和惊怕，趴在她的桌子上想了想，开口道：“夕姐，其实辰哥挺好的，他没有外界传说的那么不讲理。”

“哦。”

秦爽了解薛夕的性格，并不介意她的冷漠，又继续说：“夕姐，昨天看了你的军体拳，我怀疑军训时教官教我的是假的！你那是怎么打的？”

薛夕想了想“小虎牙”的话，认真回答：“快、狠、准。”

秦爽顿时笑，手还比画着：“我明白了，天下武功，唯快不破！”

还要有力量。

薛夕在心里默默补充了一句，然后也不再听秦爽说话，专心致志地做起了奥赛题。

学习的时间总是过得很快，不知不觉下午两节课上完了。

薛夕正准备去上奥赛课，教室里忽然传来一阵阵吸气声！

薛夕迷茫地抬头，就看到门口一簇簇亮眼又嚣张的红色。

昨晚的那个高彦辰大大咧咧地站在那儿，面上呈现出几分不耐，从门口往里面看，似乎在找人。

“火苗一号”先捕捉到薛夕的身影，指着她喊道：“辰哥，在那儿！”

随即，高彦辰带着“火苗一二三四号”径直走入教室，“火苗五六七号”则在门口等着。

几个人顺着过道走来，气势十足。

尤其是高彦辰凶神恶煞的模样，让过道两旁的学生个个吓得脸发白，不自觉地往旁边靠，让出一条路。

第一排的薛瑶看到这种情况，眼睛忽然亮了！

来了！来了！

就知道高彦辰肯定不会轻易放过薛夕，现在他不就来了吗？

就在薛瑶满心等着看笑话时，一脸不情愿的高彦辰带着手下们站在薛夕面前，齐刷刷地喊道："夕姐！"

夕……夕姐？

整个教室安静极了，大家就连呼吸都不敢用力，视线在高彦辰身上扫过，最后落在安静地坐在那里的薛夕身上。

女孩乖巧地坐在那儿，一双凤眸静静地看了高彦辰两秒，然后才回答："哦。"

高彦辰下巴微抬，瞪了"火苗一号"一眼。"火苗一号"立即询问道："夕姐，六节课上完了，接下来有什么安排？我们去玩什么？"

薛夕已经拿好书本，站起来往外走，慢悠悠地回答："上奥数课。"

他们烈焰会的大姐大竟然要参加奥数比赛？

几个"火苗"让开路，等到薛夕走过去后，依次跟在她身后。高彦辰随意地询问："上课多没意思啊，你听得懂奥数课吗？"

"还行。"

高彦辰自以为秒懂了薛夕的意思，下巴继续仰着："还行就是不行呗，那上完奥数课又干什么？"

"写作业。"

高彦辰觉得烈焰会里似乎来了一个异类，不甘心地继续询问："那写完作业呢？"

薛夕疑惑地看向高彦辰："写完作业就到睡觉的时候了。难道你还有时间？"

薛夕每天刷题的时间都感觉不够用，恨不得把一秒掰成两秒用！

高彦辰惊呆了，他从没写过作业这种东西！

薛夕往前走着走着，忽然想到什么，顿住脚步回过头。

高彦辰正在发呆，一个没注意，差点儿撞到薛夕身上。好不容易稳住身体时，他已经距离薛夕很近，近到能看到女孩完美无瑕的脸上的细小的绒毛……

高彦辰的脸一下就红了。

他觉得热气往脸上涌，急忙仰起头想要说些什么时，薛夕缓缓地开口：“你姓高？”

高彦辰一愣：“啊……对！”

薛夕愣了一下，随即恍然大悟：“原来是你啊！”

“啊？”

薛夕收回视线，转身继续往前走：“他们都说我得罪了你。”

“谁……”

后面的话被高彦辰生生咽下去，面对薛夕，他觉得脏话有点说不出口，于是顿了顿才开口解释：“你赢了我，我就听你的，不存在得罪一说。”

两个人说话间就到了阶梯教室，薛夕对着他点了点头：“我去上课了。”

她抱着书本，往楼梯处走去。

高彦辰看着薛夕单薄的身影进入老旧的教学楼，不知道怎么回事，一颗心忽然好像飘在了半空中，无处落脚。

他莫名觉得有点烦躁。

“火苗一号”见高彦辰呆愣在那里，询问道：“辰哥，我们去打球？”

“打个鬼啊！”高彦辰暴躁地骂了一句，随即踢了一下地面，“今天没心情，回家了。”

薛夕上楼，刚好碰到她们班的物理老师，也是物理竞赛班的辅导老师。

她乖巧地喊道：“孙老师好。”

孙老师看到薛夕，笑了，跟她一起上楼。两个人走到数学班，薛夕正要进入教室，孙老师忽然开了口：“薛夕哪。”

薛夕的脚步微顿，看向他。

孙老师笑道：“我听说你在奥赛班几次小考成绩都不太好，所以你要不要考虑一下来我们物理班啊！”

这话刚落，老刘的怒吼声就传过来：“老孙，背后挖人可是不道德的，薛夕是先选的我们奥数！”

薛夕回头，发现老刘带着范瀚和薛瑶刚刚上楼来。

范瀚拧着眉头，薛瑶也情绪激动，好像薛夕如果敢同意她就要奓毛一样！

孙老师不甘示弱：“这不是她不适合你们奥数吗？她考试的时候物理也是满分，来我们物理组也很正常啊！再说了，这件事要薛夕同学自己做主，本来就是自愿的啊。”

老刘急了，看向薛夕：“你怎么想？”

薛夕默了默，对老刘说道：“我不走。”

一句话让老刘和范瀚都松了一口气。

薛瑶也放松下来，可之后她就迷茫了，刚刚那一瞬间这么怕薛夕来物理班是为什么？

孙老师颇感失望，叹息道：“看来我们有缘无分啊！”

说完孙老师就打算进入物理班，可就在他即将迈入教室时，薛夕的声音慢慢传来：“我可以也参加物理竞赛。”

孙老师的脚步顿住，眼睛发亮地看向薛夕：“可以！”

薛瑶的心猛地一紧，紧紧地攥住拳头。

她怨恨地看向薛夕，直接开口：“你开什么玩笑？时间这么紧，你参加两个竞赛？”

老刘也不是很赞同：“对啊，薛夕同学，这样你的时间太紧了，知识点的梳理可能来不及。”

薛夕瞥了一眼紧绷着身体的薛瑶，对上她愤怒的视线后，淡漠地收回目光：“没关系。”

见薛夕坚持，老刘和孙老师只好协商了一下，最后定下来周一、三、五上奥数，周二、四上物理。

薛晟提前从公司回家，拿了茶叶后就打算去高家探探情况。

临出门时，薛老夫人安逸地坐在沙发上，冷嘲热讽地说着风凉话：“要我说，就应该押着薛夕去道歉。孩子们之间的事，你去有什么用？高老溺爱孙子，整个滨城谁不知道？”

薛晟深吸一口气，压下心中的愤怒，没说话。

薛老夫人却不依不饶：“反正如果因为薛夕让我们得罪了高家，我饶不了你！”

薛晟强势开口：“妈，如果真因为夕夕得罪了高家，我会带叶俪和夕夕走。你放心，不会牵连到薛家的。”

说完这话，薛晟没给薛老夫人再开口的机会，直接摔门而出。

半个小时后。

薛晟站在高家门口，庄园的高墙将他拦在外面，秘书也堵在铁门处，说话倒是客气："薛先生，您回去吧，高老身体不适，不适合见客。"

薛晟询问："那什么时候合适？"

秘书站直身体笑："这个……要看高老了。"

竟然连门都不让进。

薛晟皱紧眉头，将手中的茶叶递给秘书："那您帮我将这个交给高老，就是一点茶……"

秘书看向薛晟手中的礼物，神色顿了顿。

薛晟的茶叶放在一个袋子里，秘书瞥了一眼，还没看里面的东西就知道价值不菲。他开口："这可不行。"

高老特意交代过，不能收礼！

薛晟见礼物也被拒绝，脸色更差了。难道真是因为夕夕得罪了高家？

思索间，一辆没开顶棚的跑车嚣张地开过来。大铁门打开，秘书往边上靠了靠，恭敬地喊道："辰少。"

高彦辰挥手跟他打了个招呼，缓缓开车进去。

薛晟拧起眉头。

高彦辰面色正常，说明高老的"身体不适"果然只是个借口。

薛晟不好堵在这里，只会让对方更厌恶。他正打算转身离开再想别的办法时，刚开进门的跑车又慢慢退回来。高彦辰看向薛晟，不确定地开口："薛夕的父亲？"

高彦辰以前在其他场合见过薛晟。

薛晟落落大方地点头："对。"

这话一出口，高彦辰急忙下车，格外有礼貌地看向薛晟："薛叔叔，您来做客吗？快请进门！"

薛晟向来稳重，可此刻也蒙了。这是怎么回事？

秘书更是不知所措："辰少，高老说……"

高彦辰不耐烦地打断他："有什么话进去再说，把客人拦在外面，是高家的待客之道吗？"

——辰少，您向来谁也不理会，有过待客之道吗？

但这话秘书没敢说出来。

几个人来到待客厅，高彦辰开口：“薛叔，您先坐，我去喊老头子。”

高彦辰说完又看向薛晟手中的礼物：“这是礼物吗？我帮您带进去。”

薛晟尴尬地点点头，坐在旁边的沙发上。

高彦辰拎着礼物进入里间，高老正在阳台上晒太阳。见他走进来，叹了一口气：“你又逃课了？”

高彦辰走过去：“来客人了。”

高老摆手：“不见不见，最近一段时间谁也不见。”

高彦辰蹲下身，揪住他的胡子：“老头，这个客人你必须见！”

高老嘴里叫着疼，坐直身体，拍了高彦辰的手一下：“没大没小！”

高老瞥了高彦辰手中的礼盒一眼，好奇地道：“什么客人能让你这么重视？要我见也行，但说好了，不收礼。”

高彦辰将礼盒塞进他手里：“必须收！”

高老叹息：“你不懂，最近来了个大人物，我要是在这风口浪尖上收了礼，可是要出事的。”

高彦辰虽然浑，却也不能害了爷爷。可不收礼，薛叔会尴尬吧？

高彦辰看向手中的礼盒，干脆直接将袋子打开：“我看看送的礼物贵不贵重，不贵重你就收下，不然薛叔面上过不去。”

高老刚想说什么，就见一个熟悉的茶叶盒被高彦辰从袋子里拿出来……

高彦辰打量着茶叶盒：“老头，这礼物怎么看着有点眼熟？”

高老激动得猛地站起来。

能不眼熟吗？这是他的茶！机缘巧合之下才买到的三两大红袍，舍不得喝就一直存放着。然后被向帅一句话要走了，现在这是还回来了？

不对……

向帅说了，茶叶是聘礼。聘礼……他们家没闺女啊！

不对，他想歪了，应该是向帅的未婚妻在薛家？

高老紧张地咽了一口口水，直接将茶叶抢过来，询问：“薛家有年轻适婚的女孩吗？”

高彦辰撇嘴：“适婚的没有，但是有两个上高三的。薛家一个女生叫什么来着忘了，反正跟范家订了婚，还有一个……”

高彦辰顿了顿，语气变得有点不自然：“叫薛夕，是薛家丢了十八年的闺女，刚找回来没几天。”

刚找回来没几天……

向帅也刚来滨城没几天。

这么一联想起来，高老顿时锁定了人选——薛夕！

他有些慌了：“外面来的薛家人是……”

“薛夕的爸爸啊！”

高老的脚晃了晃，觉得头有点晕。那可就是向帅的老丈人啊！

他不敢再摆谱，拿起茶叶小跑着往外走。

薛晟正内心忐忑着。

看高彦辰的样子也不像跟夕夕结了仇，可高老又不见人……正想着，薛晟听到了脚步声，还有高老的吩咐声：“快，给大侄子倒一杯上等的红茶！”

伴随着这个声音，高老的身影出现在房间里。

薛晟急忙站起来，正打算恭敬地问一声好，高老已快速来到他面前，还带着点讨好的韵味：“薛侄，真是怠慢了！”

薛晟被高老的样子吓到，急忙弯腰：“是我冒昧唐突了。”

高老紧紧抓住薛晟的胳膊，不让他低头，扶着他在沙发上坐下：“哪里哪里，你能来，令寒舍蓬荜生辉！”

薛晟脑子都空了：“高老，您这话我可受不起。”

高老笑：“大侄子，有什么受不起的。你看有什么事就直接说一声好了，至于这茶叶……”

薛夕上完课回到家，躲在房间里疯狂刷题。

直到叶俪喊她下楼吃饭，她这才出了门。

薛夕坐到餐桌旁时，发现薛老爷子和薛老夫人都在，薛瑶也绷着脸坐在她对面，只有薛晟不在……

薛夕疑惑地吃了一口青菜，这才看向叶俪：“妈……爸呢？”

这个“爸”字，薛夕迟疑了好一会儿才略显别扭地叫出口。

叶俪这几天听多了妈，已经不像第一次那么激动。但这会儿听到薛夕喊爸，还是高兴了一下。

叶俪给薛夕夹了一块排骨，略显担忧：“你爸去高家了，还没回来。”

薛老夫人顿时冷哼了一声，“慈母多败儿。叶俪，你和薛晟就是太宠着薛夕了，才会闹成今天这样！看她那小家子气的模样，哪里像我们瑶瑶，一看就是大家闺秀……瑶瑶，多吃点，最近看你都瘦了。可别生病，我还等着你物理拿奖呢！”

薛瑶在听到薛老夫人的话时，动作顿住，猛地抬头看向薛夕。她还没说话，门口便传来了动静。

薛晟拧着眉头，疑惑不解地走进来。

叶俪急忙站起来：“回来了？”

她随即看到薛晟手中的茶叶：“高老没收？”

薛老夫人“啪”的一下子将筷子拍在桌上：“我就说不把薛夕打个半死，怎么可能消了高老这口恶气。看吧，茶叶也不收了，项目的事情肯定也黄了！”

薛老爷子也紧张地看向薛晟，却见薛晟不解地摇头：“不是，高老说，项目给薛家了，这茶叶也送给我喝……”

整个屋里一片安静。

薛晟想了一路也没想明白，茶叶明明是他送过去的，什么叫送给他喝？

众人沉思间，薛老夫人嗤笑道：“这是在嘲讽你吧？这个茶叶老头子都喝不起，你有那个福气消化吗？还项目都给你，合同不签就是一句空话！指不定就是为了让你空欢喜一场！”

薛晟却不赞同老夫人的话。高家什么地位，想要欺负人直接明确态度就能把薛家给压死，用得着这么忽悠他？

薛老爷子想得多些：“他有提薛夕的事情吗？”

薛晟摇头：“高老一句也没提，看样子根本不知道孩子们之间的事。”

薛老爷子又看向稳稳地坐在那里默默吃饭的薛夕：“薛夕，今天高彦辰去找你了吗？”

薛夕正快速吃饭，想吃完了赶紧上楼刷题。听到这话，她将嘴里的饭菜咽下去，才慢悠悠地开口：“嗯，找了。”

叶俪急了：“他对你做什么了吗？还是说什么了？”

薛老爷子也有点急：“薛夕，你和高彦辰之间到底是怎么回事，从头到尾给我们说清楚。”

薛夕顿了顿，将筷子放下，礼貌地看向薛老爷子：“我没得罪高彦辰，现在我是他的老大，他得听我的话。”

“什么？”

薛老爷子和薛老夫人惊呆了，似乎怎么也没想到会是这个答案。

叶俪也瞪大了眼睛。

已经见识过那群人站在薛夕面前乖巧地喊她“夕姐”的薛瑶没有丝毫震惊，只是攥着筷子的手更加用力了。

薛晟却恍然大悟：“怪不得平时不理人，还特别傲气的高彦辰今天对我客客气气的。估计那高老也是看在高彦辰的分上，才把项目给薛家的？”

“怎么可能！”薛老夫人第一个反驳，“小孩子家家的事情，怎么会影响到项目上面来！高彦辰哪有那么大的能耐？”

薛晟的目光一沉：“妈，您昨天似乎还在说高老对这个孙子有求必应，今天就忘了吗？还是……您不愿意相信高家是因为夕夕才把项目给了我们？”

一句话就戳破了薛老夫人的心思。

薛老夫人的脸涨得通红，气得伸出手指指着薛晟，半晌才开口：“我就是不信又怎么了？她一个孤儿院里接回来的野种，有什么本事让高彦辰听她的？她靠什么？那张脸吗？”

“那张脸”三个字一出，众人齐刷刷地看向薛夕。

女孩安静淡漠地坐在那里，对薛老夫人的辱骂充耳不闻，大大的凤眸中一双黑漆漆的瞳孔给人一种雾气缠绕、神秘莫测的感觉。

漂亮、精致，比明星们还要耐看。这张脸，是真靠得住。

几个人都不自觉地生出这个念头。

就连薛晟都绷住了下巴，高彦辰该不会真看上自家闺女了吧？

薛老爷子有些欣喜，不确信地询问：“高彦辰真对你……”

薛老爷子的话没说完，就被薛晟打断：“不行！那小子从小不学无术，整天打架斗殴，夕夕绝对不能跟他在一起！”

薛老夫人下意识地贬低薛夕：“高彦辰你都看不上了，那你看得上谁啊？范瀚倒是优秀，可人家看得上她吗？”

这话一出，从知道薛夕要参加物理竞赛，薛瑶就一直绷着的那根弦突然断了！

薛瑶蓦地站起来：“薛夕，你说，你是不是对范瀚还念念不忘？！”

她咬牙切齿又道：“你明明考得不好，却还死乞白赖地待在奥数组，就是为了跟他接触吧？今天你又想方设法进入了物理组，你是不是想表示你学习好，想要让范瀚对你高看一眼？”

薛瑶说到这里，眼眶都红了。

薛老夫人顿时急了，站起来走到薛瑶身边，拍着她的肩膀："瑶瑶，不哭，奶奶为你做主！薛夕，你把那奥数班还有物理竞赛班都给我退了！不许你再接触范瀚！"

薛夕才刚重新拿起筷子夹了菜准备吃饭，听到这话，她慢慢抬起头来。

她还未说话，叶俪先怒了："妈，没你这么偏心的！夕夕学习好，凭什么不能参加奥赛班？还有，你们别忘了，范瀚本来就是薛夕的未婚夫！"

薛瑶一听这话，急了，扯着嗓子大喊："范瀚是我的男朋友！是我的！"

"是吗？"

薛晟沉稳地开口，看了薛瑶一眼："你们订婚了？"

薛瑶从小到大就有点怕这个大伯，她不敢再大喊大叫，只是错愕地看着薛晟。

大伯说得对，还没订婚，所以范瀚目前还真不是她未婚夫！

薛瑶的身体晃了晃，突然抓住薛老夫人，低声哭起来："奶奶，他们都欺负我！"

薛老夫人心疼极了，怒视薛晟："这桩婚事我跟范家都商量好了，你这是什么意思？"

薛晟绷住了下巴，刚刚薛瑶的话让他突然生出一个念头。

以前薛晟觉得夕夕跟范瀚没有共同语言，所以才没争取这门婚事。可如果夕夕喜欢范瀚，那么属于薛夕的未婚夫，他就要帮女儿抢回来。

想到这里，薛晟看向薛夕："夕夕，你是怎么想的？要把婚约换回来吗？"

众人齐刷刷地看向薛夕。

薛夕好几次想插话，此刻见众人终于不再说话，她才慢悠悠地说："不用那么麻烦。"

她又说："我已经有喜欢的人了。"

薛晟心里倏忽间生出一种不好的预感，该不会真是高彦辰吧？

叶俪也焦急地询问："是谁？"

"一家杂货铺的老板。"

不是高彦辰。

薛晟先生出这个念头，随即就愣住。

杂货铺……这三个字给薛晟的第一个感觉就是灰暗、杂乱，店铺收入估计不高，只能勉强维持生活。

薛晟错愕地看向薛夕："你为什么喜欢他？"

薛夕叹气，就不能吃完饭再说话吗？

她仔细想了想，认真又没有感情地回答："不见他，我心会痛。"

叶俪捂住胸口，似乎深受打击。

薛晟想说什么，却被叶俪拦下。叶俪对着他轻轻地摇了摇头。

薛老爷子也拧起眉头："什么乱七八糟的？"

薛老夫人抓住机会冷嘲热讽："看吧，这就是野孩子，没羞没臊，不要脸。才多大的人，就在外面养小白脸了！开杂货铺的，是街上那些小混混吧？"

薛瑶也没想到来了这么一个神转折，刚刚的气愤全无："堂姐，你该不会是被范瀚退婚刺激到了吧？这才回来几天啊，就随便找了个男朋友？你就算再不高兴，也不能这么伤害自己……"

"闭嘴！"

就在薛瑶还想继续说两句时，叶俪忽然厉喝一声，把薛瑶吼蒙了。

叶俪一直性格温婉，在家里没什么存在感。这还是薛瑶第一次见她发这么大火。

事关薛夕的名声，叶俪的态度十分强硬："你年纪轻轻怎么说话这么难听？你信不信，如果我坚持不退婚，把事情闹大，就算为了颜面，范家也不敢悔婚！这个婚约就还是你姐姐的！跟你没一点关系！"

薛瑶吓得瞪大了眼睛，往薛老夫人那边靠了靠："奶奶，你看她！"

薛老夫人下意识就要说话，可还未开口，叶俪已目光如炬地看向她："还有，妈，你说夕夕是野孩子，那你把薛晟置于何地？那种话你可千万别再说了，否则传出去，还以为我们薛家的教养有问题。你不喜欢夕夕可以，难道你就不怕连累了薛瑶的名声吗？"

老夫人被叶俪这话噎住。

叶俪深吸一口气。

以前百般忍让，却只是让薛老夫人变本加厉。现在就算是为了夕夕，她也要变坚强。

叶俪又看向老爷子："爸，薛家从您开始发家，外面的人都说我们家没有底蕴，那就更应该注意言辞是否得当，不是声音越大，就越有底气的。免得让人看了笑话，在背后骂我们一句'暴发户'。"

薛老爷子最注重薛家体面，这话犹如当头一棒，让他猛地醒悟过来。

家里唯一豪门出身的是老二媳妇，可惜老二和老二媳妇常年在外，所以这个家就让薛老夫人当家了。

想想她最近的表现……

薛老爷子直接开口："叶俪，你妈年纪大了，以后就颐养天年吧。薛晟也即将要接替我的位子，那你也应该拿出薛家主母的姿态来。"

他这是将管家的权利交给叶俪了。

薛老夫人大怒："老头子……"

"就这么定了！"薛老爷子一锤定音。

这一顿饭，薛瑶和薛老夫人都没什么胃口，没吃多少东西。

薛夕却根本没受影响，吃完饭后上楼继续刷题。

薛晟和叶俪进入卧室，薛晟脸上的担忧之色越发严重："你怎么也不让我问清楚？夕夕她那么单纯，别被骗了！"

叶俪叹气："你我到底有十八年没陪在夕夕身边，孩子还不一定是早恋呢，我们反应太大了不好，先慢慢观察吧。"

薛晟压下内心的焦躁，思考了一会儿后郑重地开口："我不期望孩子能有多大本事，我们赚的钱足够她平安一辈子。我只希望夕夕能多笑笑，她喜欢那个人都到了不见面会难过的份上了，我们也别强势干涉。"

"嗯。"

叶俪边说边往外走。

薛晟："你要干什么去？"

叶俪的头微微扬起："当家做主第一天，夕夕今晚有燕窝吃了！"

薛晟感觉心塞，有了女儿就忽视他了。

第四章 没有道理

第二天，薛夕和父母一起回外婆家。

经过三个小时的车程，他们终于到了一个县级市。

外公和外婆居住的小区旁边是市医院，薛夕跟着一起进入小区往居民楼走时，叶俪解释道："你外公生病后他们就都办了退休，回到老家来静养了。"

薛夕点点头。

外公外婆的房子是一个三居室，简单的红木家具，旁边立着一个大大的书柜。书柜前的桌子上放着还未写完的毛笔字，一看就是书香门第。

他们进门时，外婆宋文曼"嘘"了一声，指着主卧小声说道："心理医生正在给你外公看病，我们稍等一下。"

薛夕点了头，跟着叶俪在客厅里坐下。

过了一会儿，门口传来动静，一个穿着白衬衫和白裤子的年轻男人走了出来。

他出门的那一刻，薛夕感觉房间里的光似乎都凝聚在他的身上。

男人儒雅俊逸，五官柔和，戴着一副金丝边框眼镜，一眼看去就让人觉得稳重靠谱，跟向淮给人那种危险的感觉完全相反。

宋文曼介绍道："这是季医生，才二十六岁就已经是颇负盛名的心理医生了。你外公的病这一年多以来没有恶化，全靠季医生每周来做一次心理疏导。"

很显然叶俪认识他，笑着开口："季医生，谢谢您了。"

季医生扶了扶眼镜，修长好看的手指配上金色的镜框，格外赏心悦目。他瞥了薛夕一眼，随即温和地笑道："不客气，我先走了。"

薛夕见他拎起自己的医疗箱往外走，忽然突兀地开口："妈、外婆，我去送一下季医生。"

薛夕说完这句话，就迈开脚步跟上去。

关上门，两个人等电梯的时间，季医生笑了，嗓音温和醇厚："上次去孤儿院，院长说你被亲生父母接走了，没想到这么巧我们又见面了。"

薛夕一双漆黑的眼静静地看向他："司霖哥，好巧。"

季司霖，近两年来每隔一段时间都会定期去孤儿院帮助性格孤僻的孩子。

薛夕不善交际，感情淡漠，院长还拜托季司霖给薛夕做了一次心理测试，最后季司霖给出的结果是一切正常。之后他每次去孤儿院，两个人都会说上一会儿话。

他算是薛夕在外面唯一的朋友了。

见女孩乖巧又懂事，季司霖摸了摸她的头："你怎么满脸心事的样子？"

两秒后，女孩回应："司霖哥，这个世界上真有催眠术吗？"

薛夕觉得那个"不靠近他会死"太玄幻了。

她左思右想，最后怀疑自己是被催眠了，被人进行了心理暗示。

季司霖对她来说是很可靠的心理医生，她莫名地感觉他能给自己一个答案。

"叮"的一声，电梯到了。

薛夕和季司霖一起进入电梯里，在下行的过程中，季司霖抚了抚眼镜，柔和的脸上没有一丝瑕疵："催眠术是有的，但或许这跟你的问题没有关系，因为我没在你身上看到被催眠的痕迹。"

薛夕的一双大眼睛定住，她毫不怀疑季司霖的话，可如果不是催眠，那又是个什么东西呢？

正在薛夕疑惑间，电梯到了一层。

季司霖笑道："你有手机了吗？"

薛夕回答："有了。"

两个人对视片刻，季司霖无奈地叹了一口气："别人问你是否有手机时是想跟你要号码。把你的号码给我，以后有事可以给我打电话。"

薛夕恍然大悟，慢慢拿出手机，跟季司霖互换了号码后才抬起头来："司霖哥，再见。”

等季司霖消失在眼前，薛夕又转身回了楼上。

进门时，宋文曼正在跟叶俪说话：“就应该这样！你一直退让，她就会得寸进尺。唉，当年我就不同意你嫁给薛晟……”

“咯咯。”

旁边坐着的薛晟略有些尴尬地发出一点动静，表示他还在。

宋文曼不满地瞥了薛晟一眼，到底没说什么重话，对着薛夕招手：“来，带你去看看你外公。”

薛夕点点头。

她跟着宋文曼进入卧室，就看到一个头发花白的老爷子正坐在竹制躺椅上闭着眼睛晒太阳。

两个人进去后，叶老爷子睁开眼睛，看到薛夕时微微一愣，随即便笑了：“俪俪啊，你不是在上大学吗？怎么回来了？”

薛夕微愣。

宋文曼叹了一口气：“他忘了一些事，只记得二十年前的事情了。”

说完，宋文曼对着叶老爷子开口：“这是夕夕，俪俪的女儿。”

叶老爷子倒是没发疯，还笑着回应：“你个死老太婆骗我干什么？俪俪怎么会有这么大的女儿。”

他似乎很困，说完这句话，就靠在椅子上睡着了。

中午时，叶俪和宋文曼在厨房做饭，薛夕想要帮忙，却被赶了出来。

薛晟推着叶老爷子出去散步了，无所事事的薛夕有点后悔没带卷子出来，不然趁着这个时间她能刷一套题。

薛夕在客厅书架那边无聊地走动，忽然看到一卷发黄的纸张。她好奇地拿出来，看了几行，发现竟然全是数学知识，顿时兴致勃勃地看起来。

忽然，一道声音传来：“你对这个感兴趣？那送你吧。”

薛夕抬头，就看到薛晟扶着叶老爷子回来了。

不知不觉中，她竟然看了一个半小时。

薛夕的眼睛一亮：“好。”

叶老爷子像是饿极了，直接往餐桌那边走：“好饿，好饿！”

几个人一起吃了饭，下午三点，他们便开车往回赶。

回家的路上，薛夕忽然感觉胸口处有一丝钝痛。她急忙坐直身体，回想跟向淮认识的过程。

叶俪忽然开口询问："夕夕，想什么呢？"

薛夕默默扭头，诚实地回答："想他。"

叶俪感觉被强行喂了一口狗粮。

不过既然薛夕提起来，叶俪也想多聊两句了解一下情况，于是询问："夕夕，你喜欢他什么？"

薛夕认真想了想，迷茫地看向叶俪。

叶俪知道薛夕在情绪上反应慢，于是试探着询问："他长得帅吗？" 薛夕想到向淮那张经常躲在阴暗中的漂亮脸庞，点头："嗯。"

她女儿难道是看上了对方的脸？

坐在驾驶座上的薛晟咳嗽了一声："那个……夕夕，你的钱还够花吗？"

对方看中了女儿的钱，应该骗走了不少吧？

薛夕点头："嗯，还有十万元。"

薛晟："我只给了你十万元吧？"

"对。"

"那你给他多少？"

"三百元。"

车内又是一片安静。

半晌，叶俪才错愕地询问："一周只给三百元？"

这么少？

直到回到家，叶俪还处于震惊之中，想再具体问点什么，可惜薛夕已经进入房间打开了奥数题……

周日，薛夕仍旧在刷题中度过，终于到了周一。

当车子在"夜来香"杂货铺门前停下时，薛瑶往外瞥了一眼，然后嘲讽道："我就说你上周怎么每天早上都在这里下车呢，原来是去找小白脸！"

自从知道薛夕所谓的"男朋友"只是一家"杂货铺"老板后，薛瑶的优越感又找回来了。她仰着下巴："你知道吗？范瀚在高二的时候就得到了一些重点大学的保送名额，但他都拒绝了。他的目标是华夏大学！从那里出来的人，以后可都是各方面的精英。"

被叶俪训斥后，薛瑶注意了很多，会拐弯抹角地对比了。

可惜薛夕根本不理她，径直下车进入杂货铺。

向淮依旧坐在柜台后，手里捧着一本书，慵懒地看着。见薛夕进门，他深棕色的眸子望过来，看到她后便放下书本熟稔地往餐桌那边走去。

这一切自然又平常。

薛夕说不清这是一种什么感觉，也没深想，照例跟“小虎牙”和向淮一起吃完早餐。

其后薛夕就坐在那儿捂着胸口发呆。

向淮站直身体靠过来，低沉磁性的嗓音响起：“怎么？舍不得我？”

薛夕默默地看了向淮一眼，摇头后才疑惑地说道：“胸口好像还有点疼。”

向淮微愣，随即露出一抹无奈的笑。他的笑声极有磁性，像是有丝丝缕缕的东西在撩拨心弦。

随即，向淮开口：“小朋友，把手给我。”

薛夕茫然地伸出手，接着被男人紧紧握住。

薛夕的身子一僵，整个人都蒙了。

向淮的手很大，能把薛夕的手掌完全包裹住。他的手心像是有一团火，炙热的温度顺着手心传递到她的身上，让她感觉脸颊发烫。

就在薛夕终于反应过来要反抗时，听到向淮询问：“是不是不疼了？”

薛夕一愣，仔细感受了一下，愕然地回答：“对，为什么？”

向淮笑笑：“可能每天见面已经不满足需求了，所以需要握个手。”

薛夕缓缓在脑海中打了一个问号。

她下意识地询问：“那以后握手也不满足了可怎么办？”

这话落下，杂货铺里一片安静。

半晌，向淮笑出声来。他弯腰凑到薛夕旁边，开口：“小朋友，你觉得呢？”

薛夕漆黑的眼珠微缩，雾蒙蒙的眼睛里透出匪夷所思。她一张小脸绷着，心里却在想，向淮如果敢提出什么过分的要求，她就直接一套军体拳伺候！

在薛夕的怒视下，向淮收回视线，两只手抄进裤兜里，慢悠悠地站直身体，话语里透着一点无奈：“放心，上学去吧。”

放什么心啊。

薛夕默默吐槽了一句，但还是拎起书包去上课。她打算走一步看一步，至少目前对于握手，她没感觉到很排斥。

薛夕没看到某人耳根处渐渐染上一抹红……

陆超则往角落里躲了躲，努力减少存在感。

亲眼见证老大在线撩人失败的他，可能会被杀人灭口吧？

薛夕刚进入教室，就看到同学们对着她指指点点。

薛夕扭头看去，那几个说闲话的人顿时闭上了嘴巴。

还有人小声开口："快别说了，得罪了她，烈焰会的人来了怎么办？"

这是薛夕第一次感觉那几个"火苗"还挺有用，至少让她耳边安静了很多。

六节课上完，薛夕收拾东西准备去上奥数课时，烈焰会的"火苗"们又来了。高彦辰双手抱臂站在旁边，"火苗一号"则坐在秦爽让出来的位子上说话："夕姐，你又要去上课啊？"

见薛夕没回答，他道："你不会要求我们也留下来上自习，好好写作业吧？"

薛夕："对。"

"火苗一号"顿时一脸呆滞："啊？辰哥，怎么办啊？！"

高彦辰也蒙了，写作业？他虽然很排斥，可看着女孩素净的脸庞，飞快地回答："如今她是老大，听她的！"

"火苗"们顿时唉声叹气，一个个站起来沮丧地往外走。

"我还想去看电影呢！"

"我也是，还想去打球呢！"

在几个人的抱怨中，高彦辰一脚踢过去："第二天检查作业，老大的要求必须完成。"

"辰哥，抄作业行吗？"

"你说呢？"

几个人来得快，走得也快，眼见他们消失在门口，薛夕的那句"不用"就这么硬生生地卡在嗓子里。

薛夕呆了呆。别人怎么选择生活，她不会多加干涉，就像她没要求这群人把头发颜色染回来一样，她也从来没考虑过让他们跟她一起变成书呆子。

所以，那个"对"是回答"火苗一号"第一个问题的。

可薛夕发现，除了高彦辰，她连几个人的名字都不知道，所以也没办法再去一一通知。

薛夕最终叹了一口气，抱着书本就往外走。

薛夕的动作很慢，等出门后，跟在她身后的薛瑶对范瀚开了口："她亲口说的她喜欢的人是个小混混。范瀚，这种女孩太不自重了，我们离她远点。"

范瀚盯着薛夕的背影看了好几眼，才意味深长地收回视线。

等薛瑶进入了物理班，范瀚跟着薛夕，在她身后的座位上坐下。

过了一会儿，范瀚忍不住开口："你不会是被我退婚刺激的，在外面随便找了人吧？"

见女孩低着头不说话，范瀚拧起眉："你别这样，女孩还是要自尊自爱一些，你养的那个小白脸就是看中了你的钱……"

女孩仍旧没理他，范瀚忍不住拿笔戳了戳她的肩膀。

随即范瀚就看到薛夕慢悠悠、一脸茫然地回头，在对上他的视线以后，她凝眉："有事？"

薛夕略有些不耐烦地开口："别打扰我。"

她淡漠地收回视线，再次投入刷题之中。

所以他刚说了那么多话，她一句也没听进去？

察觉到旁边同学投过来好奇的视线，范瀚只觉得一股窘迫萦绕心头，急忙低下头。

太傲气了。

范瀚心里憋了一口气，抬头看到薛夕做完的卷子放在旁边，发现都是基础题。这些题目相对来说简单，只是考查知识点的汇总。

范瀚忍不住想，她果然奥数竞赛成绩很差，所以老刘才给她做基础题吧？

这个周末就要去参加数学之星比赛了，他一定要比她好，让她知道什么叫实力！

两节奥数课又是眨眼而过。

薛夕没有第一时间离开，将最后一道题写完，抬头才发现教室里的人都走完了。

薛夕收拾好书本，回教室拿书包。

一路上都在思考着刚刚最后一道题，有没有用超纲知识点的薛夕，茫然地走进教室里。

刚进门，就跟急匆匆冲出来的女孩差点儿撞到一起。

薛夕抬头，就见女孩眼神闪烁，狠狠地瞪她一眼，然后急匆匆地离开了。

这是秦爽？

薛夕有点疑惑，觉得是她，可感觉又不像她……

薛夕跟薛瑶回到家中，吃晚饭时，薛老爷子接了个电话，再回来时面色已经变得严肃，对薛晟开口："我知道高老为什么不收礼了。"

薛晟急忙询问："为什么？"

薛老爷子坐下，思考了一会儿才说道："我刚得到内部消息，说是有个大人物来滨城了！"

薛老夫人很好奇："什么样的大人物？"

薛老爷子摇头，"具体身份我不知道，但连高老对他都客客气气的，肯定不是一般人，所以最近我们公司的举动也不要太频繁了。"

"好。"薛晟回答完后又询问，"爸，知道这个人的名字吗？万一我们家碰上，可别不经意间得罪了。"

薛老爷子点点头："我正要说这件事，以后大家如果听到有人叫这个名字，记得一定不要得罪对方。"

这话说完，薛夕放下筷子，认真地看向他。

见众人都看过来，薛老爷子这才慢慢吐出一个名字："陆超。"

陆超？名字有点普通。

薛夕见薛老爷子似乎没有别的话说了，便拿起筷子继续吃饭。

薛晟皱眉："没听说过陆家有什么了不起的人物啊，这位到底是谁？"

薛老爷子摇头："反正如果你们遇到叫这个名字的人都注意着点吧，据说他不知道藏在哪个角落里，也不知道来滨城是为了什么。总之不要得罪了。"

薛晟想得比较多："高老没什么安排吗？"

薛老爷子开了口："过段时间，高老的六十九大寿会邀请他参加。嗯，大家的礼服可以开始准备了。"

后面那句话是对叶俪说的。

叶俪连忙点头。

等吃完饭以后，薛夕上楼刷题。十点整，房门被敲响。征得她同意后，叶俪端着燕窝牛奶走了进来。

叶俪将燕窝放在旁边，瞅见桌子上厚厚一沓卷子，忍不住开口："夕夕，不要这么拼，要注意休息。”

“好的。”薛夕头也不抬地回答。

叶俪：“呃……”

她将燕窝强势塞到薛夕手里：“必须休息一会儿。”

薛夕叹了一口气，面对着叶俪有点无奈。她快速喝完燕窝，忍不住又要往数学题上瞅时，叶俪开口了：“夕夕，先干点别的，休息十分钟。”

薛夕有些茫然：“干什么？”

叶俪见薛夕茫然，也跟着迷惑了：“对哦，干什么？”

她看了薛夕的手机一眼：“你不跟你朋友聊个天的吗？”

薛夕：“不用。”

叶俪忍不住又问：“那周末你也没出门，怎么不去看一场电影？”

叶俪感觉心好累，别人家都是担心孩子早恋会耽误学习，她这个妈妈怎么总是鼓动孩子去玩耍呢？

可没想到这话一出，薛夕很快就回答：“看电影太浪费时间，耽误学习。”

叶俪愣住。

薛夕眨了眨眼睛，然后轻声询问：“妈，我可以继续刷题了吗？”

叶俪拿起碗往外走：“行，记得一定要早点睡。”

因为薛夕每天都学习到深夜，所以叶俪也习惯了早上让她多睡几分钟，将她的早餐打包好，让她在路上吃。

见薛夕拿了早餐往外走，薛老夫人忍不住冷嘲热讽：“考了一次第一，真当自己是学神了？报了奥数班不算，还报了物理班。呵，时间不够用了吧？人太贪了不好，小心两边都落空。”

薛夕根本没听薛老夫人说话，径直上了车。

到杂货铺的时候，薛瑶意味深长地瞥了杂货铺一眼，“啧”了一声，知道说什么薛夕也不会回应，她也懒得继续说话了。

薛夕安安静静地下车。

一起吃饭时，薛夕的手机铃声忽然响起来。手机一直在书包里，薛夕不怎么用，所以便继续吃包子，没第一时间去看消息。

反倒是慵懒的向淮掀起眼皮，将嘴里的东西咽下去后才开口：“小朋友，你有短信。”

薛夕继续吃饭，淡淡地回应：“哦。”

向淮挑眉，身子往后一靠，深棕色的瞳孔看向薛夕的书包，坚毅的下颚微绷：“你不看一下？”

薛夕将手中的包子吃完，这才拎起书包将手机拿出来，发现发短信给她的是季司霖。

薛夕给对方备注了姓名：司霖哥。这是她通信录里的唯一。

向淮盯着薛夕，眼见小朋友看到信息后嘴角微勾，露出一抹浅淡却飞快消失的笑意，他的视线落在她的手机屏幕上。

即便隔着一段距离，视力好的向淮还是捕捉到了上面的消息。

司霖哥：“你下载一个微信，加好友，方便联系。”

然后向淮就见自家那个慢半拍的小朋友飞快地打开手机商城，下载了微信，随即又用手机号注册。

刚注册好，微信好友那里就多了一个红色的“1”，小朋友没有任何犹豫地点开，同意，添加好友。

一系列操作完成，对方已经发来一条消息：“夕夕，这个点快上课了吧？没打扰到你吧？”

薛夕准备打字回复，但她还在吃饭，所以手有点不方便。

这时，向淮又开口：“微信可以语音回复，点击这里。”

向淮修长有力的手指按住了聊天框下方的语音键后，沉稳地开口道：“女朋友，可以说话了。”

薛夕缓了两秒后开口道：“司霖哥，有事吗？”

等薛夕说完，向淮松手，语音消息发了出去。

旁边的陆超惊呆了，半张着嘴巴，小笼包就这么卡在嗓子眼里，忘了咽下去。

老大这宣示主权的举动也太骚了吧？

陆超的嘴角抽了抽，就见女孩放下手机，慢悠悠地吃完早饭，然后干脆又直接地拽住向淮的手。

而平时“一言堂”的老大此刻却乖巧得如同一条小狼狗，一点儿没反抗，还带着点宠溺地任由薛夕为所欲为。

陆超忽然觉得，老大此刻的样子简直没眼看。

向淮低头看向女孩莹白的手指，她的手柔若无骨，似乎很好捏。这么想着，他手指微动，在她的手心里蹭了蹭。

向淮正试图做点什么，手指却一下子被用力攥住，接着就听到女孩清冷淡漠、带着点威胁的话：“别动。”

向淮愣住。

大概十秒后，薛夕感觉胸口不疼了，才像完成一项作业似的松开向淮的手，拎起书包就往外走。

向淮低头，忽然感觉手心里空落落的。

陆超等了一会儿，见老大脸上的笑容渐渐消失，又变得冷酷后，这才汇报道：“老大，最近杂七杂八的人总是来试探，所以老高放出了烟幕弹，说是我来了。”

向淮：“哦。”

陆超想了想，又说：“他还说六十九大寿邀请我去，顺便给我介绍女朋友，嘿嘿嘿。”

薛夕踩着预备铃声进入教室。

手机这时响了一声，应该是季司霖回复了消息，薛夕正准备看一眼，却忽然听到班长的尖叫声：“班费呢？班费被偷了！”

整个教室里倏然一静。

薛夕下意识地看向秦爽，却见她趴在桌子上，整个人蔫蔫的，有点不对劲。

接下来，教室里爆炸起来——

“谁在乎这三千块钱啊？怎么可能被偷？班长，你是不是放错地方了。”

“对啊，班长你再找找……”

贫苦生有学校补助，不愁吃喝。

其余全是有钱人家的孩子，不然国际学校一年五十万元的学费就不是能负担起的，更不可能偷钱了。

可班长兼数学课代表周振却拧着眉头，认真地说：“我确定我昨天就是放在桌兜里的，不可能记错了。”

薛瑶忽然间意有所指地说：“其实也不是谁都不缺钱，有人银行卡不是被家里没收了吗？”

众人顿时纷纷扭头看向秦爽。

薛夕顿了顿，放下手机，伸手戳了秦爽一下。

秦爽无力地回头，脑袋耷拉着："夕夕。"

她脸上的表情很复杂："我把头发染回来，这个周末也没出去玩，昨天又听你的写作业，我爸妈今天早上竟然夸我了。"

秦爽撇了撇嘴："其实他们一直都觉得我很叛逆，很不喜欢我，已经放弃了我。他们只喜欢秦璐，我也已经习惯了，就当自己没有爸妈，但是今天……"

秦爽越说声音越低，渐渐露出迷茫的神色。

薛夕无法体会她复杂的心情，也不知道该如何安慰。正在组织语言想说点什么时，周振来到她身边："秦爽，是你拿了班费吗？"

秦爽听到这话，直接奓毛："你说我偷钱？开什么玩笑！周振，你这是污蔑我的名声！"

周振性格比较软，吓得挠了挠头："我……我就是问问……"

他说完转身就要走。

秦爽不耐烦地将手伸进桌兜里，顺手抽出最上面的一本书放在桌子上。可就在这时，一封厚厚的信"啪"的一下掉在地上。

周振下意识地低头，在看到那熟悉的信封时惊呆了。

他弯腰捡起，打开信封，露出里面很多五十、一百的人民币，厚厚的一沓！

周振气坏了："秦爽，果然是你偷的！"

秦爽蒙了："班费怎么会在我这里？"

薛瑶冷哼："这句话该我们问你才对吧？班费为什么在你这里？秦爽，你就算是再缺钱，也不用偷吧？"

"秦爽，这是怎么回事？你今天必须解释清楚！"

秦爽急了："不是我偷的！肯定是有人陷害我，班级里不是有监控吗？调监控！查！"

国际一班出了这种事，大家都没心思上课了。第一节又是老刘的数学，他干脆没讲课，很快便调来了监控。

监控上显示，昨晚六点左右，大家都走了以后，秦爽进门，从班长那里偷了钱，放在自己的桌肚里，出门时还差点跟薛夕撞了。

看到这些，秦爽惊呆了！

薛瑶忽然义正词严道："薛夕，你明明看到她鬼鬼祟祟的了，刚才我们说的时候你为什么不出来作证？是好友就可以这么包庇吗？你这是害了她！"

薛夕看到视频也愣了愣，但听到这话，她凉凉地看了薛瑶一眼："有时候眼见不一定为实。"

昨天那个人虽然只是一个照面，但给她的感觉很奇怪。

薛瑶冷哼："监控上明明白白就是她，薛夕，你到现在还维护她，该不会是她的同伙吧？"

薛夕正要再说些什么，秦爽忽然攥紧拳头，身子颤抖，低声呢喃："我知道……我知道是谁了……"

她说完这句话便冲出教室。

薛夕紧跟在秦爽身后，生怕她做什么傻事，却见她气势汹汹地走到隔壁的二班，也不管里面的李老师正在上课，直接一脚把门踢开："秦璐，你给我滚出来！"

薛夕顺着秦爽的视线，对上一张跟秦爽一模一样的脸庞。唯一跟秦爽不同的是，她是中短发学生头，而秦爽是长发。

可在看到她的一瞬间，薛夕就确定："小偷是她！"

办公室里。

秦璐站在自家班主任李老师身边，低着头，正在抹眼泪，小声抽泣着。

李老师不屑地瞥了一眼秦爽，冷笑道："老刘，不是我说你，监控上显示的是秦爽，而且她的成绩那么差，平时又不听话，干了多少坏事，偷个班费很正常，关我们班秦璐什么事？"

老刘皱紧眉头，看向秦爽和薛夕。

秦爽挺直了脖子，站没站相，弯起一条腿，一双眼睛里全是叛逆和愤怒。而薛夕则安静乖巧，像是一个局外人。

老刘询问："薛夕，你昨天见到的真是秦璐？"

薛夕慢慢点头："对。"

老刘也皱起眉头："秦爽同学虽然不听话，却也不至于做出这种事情，这件事的确要调查。"

李老师冷笑道："秦璐学习成绩那么好，排年级前十，这样的孩子怎么可能偷东西。这件事很明显是秦爽和你们班薛夕盘咬秦璐！"

秦爽绷住脸不说话。

就在这时，外面传来脚步匆匆的声音，秦爽的父母冲了进来。电话里，李老师已经将事情解释了一遍。

两个人进门后，秦母怒视秦爽，突然走过去，“啪”的一声一巴掌狠狠地打在秦爽的脸上：“亏我还以为你变好了，没想到你更变本加厉！竟然都开始联合同学陷害你姐了！”

秦爽被打得头偏了偏，攥紧了拳头，眼里有难以置信，更多的却是习以为常：“我就知道，我说什么都没用，你们只相信她。她学习好，她是好孩子，所以她从来不会犯错！从小到大，犯错的永远都是我！哪怕这次还有同学为我作证！”

秦母厉喝道：“作证？你分明是冤枉秦璐！跟你在一起的这个人肯定跟你一样不是什么好货色，才会配合你演戏！”

老刘皱眉：“学生家长，话不能说得这么难听，这里是学校！”

秦母对老刘说道：“刘老师，您什么都不用说了，我先带她回家，等回头再为她办休学手续。”

说完后，秦母抓住秦爽的胳膊，推着拽着往外走。

秦爽用力挣扎，可她毕竟只是个高中生，哪里抵得过秦母的力气？

就在秦爽快被拽出办公室时，一只好看冷白的手按在了秦母的肩上，让她站定脚步。

薛夕冷冷地盯着秦母，缓缓道：“放开她。”

薛夕的动作看着轻飘飘的，似乎只是将手放在秦母的肩膀上，可只有秦母知道，这女孩力气真大，竟然让她怎么也挣脱不开。

秦母只能怒视薛夕：“这是我们秦家的事，你一个小姑娘不要乱掺和！”

她的话音刚落，肩膀上的力气陡然加大，让她感觉骨头都像要被捏碎般尖锐的疼痛，她只能松开了拽着秦爽的手。

秦爽获得自由，下意识地往“很能打”的薛姐身后躲。

秦母想继续去抓秦爽，可老刘上前一步劝道：“秦爽妈，有话好好说，我们找你来是为了解决问题。你别动手动脚，而且这件事也没到休学那么严重！”

真的偷钱，对于一个已满十八岁的人来说，情节的确很严重，记过都算轻的处罚了。

但老刘觉得秦爽很可怜，如果真就这么被带走，那她这一辈子就毁了！

老刘不着痕迹地插进薛夕和秦母之间，生怕秦母对班里这个乖巧懂事但长相单薄，一看就很瘦弱的薛夕动手，保护在她面前。

秦母想要将老刘推开："刘老师，你让开！你也不用为秦爽说话了，她干这种事还少吗？我早就不管她，就当没这么个女儿了。可这次她竟敢污蔑秦璐，我饶不了她！她从小就这样，自己不学好，还要带着姐姐不学好！"

老刘急忙拦住她："秦爽妈，冷静一点……"

看他们吵吵闹闹的，薛夕开了口，声音清冷又清晰地传进办公室所有人的耳中："所以，你认定这件事是秦爽做的？"

秦母愣了愣，随即又点头："对。"

薛夕："哦，那就只能报警了。"

一句话让整个办公室安静下来。

秦母终于不疯了，有些难以置信地看着薛夕，然后又看了一眼秦爽："报警？你知不知道报警后秦爽会有什么下场？她已经成年了，偷钱可是要坐牢的！"

秦爽看了薛夕一眼，只觉得可笑又可悲。

既然都站在秦璐那边，认定了她是坏人，又何必假装关心她呢？她脸上火辣辣地疼，本以为早就麻木的心却更痛。

没人抢话，薛夕不带任何感情地理智分析道："现在刑侦手段很高，这信封从放进秦爽的桌肚，一直到掉出来，她始终没有触碰过。只要报警比对信封上的指纹，就可以看出来谁是小偷。"

此话一出，正低头哭泣的秦璐身子蓦地一僵。

秦璐难以置信地抬起头来，就对上薛夕那双漆黑似已经看穿她的眼睛。不知道怎么回事，她打了个寒战。

薛夕直接问秦爽："你敢报警吗？"

秦爽站直身体，挺直了腰："敢！"

秦母听到两个人说的话，也气笑了："你以为你敢报警我就信你了？秦爽，我是为你好才不让报警的，如果是别人冤枉秦璐，我早就报警了！你报啊，正好让警察来了也调查取证，你自己想坐牢，我绝拦不住你！"

秦爽难以置信地看着秦母。她们母女俩已经快要超过两年没说话了……可没想到今天早上她刚提醒了自己吃早餐，这会儿就又到了剑拔弩张的地步。

又是因为秦璐……

薛夕见状，没再说话，直接从校服口袋里掏出手机，按了"110"。

正要拨出去时，秦璐突然惊慌地叫道：“不要！”

薛夕的手指按在拨打健上，听到这话，慢慢扭头看去。

办公室里的所有人也都看向秦璐。

秦璐纠结着说：“妈，我不追究这件事了，你也不要追究了，秦爽好歹也是我妹妹，我不想让她坐牢。”

秦母顿时露出心疼的表情，指着秦璐对秦爽说道：“看到了吗？你陷害她，她还在为你考虑！秦爽，你怎么就这么狼心狗肺呢？”

秦爽不说话。

秦璐急忙又开口道：“秦爽，只要不报警，这件事就这么过去了，反正钱也没少。刘老师，就这样吧！”

李老师也冷嘲热讽：“看看，这是学习好的同学的高素质，某些人真是素质低还学习差！”

薛夕瞥了一眼秦璐，见她跟秦爽一模一样的脸庞上带着惊慌和不安，努力维持着笑，收回了淡漠的视线：“还是报警吧。”

薛夕直接按了拨打键。

秦璐见状，猛地往前冲：“不行！”

却被秦母抓住了手：“秦璐，你别管她了，她愿意自作自受就让她去！”

秦璐见电话似乎拨通了，薛夕正在说话：“喂，您好，这里是……”

后面的话还没说完，秦璐急忙大喊道：“是我偷的！”

变故来得太快，所有人都难以置信地看着秦璐。

薛夕听到这话，才慢慢放下手机，屏幕还停留在未拨打出去的界面上。

半晌，秦母冲到秦璐面前，抓住她的胳膊：“璐璐，你说什么？”

秦璐深呼吸一口气，哭着开口：“妈，是我偷的，不要报警了！钱我赔，好吗？”

秦母听到这话，又过了十秒钟才从难以置信中缓过神来。她急忙大喊道：“璐璐她不是故意的！肯定是秦爽逼她太甚，璐璐只是想给秦爽一个教训！刘老师、李老师，这件事就算了吧，要赔多少钱都没问题，可千万别给孩子记过啊！”

说着秦母的眼眶已经红了：“那会影响孩子一辈子的！”

秦爽站在薛夕旁边，看到这种情况，却没有预想中真相大白后的舒爽感。

她出了事，秦母先来一巴掌。而秦璐出了事，秦母的第一反应是维护。

明明是双胞胎，可会哭的孩子有糖吃，她从来是不哭的那一个。

李老师也没想到事情会是这样，她拧起眉头：“秦璐，你怎么能做出这种事呢？”

秦母急忙说道：“这只是两个孩子之间的小打小闹，你们看……”

这时，门口传来阵阵脚步声，随即属于“火苗一号”的声音在外响起：“呵，这么热闹呀！”

几个人扭头就看到高彦辰带着“火苗一二三号”站在门口，四个红头格外刺眼。

李老师原本想保秦璐的，毕竟是她们班前五名的好学生，她还指望着高考的时候她能考个好成绩提高业绩呢。

可看到高彦辰等几个人，李老师顿时怂了，一句话也不敢再说。

老刘则皱起眉头：“高彦辰，你们不上课来这里干什么？”

高彦辰双手抱臂，不耐烦的眼神落到秦爽身上，随即开口：“我听说有人冤枉我们烈焰会的人，所以来看看谁的胆子这么大？”

说完这话，高彦辰扫向秦璐。在他看过去的那一刻，秦璐哆嗦了一下。

秦璐不解地皱眉。不是说烈焰会老大换成薛夕了吗？高彦辰应该心有怨念才对，怎么还在帮秦爽出头？

高彦辰的视线不经意地从薛夕身上划过，盯着李老师：“既然秦璐已经认了，这件事要怎么罚呢？”

李老师还没说话，秦母就上前一步：“这么小的事情罚什么，我们可以出十倍班费！”

高彦辰下巴微抬：“偷盗三千、污蔑同学，两罪并罚……嗯，根据校规，应该记个大过。李老师，这件事你就不用操心了，我会找教导主任聊的。”

任何一所高中都有校规，不许染发，高彦辰的烈焰会却在学校里横着走，是因为这所国际学校的校董之一，就是高老！

高彦辰说完以后往旁边动了动，让出门：“夕姐，走吗？”

薛夕：“哦。”

身为唯一的目击证人，薛夕一直在办公室里，已经耽误了一节课的时间。

薛夕带着秦爽往门口走时，秦母激动得大喊：“秦爽，你真的要毁了秦璐吗？你怎么能这么自私又狠心！”

秦爽被指责，痛苦地闭上眼睛。

就在这时，一道不解加茫然的声音传来："这件事不是她自己做错的吗？为什么要说是秦爽毁了她？"

秦母一顿，办公室里的所有人都看向薛夕。

感情向来淡漠的薛夕雾蒙蒙的眼睛看着秦母，似乎在等一个答案。

秦母噎住。

两秒后，薛夕收回视线走了出去。

几个人离开办公楼往教学楼走时，薛夕走在最前面，高彦辰则仰着下巴，跟在薛夕身边。

解决了这件事，薛夕终于拿起手机查看季司霖回复的微信消息。

季司霖："夕夕，你有男朋友了？"

薛夕愣了下，这才后知后觉地意识到什么。她点了一下上面发过去的语音，先是向淮的那一句"未来的女朋友，可以说话了"，然后才是她说的那一句"司霖哥，有事吗"。

薛夕愕然地站定脚步。

高彦辰听到这个语音，愣住了。

未来的女朋友？

身后的几个人却没察觉到他们的异样，"火苗一号"听秦爽讲了事情的经过后询问道："夕姐，你为什么不直接报警？这样就可以让秦璐坐牢了！"

薛夕"哦"了一声，接着说道："小话痨碰那个信封了。"

"火苗一号"："啊？"

过了一会儿才明白"小话痨"指的是秦爽。

薛夕："所以指纹判案法没用。"

秦璐和秦爽的确是属于长得很像的那种双胞胎，再加上秦爽喜欢化浓妆，模仿起来太方便了，从监控视频里根本看不出是谁。

"火苗一号"恍然大悟："夕姐，原来你刚刚诈和！牛啊你！"

说完，他挠了挠头，看着薛夕问："夕姐，你这么喜欢给人取外号，那你给我取的是什么啊？你给辰哥也取了吗？"

薛夕默默看了一眼他的头发，有点心虚："没吧。"

说完这话，薛夕掩饰地低头给季司霖回复了一条信息："嗯，情况比较特殊，改天再细说。司霖哥，我先上课了。"

消息刚发过去，手机又响了一声。

薛夕退出聊天框，发现微信里多了一个好友申请。她点开后发现这人头像全黑，取名为X，备注消息：是我。

——你是谁呀？

薛夕确定自己没有这么一个朋友，应该是别人加错了吧？

于是她点了拒绝，然后就没当回事，把手机放进口袋里。

六节课很快上完，又到了奥数时间。不对，还要上物理竞赛班。

薛夕抱着书本往阶梯教室那边走时，就看到秦爽和秦母站在不远处。秦母正红着眼眶，不知道在说什么，拿出一张银行卡塞到秦爽手中。

秦爽却摇了摇头，后退一步，将银行卡还给秦母，转身跑了。

薛夕看了一会儿，收回视线去上课。

她进入物理班，发现这个班比奥数班的人更少，只有七个。

薛夕随便找了个位子坐下，就听到薛瑶的声音传来："薛夕，你这个周末有数学之星的竞赛吧？今天上物理课真的可以吗？"

薛夕没理她。

倒是薛瑶旁边的男生询问道："她报了两个奥赛班？"

薛瑶点头，顺手整理了一下刘海，假惺惺地说："对啊，奥数班已经很多作业了，她每天都学习到深夜，真不知道上两个班能不能吃得消。"

那个人蒙了："不是，一个竞赛就已经要全力以赴了，她报两个闹着玩呢吧？"

薛瑶："谁知道她怎么想的呢。"

其他人看了看他们，没说话。

但没过五分钟，学校贴吧里有一个匿名帖子突然就火了："某人考了一次第一就报两个奥赛班，是飘了吧？"

这帖子下很快就有了几十条留言——

"谁？高三的薛夕？"

"我是奥数班的，给大家普及一下，薛夕在奥数班连续两次模拟考试成绩都垫底，这样的人，真不知道老刘招进来干吗？吉祥物吗？"

"指不定那次年级第一还是作弊呢，薛家大小姐想立学霸人设，给她融入豪门镀一层金？但这做得也太过了吧？"

"马上就是数学之星考试了，大家拭目以待。这种考试可做不了弊，所有鬼魅都会被打回原形！”

浑然不知网络消息的薛夕此刻手机又响了一下。

薛夕拿起来，发现是另一个好友申请，点开，头像是一张自信的自拍照，笑得露出两颗小虎牙，取名“陆大大”，备注：是我！

杂货铺中。

陆超正讨好地看着向淮笑：“老大，她肯定是陌生人的申请不会通过的，您等着看，她绝对也会拒绝我！”

话音刚落，手机振动了一下，陆超和向淮齐刷刷地低头，就看到微信提示对方通过他的好友请求了。

整个房间里安静了几秒。

陆超僵硬着身体，感觉背脊上倏忽爬上了一抹凉意。他咽了一口口水，不敢看向淮那锐利的眼神，急忙将手机塞到他手里，再一本正经地说：“老大，这其实是你的手机。”

五秒后，向淮拿起手机，凉凉地道：“那你还盯着我的手机干什么？”

陆超看着自己刚入手两天的新款柠檬牌手机，在心里含泪道别，然后就默默地后退几步。

见陆超离开，向淮修长冷白的手指这才开始打字。

薛夕刚刷了一道物理题，手机就振动了一下。

她慢慢抬起头来看了一眼，发现是“小虎牙”发过来的消息。

陆大大：“在干什么？”

薛夕觉得这是废话。她一个学生，这个点能在干什么？

“小虎牙”看着挺机灵的，怎么问这么无知的问题？

但薛夕还是好脾气地给他回复了消息。

学习：“上课。”

陆大大：“那你少跟别人聊天，会影响学习。”

薛夕缓缓在脑海中打出一个问号。

别人是谁？

薛夕回复了一个“哦”字后，就沉浸在刷题当中。

上完两节课后，薛夕往教室那边走，却看到众人对着她指指点点。她不明所以，等回到一班后，就看到教室最后一排被“火苗”霸占了。

几个“火苗”聚在一起，拿着手机边打字边喊出声——

“我们烈焰会老大是可以被这么编派的吗？小子，我记住了你的 ID！”

“我夕姐能进奥数班就是厉害，有本事你进一个？老刘是出了名的铁面无私，怎么会收你！”

“夕姐牛！”

“对，数学之星比赛就快开始了，到时候让你们见识一下夕姐的厉害！”

几个人在讨论中，秦爽抬头看见薛夕，急忙咳嗽了一声。

几个“火苗”顿时闭上嘴。

高彦辰斜斜地靠着后面的墙壁，没在意秦爽的咳嗽，正在怼贴吧里的那些流言。他在现实中话不多，可怼起人来气势也不弱。

“烈焰会下场了，大家赶紧散了吧。等到数学之星考试结果出来，一切就会真相大白！”

高彦辰本尊回复：“散什么！来比画两下，是男人就正面刚。”

对方真怕被烈焰会盯上，到时候怎么死的都不知道。

高彦辰：“你不去炒菜太可惜了，我看你挺会添油加醋的。”

高彦辰连续怼了几个人，忽然看到一条匿名留言：“薛夕刚进学校就加入了烈焰会，烈焰会里都是些什么人大家心里没个数？就他们那品质，能出一个学霸？”

高彦辰看到这句话，蓦地愣住。他的手指停顿在手机屏幕上，一时间没有回复。

这条留言似乎引起了共鸣，已经有四百多个点赞，整个学校三个年级也才一千多人。

下面又有人说了别的话——

“今天实验一班发生了班费被盗事件，明明监控里是秦爽，钱也是在秦爽的桌肚里发现的，可到了最后这件事竟然落在了秦璐身上！我看到高彦辰去教务处找主任，说要给秦璐处分。呵，如果要说处分，染发、迟到、早退、欺负同学这些事情烈焰会干得还少？为什么不给处分？”

“哈哈哈——恕我直言，‘烈焰会’这三个字听着我都觉得二，挺替他们难为情的。至于偷钱这件事，真相只有两个：一，秦爽偷的，嫁祸给秦璐；二，秦璐被秦爽欺负太多次了，也应该是受不了她才会买了假发假装秦爽去偷钱。实名心疼秦璐。”

“心疼秦璐 +1。”

“心疼秦璐 +10086。”

下面一排的心疼后，话锋又转向薛夕。

“就这样一群不学无术、一无是处的人，如果没有了高家的庇护，他们算什么？薛夕跟他们在一起，那个第一名肯定有水分，指不定是高家提前拿了卷子给她呢！”

高彦辰攥紧了拳头。

从小到大特立独行的他，从来不在乎周围人的看法。

高彦辰无论干什么，高老都是持鼓励的态度，经常挂在嘴边的一句话是——学那个干什么？以后家里的钱足够你挥霍的！不吃那个苦！

所以高彦辰从来没觉得这种生活态度有问题。

高彦辰是听说薛夕在贴吧上被骂了才来看看的。可这一看，他从初中就建立并引以为傲的烈焰会竟然还给薛夕抹黑了。因为秦爽是烈焰会的人，所以明明是秦璐偷了钱，却也成了受害者……

高彦辰第一次感到羞愧。

就在这时，一道身影站在高彦辰面前，询问道：“你在干什么？”

高彦辰吓了一跳，猛地抬头就见女孩站在他面前，绝美的容貌像洋娃娃一般精致漂亮。

这样的女孩，天生自带光芒。现在却因为烈焰会深陷泥潭。

这个念头一出，高彦辰急忙将手机锁屏，站直了身体，有些心虚地说：“没干什么。”

“小火苗”为什么这么紧张呢？

薛夕刚生出这个疑惑，秦爽就发挥八卦的本性，将事情解释了一遍，还挑选了几条有代表性的言论：“太过分了！还说等着数学之星成绩出来后看笑话！夕夕，你一定要考得比范瀚好，打他们的脸！”

说完后，“火苗”们齐刷刷地看向薛夕。

“火苗一号”小心翼翼地询问道：“夕姐，你的奥数到底学得怎么样？能拿奖吗？”

他们还没跟学霸一起玩过呢！

范瀚和薛瑶那样的人，在路上碰见他们都会假装没看到，似乎跟他们说一句话就会变坏。

如果薛夕能考得很不错，他们烈焰会也可以扬眉吐气了！

这么想着，就听薛夕慢慢地开口："凑合吧。"

凑合是什么？不行的意思呗！

"火苗一号"愣住，咳嗽了一声："其实能参加就是一种荣誉了！拿不拿名次无所谓！"

"火苗二三四号"："对对对！"

秦爽也急忙安慰道："夕夕，考不好也没事的，不要有压力，重在参与！"

薛夕没过多解释，拎着书包回家。

很快就到了周末，数学之星比赛即将开始！！

数学之星是非官方比赛，在邻城举办，所以他们周五的下午就要在学校集合一起出发，周六参加考试，周日再回来。

周五早上从家里出发时，叶俪有一百个不放心，将薛夕的行李翻了好几遍，最终确定没落下什么东西，这才送她往外走："夕夕，你真的行吗？要不还是我陪你去吧。"

薛夕摇头："不用。"

叶俪还是有些担心，毕竟薛夕从小没离开过孤儿院。她迟疑道："要不我给范瀚打个电话，让他在外多照顾一下你。"

薛夕还未拒绝，薛老夫人就开了口："不就是一次小考试吗？瑶瑶从小参加那么多考试也没怯过场，有些人真是会装腔作势。"

薛夕没理她，像是没听到似的出了门。上车后，她的手机振动了一下，她拿出来后发现是"小虎牙"的每日一问——

陆大大："今天想吃什么？"

第五章 她是薛夕

杂货铺里。

吃完早餐，薛夕照例面无表情地拽住向淮的手。

对，是拽，没有一丝娇羞。

向淮往后靠了靠，锋利的眉眼散发着柔和的光，轮廓坚毅的下颚也微微放松。

向淮懒洋洋地看着薛夕，在她即将放开手时，反手抓住她的小手，随即轻笑：“小朋友，多握一会儿。”

薛夕顿了顿：“为什么？”

向淮脸不红心不跳地回答：“明天就握不到了，今天要把明天和后天的都握了。”

薛夕用力把手抽回来，刚想走，就听到向淮低沉的声音：“小朋友。”

她转身走时看到“小虎牙”，想到他的每日一问和准备好的早餐，客气地说道：“谢谢。”

陆超一脸问号。

等薛夕离开了杂货铺，陆超没回头都感受了到来自某人的森森冷意，他顿时紧张起来：“老大，你听我解释！不对，我干了什么？我什么也没干啊？”

下午，大家坐上学校准备的大巴车，经过五个多小时的车程，在官方比赛地点周围找了一家五星级酒店。

国际学校来了十一个人，八男三女，另外两个女生一起住，所以薛夕落单了。

薛夕根本没考虑这些，毕竟出门前薛晟又给她转了十万元钱，她一个人住单间也没问题。

老刘却很操心，对薛夕说："我担心你晚上会害怕，所以给你找了滨城一中落单的一个女生，你们一起住，也能互相有个照应。"

薛夕点点头。

滨城一中是滨城高考升学率最高的学校，在全国都很有名，他们学校足足来了三十几个人！

老刘先跟带队老师打了招呼："张老师，麻烦您了！"

张老师是一个四十多岁的男老师，也是滨城教育部数学组组长。他挺着啤酒肚，眼神扫了一圈国际高中的人，居高临下道："老刘啊，你们学校这些人中，除了范瀚，其他人都没拿过奖，不适合走竞赛这条路，你带着他们来陪跑不是浪费时间吗？我说这话你可别不高兴，我是为你好。"

老刘抽了抽嘴角，鄙视谁呢？

如果不是薛夕一个女孩太柔弱，不放心她一个人住，他才不会向张老师低头呢！

老刘没接这话，对着张老师身后的一个短发女生开口："刘丽媛同学，就麻烦你照顾一下薛夕了。"

刘丽媛看了薛夕一眼，"嗯"了一声。

之后几个人上楼，入住酒店。

薛夕拿着房卡走到508，刷卡打开房门正打算进去，人就被挤了一下，刘丽媛提着行李箱抢先进去。

她霸占了靠窗的床，呈"大"字形躺在那儿："好舒服！"

薛夕慢了一拍，凉凉地扫她一眼，这才进了门。她没收拾行李箱，先从随身带的双肩包中拿出一套题，就打算去书桌那边刷题。

薛夕即将到达书桌时，刘丽媛猛地起身，霸占了房间里唯一的书桌。她坐在椅子上，两条腿跷着玩手机："不好意思，我要用。"

薛夕默默回头靠在床头，拿起一本书垫在腿上，开始刷题。

刘丽媛的手机一直在响，语音消息一条接一条，都是外放，根本就不注意影响。

半个小时后，她终于拿出奥数书看起来。

这时，沉浸在书海中的薛夕听到手机发出“叮”的一声。

薛夕拿起来看了一眼，发现是“小虎牙”：“到了吗？”

薛夕本来想打字的，但手头的题目还在写着。她一心二用，回语音：“嗯，早到了。”

说完这句话，薛夕笔下的这道题有了答案，于是一时间忘了松开语音消息。

刘丽媛却烦躁地将书本往桌上一扔，拿起手机吐槽道：“同屋这个女孩好烦啊，她一直在玩手机，搞得我都静不下心来看书。国际学校不都是有钱人家的孩子吗？干吗还要跟我挤一间房？还是有钱人也就这样？”

薛夕手头的题刷完时，刚好听到刘丽媛的话。她一松手，语音消息就发了过去。

薛夕没意识到这些，慢慢地拧起眉头。

她从来不在意别人的看法，因为别人说她几句她不会损失什么，但这并不代表她会忍气吞声。

薛夕盯着刘丽媛看了两眼，慢悠悠地说道：“刚刚在那儿说了半个小时话的人似乎是你吧？”

刘丽媛顿时怒了：“你什么意思？要不是你，我就一个人住了。干吗非要跟我挤在一起！”

薛夕的眼神一冷，放下手中的书本，慢慢地从床上站起来，声音清冷却带着迫人的气势：“不想跟我住你可以走。”

刘丽媛被震慑住，慌了两秒后喊道：“凭什么我走？这是我的房间，要走也应该是你走！哦，我知道了，你是不是根本不是什么豪门出身啊，连个房间都开不起？”

这话落下，房门被敲响。

刘丽媛有点怕薛夕的眼神，快速站起来，冲过去打开房门，就看到客服人员站在门口：“请问是薛夕小姐吗？您好，您的总统套房已经开好了，需要我们帮您拿行李吗？”

房间里安静了一瞬。

过了一会儿，刘丽媛才回神：“什么？”

总统套房？这种她只在小说里听过的房间，薛夕要去住？

刘丽媛回头看薛夕。

女孩安安静静地站在那里，普通的校服穿在她身上看不出贵贱，只不过她的长相极其艳丽，看着气场十足。她的确不像是普通人，所以，真正的豪门是这样的？

刘丽媛咽了一口口水，一改刚刚的态度，有些尴尬地笑道："那个……薛夕同学，刚刚都是误会！"

刘丽媛急忙走过去，讨好地笑着："刘老师和张老师让我们住一起，就是怕你一个小姑娘半夜有什么危险，也担心你会害怕。呵呵，你看……要我陪你吗？"

能跟着薛夕去住一次总统套房，她能在学校里炫耀显摆一年了！就是不知道薛夕会不会同意……

薛夕疑惑地拧起眉头。她没升级总统套房啊，这是怎么一回事？

她正想着，手机响了一声。

陆大大："我这里刚好有你住的酒店的优惠券，给你升了个总统套房！"

原来是这样。

薛夕住哪里其实都一样，但能住得更好当然也不介意，况且她银行卡里还有一笔巨款。于是她回复消息询问："多少钱？等我回去给你。"

对面回复得很快："八元八角。"

八元钱？这么便宜吗？

这么想着，薛夕放下手机，看到刘丽媛殷勤讨好的神色后，顿了顿："收拾东西。"

刘丽媛惊喜交加，没想到她竟然同意了。她急忙把没怎么动的行李收拾起来，随即拎着书包站在薛夕面前："我收拾好了！"

薛夕慢悠悠地拉着行李箱，才刚出门，客服人员就把她的行李接过去："薛小姐，我帮您拿。"

薛夕点头。

虽然没有入住过这么高档的酒店，但她一点也没有不自在。几个人走到电梯口，去往总统套房楼层的专属电梯打开，刘丽媛激动得往里面冲。

就在这时，一只纤细白皙的手抓住了她的胳膊。她微愣，扭头就看到薛夕缓缓说道："你的电梯在旁边。"

刘丽媛愣住："不是啊，总统套房就是坐这台电梯。"

薛夕淡漠地看向电梯："哦，但去一中住的公寓是另一台电梯。"

薛夕说完这话，看向另外一个服务员："麻烦把她送到滨城一中那边，另开一间房。"

说完这话，薛夕就迈开脚进入了电梯。

滨城一中是重点高中，里面招收的大部分都是普通家庭的孩子，没有国际学校的出手阔绰。

他们的房间在二号楼的公寓楼，价格相对要便宜很多。

而国际学校住的都是豪华间。

薛夕的房间是老刘安排的，也是国际学校出的钱。刘丽媛如果不是能陪薛夕一起住，哪里能住在这边？

薛夕这是直接把刘丽媛打回了原形。

刘丽媛惊呆了，难以置信地站在那儿。等到电梯门快要合上，她才反应过来，猛地往前冲："薛夕，你耍我？！"

可是她被工作人员拦住："这位小姐，请不要影响我们尊贵的客人。如果您不听劝，那我只能联系您的老师了。"

刘丽媛气急了，猛地一脚踢在旁边："总统套房了不起啊！看不起谁呢？多少钱？我也升！"

出门时，她跟父母要了三千元钱，就算是为了争一口气，她也要住一晚！

刘丽媛这么想着，就听工作人员笑道："总统套房有几个不同的标准，薛小姐的套房是八万八千八百八十八元一天的顶级套房。"

刘丽媛当场石化。

总统套房位于酒店最高层，视野极佳，宽敞明亮，足有三百多平方米。

除了会客室、休息室、客厅和卧室，还有一间专门的书房。女士的洗护用品也全部用的是大品牌，处处显出精致。

薛夕看了几眼，对其余的地方不怎么感兴趣。她走到书房，把刚刷的卷子拿出来继续看。

客服人员客气地询问："薛小姐，今晚的餐点可以送到房间里来，这里的酒水您也可以随便使用，请问您几点用餐？"

薛夕正不想出门浪费时间，真是瞌睡遇到了枕头。

等服务员离开，整个房间回归宁静，她这才拿起手机给“小虎牙”发消息：“房间很好，谢谢。”

杂货铺。

陆超坐在小板凳上，深情凝视着柜台上自己的柠檬牌手机。

这手机刚上线没几天，他也是好不容易才抢到的，却要生生分离，简直让他痛不欲生。

现在老大也没跟小姑娘发消息，他拿过来玩一会儿应该没什么事吧？

陆超悄悄伸出手，正要握住手机时，手机“嗡嗡”地振动了一下。向淮冷白的手指伸过来，将他心爱的手机拿走了。

然后陆超就看到老大瞥了一眼信息后，眼神再次凉凉地扫过他。

老大略锐利的五官都透着冷意，陆超觉得自己不能总是莫名其妙背锅，否则早晚会冻死在老大的眼神里。

陆超瞥了一眼手机里的内容，开口道：“老大，我仔细想了想，人家小姑娘没加你好友，那是因为你没说自己是谁啊！”

向淮修长的手指在桌面上叩了一下：“然后呢？”

陆超笑：“看我的！”

陆超把自己的手机拿过来，发了一条微信信息。

陆大大：“其实房间是老大给你定的。嘿嘿，你和老大加个好友吧？他的微信名字是‘X’。”

陆超对向淮说：“老大，现在申请加好友。”

向淮点头，拿手机添加了对方为好友后，看似悠闲地靠在椅子上。

陆超屏息凝神地盯着手机，等待着结果。

大概一分钟后，振动声传来。

陆超想看消息，老大明明慢一步出手，却比他更快地拿到了手机。然后他慢条斯理地看过去，发现手机没有任何提示。

两个人顿了三秒才反应过来，刚刚那个声音来自陆超的手机。

陆超愣怔地低头，就看到薛夕回过来的消息。

学习：“哦，不用加微信，我有他电话。”

看到这条消息，陆超的身子一僵，慢慢地抬头……

在向淮看过来的那一刻，陆超僵硬着把手机递给他：“老大，我突然想到，我们杂货铺已经两周没进货了，我出去看看！”

说完这话，陆超就快速溜了出去。

向淮看到那条信息后，微愣，深棕色的眸子里闪过一抹诧异。可他很快又回过神来，手指习惯地敲了一下桌面，冷硬的脸部线条慢慢变得柔和。半晌后，他低笑出声。

小朋友看着乖巧懂事，可原来……只是看着啊。

不加他微信，这是在表示她对“不靠近他会死”的抗议吧。

对于向淮的好友申请，薛夕没同意，却也没拒绝。万一惹怒了对方，心绞痛怎么办？

她不是任人摆布的玩偶，一定要找到解决这件事的办法。

这一晚，她早早地洗漱了睡觉。

第二天，所有考生在一楼集合后，坐上大巴车去了考场。

到了门口，老刘对薛夕招手。她走过去以后，老刘低声说道：“这次考试是非官方的，对知识点的要求不限，只要你能做对题目，就都算正确。”

听到这话，薛夕眼睛一亮。

薛夕在奥数班几次考试都不理想，是因为总是避免不了用大学知识来解题。毕竟有捷径，谁还会用笨办法？

数学之星不在意这个，真是太好了！

等薛夕和考生们一起进入考场，送一中学生过来的张老师走到老刘身边，笑呵呵地说道：“老刘，听说你们学校薛夕昨晚住了总统套房啊！”

老刘一愣：“是吗？”

张老师咳嗽了一声，忍不住说道：“刘丽媛说她嫌贫爱富，进房间后就对她指手画脚，最后升了房还把刘丽媛赶回来了，你看看这都是些什么事。现在的孩子有钱就只知道贪图享乐，而且之前也没见她参加过竞赛，这样的人怎么可能考好？”

一般想走竞赛保送或者加分这条路的，从上高中起就进竞赛班，高二就已经跟着考过一次了。

比如范瀚高二时拿到省二等奖的成绩，虽然止步于全国联赛，但老师心里有了印象，对今年的他抱有很大的期望。

老刘不清楚是怎么一回事，但毫不犹豫地维护自己的学生：“张老师，孩子们之间的事不能只听一人之言，而且你说贪图享乐这话我就不认同了。难道家庭富裕现在都是原罪了吗？你们不贪图享乐，怎么不去住小旅馆呢？”

张老师顿时被噎住，指着老刘训斥道：“你看看你，张口钱闭口钱的，哪里还有为人师表的样子！老刘啊，我们做老师的，不能把钱看得那么重……”

老刘觉得对方简直莫名其妙，转身走人。

反正薛夕也不跟他们学校的人一起住了，他凭什么还在这里装大爷，数学组组长了不起啊？！

数学之星考试跟奥数考试一样，分为两场。

第一场考试时间八十分钟，题目是填空题和解答题，题目比较多。

第二场考试时间一百五十分钟，只有四道难度很大的解答题。

第一场考完后，考生们各自活动了一下，还有精力和兴致絮絮叨叨地说话，然后继续第二场考试。

第二场考试明显安静和沉重了许多，整个考场里全是笔落到纸上的写字声。

这四道大题很难，竞赛题目都有些超纲。

考试结束时，考生们基本上都垂头丧气。

“今年的题目也太难了吧？”

“对呀，那几道大题，后面两道我一点思路也没有，第一题还不知道对不对。”

在这样的议论声中，薛夕走到老刘身边。

老刘正在询问期望值最大的学生范瀚：“感觉怎么样？”

范瀚勾了勾嘴唇，眉头略微拧着：“对了两道，第三题和第四题没把握。”

老刘点头：“已经不错了，据说今年特别难！而且两道做了出来，基本上一等奖就稳了。”

说完老刘又依次问了其余几个人，等薛夕过来后，他询问：“怎么样？”

薛夕想了想，慢吞吞地回答：“都写完了。”

老刘脸上挤出笑容：“行，大家都上车，今天中午请你们吃一顿。”

等他们上了大巴车，刘丽媛嗤笑道：“以为这是政治历史考试呢，把卷子答满了就能有分数？”

刘丽媛给旁边的人指着薛夕的背影道：“看到了吗？就是她，来考试住个总统套房，生怕别人不知道她家里有钱似的。这种人心思都放在别的地方，肯定考不好……”

一中有几个学生点了点头，面上带着嘲讽。

张老师更是不屑地冷哼一声：“滨城的竞赛还是要靠我们学校，行了，上车回去！”

老刘本来是打算让这群人下午随便逛逛，第二天再回去的。

但薛夕没有逛街的打算，她跟老刘说了一声，先回酒店。叶俪派来接她的车也到了，她直接就回家。

时间很快到了八月底，即将进入九月份，高一高二的学生们也即将开学。

距离数学之星考试过去了将近十天的样子，成绩终于即将揭晓。

国际学校的贴吧里炸开了锅——

“在线等某人的分数！”

“数学之星没办法作弊，这次才是真实成绩。”

“听说了吗？据说薛夕考试那天还炫了一把富，把隔壁一中的刘丽媛给得罪了！刘丽媛现在放出话来，说钱是父母的，成绩才是自己的！她要用成绩来打脸！”

“坐等！”

这天是周二，上午十点将在网络上公布成绩。

上学之前，叶俪反复交代：“没关系的，我们考成什么样子都不要紧，夕夕你别紧张！”

薛夕：“哦。”

可等薛夕上了车，叶俪就从口袋里拿出抄写下来的准考证号，看薛晟往外走还微微一愣：“你干吗去？”

薛晟：“上班啊！”

叶俪拖住薛晟：“上什么班啊，等十点查了成绩再去！”

薛晟听到这话，又换了鞋：“行，我陪你等。但先说好啊，奥数可是要从小培养的，夕夕没接触过系统的培训，这次肯定考得不好，你不要抱太大希望。”

叶俪一声叹息：“我想想就觉得可惜。她这么聪明，如果没丢，在我们身边长大，现在该有多么优秀，唉！”

薛晟听到这话，也是一阵恍惚。

薛夕考了年级第一那次，他当时惊呆了。可去孤儿院多了一些了解，他就觉得是正常的了。

因为薛夕上完初中课程后就一直在自学。

但奥数这种比赛需要的不仅仅是天分，还要努力。饶是夕夕再聪明，才刚回来半个月，奥数怎么可能考好？

薛晟拍了拍叶俪的肩膀，叹息的同时在心里自责。如果不是当年把孩子丢了，现在的薛夕一定是同龄人中最亮的那颗星。

两个人正在说着话，薛老爷子却忽然背着手走过来，对着薛晟开口：“你过来。”

薛晟急忙跟在薛老爷子身后，问：“爸，怎么了？”

薛老爷子看向薛晟：“你有那个陆超的消息了吗？”

薛晟摇头。

薛老爷子拧起眉头：“再尽力找找。”

“好。”

薛夕照例在杂货铺下车。

她一进门就先跟向淮握了个手，只见他往桌子上一靠，挑眉问她：“小朋友，你不觉得浪费时间吗？”

向淮低沉的嗓音格外性感撩人。

薛夕默了默：“所以？”

向淮勾起嘴角浅笑，那一瞬，整个房间里的光似乎都凝聚在他的脸上。他明明坚毅锋利的五官，却显得姿容潋滟，带着十足的诱惑：“我有个办法可以快速轻松地解决，想不想听？”

薛夕突然明白向淮想说什么，急忙移开视线，淡漠地回答：“不想。”

薛夕疏离冷漠的态度没有激怒向淮，他反而笑了。

向淮问：“怎么了？”

薛夕慢了半拍才回答：“我知道你要说什么。”

向淮挑眉：“那你要不要跟我做呢？”

薛夕凝眉思考，像是做出什么决定：“行吧。”

向淮顿感错愕。

薛夕不等向淮回应，已经站起来：“今天好了，第二天再试。”

薛夕背起双肩包，穿着宽大的校服出了门。

等薛夕离开后，向淮脸上的笑一点一点收敛起来，又变得冷酷寡言了。

薛夕刚进校门，眼前就一片红。“火苗”一到七号加上秦爽王蹲在学校门口，七个红头很是壮观，高彦辰靠着旁边的一棵树在低头玩着手机。

路过的学生们看到他们，都吓得躲得远远的。

老刘此时骑着破自行车经过，看到他们便停下，冲着他们喊道：“学校规定不能染发，高彦辰，你带着他们几个染回去！”

高彦辰不理他。

“火苗一号”开口：“老刘，我们也不是你们班的，你就别管了。”

老刘循循善诱：“你们是学生，我就能管……”

老刘正要长篇大论说些什么，“火苗一号”看到薛夕，眼睛瞬间一亮：“夕姐！”

随即八个人加高彦辰快走两步，来到薛夕身边。

薛夕有点疑惑：“你们怎么来了？”

秦爽顿时挽住薛夕的胳膊：“今天数学之星出成绩，我们都来给你撑场子！”

辰哥说了，万一成绩出来，有人到薛夕面前说三道四让人心里不舒服，他们一路护送她上学，那些人就算想嘲讽都得把话给咽回去！

旁边的老刘一听这话，也从车子上下来，推着车跟在薛夕旁边。四十多岁的男人被太阳晒得肤色发黑，他开口：“薛夕同学，心态放平和。成绩并不能代表什么，数学之星也只是一次普通的比赛，只是用来试手的，真正重要的是全国数学联赛。这马上就九月份了，即将开始了。”

薛夕：“哦。”

为什么每个人都说她紧张？她真没有。她觉得自己考得还可以啊。

算了，反正都要出成绩了，薛夕也没多说什么。

一行人浩浩荡荡来到教学楼，一路上所有看到他们的人都退避三舍，导致原本打算看热闹的一批人也没敢上前说话。

薛夕就这么被护送到教室里，安安稳稳地上了两节课。

大课间，十点整，数学之星成绩出来了！

薛夕在操场上做完操，慢悠悠地回到教室里时刚好十点。

此时老刘已经在教室里了，一群人围在范瀚身边，正盯着他手机里的查询软件：“快看看考了多少分！准考证号输入对了吗？”

范瀚点头，随即点击了“查询”，分数直接冒出来——二百一十二分。

“哇！”

“好高！！这妥妥的一等奖了！”

“对，去年一等奖的最低分数是一百八十分，我们省第一名也才二百二十四分。据说今年题更难，范瀚这妥妥地进了前十名啊！真厉害！”

薛瑶与有荣焉地坐在范瀚旁边，她面上挂着笑，眼神一扫薛夕。随即她假装关心地问道：“堂姐，你考了多少分？”

薛夕懒得理薛瑶，低头往自己座位上走。坐下后她才拿起手机准备查询分数，一个陌生的座机电话打了过来。

薛夕微微一愣，接听：“喂，你好。”

对方急忙说道：“是薛夕同学吗？我是滨城大学招生办的，看到了你数学之星的成绩。按理说这是非官方比赛，是不会计入保送成绩的，但我们学校数学系打算对你特招，请问你感兴趣吗？”

薛夕顿了两秒：“不感兴趣。”

滨城大学也是重点院校，属于“985”和“211”，但她的目标是京城的华夏大学，这一点从未改变。

对方又劝了几句，可薛夕的态度十分坚决。

等挂断电话，薛夕这才在手机上打开了查询网页。

秦爽早已迫不及待，扭曲着身体抻长脖子往薛夕的手机上看。等薛夕修长的手指输完准考证号，点击了“查询”后……

秦爽的眼睛直了：“天哪！”

二百八十八分！这是人能考出来的成绩吗？！

秦爽的声音引来了所有人的关注。

这到底是考得好还是不好呢？

他们沉思时，就看到薛夕慢慢皱起眉头。

薛夕略感惊讶，她做题时感觉全对呀，怎么会扣了十二分？

但她这个样子却让人误会了。

薛瑶蓦地松了一口气。或许是她只才考了几十分，秦爽才会那么惊讶吧，毕竟摸底考试时她数学是满分。

薛瑶心里幸灾乐祸，瞥了范瀚一眼，假惺惺地说道："堂姐，没考好你也别难过，毕竟这是奥数考试，题目很难，考几十分的人多得是。"

老刘对薛夕也抱有期望，但听了这话还是微微一愣，压下心头的失望劝慰道："薛夕同学，不要灰心！"

范瀚则抬了抬下巴，扭头看向女孩，心里染上一抹得意。

果然，没有经受过正统的奥赛培训就是不行。上次摸底考试，他一时失误被她超过了，这次终于发挥出了实力。

嗯，这下薛夕该认可他了吧？

其他人中有看薛夕不顺眼的想顺势嘲讽几句，可一想到早上她上课时浩浩荡荡的架势，到嘴的话还是咽了下去。

很快就有几个人低下头，拿起手机匿名登录学校贴吧。

"直播现场！成绩出来了！某人翻车啦！"

"在线等一个分数！"

"学霸人设维持不住了吧？"

"分数，上分数！"

贴吧里议论纷纷，教室里的秦爽还处在震惊之中，平日里八卦的小姑娘咽了口口水。

奥数的题目给普通人能考个八十八分就不错了！

薛瑶笑道："普通人指不定也就考个十几分，所以堂姐，你到底考了多少分呀？"

薛夕没说话，秦爽却已经大叫道："二百八十八分！"

"什么？是我听错了，还是你说错了？"

"多说了一百分吧？一百八十八还有点可信度。"

"二百八十八分？开玩笑呢！秦爽，你吹牛呢吧！"

"是八十八分吧？"

范瀚和薛瑶难以置信地瞪大眼睛，肯定是秦爽说错了……

老刘早已三步并成两步冲到了薛夕面前，面带惊喜之色："薛夕，多少分？"

薛夕将手机递给他看，老刘抢过来，看了一眼后觉得自己可能眼花了，于是用粗糙的手揉了揉眼睛。他再次看去，手机屏幕虽然不如电脑大，但那个数字还是清晰地映入眼帘：二百八十八分！

自动摒弃周围人议论的薛夕慢悠悠地道："老师，我是不是考得太差了？"

老刘抽了抽嘴角，为薛夕解释："这不是平时的考试。数学之星建赛以来，全国最高分曾达到过二百七十一分，那还是个天才，后来代表华夏参加了国际 IMO（国际数学奥林匹克竞赛）比赛，差一点点拿了金牌为国争光。"

老刘说完后舍不得将手机还给薛夕，把那个数字看了一遍又一遍，激动得手都在抖。

这时，一道手机铃声响起。

老刘从口袋里掏出一部国产杂牌手机接听电话。那头是数学组组长张老师，声音直接从话筒里传出来，跟开了免提似的："老刘啊，你们班范瀚考了多少分啊？"

老刘愣了愣："二百一十二分。"

张老师笑道："不错不错，一等奖稳了！呵呵，不过看来这次第一又是我们学校的孙杰同学了。哈哈，他考了二百二十四分！"

老刘下意识地说："恭喜恭喜。"

"这有什么可恭喜的，第一在我们学校不是应该的吗？你们国际学校能出个一等奖也了不得了，不过老刘啊，我可得说说你，你看你这数学水平是可以来一中带奥赛班的，却偏偏看中了国际学校的高工资，现在想想真是可惜。我们身为老师，最值得骄傲的不应该是赚了多少钱，应该是培养了多么优秀的学生不是吗？"

如果是平时，老刘早挂电话了。

张老师这通电话意思很明显，就是来嘲讽他的。可现在，老刘底气十足，腰板都硬了。只见他站直了身体，乐呵呵地道："老张啊，这么多年，我觉得你这话说得是真对！不过说第一的话，恐怕你要落空了。"

张老师一愣："你什么意思？"

老刘得意地抬起下巴："哦，我刚忘了说，我们学校薛夕同学考了二百八十八分。"

"什么？"

学校操场上。

烈焰会所有人员到齐，大家成一排坐在旁边的台阶上，个个拿起手机。

高彦辰站着，一只脚踩在台阶上，开口道："我这里打印了二百个骂人的句子，我们八个人，要骂出八百个人的气势，懂吗？”

“懂！”

伴随着高彦辰的一声“开始”，众人纷纷进入贴吧。

“估计就考了几十分吧？快上成绩！”

高彦辰：“让你去考，你能考八分我喊你爸爸。哦，抱歉，你连参加考试的资格都没有。”

“分数出来了，准备好，我要报分数了！你们绝对大吃一惊！”

“出分了！”

“火苗一号”紧张地喊道：“大家准备刷屏！必须把他们骂人的压下去！刷屏的话我已经想好了。快，刷！”

几个“火苗”半分钟刷了几百楼，直接把分数楼给压了。

刷着刷着，有人发现了不对劲：“我怎么没看到恶评啊？”

另一个人问道：“刚才你们看到多少分了吗？”

“火苗一号”：“你们刷着，我回去看看。”

等他翻山越岭找到分数那一楼的时候，“火苗一号”惊呆了。

高彦辰踢了他一脚：“说啊。”

“就是，夕姐总不能考个八分吧？”

火苗一号咽了口口水：“二百八十八分。”

对奥数不清楚的“火苗六号”询问：“总分多少啊？”

“火苗一号”：“三百。”

操场上沉默了，太阳炙热地照在他们身上，让他们觉得“夕姐”似乎身上自带金光，形象高大了许多。

薛家，客厅里。

叶佩紧张地输入准考证号，手在颤抖。

薛晟守在叶佩旁边，笑道：“说了别紧张，夕夕就是去练练手。”话虽这么说，视线却紧盯着平板电脑的屏幕。

薛老夫人则嗤笑：“根本就拿不到什么好名次，也不知道紧张什么？也是怕考得太少了丢人吗……”

薛老夫人话还没说完，叶佩已经激动得站起来。薛晟正透过她的肩膀看分数，两个人不小心撞在了一起。

“嘶……”薛晟的下巴生疼。

叶俪急忙去看他：“没事吧？”

薛老夫人冷哼道：“看你这什么样子？！坐没坐相，站没站相。怎么，考得太差了吗？”

话音刚落，就听到叶俪喊道：“二百八十八分！我夕夕真是太聪明了！”

薛晟也惊呆了：“什么？”

薛老夫人有点惊讶：“怎么可能这么高？你看错了吧？！”

薛晟拿起平板电脑看了一眼，也被惊到：“真是二百八十八分！”

薛老夫人拧起眉头，不信，往前一步，在看到上面的分数以后紧紧绷住下颚：“怎么会？这不可能吧……”

学校里，贴吧里的舆论全部逆转——

“请收下我的膝盖！”

“学霸人设稳了！跪了！”

“这几天我见识了一场薛·学霸·夕在线打脸。”

“学霸，请问你缺腿部挂件吗？”

各式赞叹的舆论中，一个不和谐的声音出现了。

遥不可及：“这成绩谁知道是真是假？万一是瞎猫碰上了死耗子呢？”

但薛夕连续用成绩打脸已经让众人心服口服，所以这言论一出，顿时被喷了一顿。过了五分钟，这条评论就默默自己删掉了。

“这个‘遥不可及’天天发一些酸不溜秋的帖子，就是薛瑶和范瀚的‘舔狗’，也不知道是谁的账号，恶心透了！”

小话痨秦爽趁着课间时间发挥自己的八卦潜能：“夕姐，跟你说个八卦。你知道吗？二班的某某和三班的某某昨天在学校操场里被抓了！听说两个人躲在角落里正亲亲呢，然后今天被叫了家长。结果你猜怎么着？”

从知道成绩后就一直很淡定的薛夕。此刻正在收拾书本，准备去上物理竞赛课。听到这话，她配合地询问：“怎么了？”

“双方家长一见面，发现竟然是生意上的合作伙伴，当下说要给两个孩子订婚！哈哈哈——夕姐，你怎么看？”

薛夕缓了缓：“早恋不好。”

她站起来，通过歪歪扭扭的过道正要出去，却忽然停在秦爽面前，面无表情地瞪大雾蒙蒙的眼睛，认真地问道：“接吻是什么感觉？”

秦爽顿时惊呆了：“啊？我没接过，不知道啊！”

薛夕“哦”了一声，往阶梯教室那边走去。

薛夕进入物理竞赛班，刚找了个位子坐下，旁边就有人围过来：“薛夕，你真的考了二百八十八分啊？”

薛夕点头。

那个人伸出手：“学霸，可以握个手吗？今天物理小测试，让我沾沾你的欧气！”

薛夕慢悠悠地看了对方一眼，抬起手来，对方轻轻一握后就松开。

刚进门的薛瑶看到这种情况，气得攥紧了拳头。她直接坐到薛夕面前，笑着说道：“堂姐，你知道吗？刚才滨城大学给范瀚打电话了，说如果报考他们学校，可以享受降二十分的待遇。他们说给你降分了吗？”

薛夕瞥了她一眼：“没。”

薛瑶的下巴顿时抬高：“估计是你高二的时候没参加过奥数竞赛，没给他们招生办留下印象吧。他们对只考了一次高分的人其实并不怎么看重。”

“堂姐，你怎么还在刷奥数题呀？今天有个物理竞赛小考的，你可以吗？”

薛夕刚跟薛瑶说了一句话已经很不错了，这会儿也懒得理她，低头再次刷奥数题。老刘调了她的卷子，发现扣的十二分全是过程分，她自学的东西没有规律，解题时漏了两个得分的公式，老刘说想解决这个难题就要多刷题。

薛夕不理人，薛瑶说着也没意思。这时，物理孙老师走进来，手中拿着几套卷子：“薛夕同学的数学之星为我们学校争了光，物理可也要加把劲啊，老师还指望着你们谁能物理拿个奖呢！”

国际学校除了两个实验班，大部分学生都是要出国的，所以对竞赛看得不太重，数理化这些奥赛从来只有被一中和三中吊打的份。可如今出了一匹黑马，老刘被校长狠狠地夸了一顿，走路都带风。

孙老师失望地看着薛夕，再厉害的学生也精力有限，薛夕这半个月以来都在学习数学。

这么想着，孙老师就把卷子发了下去。

考试一个半小时，孙老师收了卷子，毕竟只有七份，她当场判卷，剩下的时间就让大家自己学习，有不会的可以询问。

安静的十分钟过去，孙老师已经判完了卷子。

“老师，我考了多少？”

薛瑶早已迫不及待。

孙老师回答：“一百五十八分，已经很厉害了！”

物理竞赛满分二百，这个分数的确不错。

薛瑶一直是年级前五名，很自信。然后她瞥了薛夕一眼，询问道：“那薛夕呢？”

薛瑶确信自己的物理要比薛夕强，因为薛夕平时都在刷奥数题，只有上物理课时才会做物理题，这种态度就已经暗示了她的失败。

只要能比薛夕考得好，那她数学考得再好也就没什么了。

人有所长，薛瑶要用自己擅长的学科打败薛夕！

薛瑶这些念头一一闪过，就看到孙老师的脸色变得十分复杂，有点难以置信地说：“满分。”

薛瑶的瞳孔猛地扩大。

这怎么可能？！

薛夕和薛瑶回到家时，天色已黑。

马上要进入夏天的尾巴，闷热的空气中多了丝丝凉爽。

薛瑶一进门就上了楼，并关上了房门。

薛夕根本不理薛瑶，回自己的房间继续看书。

楼下薛老爷子下班归来，听说了数学之星的事情后，浑浊的眼睛一亮。他询问薛晟：“薛夕喜欢的那个人你查了吗？”

薛晟摇头。

薛老爷子沉思片刻：“高老那边传出消息，他大寿那天可以带儿女一起去，大家都在猜测是要给那位陆超选妻。本来我们家我是不抱希望的，但薛夕这么优秀，不用太可惜了。你让她跟外面那个小白脸分手，到时候去试试。”

远在杂货铺里的陆超突然打了个喷嚏，背脊爬上一抹凉意。

听到薛老爷子的话，薛晟沉默了。

薛晟不赞同女儿去联姻，但老爷子有一句话说得对——他的夕夕值得更好的。

那个人不应该是一个杂货铺的老板。

薛晟没点头，只开口道：“我看看吧。”

看来，是时候调查一下那个小白脸了。

装修精致华美的房间里，粉色的窗帘迎风飘荡。

薛瑶趴在床上，拿着手机哽咽道："她数学好也就算了，物理为什么还好？我怎么办？风头全被她抢光了。妈，我快被欺负死了！呜呜呜——"

手机里是一道干练的女声："瑶瑶，你想岔了。"

薛瑶一顿，站起来从桌上抽出一张纸巾擦了擦眼泪和鼻涕，将手机开了免提。只听对方理智地分析道："瑶瑶，你知道国际学校和普通学校的区别吗？"

薛瑶将擦鼻涕的纸扔进垃圾筐，带着鼻音回答："不知道。"

"你们一出生就赢在了起跑线上，国际学校的大部分人是要出国的，而你们上学除了学习，还要扩展眼界、人脉，培养能力。她一个乡下来的，从小接受的是应试教育，想用知识改变命运。你跟她比学习，这不是自取其辱吗？"

"一个人的素质和素养并不只取决于学习。你懂我的意思吗？"

薛瑶犹如醍醐灌顶："妈，我懂了！她学习再好也只是个书呆子，而我才是名门闺秀。我跟她比学习干什么？我钢琴、舞蹈、绘画都是顶尖的！"

对方又提示："最重要的是修养。你如果一直这么气急败坏，会很丢人。"

薛瑶重新燃起斗志："我知道了。妈，家里现在由大伯娘当家，我都不能像以前那样宽裕了。"

薛家有规定，上高中的孩子每个月零花钱是有固定数额的。但以前是薛老夫人当家，薛瑶一撒娇就超了。现在叶俪讲究公平，让她和那个乡巴佬一样的待遇，她才不干呢！

对方听到这话，嗓音温和地道："我给你奶奶打个电话。"

薛瑶的眼睛一亮，妈这是要出手了！

薛瑶美滋滋地挂断电话。

另一边。

薛老夫人正在房间里生闷气，一个乡巴佬，个个都当成宝。

薛老夫人正在郁闷时，电话响起，看到来电显示后，她急忙接听："依秋，你和老二什么时候回来？"

刘依秋笑道："妈，下周回去，您现在是不是忙着对账呢？我这正给您买礼物呢，所以打扰您一下。"

薛老夫人顿时不悦地说道："对什么账？家里的管家权都被你大嫂抢走

了！”

刘依秋假装惊讶：“怎么回事？”

薛老夫人添油加醋地将事情说了一遍，最后开口：“依秋啊，你给我想个办法，我不敢明面上跟老爷子对着干，该怎么抢回来？”

刘依秋笑：“妈，您管家这么多年，想让大嫂把权利还给你还不简单吗？”

薛老夫人一愣：“你的意思是……”

第二天，薛夕醒来下楼时，钢琴声刚刚结束。薛老夫人用力鼓掌：“瑶瑶，你的钢琴弹得越来越好了！”

薛瑶落落大方地站起来，笑道：“奶奶，这有什么。”

然后她瞥了薛夕一眼，往餐厅走过去。

薛夕发现，过了一晚，薛瑶身上的颓废之气一扫而空，又恢复了倨傲的状态。

薛夕觉得很莫名其妙，但这跟她没什么关系。她的视线落到钢琴上，这架钢琴看着跟孤儿院里的那一架差不多。

薛夕正盯着看的时候，薛老夫人嗤笑出声：“看什么？书呆子，你认识钢琴吗？会弹吗？”

薛夕慢悠悠地回答：“会一点。”

“那考了几级？”

薛夕顿了顿：“没考。”

薛夕不知道别的孤儿院怎么样，但她居住的孤儿院不缺钱，里面什么乐器都有，闲着无聊和学不到新东西的她经常去捣鼓。

薛老夫人撇了撇嘴，显摆道：“我们瑶瑶在小学五年级时就已经拿到十级证书了，啧。”

说完，她意味深长地瞥了薛夕一眼。

薛夕根本不在意。

但薛瑶利用吃饭时间弹钢琴，现在才吃饭，等她吃完后已经比平时晚了十分钟。

薛夕离开后，薛晟和薛老爷子才慢慢走下楼准备吃早餐去上班。

两个人坐在餐桌旁，保姆很快便将早餐端上来。

薛老爷子吃了一口包子，接着猛地扭头吐在地上。他皱紧眉头，还未说话，薛老夫人已怒道：“叶俪，你是怎么办事的？不知道老爷子不喜欢吃香菜吗？你怎么管家的？”

叶俪蒙了，急忙开口：“爸，对不起。我立马让人给您换新的。”

薛老爷子最讨厌香菜的味道，一大早吃到这东西心里窝火。他盯着叶俪，强压下火气站起来：“不吃了！”说完就往外走。

薛晟急忙给了叶俪一个安抚的眼神，快速追出去：“爸，我带您去百香阁吃早饭吧？您不是最爱吃那里面的小笼包吗？”

等两个人离开，叶俪凝眉看向端早餐出来的小方。

小方急忙摆手：“太太，不是我，我包包子的时候明明没有放香菜啊，怎么会这样……”

叶俪深吸一口气，这件事分明是薛老夫人下的套。可厨房里的人手有四个，很可能不是小方，那会是谁呢？

车子到了杂货铺。

吃完早饭后，薛夕和向淮握了一下手，再次往店铺里那哥特式的时钟上看了一眼，还有五分钟，再不走就迟到了。

薛夕咬了咬牙，不管胸口处细微的疼痛，站起来转身欲走。

可薛夕刚收回手，倏忽间被对方的大手攥住。

随即一股大力拉扯着薛夕转了个身，她用力反击，结果导致两个人站立不稳往旁边的货架上倒去。

脚步转动间，自己挡在了她和货架之间。

薛夕则一头撞到向淮，属于男人的清冽气息铺满她的鼻翼。

薛夕错愕地抬头，就见男人低着头，精致的面容距离她只有五厘米。他低笑，笑声撩人：“小朋友，闭上眼睛。”

薛夕想说“不”，但这个念头刚起，胸口处的疼痛却突然加剧。

她瞳孔一缩，这说明——

不能拒绝向淮？

薛夕绷住脸，心里一时间闪现好几个念头。

她愣怔地看着这个脸庞近在咫尺的男人，他到底要做什么呢？

如果薛夕不能拒绝向淮的要求，那么他完全可以在对她施加了那个“不靠近他会死”后就提出他的目的。

要不然骗钱，要不然骗色。

可这一个月以来，这男人从来没提过要求。最多也就是强行高价一百元卖给她一点茶叶，骗了她三百元。

可如果向淮没有目的，那纯粹就是觉得好玩吗？

薛夕发愣间，向淮已经慢慢低下头，用低沉的声音诱惑道："乖，闭眼。"

才不要。

念头一出，薛夕的胸口处又是一痛。

她深吸一口气，向来平静的双眸此刻染上一抹愠怒，可最终还是闭上了眼睛。

薛夕的眼睛看不到后，其余的感官就强了几倍。她能感受到男人的气息越来越近，直到最后停留在她面前。

她的身体紧绷，感觉到眼睛凉凉的。

薛夕攥紧拳头，向淮竟敢对她如此！

殊不知向淮只是用冰凉的指腹轻轻碰了碰薛夕的眼睛，他收回手，用低沉的嗓音笑道："好了。"

浑蛋！

薛夕睁开眼睛的第一时间就右腿后退一步，两只手攥拳，做出"小虎牙"教她的军体拳攻击姿势，随即一踢。

向淮稳稳地站在那里，眼睛都不眨一下。

可薛夕这一脚却在距离向淮只有五厘米时停下。

胸口疼！王八蛋！

薛夕不甘心，收回脚，胸口的疼痛消失的那一刻，又换成"打"，速度快又狠。这次在她即将打中向淮时，他忽然伸手了。

"啪！"

薛夕一拳打在了向淮的掌心里。

她这一下用足了力气，觉得这个单薄的男人肯定会被她一拳击飞。可没想到向淮的神色分毫未变，还反手攥住她的拳头。

向淮将大手放在薛夕的头上，似是安抚般地轻拍了一下，无奈地说："打了我，你会心疼。"

正要挣扎的薛夕慢慢平静下来，她想说些什么，向淮提醒道："真要迟到了。"

爱学习的薛夕急忙看向时钟，还有两分钟。她拎起书包，扭头往学校跑去。

薛夕以百米冲刺的速度，踩着预备铃声跟第一节课的语文老师一起到达教室门口。

薛夕问了声好后正要进门，只听老师说："薛夕同学，你其余科目都考得那么好，只有语文考一百零二分，还是作文扣分太多了。你写作文能不能带点感情？"

薛夕瞪着一双茫然的大眼睛，万分不解，她已经很抒情了啊！

语文老师见薛夕这样，举例说明："比如我们上次摸底考试的作文主题是旧书，你立意不错，文笔更不错，可是不带一点感情啊，你能想象到长大后再看旧书，却发现新的知识和人生感悟时，那种欣喜和惆怅的复杂感情吗？"

薛夕慢慢地摇了摇头。

老师无奈，继续说："那你考了数学之星比赛第一名，有没有欢欣雀跃？"

语文老师想等薛夕来一点比较激烈的反应，可薛夕大大的眼里透出无辜，好像在说，"我拿第一不是很平常吗？有什么好高兴的？"

语文老师叹了口气，成绩好又漂亮乖巧的女生没有人不喜欢。她再次提示道："你有没有很高兴的时刻？"

薛夕摇头。

"那很伤心难过的时刻呢？"

薛夕摇头。

语文老师很无奈："总会有愤怒的时刻吧？"

见薛夕还呆愣愣地看着她，她最后近乎放弃地说道："我给你列几本书单，你有空了看看，能提高作文成绩。"

薛夕点头。

薛夕回到座位上，想到语文老师刚刚说的几种情绪，她突然意识到，其实在向淮碰她的眼睛时，她是愤怒的。

那是她从小到大感情最浓烈的一次。

进入九月份，两个奥赛班的学习更加紧张了。他们不仅仅只用最后两节课，已经开始占用上课时间。

毕竟九月份的全国数学联赛和物理竞赛将会直接获得各名校的保送资格，走竞赛这条路的同学们几年的努力就只为这一次。

薛夕把精力放在奥赛班上，到了最后，甚至是全天上课了。

她和向淮都像是忘了那天的事情，又恢复了以往的模式。

时间很快过去一周。

这天，薛夕照常放学回家。她慢半拍下车，还未进门就听到薛瑶兴奋的惊呼声："妈！我想死你了！"

薛夕微愣。

她进入客厅，就看到一个优雅得体的贵妇人站在薛瑶面前。那人看着很能干，脸上挂着笑，跟薛瑶抱了一会儿便对薛老夫人笑道："妈，你看瑶瑶，还跟小时候一样。"

薛老夫人点头："对，这才是我们家的小公主。"

刘依秋的余光瞥见薛夕，但她像是没看到似的，先跟薛瑶比了比身高，故意说道："唉，还记得瑶瑶刚出生时只有这么长，然后慢慢长大，现在都超过我了！真的是亲眼看着她一点点长大的。"

薛夕没理会她们母女情深的模样，走过客厅上楼刷题。

这时，只听薛老夫人哼道："对，哪里像某些人，不在身边长大。就是不亲。"

刘依秋似乎才看到薛夕，当下忙说："这是夕夕吧？"

她直接从沙发上拎起一个礼物盒，笑着走到薛夕面前："我是你二婶。你接回来的时候我和你二叔都在国外，这还是第一次见面。这孩子长得真好看！夕夕，来，这是二婶送你的礼物！"

看那盒子上标注的商标，应该是个包。

薛夕微愣。

无功不受禄。

薛夕脑子里刚闪出这句话，就见刘依秋笑道："夕夕，我们都是一家人，一家人就应该互相帮助，对吗？二婶拜托你一件事可以吗？"

刘依秋继续笑道："你参加奥数比赛就可以了，至于物理竞赛，你能不能退出？给你妹妹一个机会？"

薛夕听到这话，愣住了。

刘依秋继续看似讲理、实则胡搅蛮缠地说道："你数学之星考了全国第一，那数学联赛肯定能考好，被直接保送，再参加物理竞赛不过是锦上添花。可你妹妹考进物理全国前六十名，她也可以获得保送资格。薛家一双姐妹都被保送，传出去也是美谈。”

薛老夫人被说动了：“对，这样我们家也可以摆脱掉暴发户的名声了。薛夕，你明天就把物理竞赛班退了。”

薛夕淡漠地看了三个人几眼，顿了片刻后，慢悠悠地开口：“前六十名都可以保送。”

意思是，除了她，还有五十九个名额。

薛瑶的物理虽好，却又不是全国第一的水平，根本不存在让不让的问题。

刘依秋笑：“这不是少一个竞争对手就多一份可能吗？夕夕，你同意吗？要不二婶再给你一个爱马仕！”

“给什么给？有这个钱，不如给我们瑶瑶买裙子！”薛老夫人在旁边训斥道，“都是一家人，就应该互相帮忙。这件事就这么定了！薛夕，你听到了吗？”

薛夕慢悠悠地回道：“听到了。”

薛老夫人难得露出一抹笑：“这还差不多……”

“但我不同意。”

薛老夫人的笑僵在脸上：“什么？”

薛夕没再看薛老夫人，将手中的礼盒还给刘依秋，径直就往楼上走。

薛老夫人怒骂：“真是养不熟的白眼狼，我就知道她只会给家里带来灾难！还有她那个妈，连个账都算不清楚，到现在还在折腾。依秋啊，既然你回来了，就接替她管家吧！”

刘依秋的目光闪了闪：“妈，再说吧。”

上了一半楼梯的薛夕听到这话后脚步微顿，看向正在二楼打扫卫生的用人：“我妈呢？”

“在后花园那边。”

薛夕若有所思地点点头，上楼放好书包，下了楼往后面走去。

第六章 他是向淮

叶俪快头疼死了。

关于早餐的事情，厨房里四个人互相推诿，到最后也查不出一个真相。叶俪干脆给每个人扣了半个月工资，并提拔小方当厨房主管，以后再出事就直接找小方。

这个办法是薛晟管理公司用的，叶俪活学活用一样有效。

没想到一整天下来，家里似乎乱了套。

叶俪忙得脚不沾地，到了这会儿，还在跟财务核对八月份的账单和九月份的花销。

家里管理财务的是薛老夫人的娘家侄子刘浩，四十多岁的男人没把叶俪放在眼里，正笑呵呵地汇报："太太，您看这一页，是日用花销，鸡蛋每个两块八，主人家吃饭每天需要用到五十个，下人们需要五十个。月初时举办宴会，做蛋糕用了八十九个，而且鸡蛋难放，运输途中还有破损，破损率为百分之二，这是鸡蛋的开销。还有青菜、猪肉、牛肉、鸡肉……太太，您记下来了吗？"

叶俪揉了揉太阳穴："你直接说总价。"

刘浩说了一个夸张的数字。

叶俪凝眉，觉得一家人用不了这么多钱。可刘浩要不然就细致分类报价，要不然就直接报总价让批钱，完全不配合。

刘浩还威胁道："太太，老夫人当时就是这么管的，这些年也没出什么事。你看天都已经黑了，赶紧给我报了下个月的钱让我去安排吧。不然耽误了下个月的事，老爷子又要生气了。"

第二天就是九月一号了，现在不给，刘浩第二天就敢断粮，并且把责任推到她身上。

叶俪气得胸闷。

刘浩得意地笑了，他管理薛家的用度多年，早就从中抽了很多油水。

一个刚上任的叶俪就想让他把日用花销压低了？怎么可能？！

见叶俪还不松口，他态度轻蔑起来："太太，快点吧，外面处处都等着用钱呢。您要是不行，就还是把管家权还给老夫人吧。"

叶俪被嘲讽得脸色一阵红一阵青的。

就在刘浩扬扬得意时，一道清冷的声音传来："鸡蛋一共八千八百二十五个，共计七万一千四百二十九元。"

刘浩扭头，就见薛夕慢慢走来。

女孩穿着校服，马尾扎在脑后，一步步走来时给人一种莫名的压迫感。

薛夕垂着眼帘，守护似的站在叶俪身边，眼睛看向刘浩："你可以说青菜了。"

刘浩不信邪："青菜的计算方式更复杂，因为我们吃的都是有机蔬菜，价格比较贵，而且每天都不一样，一号时菠菜一斤、竹笋两斤……"

刘浩一口气说了五分钟，把一个月的青菜都报了一遍。别说叶俪了，就连他自己都晕头转向，反应慢半拍的薛夕肯定更加迷糊吧？

可在刘浩话音落下的同时，薛夕就给出一个精准的数字。

刘浩错愕起来，震惊到无以复加！

薛夕面无表情："继续。"

刘浩的冷汗都出来了。

这女孩的计算能力比电脑还快！

他擦了把汗，在薛夕的逼迫下又报了几样用品。

半个小时后，刘浩已经两腿发软，因为账本已漏洞百出。

本来他算好了时间，知道叶俪找人查看账本会来不及，所以也没做充分的准备，结果现在……

薛夕用一个半小时的时间将账本重新算了一遍，最后发现刘浩每个月虚报了八十万元！

叶俪直接拿着账本走了，只余刘浩一屁股坐在地上。

后面的事情薛夕没多管。

薛夕吃完晚饭学习时，隐约听到楼下传来薛老爷子的怒吼声，还有薛老夫人的求饶声。

第二天，叶俪告诉薛夕，刘浩被解雇了。

薛老夫人的嫡系都被摘除，整个薛家便再没人敢作乱了。

薛夕点了点头，去上学了。

她照例在杂货铺下车，吃完早饭后跟向淮握手两分钟，其间连一个眼神也没给他。

薛夕等胸口不疼后，冷着脸站起来就要走。

陆超突然说："薛同学，其实发生在你身上的那件怪事，不是老大搞的鬼。"

薛夕听到这话，慢慢扭头："什么？"

陆超不管了。

自从薛夕不理老大，老大就成天阴着脸，他在杂货铺的日子都没法过了。

无论怎样陆超也要解释清楚，不能让薛夕继续误会下去。

陆超正要说什么，一道低咳声传来。他下意识地打了个哆嗦，僵硬着身体看向常年待在阴暗处的向淮。

陆超刚鼓足的勇气就像是被针扎了一下的气球，瞬间泄了气。

薛夕盯着陆超，命令道："说。"

女孩的气场很强，让陆超咽了一口口水。

陆超突然觉得自己还不如不说呢，现在夹在两个大佬中间瑟瑟发抖。沉默良久，最后他挑了能说的说："反正老大对你没坏心。"

说完后，陆超生怕向淮责骂自己，头一低，就往杂货铺的后院跑去："我……我去烧点热水喝！"

薛夕面无表情地站在原地。

陆超的话让她迷茫起来。

那个被称为“诅咒”的东西跟向淮没关系？可如果没关系，他又怎么知道自己必须要靠近他……

但薛夕很快又想到，向淮其实从未强迫过她。

握手是经过她同意的。

碰眼睛那次，是她上学快要迟到了，不管胸口的疼痛想走，他才提了要求，也在她能够接受的范围内。

薛夕深深地看了向淮一眼，却见他依旧坐在柜台后，锋利的眉眼隐藏在阴暗中，棕色的眸子幽深得让人猜不透，全身都透着一股神秘莫测的气息。

这个人身上肯定有秘密。

薛夕沉默片刻，最终说：“上学去了。”

算是对这段时间冷战的妥协。

向淮似乎没想到薛夕会先开口，眉眼微挑，笑道：“好。”

薛夕这才转身离开。

等薛夕走了大概十分钟后，陆超鬼鬼祟祟地从后院回来，伸着脑袋瓜往柜台处看。

柜台后面是空的。陆超微微一愣，老大呢？

这时，身后忽然传来一道冷冰冰的声音：“看来你是太闲了，那就操练一下吧。”

陆超慢慢地回头，就看到向淮一身黑衣站在他身后。说完这话，向淮挽起衬衫袖口，露出一截精瘦有力的小臂。

经过这段时间的疯狂刷题，薛夕的奥数比赛已经进步了很多，不会再用超纲的知识来解题了。

老刘给薛夕批改作业时也越来越满意，渐渐把最大的期望放在了薛夕身上。

周末。

薛夕刷完一套奥数题，起来活动时随手拿起手机，发现有一条微信消息。

季司霖：“夕夕，我来滨城了。”

薛夕看到这条信息，眼睛一亮：“在哪儿？”

季司霖："我在滨城有诊所，有个病患在这边，以后会每个月定期来五天。你可以来诊所找我玩。"他说完，给薛夕发了一个地址。

叶俪每个周末都试探着劝薛夕出去走走，多交几个朋友。薛夕想了想，干脆地回复："我现在过去。"

季司霖："也行，刚好给你介绍一个朋友。"

薛夕没穿校服，换上一套蓝色运动套装，脚踩白色帆布鞋，戴上白色鸭舌帽，乌黑的秀发随意披在身后，随手拿了一个小背包，跟叶俪打了个招呼就出门了。

薛家楼下，薛瑶正在弹钢琴。

薛老夫人坐在沙发上，闭着眼睛，明明昏昏欲睡，却在薛瑶停下的那一刻睁开眼，夸赞道："不错，不错！瑶瑶弹的就是好听！"

刘依秋看见薛老夫人这个样子，撇了撇嘴。

土包子哪里懂得欣赏？

但刘依秋心里吐槽，面上却殷切："妈，您的眼光可真好！"

刘依秋先夸了薛老夫人一顿，这才走到薛瑶身边，感叹："不错，这些日子不练也没落下。你最近两天勤快点，争取回到最佳状态。妈一听说周舟来了滨城，就急忙扔下所有事回国了，托了很多关系才让人家同意给你一个机会，整个滨城的同龄人中，你的钢琴水平说二，就没人敢说一。你可一定要表现好点，把握好机会，让他收你为徒。"

叶俪站在厨房门口看着他们，眼里露出艳羡的光芒。

那可是世界知名钢琴大师周舟啊！

如果夕夕当年没有被偷走，从小跟着她长大，那么她就可以教夕夕画画、弹琴，是不是也有可能机会当周舟的徒弟？

可没有如果。

叶俪很快便收回了心，现在她只希望夕夕能够快乐。

刘依秋瞥见叶俪的样子，有些骄傲地挺直背脊，笑着开口："大嫂，如果夕夕能弹钢琴多好啊，这样我也可以带着她一起去见周舟。她和瑶瑶之中有一个被看中，都是我们家的福分。"

叶俪尴尬地笑了笑："不用了。"

刘依秋又一声叹息："也是，孤儿院环境不好，夕夕可能都没摸过钢琴吧？真是可惜了。"

那一句可惜宛如一根刺扎进了叶俪的心里。

这个世界上所有的母亲，谁不想把最好的都给孩子？

薛夕先坐公交车，再转地铁，最后才到达季司霖的诊所。

这里是一栋居民楼，除了熟人，应该很少有人会想到这里开着一家心理诊所。

薛夕来到501门口，敲门。

房门很快被打开，伴随着钢琴声，温文尔雅的季司霖站在那里。他依旧是一身白，戴着金丝边框眼镜，在薛夕开口前，双手放在嘴边做出一个噤声的姿势。

薛夕顿时闭上嘴，然后悄悄地进入房间。

客厅里，有一个男人正在弹钢琴。

他看上去大概三十几岁，穿着一身西装，身形微胖，那双手却异常灵活，十指如飓风般在琴键上掠过。

他整个人都沉浸在音乐中，讲述着一个激昂却悲壮的美妙故事。伴随着情绪到达一个高潮，演奏声戛然而止。

他慢慢地闭上眼睛，似乎在回想刚刚的乐章。

季司霖鼓掌，打破了周舟的忘我境界。周舟睁开眼睛看向他，面色焦急："我是不是心理出现问题了，或者说是审美疲劳了？我已经对音乐保持不了最敏锐的感官了！"

季司霖无奈地道："你没问题。"

"绝对有问题！"

周舟振振有词："不然为什么我总觉得这首成名曲不够完美？！"

季司霖一声叹息："真没有问题。"

"绝对有问题。"

"没有。"

"有。"

两个人还要继续争执，薛夕忽然慢悠悠地开口："的确有问题。"

周舟兴奋地说道："看吧，人家小姑娘都说我心理有问题了！你这个心理医生是怎么当的？你不能因为是朋友就不给我认真看病啊？！"

季司霖知道薛夕的慢性子，没第一时间跟周舟争执。果然，过了两秒后，女孩才慢慢说：“是你弹得有问题。”

这话落下，房间里立刻安静了。

身为世界级钢琴大师，周舟对自己非常自信。这还是第一次有人说他弹得有问题。

过了片刻，周舟询问：“哪里有问题？”

薛夕摇头：“我不知道。”

周舟一脸黑线。

——你耍我呢？

季司霖声音温和地问：“为什么这么说？”

薛夕站得笔直，像是回答问题的乖学生，慢慢地回答：“刚才有一段不对。”

在孤儿院里弹钢琴的薛夕没有经受过正规培训，全靠自己摸索。

薛夕无法用语言表述周舟的错误。

她想了想，开口道：“我给你弹一下吧。”

周舟扬起高傲的头，正想说她一个小姑娘能看出什么问题时，季司霖已将他推开，让出了钢琴处的位子：“好。”

薛夕坐下，将双手放在琴键上，并没有把刚才的曲子从头到尾弹一遍，而是把周舟弹错了的那一段给拎出来。

伴随着薛夕的弹奏，周舟脸上之前那轻浮不信任的表情渐渐变得凝重，到最后已是惊叹！

周舟这一首成名曲弹奏了多年，中间弹错了一个音符，但已成习惯，深入骨髓。他这一段弹得又格外快，错音相邻，几乎完全听不出来。

等薛夕弹完，周舟站在原地，精神恍惚，整个人有点神经质：“原来是这样……原来是这样！”

周舟猛地上前一步，激动得要去握薛夕的手：“你是谁？”

这种细微的地方听一遍就能察觉到的人，不可能籍籍无名吧？

薛夕后退一步，躲开周舟的拉扯。

旁边的季司霖介绍道：“她是薛夕，我正打算介绍给你当徒弟。你看……”

季司霖的话没说完，周舟已经站直了身体，直接喊出一声：“不行！”

季司霖愣住。

下一秒，周舟激动地说道：“我哪里教得了她？应该是我向她请教才对，以后，你就是我夕姐！”

薛夕只是觉得自己会弹钢琴而已，哪里就能教别人了？

可这个人直接拿起手机对薛夕说：“夕姐，你的微信是什么？我们加个好友吧？！”

薛夕本来打算拒绝的，就听到周舟说：“以后我们可以互相指导，你想学乐谱和一些弹钢琴技巧类的东西吗？我可以教你。”

可以学习……

薛夕拿起手机，等互加了好友后，给对方备注为“弹钢琴的”。

随即，“弹钢琴的”给薛夕发了一个群链接。

群名：大佬群。

薛夕愣了一下，“弹钢琴的”又开口了：“夕姐，这个群里的都是大佬，季司霖也在里面。我拉你进来玩啊，可以互相学习很多东西的！”

又是学习……

薛夕受到诱惑，但她还是乖巧地抬头，询问地看向季司霖。

季司霖感受到小姑娘的意愿，摘了她的鸭舌帽，揉了揉她的头顶，迟疑片刻后笑道：“加吧，你太孤单了，多交几个朋友挺好的。”

薛夕的眼睛一亮，立即申请入群。

周舟喊道：“季司霖，你是管理员，快点同意。”

季司霖同意后，薛夕就进入了这个“大佬群”。

“弹钢琴的”热情地打开成员列表，给薛夕一一介绍：“夕姐，季司霖你认识。看病的，也是管理员。这个是搞数学的，这个是玩游戏的，这个是演戏的，这个是卖衣服的，这个是跳舞的，这个是做饭的，这个是画画的，还有这个……”

周舟将群里的二十个人全介绍了一遍。

薛夕惊叹，没想到一个小群竟囊括了各行各业的人。

她询问道：“他们都很厉害吗？”

“弹钢琴的”顿时仰头，抬起下巴：“名气跟我差不多吧，也就一般一般。”

薛夕：“哦。”

一个连音都弹错的人，的确很一般。

周舟不知道薛夕的想法，指着第一个全是黑色的头像开口：“夕姐，群里其他人你想怎么惹都没事，你司霖哥都能罩住，但千万别招惹群主！”

这头像怎么有点眼熟呢？

薛夕瞥了一眼名字——禁止打扰。

名字都带着一股浓郁的拒人于千里之外的冰冷气息。

薛夕没多想，询问：“为什么？”

“弹钢琴的”似乎连提及对方都觉得害怕：“这是真大佬，脾气不好。你也别怕，他从来不聊天，只要你别在群里说他坏话就行。”

“哦。”

这话说得薛夕更好奇了。

不过周舟这话的意思是，其他的是伪大佬？不，除了司霖哥，他可是在国际上都有名的心理医生。

几个人说着话，群里有人冒泡。

岑白：“有新人？”

薛夕这么想着，又有一条信息进来。

弹钢琴的：“给大家介绍一下，这是季司霖的小妹，也是我夕姐！”

薛夕礼貌地打招呼：“大家好，请多多关照。”

薛夕想了想，又补充了一句：“以后可以互相学习。”

群里全是各行各业的业内大佬，跟她一个小女孩互相学什么？

于是，薛夕发现，这个群里忽然陷入了迷之沉默。

而周舟的手机振动个没停，全是群内大佬们私聊，具体内容也一样；“什么情况？这女孩什么来路？”

周舟骄傲地一一回复：“我夕姐，她弹钢琴超厉害！”

接着就是很多反问——

“那她能演戏？比得上我堂堂影帝？”

“我一个世界大牛的数学家，跟她互相学习数学？”

“我顶级厨师跟她互相学习怎么做饭？”

一系列的质问后，大家齐刷刷地发来消息：“所以，为什么拉她进群？”

周舟也被问得有点迷茫了。

大佬们明显不认可夕姐的能力啊，要不然让她退群？

同时，杂货铺里。

向淮拿起手机，小朋友还没同意他的微信申请。

向淮默默地叹了一口气，发现“大佬群”里有人说话，身为群主的他随意点了进去。

随即，他的目光定住了——

一个熟悉的头像和名字出现在群里。

向淮往上翻了翻，看到弹钢琴的那句话“季司霖的小妹”时，手指微顿。

半晌，向淮嗤笑一声，往下看。

然后他就发现小朋友的最后一条信息，是五分钟前打招呼的聊天信息，干巴巴地放在那里，没人回应。

向淮的目光一沉。

群里那些人个个桀骜不驯，都是各行各业的大佬，有傲骨可以理解。

但他的小朋友怎么能受委屈呢？

足足过了五分钟，群里都没人回复消息。

周舟正在组织语言，想要让薛夕主动退群，可是也不好让小姑娘自尊心受创。他还未开口，私聊信息突然就爆炸了——

“什么情况？这个人到底什么来头！”

“她到底是谁？”

“她是什么隐藏大佬？”

“别瞒着我们她的身份了！”

周舟一头雾水地翻完所有人的回复消息，发现群里也有一条信息。有人发消息了？

带着这个疑惑，周舟打开了群消息，就看到——

禁止打扰：“欢迎进群，互相学习。”

这一位的冒泡让周舟惊呆了，他在看到那个漆黑的头像时，手机都差点儿拿不稳掉到地上……

要知道，这一位从建群开始到现在只说过两次话。

而每次他在群里出现后，第二天群里成员就会少一个，并且现实中也再未听到过对方的消息。

他们这种顶级的高精尖人才，在现实中都是很有号召力的。那两位直接失踪再也没有过行程安排，大家纷纷猜测是不是已经不在这个世上了。

而现在，大佬说了第三句话，只是为了欢迎薛夕进群？

建群以来，其他人进群时怎么没这待遇？

周舟茫然地抬头看向薛夕。

却见女孩丝毫不觉得危险，在继续打字："谢谢。"

然后在群里说过三句话的大佬，又说了他建群以来的第四句话。

禁止打扰："不客气，有什么需要帮忙的可以随时找我。"

周舟震惊了。

这语气已经不能用客气这个词来形容了，怎么感觉那位是在讨好女孩？

周舟咽了一口口水，就发现其他人又快速地建了一个只有十八个人的群。

群里所有人都在询问小姑娘的来历。

他怎么知道！

周舟回复："我只知道是季司霖的小妹，别的一概不知！"

岑白："看来是很厉害的人物，无论怎样，先搞好关系再说。"

于是，那些人在大佬群里争先恐后地冒出来，所有人都热情地打招呼。

"欢迎欢迎，热烈欢迎！数学上有什么不懂可以找我。"

"欢迎欢迎，热烈欢迎！如果你对演戏感兴趣，可以找我。"

"欢迎欢迎，热烈欢迎！如果你想定制衣服，可以找我。"

"欢迎欢迎，热烈欢迎！如果你想学做饭，可以找我，我免费提供私人菜谱。"

群里一下子热闹起来。

薛夕哑然，慢慢抬头："司霖哥，他们都好热情。而且群主也没有那么可怕呀，挺温和的。"

刚刚五分钟的冷场，她完全没意识到什么吗？

这反应好迟钝！

季司霖无奈地再次揉了揉薛夕的头顶。

时间已经到了饭点，季司霖开口留饭，薛夕想了想，跟叶俪说了一声，便留了下来。

等吃完饭，三个人又聊了一会儿，薛夕便提出告辞。

周舟不解："周末呢，你这么着急回家干什么？"

薛夕："刷题。"

周舟愕然："啊？"

钢琴造诣这么高的人，竟然还是个学生？

等季司霖送薛夕下楼回来后，周舟代表群里另外十七个人发问："这小姑娘到底什么来历？"

季司霖温和的眼中透出一抹光，笑道："你猜？"

周舟正想说什么，手机忽然响了起来。

他接听，就听对面传来一道声音："周先生，我是刘依秋，我们约好了下午见面的，您还记得吗？"

周舟微微一愣，这才反应过来，是那个托了很多关系，拐了好几个弯绕到他这里来的学生家长。

周舟当下收回自己的"诙谐"属性，站直身体，下巴微抬，语气高冷："嗯，记得。"

"那就好，请问您什么时候有空？在哪里考核？"

周舟想了想，开口道："你家有钢琴吧？"

刘依秋顿时一阵惊喜："有的，有的！"

周舟："嗯，那下周去你家吧。"

周舟挂断电话，发现微信上那十八个人的群已经改了群名：小姑娘什么身份？

群里的人聊得热火朝天。

岑白："是季司霖和那位的亲戚吗？还是另一位厉害的存在？"

冯省身："开口要跟我互相学习数学了，我觉得应该去会会她，看看是不是真大佬。"

岑白："行，冯老，你先去试探一下。"

薛夕回家时，发现家里的用人们正在大扫除。

刘依秋殷勤地指挥着："窗户那边再擦干净点！"

"厨房里的点心准备好了吗？等会儿我挨个看看，挑选出最好的周末用。"

"还有，周老师喜欢喝水果茶，做一点，等着周末备用……"

薛夕目不斜视地上楼，进入卧室刷题。就在这时，微信响了一声。

她拿起来，发现是大佬群里的信息。

冯省身："小姑娘，你数学好吗？"

见群里的人那么热情，薛夕也不好意思表现得太冷淡。于是她回复消息："还行，有什么需要帮忙的吗？"

冯省身："加一下好友，我给你发一些资料，你能帮我一个小忙，证明一下这个结论吗？"

薛夕微微一顿："好。"

很快，冯省身便申请加好友。

薛夕通过后，备注为"教数学的"。

然后，冯省身给薛夕发了几个相关文件。

薛夕没第一时间打开，而是回复消息："我在写作业，等刷完这几道题，晚上再看。"

教数学的："好。"

聊完后，薛夕退出聊天框，却发现好友那个地方又多了一个"1"。

薛夕点开，在看到申请信息时，稍稍一愣。

"禁止打扰通过大佬群申请加您为好友。"

薛夕歪着头想了想。

"弹钢琴的"说群主不好惹，薛夕莫名感觉这个人不能加。

这么想着，手机振动了一下。

薛夕退出好友列表，就看到大佬群里有人发了消息。

禁止打扰："吃完饭了吗？"

薛夕顿时对周舟的话产生了怀疑。

这么好的群主，怎么就不好相处了？

薛夕退出聊天框，打开好友列表，同意了对方的好友申请，却在备注上发了愁。

群主是干什么的啊？

薛夕想到进群后的聊天内容，其他人说在他们的行业互相学习，只有群主是有什么都可以找他帮忙。

薛夕心里有了主意，备注上"全能大佬"。

她改完备注消息，发现群里其他十九个人在大佬发话后，就像是回答老师问题的小学生一样，排排整齐地回复问题。

季司霖：“刚吃。”

弹钢琴的：“还没。”

岑白：“吃了，为了保持身材，我只喝了一杯蔬菜汁。”

冯省身：“吃了。”

大佬的号召力好强，就像是这群人的领导。

但薛夕很快便否认了自己的想法，司霖哥是个自由自在的心理医生，不存在领导……

薛夕于是跟在最后，回复：“还没。”

禁止打扰：“去吃。”

薛夕疑惑，为什么只问她一个人？

与此同时，群炸开了锅。

岑白：“今天那位在群里说了四句话，第二天我们群要消失四个人吗？呜呜，突然好怕！”

周舟：“感觉那位画风不对，是微信被盗了吗？”

冯省身：“以老朽看来，那位和加群的小姑娘关系不一般。我突然觉得，我不该去试探她……我现在撤回我的文档还来得及吗？”

岑白：“小姑娘到底什么身份啊？！有谁敢去问一下季司霖吗？”

“不敢。”

“不敢 +1。”

薛家，餐桌上。

这天的晚餐用得比较晚，因为薛老爷子回家有点晚。

吃饭时，已经饿了的薛夕埋头快吃，想赶紧上楼刷完题后，去看“教数学的”给她的题目。

这时，刘依秋忽然开口了：“妈，我记得若若也喜欢弹钢琴吧？”

薛老夫人听到这话，顿时笑了：“对，怎么了？”

刘依秋回答：“这不是下周末周舟老师来家里考核吗？我想着不如把若若接过来，让她和瑶瑶一起考核。”

薛老夫人的眼睛一亮：“依秋，你说真的？你不怕她抢了瑶瑶的名额？”

刘依秋笑：“若若是燕美的女儿，燕美是您的女儿、瑶瑶的姑姑，那若若和瑶瑶就是姐妹，都是一家人。能考上一个，都是我们薛家的福气。”

“大气！”薛老夫人夸赞道。

薛燕美是薛老夫人的小女儿，当初结婚时薛家还未发家，所以丈夫家境一般，薛老夫人很心疼她。

刘依秋的这个举动让薛老夫人满心高兴，她看向叶俪：“叶俪，你该学学你弟妹。看看，这才是当家主母该有的胸襟。而不是想要把所有奖项都占为己有，不给姐妹机会！”

薛老夫人说着，瞥了薛夕一眼：“薛夕，你如果真把瑶瑶当姐妹，那你就退出物理竞赛！”

薛夕正在吃排骨，先把骨头和肉分离，打算咽下去以后再说话。

但叶俪已经开口了：“妈，那薛瑶为什么不退出钢琴考核，直接把机会让给若若呢？”

叶俪坐正身体，丝毫不胆怯地回视薛老夫人。

薛老夫人气得指着叶俪，双手都在颤抖：“行啊，嫁到我们家这么多年，我都不知道你竟然这么伶牙俐齿？！”

叶俪深吸一口气：“妈，我只是在跟你讲道理。”

薛老夫人气得摔筷子，站起来就走。

刘依秋询问：“妈，您不吃了吗？”

薛老夫人哼道：“吃什么？我气都气饱了！”

薛夕没理会吃饭时的插曲，吃完立刻上楼。刷完老刘布置的作业后，她又打开电脑，下载了“教数学的”发给她的那些资料。

当薛夕打开后，整个人愣住了。

因为这些东西好巧不巧，跟薛夕从外公那里拿来的写在泛黄卷纸上的东西一模一样。

这应该是数学界的一个猜想。而现在，薛夕要做的，就是证明这个猜想是正确的。

这段时间，薛夕除了刷题，就会看一下外公的手稿。那份手稿上对于这个猜想的证明，已经进行了三分之二。而这一个月以来，她通过对各种资料的查询和学习，已经又往前推近了一些。

距离证明出这个猜想还差一段时间。

于是薛夕给“教数学的”回复消息：“这道题有点难。”

能不难吗？远在京都的冯省身默默地感叹一句，这可是数学界的世界未解谜题之一！

冯省身扔给她，就是想试探一下她的数学水平。

看到这个题目就能认出来，说明女孩在数学上的造诣已经很深了。毕竟不到一定水平，是连题目都接触不到的。

冯省身急忙编辑消息：“对，这个题目至今未解。”

冯省身的字还没打完，对方又发来了消息。

学习：“所以，我需要大概一周的时间才能给出答案。”

冯省身确定了。

对方就是一个普通的高中生，不然怎么可能会这么回答？

要知道多少数学家将一辈子的心血都放在了这个猜想上，这个小姑娘也太大言不惭了。

不过有群主庇护，冯省身也不敢说什么，只能回复：“解不出来也没事。”

冯省身发完这条消息，便回到“小姑娘什么身份？”群宣布结果。

冯省身：“已确定，伪大佬，真关系户。”

周一。

薛夕惦记着那个猜想，起得很早，比平时到学校的时间早了半个小时。

到达杂货铺时，她掀开帘子直接就走进去。

一进门，看到眼前的场景后，她一下就愣住了。

向淮应该是刚做完晨练，身上全是汗。他两只手抓着T恤，正打算脱下来，衣服下摆已经撩起，露出结实的小腹和腰部。

薛夕愣住，脑子里闪过一个想法：这人穿衣显瘦，没想到还脱衣有肉，而且腹部肌肉匀称，腰部劲瘦，看着就很有劲……

薛夕这么突兀地进门，向淮也愣住了。

看到是她后，向淮微挑眉，忽而一笑，没把衣服放下来，反而直接将胳膊一抬，把T恤给脱了下来……

男人俊美绝伦，立体的五官透着犀利。他身姿矫健，肩宽腰窄，肌肉纹理完美，多一分嫌壮，少一分则显弱。

薛夕盯着向淮，在心里默默感叹：没想到平时一件禁欲的黑衬衫下隐藏着如此完美的身形……

两个人互相对视十秒后，向淮神色坦然地问：“好看吗？”

薛夕点头：“好看。”

在向淮嘴角的笑意刚刚荡开时，就又听到女孩的声音传来：“你这腹肌是怎么练的？”

向淮愣住。

女孩依旧探究地看着向淮，那眼神像是在欣赏什么艺术品。

向淮原本想朝着女孩走过去的脚步就这么顿住，随即脚跟一转，人已经往后院走去：“我去冲个澡。”

“哦。”

等向淮走后，杂货铺里便安静下来。薛夕这才后知后觉地想到，女孩这么盯着一个男人看，是不是不太好？

不过那胸肌、腹肌，还有……那腰，是真好看啊。

薛夕发了一会儿呆，得了向淮指示的“小虎牙”迅速买了早餐回来。五分钟不到，向淮已冲完澡走出来。

向淮的头发还有点湿，又穿上了万年不变的黑色衬衫，纽扣却一反常态地扣到最顶部，禁欲气息浓郁。

三个人没怎么说话，就开始吃饭。

“嗡嗡。”

薛夕和向淮的手机同时振动了一下。

两个人低头，屏幕上都显示“大佬群”。

向淮的眼神闪了闪。

小朋友加入大佬群后，原本嫌那群人烦，把群消息屏蔽了的向淮就把群放了出来。

薛夕正在看大佬群里的消息。

岑白：“啊啊啊——我想要这个包！可是我没抢到！跪求各位大佬在你们的城市帮我买一下啊！限量款的，我可以出高价！”

弹钢琴的：“无能为力！”

教数学的：“我只是一个学者，没这方面的门路。”

其他人：“抱歉，买不到。”

岑白：“谁能给我买到，谁是我爸爸！”

薛夕对限量款没什么概念，对奢侈品品牌和价格更是不了解，她看到这个消息，想到昨天“教数学的”给了她一个学习的机会，群里的人也都还不错。

群主更是个热心肠……

她觉得自己不能太淡漠，于是抬头询问向淮：“这里卖包吗？”

正在吃包子的陆超微微一愣。

包？这种东西跟他们杂货铺匹配吗？

但陆超还未开口，向淮就点了头：“嗯，卖。”

薛夕打开手机，把岑白发到群里的图点出来，递给向淮和陆超看：“这个呢？”

香家的限量款包，全球只有二十个，一经发售，估计就被各大顶级豪门的太太和小姐们抢光了吧。

陆超震惊的神色还未浮现，向淮又回答：“行，两天后来拿。”

陆超神色复杂。

薛夕神色平静：“好的。”

然后薛夕就在大佬群里回复：“我应该可以买到，两天后。”

岑白：“真的？”

学习：“嗯。”

岑白：“啊啊啊——以后你是我夕姐！”

这条信息发完，薛夕的好友列表里又多了一个好友申请，是岑白。

她通过后添加备注“演戏的”。

刚通过好友，岑白就开启了私聊。

演戏的：“夕姐，你在哪座城市啊？”

薛夕对于网友这些并不了解，也没什么隐藏的想法，直接回答实话：“滨城。”

演戏的：“好的，谢谢夕姐！你能帮我买到这个包，以后你就是我老大！”

薛夕放下手机，认真地吃饭。等到吃完以后，她才感叹：“你这里卖的东西这么全呀？”

上次的茶，似乎挺难买的。

这次的包，应该也不容易。

向淮站起来，走到柜台后，黑色衬衫裹紧腰部，扎进黑色裤子里，衬托得他的身形越发修长。

向淮懒散地在那边的椅子上坐下，随即低笑："你想要什么都有。"

老大撩人的本事真是越来越强大了！

他要是个女的，早就从了！

可惜，薛夕认真地点了点头，赞叹道："万能杂货铺。"

向淮似乎早就料到会是这个结果，神色间带上两分无奈："嗯，这里没有你买不到的东西。"

这话刚刚落下，一个陌生男人就冲进来，直接对柜台后的向淮喊道："老板，来一盒杜蕾斯。"

向淮觉得刚吹的牛，被一下子扎了个洞，破了。

他看向还未离开杂货铺的女孩，没回答这个问题，只看了一眼陆超。

陆超咽了一口口水，急忙上前一步："没有。"

那个人一愣："没了？那名流呢？"

"也没有。"

"大象呢？"

"没有。"

男人低骂一句："你们不是情趣用品店吗？怎么可能连最基本的东西都没有？"

陆超没看老大都感受到一股凉飕飕的气息，急忙义正词严地否认："我们是正规的杂货铺，你看错了，赶紧走吧。"

那个男人被陆超推到门口，边走边疑惑道："不是你们取什么'夜来香'啊，这不是存心误导人吗？"

陆超："谁说杂货铺就不能叫'夜来香'了？"

男人人也杠上了："既然你是杂货铺，那为什么没有杜蕾斯？"

谁说没有了？

后院仓库里一大堆呢！各种口味、各种型号，应有尽有！

但当着薛夕的面，他敢卖吗？敢吗？！

等把一个多月来店里来的第一位客人赶走后，陆超觉得自己似乎经历了九死一生！

而默默离开的薛夕也恍然大悟。怪不得杂货铺货那么全，生意却这么差，原来是店铺名字的问题。

不过，杜蕾斯是什么？

带着这个疑惑，薛夕进入了教室。

薛夕才刚进门，就听到众人的惊叹声和欢呼声。教室里的同学们三两个聚集在一起，拿着手机不知在讨论什么。

薛夕一坐下，秦爽就兴奋地扭过头来："啊啊啊——夕姐，我小白男神要来滨城，来我们学校拍戏了！"

见薛夕一脸茫然的模样，秦爽二话不说打开网页，找出男神的照片给她看。

这是一个男人的杂志封面，一身白色古装松散地披在肩膀上，要掉不掉的样子。他的眼尾微微下垂，带着一颗泪痣，整个人透出妖娆的模样，眼神却漆黑幽深，他看着前方，嘴角带着一抹笑，那股魅惑似乎可以穿过手机屏幕渗透出来……

"帅不帅？"秦爽一脸花痴迷地看着照片。

这个男人的确很帅，跟向淮那种危险的形象完全不一样……呃，她为什么会想到向淮？

薛夕摇了摇头，将这个念头摒弃，正想低头学习，就听到旁边有人开口："秦爽，我听说你从家里搬出来住了。你又不住校，你住哪儿了？"

秦爽翻了个白眼："租房。"

那人惊叹："你有钱吗？秦家不是断了你的生活费吗？"

秦爽嗤笑："那我过去的十八年都白活了？没存钱吗？"

对方"哦"了一声，没再说话。

薛夕想到上次偷班费的事情发生以后，秦母给了秦爽一张银行卡，秦爽没收。

其后薛夕本着不打扰对方私生活的态度，也没怎么询问。但现在看来……秦爽似乎在经济上遇到了问题？

薛夕戳了一下秦爽的肩膀。

秦爽回过头来。

薛夕询问："你是不是缺钱？我可以借给你。"

秦爽听到这话左右看了看，悄悄地靠过来："夕姐，我现在自己能赚钱，你放心吧。"

赚钱？

薛夕愣住："啊？"

秦爽小声说："我告诉你，但你不要告诉别人，我现在开直播赚钱。"

说完，秦爽略显忐忑："夕姐，你会看不起我吗？"

原本是秦家的千金小姐，如今却开直播赚钱。

薛夕慢悠悠地摇头："不会。"

秦爽松了一口气。

伴随着预备铃声响起，教室里，薛夕、范瀚和薛瑶三个人站起来，拎着书本往外走，收获了一片羡慕声。

奥数和物理竞赛的日子越发接近，三个人已经不在教室里上课，全天冲击奥赛。

薛夕一般上午学物理，下午学奥数。

但想要证明那个猜想的薛夕这天去了奥数班。

跟在薛夕身后的薛瑶见此，莫名松了一口气："她要开始全天学习奥数了吗？这是打算把物理放弃了？"

奥数大概在十八九号考试，考完后没两天就是物理竞赛。

两个比赛的时间如此接近，一般人都会选择主攻一科。

范瀚听到这话，眉头蹙起："嗯，她还不算笨。"

薛夕数学之星比赛把范瀚的骄傲打了个粉碎，但他毕竟是男生，没那么小心眼，在震惊后，莫名对薛夕有点服气。

自学成才，这样的人，天生就是学数学的。

范瀚说完这句话，便走进教室。他从薛夕身边经过时，却见她桌子上一本奥数书也没有，只有一张空白的纸，她正在上面飞快地计算什么。

范瀚拧起眉头，坐在她身后。

然后，接下来的一整个上午，范瀚就看到薛夕在那里写写画画，一会儿团了草稿纸扔掉，一会儿又放下笔静思一会儿。

中间课间时，薛夕还专门跑到学校图书馆借了一本书，书名是什么《论巴特拉的一生》。

巴特拉范瀚知道，十九世纪著名的数学家。可这跟奥数有什么关系呢？！

范瀚本以为薛夕浪费一上午也就算了，浪费的时间本来就是学物理的。可一整个下午，薛夕竟然还在写那个莫名其妙又让人看不懂的东西。

老刘来教室看到以后，微微一愣：“薛夕，你在证明巴特拉猜想？”

薛夕点点头。

老刘顿时哭笑不得：“这个科学家们证明了一百多年也没证出来，很多人都毁在了最后一步上，你搞这个没用。就算你感兴趣，等以后上了大学，接触到更高级的数学教育后再……”

话说到这里，老刘顿住了。

老刘突然想到，薛夕已经自学完大学课程了啊！

薛夕听到这些话，却没有顺从，而是开口道：“刘老师，我想试试。”

对这个学霸，老刘也有几分信任。

于是他只能无奈地叹息：“那你要保证完成奥数作业。”

“没问题。”

老刘在教室里转了一圈，然后就走了。

等老刘离开后，范瀚终于忍不住开口：“薛夕同学。”

薛夕没动。

范瀚深吸一口气：“你不能考了一次第一就不把全国数学联赛放在眼里，你这样只会让人感觉到轻浮和不稳重！”

“数学之星考题超纲了，我知道你自学了超纲的内容，所以你那个第一也不算实至名归。全国数学天才数不胜数，就一中的那个孙杰，去年参加全国联赛都拿了一等奖，只差一名就可以进冬令营！今年他可是夺冠的热门之一！

“你能不能对奥数保持一点敬畏之心？”

薛夕明明有了一个思路，却被身后的人打扰得烦不胜烦。

一向淡定的薛夕忍不住回过头来，凉飕飕的眼神一扫：“闭嘴。”

范瀚一愣，下意识地闭上了嘴巴。

等回过神来，他臊得脸通红。

他好心提醒，薛夕却把他的好心当成驴肝肺？那就让现实去教她做人吧！

一直到下午六点，薛夕都停在一个点上。只要证明出这一个小逻辑，整个猜想就相当于已经完成！

可这个点的知识，薛夕并没有接触过。

在整个滨城，类似的参考书也买不到，网络上更不可能存在这么偏僻的教材。

薛夕去询问老刘，老刘也表示无可奈何："这种东西，只有专业的科研人员才会有，我们普通老百姓去哪儿找？你还是别想了，专心应对奥数考试吧？！"

哪怕是豪门，也接触不到科研大牛啊！

薛夕凝眉。最终，她将目光定格在手机微信上，她在"大佬群"里发消息："请问谁有关于 ××× 的资料书？"

群里很快便有了回复。

全能大佬："我有。"

薛夕的眼睛一亮："可以借给我吗？或者卖给我？"

全能大佬："不卖，但是……"

学习："但是什么？"

全能大佬："喊声'哥哥'我就借给你。"

薛夕看到这条信息，直接愣住了。她是不是看错了？

她正茫然不解时，有老师喊道："薛夕，走吗？阶梯教室要关门了。"

薛夕站起来："走。"

薛夕抱着书本出门时将手机放在了口袋里，往教室那边走去。

杂货铺里。

向淮盯着手机看，视线落在他最后发的那条消息上："喊声'哥哥'我就借给你。"

向淮还记得，当初薛夕进群时，周舟介绍说是季司霖的小妹。

啧，他在这里放低身段，又是哄又是骗的，还没让小朋友加个微信，季司霖不声不响就成了哥？

女孩怎么能随随便便喊人哥哥呢？

向淮伸出手指，轻轻地在桌面上叩了几下，想象了一下薛夕软软糯糯地喊"哥哥"的样子……

可薛夕怎么还没回消息？

"小姑娘什么身份？"群又炸开了锅。

岑白：“群里什么情况？我怎么感觉向帅在聊不可名状的事情？”

周舟：“夕姐霸气，到现在也没回复消息。这是拒绝了？我怎么感觉目睹那位撩人失败的我们可能要完蛋了？”

其他人表示瑟瑟发抖。

冯省身：“这段时间那位说了太多话，这很不正常。你要不要去提醒一下小姑娘，不要得罪了那位？不然我怕她第二天就要从群里消失了。”

周舟：“我不敢。”

岑白：“同不敢。”

其他人：“更不敢。”

于是一群大佬在群里瑟瑟发抖地窥屏，就在他们为薛夕提心吊胆时，群里有了新消息。

季司霖：“她一个小辈，可不敢喊您哥。如果您愿意指导，不如让我妹尊称您一声‘老师’？”

看到这条消息，群里众大佬更是连大气都不敢喘，一个个恨不得从群里直接消失。神仙打架，他们不想被波及啊！

正在等待薛夕回复的向淮原本耐心十足，毕竟他家小朋友是个慢性子。

向淮也就等了五分钟，群里便有了新消息。可当他看清楚内容后，眉峰微挑，随即冷笑一声。

季司霖……

这是直接给他提了一个辈分？

如果向淮没记错的话，季司霖比他还要大一岁吧？而且季司霖凭什么替小朋友做决定？

向淮正打算回复消息，又忽地顿住。

老师……想想小朋友毕恭毕敬地尊称他，来一段师徒恋似乎也不错？

他迟疑间，群里又多了一条消息。

学习：“可以吗？我很喜欢学习，您愿意做我的老师吗？”

向淮刚刚的怒意瞬间被这条信息消灭，冷硬的面部线条慢慢变得柔和。最后他低笑一声，修长的手指敲击屏幕：“好。”

接着，薛夕就收到“全能大佬”的私聊信息，把她需要的资料全部发了过来。

薛夕看到后，眼睛一亮：“谢谢老师！”

她此时已经回到教室，回复完信息后就背上书包准备回家。

才刚走到门口，她就收到李叔发来的消息：“大小姐，薛瑶小姐非让我先回去，您稍等一会儿，我把她送回家再来接您。”

薛夕看到这条信息，眉头微蹙。

早上薛夕起得早，出门时薛瑶还没起床，她就先出了门，坐地铁和公交车来上学的。

而且平时薛瑶总是很慢，有时候像是故意磨蹭十几分钟。这次她不过比平时晚出来五分钟，薛瑶就走了？

薛夕莫名觉得有点烦。

这个点回家，公交车和地铁肯定要排队，而且比较绕路，很耽误时间。可留在这里等李叔回来，怎么着也要一个小时。

薛夕想了想，干脆直接往外走。她正打算拦出租车时，一辆没开车顶的蓝色跑车便潇洒地停在她面前。

高彦辰指着副驾驶座，眼神闪烁：“夕姐，送你？”

“小火苗”开车的样子还挺帅。

薛夕默默地感叹了一下，也没跟高彦辰客气。她着急回家下载资料，解决那个猜想的问题。

于是她打开车门，坐到车上。

“夕姐，系上安全带。”

话音落下，高彦辰一踩油门，车子“嗖”的一下就冲了出去。

高彦辰的车技很好，在放学高峰期阶段，跑车灵活地穿梭在马路上，从杂货铺门前一闪而过。

坐在柜台后的向淮无意中看向门口，好巧不巧地瞥见了那辆跑车，以及跑车上的两个人。

满头红发的男孩，身上带着他们这个年龄特有的桀骜，开车时嘴角那一抹笑又野又狂，很容易吸引女生的注意力。

比如他的小朋友，此刻就两眼发光，一向淡漠的脸上带着些许笑意，似乎很开心的模样。

很像一对情窦初开的少男少女。

向淮深棕色的眸子一沉。

第七章 只想靠近

从学校到家，李叔开车需要半个小时。但高彦辰只用了十五分钟就到了。

高彦辰一路飙车，眼看着到了薛家也没减速。

打架输给了薛夕，不代表他别的也差。

女孩第一次坐跑车，肯定又晕又怕吧？他要让她哭！

这么一想，高彦辰踩了一脚油门，直到车子冲到薛家门口才猛地减速，他狂打方向盘，一个帅气的漂移，让车子掉转方向，堪堪停在铁门前，扬起一片灰尘。

高彦辰要帅完毕，扭头看向薛夕："怕了……"

"吗"字还没说出口，就对上女孩那又亮又兴奋的双眸。

薛夕很开心："好快！"说完还感慨地摸了一下车子，"如果我能考驾照，并且也有一辆跑车就好了。"

这样子，上下学就可以节省半个小时的时间去刷题！

薛夕带着这个想法，背起书包下车，脚步轻松地进入薛家大门。

高彦辰呆住了。

薛夕刚进入家门，手机就响了一声，看到是"小虎牙"发来的消息："你今天坐同学的跑车回家？”

薛夕慢悠悠地回复：“嗯。”

小虎牙：“那个男生在追你？”

薛夕抽了抽嘴角，慢悠悠地回复：“关你何事？”

向淮无语。

过了大概两分钟，向淮自己的手机上，微信上发过去的资料提示已接收，这说明薛夕已经到家了。

对方还主动给他发了消息。

学习：“老师，你觉得跑车好学吗？”

薛夕对感情的敏锐度不高，所以没察觉到大佬在群里的那一句“哥哥”是在撩她。

既然称对方为老师，那么薛夕就会给出相应的尊敬。

不知道为什么，薛夕就是觉得对方很靠谱。

发完这条信息后，薛夕将下载好的资料打印出来，从书房抱回自己的房间里。

路上，薛夕碰到正准备下楼的刘依秋。对方看到她时有些惊讶：“夕夕，瑶瑶呢？她没跟你一起回来？”

薛夕淡漠地“哦”了一声。

刘依秋顿时凝眉：“你怎么也不等等妹妹？早上上学时也是，你这个孩子心也太冷了。”

正坐在楼下客厅里看电视的薛老夫人一只手拿着遥控器，一边回应道：“不是在家里长大的孩子就是不行，也幸亏我们瑶瑶不跟她一般见识。”

薛夕懒得理她们，径直回到房里，直接关上房门。把资料放到书桌上后，她才拿起手机。

全能大佬：“学跑车可以，但不能在市区开跑车，违法交通规则，等有机会，我教你吧。”

薛夕微微一笑，乖巧回复：“好，我开始学习了。”

全能大佬：“嗯，有不会的可以随时问我。”

想要利用新的知识点，就必须把这个知识吃透。薛夕没急着进行那个猜想，而是开始看资料。

薛夕感觉也就看了一小会儿，房门被敲响，是叶俪喊她下楼吃饭。

薛夕依依不舍地看了一眼手中的文献，默默地叹了口气，站起来走出去。

家里人到得比较全，除了薛老二，其他人都在。

薛老爷子和薛老夫人分别坐在长餐桌的两旁，薛晟、叶俪、薛夕坐一边，刘依秋带着薛瑶坐在另一边。

几个人正吃着饭，刘依秋的手机响了起来。

刘依秋看了一眼后急忙接听，样子很殷勤："喂，夏夫人啊……不忙不忙，您有事直说……啊？"

对面不知道说了什么，刘依秋的脸色顿时变了。

刘依秋先是瞪了薛瑶一眼，然后笑着回答："可以的，没问题！"

刘依秋挂断电话，一巴掌打在薛瑶的背上："你这孩子！"

薛瑶顿时蒙了，脾气也大起来："妈，你打我干什么？"

刘依秋怒道："我约了周舟老师这件事是不是你对外说的？我不是叮嘱过你不许对外说吗？妈托了多少关系才找到这个机会，现在好了，消息传出去了，夏夫人把电话打到我这里，非要把他们家女儿也送过来一起面试！我哪里敢得罪夏家？！"

薛瑶听到这话，心虚了。她狠狠地瞪了薛夕一眼。

薛夕在学校里出尽风头，她也是没忍住，所以就偷偷告诉了一个最好的朋友，可没想到……

不对，她叮嘱过不许说出去的。

所以这件事……

薛瑶猛地站起来，指着薛夕开口："是不是你说的！"

正在默默吃饭的薛夕茫然地抬头，就看到薛瑶红着眼睛，指着她骂道："我没跟别人说过，肯定是你说的！你是不是嫉妒我会弹钢琴，嫉妒我可以拜周舟为师，所以故意在外面宣传的，就是为了让我落选！"

这话一出，刘依秋也瞪向薛夕。

叶俪还没来得及说话，薛老夫人就拍了一下桌子："薛夕！你的嫉妒心怎么这么重？！不友爱妹妹也就算了，心肠真是坏透了，竟然还故意使坏？"

薛晟直接放下筷子，动作有点大，发出了声音："妈，事情还没搞清楚，现在就骂夕夕是不是早了点？"

薛老夫人气得胸口起伏剧烈："不是她还有谁？这件事就家里人知道，瑶瑶总不能自己给自己找几个竞争对手吧？"

薛晟看向薛夕，询问："夕夕，这件事跟你有关吗？"

薛晟明里询问，实则是给女儿说话的机会。

众人不开口了，薛夕这才慢悠悠地说道："什么事？"

薛晟被女儿这茫然的模样萌翻了，伸出手摸了摸她的头："就这个周末，家里会请周舟老师这件事。"

薛夕："哦，我没说。"

薛夕在学校里连薛瑶的名字都没提过，忙着证明巴拉特猜想呢，哪有时间说三道四？

薛夕解释完，又继续低头吃饭。

薛瑶却指着薛夕骂道："肯定是你！是不是你跟秦爽说的？秦爽那个八卦的样子，肯定就把消息传开了！"

薛瑶要一口咬定是薛夕的问题，不然妈妈肯定要骂她。而且，指不定就是薛夕搞的鬼！

薛瑶怒道："看着挺与世无争的，怎么，学习上压了我，别的方面也要压住我吗？薛夕，你真是太卑鄙了！"

"闭嘴！"

叶俪怒道："你有证据吗？瑶瑶，你们是姐妹，不是仇人！从夕夕进门开始，你就对她敌意很大，但夕夕从未对你做过什么！"

"怎么没有？"有刘依秋撑腰，薛瑶底气很足，"范瀚是奥数班的，她就报了奥数；我是物理班的，她就报了物理。她怎么不去报化学竞赛？她分明是记恨我抢了她的婚约！"

薛夕愣了一下："还可以报化学？"

薛夕凝眉思索，化学竞赛可以学到很多东西吗？报一报也可以。

她的这种反应，让几个人都愣住了。

最后，薛老夫人怒吼道："你看看她这是什么态度？嚣张吗？不就是学习好吗？有什么？这个世界天外有天，比你有能耐的人多了去了！而且学习再好对我们豪门有什么用？看看你这种礼仪，你会弹钢琴吗？会跳舞吗？会插花吗？乡下孤儿院里出来的小野种，真是反了你了！"

叶俪听到这话，气得全身发抖，正要说什么——

“砰！”桌子被用力一拍。

整个餐桌上一片安静，众人纷纷看向发火的薛晟。

薛晟面色阴沉，深吸了一口气:“妈，从我和叶俪结婚起你就不喜欢她，现在又不喜欢夕夕。我其实一直在想，你到底是讨厌他们，还是讨厌我？”

薛老夫人一愣：“我……”

薛晟闭上眼睛，做出决定：“既然我们一家三口的存在这么让您烦心，不如……我们分家吧。”

天已经全黑了。

水晶吊灯发出白炽的光，照在餐厅里情绪莫测的每一张脸上。

旁边时刻准备服务的用人也在努力减少存在感。

始终没说话的薛老爷子坐直了身体：“胡说！”

薛晟依旧站着，宽厚的肩膀似乎可以为母女俩撑起一片天，他看着薛老爷子：“爸，你看看这个家里还有我们一家三口的位置吗？不知道的，还以为我不是妈的亲儿子呢！”

“你放屁！”薛老夫人气得大喊，“我怀胎十月辛辛苦苦把你生下来，你就是这么对我的？”

薛老夫人说完，又看向叶俪：“肯定是你，在背后鼓动薛晟，让我儿子跟我离了心！当初我就不同意你嫁进薛家，算命大师说过，你就是扫把星，早晚会害得我们家破人亡，到如今真应验了那句话！”

叶俪微愣，没想到竟然听到这么一句话。

薛晟也难以置信，他扶着叶俪的肩膀，表情愤怒不已：“妈，你就因为这个，这些年才对叶俪不喜？”

薛老夫人口不择言之下说了真话，干脆直接承认：“对！就是这个原因！她连个儿子都生不出来，你这一支可不就绝了后？！”

薛晟喊道：“我有夕夕！”

薛老夫人不屑地说道：“她是女孩！况且，她外公是个精神病，她们家有这个基因，以后她可能也会发病！”

精神病大部分都会遗传，隔代遗传的可能性也很高。所以薛夕的反应慢落在薛老夫人眼里，就是精神有问题。

很多精神病人都不敢要后代。

薛老夫人这话，叶俪无法反驳。

叶俪被戳中痛处，身体都在发抖，可她没办法为自己辩解。

这时，肩膀上那只大手轻轻地拍了拍，让她静下心来。

薛晟自始至终没打算反驳，他宽厚的臂膀挡在叶俪面前："所以，分家吧。就当儿子不孝，您跟着老二过吧！"

薛老夫人一听这话，尖声骂道："你是我儿子，你就要给我养老……"

"闭嘴！"

薛老爷子将手中的筷子砸向薛老夫人，整个餐厅再次鸦雀无声。

薛老爷子看向薛晟。

薛家是暴发户，但其实是薛晟找到了人脉和机会，带着全家发展起来的。薛老爷子虽然是董事长，但其实公司里很多事情都是薛晟在办。

可以说，薛家公司发展到如今，薛晟的功劳占到七成。

这也是虽然薛老夫人偏心老二，而薛晟又没有儿子，但保守的薛老爷子依旧要将公司交给薛晟的原因。

在老婆子和薛晟之间，薛老爷子没有丝毫犹豫地选择了后者。

薛老爷子对薛老夫人喊道："你说的那是什么话？你不想跟老大住在一起，行，那你回你们刘家！"

薛老夫人瞪大了眼睛："老头子，你赶我？"

"如果不想被我赶出去，就向薛夕道歉！"

薛老爷子态度坚决，视线扫过刘依秋和薛瑶，冷哼了一声："薛夕是薛家的大小姐，这个家里，以后谁再敢对她不敬，那就是对我不敬！"

薛老爷子掷地有声的话让四周一片安静。

薛老夫人伸直脖子，说不出道歉的话。

刘依秋出面和稀泥："妈毕竟是长辈，我替妈给夕夕道歉，好吗？而且妈年纪大了，思想保守，才会信了那些大师的话。夕夕，奶奶以后肯定不会再骂你了。"

刘依秋又向薛晟和叶俪求饶："大哥、大嫂，你们就原谅妈这一次吧！"

薛晟绷着脸不说话。

薛老爷子瞪了薛老夫人一眼。

薛老夫人吓了一跳，慌乱又委屈地喊道："我错了还不行吗？老大，你非要妈跪下给你磕头吗？"说完她觉得特别没脸，哭着上楼了……

薛老爷子一锤定音："老大，就这样吧。"

事情只能轻描淡写地过去。

晚上，卧室里，薛晟叹息道："其实我已经在外面买好一栋别墅了。"

叶俪微愣："什么？"

薛晟说："从夕夕被找回来，妈不喜欢她开始，我就买好了。但装修还需要一段时间，所以我们先不分家。"

叶俪听明白了薛晟的意思："以后再分？"

薛老夫人那种性格不是说改就能改的。闹一顿，她肯定能安分一段时间。等她再犯……薛晟提分家，也就不会过分了。

薛晟目光坚决："我的妻子和女儿，不用看任何人的眼色！"

分家的事情对薛夕影响不大，她上楼后继续看文献资料，一直到十二点还没睡。

微信上，"小虎牙"发来消息："睡了吗？"

薛夕瞥了一眼，没理。

等了一会儿，又一条信息发过来。

全能大佬："不要熬夜，对身体不好。"

薛夕这才回复道："好的，老师。"

薛夕又看了五分钟，这才放下资料，洗漱以后躺在床上，脑子里一直闪烁着新的知识点，处于亢奋状态，有点睡不着。

要想点别的。想什么呢？

这段时间，薛夕每天要被迫想一会儿向淮，才能勉强维持握手就不会胸口疼的程度。

于是，薛夕下意识地想起了向淮。

薛夕白天跟向淮见面时，他在换衣服，露出了那腰……

不知不觉间，薛夕闭着眼睛睡着了。

梦里，那腰一直在薛夕面前晃。晃到最后，向淮忽然整个人靠近，笑着说："小朋友，想摸吗？"

她明明不想，可梦里的手不受控制，往他的腹部摸过去……

第二天醒来时，薛夕的脸色不太好。

薛夕下了楼，薛瑶一反常态安静地等着她，且还当着薛老爷子和薛晟的面说道："爷爷、大伯，我觉得昨天你们说得很对。薛夕是我姐，所以我和我妈商量了一下，这个周末老师来时，也让薛夕堂姐一起吧！万一周舟就是看中了堂姐，那也是我们薛家的光荣。"

薛瑶嘴里这么说着，眼神里却闪过不屑。

表面功夫谁不会做？不就是多一个陪衬吗？

"好！姐妹之间就应该互相扶持！"薛老爷子夸赞了两句。

薛夕始终抿着嘴唇，明显心情不好。一直到她闷头冲进杂货铺里，她怒视向淮："你是不是还可以控制我的梦？"

向淮错愕地抬头，就见小朋友眼神里带着委屈地骂道："渣男！禽兽！"

杂货铺里安静了一瞬。

半晌，向淮低笑一声，放下手中拿着的书本，深棕色的眸子里闪过一抹光："小朋友，你梦到什么了？"

听到这话，薛夕觉得脸上有点发烫。

梦里，她不仅摸他了，还……

一向淡漠的薛夕此刻都有几分不好意思，而且她第一次痛恨自己记忆超群，连梦里的细节都记得一清二楚。

甚至梦里向淮腹部的触感，还有……似乎都像是真的一样。

薛夕眼睛里的雾气似乎被打破，露出又黑又亮的眼珠。她气呼呼地看着向淮，再次骂道："卑鄙！"

小朋友一向情绪起伏不大，这还是向淮第二次看到她这么气鼓鼓的样子。她白皙的脸蛋鼓起来，让他很想戳一戳，手感应该会非常好。

不过这样，小朋友只怕会更气了。

向淮强忍戳一下的冲动，人懒散地往后一靠，嘴角勾起，不像平时那样轻笑或低笑，而是彻彻底底地展开一个笑。他这么一笑，锋利的眉眼都荡漾出笑意，低沉的笑声撩拨得人心里痒。

然后，薛夕就听到向淮的话："我的错。"

薛夕怒了，果然是向淮搞的鬼？

她正要发火，就听到这个男人又慢悠悠地说道："有句老话叫——日有所思，夜有所梦。"

向淮的笑意更浓："是我没满足小朋友，才让你做了那样的梦，我的错。"

薛夕反应了好一会儿，才慢慢在脑海中打出一个问号。

椅子被拉开跟地面摩擦的声音传来，向淮站起来，足有一米八八的身高，比薛夕高了足足一个头。他从柜台后绕过来，颀长的身姿站在薛夕面前，略弯腰，低头，凑到她耳畔：“我有个好办法，可以让你不再做梦。”

薛夕被带了节奏：“什么办法？”

向淮再次低笑。

然后她听到男人接下来的话：“梦里的事，我们在现实中做一遍？”

两秒后，薛夕右脚后退，右手攥拳，对着向淮的脸打过去。

“啪！”

薛夕的速度虽快，可被这个男人伸手拦住。他还挑眉：“破了相，梦里就不美了。”

这些日子，薛夕自己摸索出了一套办法。她发现只要把这个男人当成深爱的恋人来看，就不会胸口疼。

比如，恋人是不会舍得打人的，光想一想也胸口疼。

所以要想打向淮，薛夕就要出奇制胜，想都不想，直接动手。可此刻薛夕被他拦住，再想打就不行了。

就在两个人僵持的时候，“小虎牙”提着早餐走进来：“哟，今天挺早啊！你们干吗呢？切磋吗？”

剑拔弩张的氛围消失不见。

薛夕收回拳头，没事人一样走到餐桌边，拿起包子当成那个人狠狠地咬了一口。包子入口很软，跟梦里这男人嘴唇的口感还真有几分相似……

薛夕吃饭的动作一顿，眼神都呆滞了几分。怎么又想到了那个梦！

于是接下来，陆超发现，平时面无表情的薛夕现在更是冷冰冰的，活像是谁欠了她一大笔钱。

以往女孩这样，他家老大的气压肯定也很低。可这次老大明显嘴角微勾，带着点淫荡……啊呸，是浪荡的笑意。

一顿早餐很快吃完，女孩凶巴巴地握着老大的手好一会儿，站起来就走。

走到门口时，薛夕忽然想到昨晚“小虎牙”发微信询问她坐跑车的事……

薛夕向来不喜欢被人管，直接站定脚步，眼神凉凉地看向陆超：“小虎牙，你知道小明的外婆为什么能活到一百零三岁吗？”

小虎牙："因为她不多管闲事？"

薛夕顿了两秒，收回视线："嗯，你知道就好。"

薛夕这才离开杂货铺。

陆超满脸迷惑，他怎么感觉自己刚刚被威胁了？可他多管什么闲事了？

陆超迷茫地看向老大，却见老大肩膀抖动，似乎在笑。

他的小朋友怎么能这么可爱？

薛夕进入教室，心情才平复下来。

她走到自己的座位上，看到发下的作业，随便收拾了一下，就又去奥数班了。

昨天的知识点太好学了，薛夕沉迷其中无法自拔。

从秦爽旁边经过时，校服下摆被拽住，她低头就见秦爽眼中带着笑意地八卦道："夕姐，跟你说，今天辰哥上学是被人乖乖送来的。哈哈哈——他的跑车被没收了！"

薛夕："为什么？"

秦爽大笑："辰哥说高老让他遵守交通规则。你说这么多年，他从来没遵守过，这是怎么了？高家忽然就成遵纪守法的良民了！辰哥都快郁闷死了！"

听到这话，薛夕几乎能想到"小火苗"气闷的样子。

薛夕抿了抿嘴唇，忽然觉得心情更好了，抱起书本去了奥数班。

一整天的时间里，薛夕一直在学习新的知识点，偶尔有不懂的地方，就拿起手机请教"全能大佬"。

毕竟那位"教数学的"连这个猜想都不会，肯定数学也不怎么好吧，这样的知识点，他或许并不会明白。

薛夕一学习起来，时间就过得飞快。

不知不觉间，一周过去了。

下周将是奥数和物理竞赛考试。但在这个周末，薛家也将迎来一场不逊于奥赛的钢琴考核。

周六。

薛夕的巴拉特猜想只剩下最后一步，她沉浸在其中无法自拔。直到终于证明完毕，她整个人都松了一口气！

这个时候，薛夕才注意到楼下的嘈杂和热闹。

薛夕疑惑地打开房门，就看到刘依秋在楼下指挥用人摆放东西，而薛瑶在一遍遍地练习下午要演奏的曲目。

看到薛夕房门打开，一直注意着薛夕的叶俪穿着一身浅紫色旗袍走过来。她温和地开口："夕夕，不看书了？"

薛夕点点头。

叶俪顺着薛夕的目光看向楼下的钢琴，心一酸："夕夕，你如果喜欢，那就从现在开始练吧！你这么聪明，肯定能学会！今天下午你就当学习，拜不了周舟老师也没关系，妈妈以后会努力给你找更好的钢琴老师！"

薛夕："哦。"

两个人正站在楼上说话，外面传来车子的声音。随即便听到薛老夫人兴奋的声音从门外传进来："燕美、若若，你们可算来了！"

接着就是一道大嗓门："妈，你哭什么啊？该不会是嫂子欺负你了吧？"

听这泼辣的声音就知道不好惹。

叶俪下意识地拧起眉，低声向薛夕解释："这是你姑姑薛燕美，她……"

从不在背后说人长短的叶俪犹豫了一下，还是提醒道："她结婚早，嗯……举止有些粗鄙，她女儿孙若若也不好惹。反正，夕夕你离她们远点。"

薛夕一愣，随即明白叶俪的欲言又止是什么意思了。

扶着薛老夫人进来的中年妇女肤色黝黑，身型肥胖。特别是她还穿了一件紧身衣，肚子上的肉一圈一圈的，走起路来都跟着一起颤抖。

而跟在她身后的女孩孙若若，名字很秀气，实际上身材敦实，黑黝黝的。她进门后直接往沙发上一坐，讨好地看着薛瑶："瑶瑶，今天你这么漂亮，肯定能被选上。"

薛瑶刚好弹完一遍，收手，假惺惺地说："什么都不一定，还有薛夕姐和夏家千金呢！而且若若姐你也会弹钢琴啊！"

孙若若"嘿"了一声："我算个什么，我就是来玩的。至于薛夕……我听说她从小在孤儿院里长大，那里面都是一些有残疾的孩子，她肯定形象不好，应该也是凑个热闹的……"

这话说完，薛燕美就说："二嫂，大嫂呢？他们家薛夕找回来了，怎么也不来见见我这个姑姑？该不会是长得太难看，藏着掖着吧？大家都是亲戚，出来见见啊。”

正在楼梯上的叶俪听到这话，脸色变得很难看，故意加重了脚步。

听到声音，几个人齐刷刷地看过来。

薛燕美和孙若若一眼就看到，跟在叶俪身后的女孩扎着马尾辫，干净的脸庞上五官精致又漂亮，比大明星都要夺目，一双眼睛似乎蕴含着雾气，让人觉得特别神秘。

两个人看呆了。

叶俪见她们这样子，笑了：“夕夕，跟你姑姑打声招呼。”

薛夕缓缓地说：“你好。”

薛燕美感觉自己被打脸了，但她很快就找回场子：“大嫂长得好看，这女儿肯定也差不到哪儿去。不过呢，长相不是最重要的，重要的是学习成绩和才华。我们家瑶瑶在学习上那可是厉害着呢，年级前五！夕夕啊，你可要向你妹妹学习啊！”

这话一出，客厅里的气氛瞬间变得更加诡异。

刘依秋和薛瑶的脸色都沉了沉。这个人怎么哪壶不开提哪壶？

薛老夫人也扯了扯薛燕美的胳膊：“别说了。”

薛燕美进门时，薛老夫人就已经低声吐槽了很多，说叶俪现在压住她已经成为薛家的当家人了。她还以为薛老夫人这是怕了叶俪，顿时嗤笑道：“妈，这有什么不能说的？孩子有短板就要提出来啊！大嫂肯定不会介意我说的，对吧，大嫂？”

叶俪此刻真是有一种扬眉吐气的感觉，她笑得特别温和、儒雅：“我觉得你说得对。”

薛燕美点头：“所以，夕夕，不管你以前怎么样，这身为学生呢，就要以学习为主。你们高三开学模拟考试了吧？你也别一上来就跟瑶瑶比，毕竟没法比，压力太大，对不对？你就给自己先定个小目标，比如，先考进年级前一百名？对了，你考了多少名？”

薛夕没说话，叶俪却笑着开了口：“我们夕夕争气，这次也算是发挥得还可以吧，所以考了第一。”

薛燕美正打算长篇大论，听到这话，惊呆了：“什么？”

她的视线又落在薛夕身上，长这么好看的女孩，不应该心思都不在学习上吗？她是不是听错了？

薛老夫人咳嗽一声，转移了话题：“我们这种家庭，其实学习也不是最重要的。那种应试教育下的书呆子，也成不了大器。看我们瑶瑶，刚刚的钢琴弹得多好听啊！”

薛燕美也急忙转移话题：“对，瑶瑶的钢琴绝对没问题。今天四个人面试，其余三个就是陪跑呗！对了，夏家千金来了吗？”

刘依秋回答：“他们应该马上就到。”

说着话，外面再次传来车子的声音，刘依秋和叶俪出门迎接。过了一会儿，就看到一名穿着打扮很时尚，保养良好的女人走进来，这应该是夏太太。而跟在夏太太身后的，则是一个穿了一身白色裙子，身材瘦弱，神情胆怯的女孩。

她的头发披在肩上，夹了一个珍珠发卡，皮肤呈现一种病态的白。一进门她就躲在夏太太身后，悄悄地探出头，偷偷看了几个人一眼，模样可爱又透着楚楚可怜。

夏太太客气地笑道：“我们家一一就爱弹钢琴，所以听说周舟老师来了滨城，我也就厚着脸皮来这里了。薛二太太，实在不好意思啊！”

刘依秋努力维持着笑意：“这有什么？早就听说一一钢琴弹得好，待会儿让瑶瑶见识一下！”

刘依秋说完以后，又笑道：“我们这么多人，把一一吓坏了吧？让瑶瑶带她去楼上玩吧？！”

薛瑶的目光闪烁了一下：“好啊，一一，跟我们上楼吧！”

夏太太对夏一一诱哄着开口道：“你不是刚好有钢琴上的问题想要请教一下薛瑶吗？那你们去玩吧。”

夏一一怯怯地看了薛瑶一眼，点了点头。

叶俪也开口：“夕夕，你也去吧。”

四个女孩上了楼，在楼上的会客厅里玩。

一进门，孙若若就开口了：“瑶瑶，这夏小姐怎么不说话啊？”

薛瑶咳嗽了一声，凑到孙若若耳边说了一句什么。孙若若顿时惊呼出声：“原来她是个哑巴啊！聋哑人能弹钢琴吗？”

薛瑶拽着孙若若在旁边的沙发上坐下，两个人说起了悄悄话，直接把客人丢在一旁。

薛夕看向夏一一，就见她有些手足无措，手指紧张地绞在一起。

距离周舟的到来还有半个小时。

薛夕不认识这个人，原本也没打算管她，毕竟是薛瑶的客人。

可孙若若那一句“聋哑人”让薛夕定住了脚步。孤儿院里经常会有一些有缺陷的孩子被遗弃……

薛夕又看向夏一一。夏一一对她绽放出一个善意满满的笑，纯洁得很像那些小孩子。

这小哑巴还挺可爱？

薛夕指了指另一边的沙发，示意她坐过去。夏一一的眼睛蓦地一亮，点了点头。

坐好后，夏一一眼巴巴地看着薛夕，像是一只等着主人撸毛的猫，乖巧又懂事。就算薛夕一向淡漠，此刻的心也不免软了两分。

薛夕也走过去坐下。

夏一一安安静静的，两只手却放在茶几上，像是有一架钢琴般弹起来。

可夏一一弹到一半的时候，似乎遇到了困难，手指停在茶几上。她皱起眉头，苦恼的模样分外惹人怜惜。

坐在对面的孙若若直接开启嘲讽模式：“啧啧，她真当自己能行了？一个聋哑人，凑什么热闹？”

薛夕淡淡地抬头，缓缓看向孙若若，护短地说：“贝多芬了解一下？”

孙若若反应了好一会儿才明白薛夕的意思，她气急：“你怎么能把她和贝多芬比？你以为讨好了她，夏太太就会对你好吗？这个哑巴根本不会说话，她也不会告状！你把时间浪费在她身上没用。”

薛瑶最注重名声，拼命学习、弹钢琴，都是在努力打造名媛的形象，怎么可能真的对客人不好？

她不过是欺负夏一一不会说话，也不会告状罢了！

这时，被议论的夏一一抬起头，根本不知道被嘲讽的她掏出随身带的手机，在上面打出一句话：“薛瑶姐姐，我一会儿要弹奏的曲子，有一段我不太明白，你可以指导一下我吗？”

薛瑶看到这话，嗤笑出声。但她还是点点头，指了指二楼客厅里放着的那架钢琴，意思是让夏一一去弹。

夏一一双手合在一起，对薛瑶表示感谢，然后坐到钢琴前。

她将手指放在上面，灵活又行云流水般地弹奏起来。等到了她卡住的点，这才又拿出手机写道："这里是否有些不正常？"

当然不正常。

薛夕在旁边都可以听出这一段有些不流畅。

这应该是夏一一自己作的曲，很有天分，只是有些瑕疵。夏一一虽然听不到，但她对音乐很敏锐。

薛瑶紧绷着脸，对钢琴很熟悉的她终于明白了夏一一的实力。她盯着女孩，忽然一笑："对，不正常。"

夏一一盯着薛瑶的嘴巴，靠唇语读出意思后，再次写道："哪旦不对？"

薛瑶直接走到夏一一身边，略弯腰，手指放在钢琴上，将她刚刚弹的那一句重新弹奏了一遍。

薛夕听得直皱眉。

薛瑶给夏一一修改后更不好了！

夏一一也直觉不对，她疑惑地皱眉，在手机上打字："这样真的可以吗？"

薛瑶面色一沉，盯着夏一一："夏小姐，你如果不信我，又何必找我？"

见薛瑶生气，夏一一急了，急忙摆手，又拿出手机打字："对不起，薛瑶姐，你别生气，我信你。"

夏一一咬住嘴唇，在钢琴上按照薛瑶的办法弹了一遍。这一段乍一听似乎不错，可只要对钢琴有研究的人都可以听出其中的不协调。

夏一一依旧觉得不对劲，可她不敢再询问，一脸的茫然和无助。

薛瑶在旁边站着，眼神里闪过得意的光。

整个滨城，只有夏一一的钢琴天赋比她高。如今这首曲子已经废了，夏一一还拿什么跟她争？

薛瑶正得意时，一道淡漠的声音传来："不对。"

薛瑶一愣，猛地抬头。

只见薛夕已经走到夏一一的面前，在她抬起头来时，伸手做出手语："她说得不对。"

孤儿院里，那些聋哑人都是用手语交流，薛夕学过，并且过目不忘。

夏一一看到手语，眼睛一亮，也用手语跟薛夕交流起来。

薛瑶微微一愣，在旁边看得心惊肉跳。两个人在说什么？

薛夕会弹钢琴？还是，她看穿了自己的阴谋？

这时，薛瑶的余光瞥到一行人正上楼。她灵机一动，做出一副楚楚可怜的模样："薛夕，你别教坏了一一，这一段不应该这么弹，你怎么能乱说呢？"

这话刚落下，几个人已上了楼。

刘依秋微愣，询问出声："怎么回事？"

薛瑶不说话，孙若若果然替人出头，她指着薛夕告状："夏小姐找瑶瑶指导一下，薛夕却非跟夏小姐乱说。老师马上就来了，她这不是耽误时间吗？"

这话一出，刘依秋顿时瞥了夏夫人一眼，做出一副着急的模样："夕夕，你不会弹钢琴就别在这里添乱了！快让瑶瑶给夏小姐指点一下。"

不会弹钢琴？

夏夫人皱眉，神色非常不悦。

薛燕美更是大骂："薛夕，怎么回事啊？自己不懂就别乱指手画脚！还是你嫉妒别人会弹钢琴，故意捣乱呢？你这孩子心怎么这么黑？"

叶俪冲过来，挡在薛夕面前。她询问："夕夕，你真会弹钢琴？"

薛夕点头，慢慢地回答："会一点。"

夏夫人的脸色瞬间变得更差了。

薛瑶心里嗤笑一声，面上却做出要哭的样子："姐，你不能乱教夏小姐啊……"

夏一一一脸迷茫。说话的人太多、太快，她看不过来，不明白是怎么回事。

这时，薛夕看向夏一一，用手语询问："你信我吗？"

两个人的目光对视。

半晌，夏一一坚定地点头。

薛夕继续用手语说："看好了，我只弹一遍。"

夏一一点头。

薛夕上前一步，手指按在琴键上。下一刻，音乐声流淌而出。

只有一句，速度也不快，不懂钢琴的会觉得一般般……

"胡闹！"

薛老夫人训斥道："会按几个键就以为自己会弹钢琴了？瑶瑶可是钢

琴十级！你连个级别都没有，在这里乱教什么？”

这时，“啪啪啪”的掌声传来，众人纷纷回头，就看到周舟不知什么时候已经到了。他正在鼓掌：“这一段改得不错。”

周舟在人群后，被挡住了视线，没看到里面的人。

可现在大家纷纷让开，周舟终于看到了站在钢琴边上的女孩。

周舟直接蒙了。

这不是……夕姐吗？

周舟瞪大眼睛，觉得是自己看错了。他揉了揉眼睛，再次看过去……

女孩穿着一套浅蓝色的运动装，熟悉的雾蒙蒙的眼睛也随着声音慢慢看过来。两个人四目相对，周舟倒吸一口凉气。

有夕姐在，薛家千方百计托关系找他干什么？！

站在周舟旁边的保姆解释道：“周老师到了以后，听到钢琴声就上来了，所以……”

周舟是薛家最重要的客人，刘依秋叮嘱过，一定要对他客客气气的。

周舟要上来，保姆也不好拦着，这才会造成周舟出现在大家身后的局面。

来就来了，刘依秋也不介意这些。不过周舟老师一直盯着薛夕是什么意思？难不成这丫头片子长得太好看，周舟见色起意？

刘依秋拧起眉头，瞥了薛瑶一眼。不愧是母女，薛瑶秒懂她的意思，往旁边挪了一步，挡在了周舟和薛夕之间！

刘依秋快速上前，脸上堆满笑容：“周舟老师，您能来，真是让寒舍蓬荜生辉！不如我们先下楼去喝杯茶，让孩子们也准备一下，然后一一考核？”

加了几个人一起面试的事情，她早就给周舟报备过了。

给夕姐考核？

周舟咽了一口口水：“不……不用了。”

刘依秋愣了愣：“不用喝茶？那……现在就考核吗？”

早就听说周舟这个人做事雷厉风行，是个急性子，没想到竟然这么急。

既然如此，刘依秋干脆开始一一介绍：“行，那我为您介绍一下今天要考核的四个人。”

刘依秋先指着薛瑶：“这是我女儿薛瑶，钢琴已经考过十级，找您就是想继续深造。她吃苦耐劳，学习成绩也不错，您可以好好考验一下她的技巧！瑶瑶，你先弹一曲吧。”

薛瑶顺势上前，乖巧又谦逊地说：“周老师，希望您能给我一个机会！”

说完，薛瑶坐到钢琴边上，深吸一口气，将早就练得熟练的曲谱弹奏出来。

流畅的音乐声飘荡在空气中。

周舟也终于回过神来，他听着音乐，时不时地看薛夕一眼。

刘依秋介绍完薛瑶后便看向夏太太，对方正眼神殷切地看着她，她得意地勾起嘴角。

夏太太是滨城出了名的名媛，傲气又不好相处。薛家和刘家都属于中等偏上的豪门，距离真正的上流社会还差一步。

过几天将会有一个慈善晚会，如果夏太太愿意引荐她去参加，那么她就算是成功打入上流社会了。

这对于将来丈夫继承薛家和争夺家产都非常有利。

想到这里，刘依秋看了叶俪一眼。

叶俪在这样的场合就像是一个隐形人。夏太太从进门到现在，都没给叶俪一个眼神，也没跟她说一句话。

薛瑶弹奏完毕，站起来，看向周舟。

刘依秋也询问：“周老师，您觉得怎么样？”

他觉得不怎么样。

周舟在心里腹诽了一句，但这个人是夕姐的姐妹吧？看在夕姐的份上，周舟咳嗽了一下：“尚可。”

两个字便让薛瑶顿时扬起下巴。

周舟在钢琴界可是出了名的严格，能得到“尚可”的评价，说明这个拜师稳了！

刘依秋压下欣喜的神色，这才指着夏一一介绍道：“这位是夏家小姐，她在钢琴上的天赋无人能及。夏小姐十岁的时候就已经考完钢琴十级，只是可惜她在十岁后生了一场病，听不到也说不出话了。”

承认薛瑶不如她又如何？一个聋哑人，除非是亲戚，否则谁愿意花费精力去教？

夏太太听到最后一句话，眼神黯淡下来。但她不怪刘依秋，这些必须要提前说明白。

夏太太给夏一一打了一个手语，夏一一明白了，把刚刚那首曲子按照薛夕的指点弹了一遍。

周舟听着，最后给出两个字的评价：“可惜。”

这个世界上，贝多芬只有一个！对聋哑人的教学难上加难，小姑娘的确很有天分，但周舟不是做慈善的。

仅这两个字，就注定了不可以。

夏太太和夏一一目露失望之色。

刘依秋大大地松了一口气，最大的威胁没了。她又指着孙若若：“这是孙小姐，我们家亲戚，钢琴弹得也很不错。”

孙若若弹得就更一般了。

如果是平时，周舟肯定口吐芬芳，把人喷到怀疑人生。但面对夕姐，他只摇了摇头，不敢做出评价。

三个人弹完，刘依秋最后才开口：“这是薛夕，她没学过钢琴。”

一句话带过薛夕，刘依秋正打算再替薛瑶说点什么，叶俪上前一步着急地开口：“我们夕夕在学习上很有天分，她学什么东西都很快，所以还请周舟老师给她一个机会。”

刘依秋叹息道：“大嫂，我知道你着急，但夕夕的差距实在是太大了。”

叶俪还想说些什么争取一下，周舟惊讶的声音就传了过来：“没学过钢琴？”

怎么可能？！夕姐在钢琴上的造诣绝对超过他了！

刘依秋见周舟反应这么大，赶紧继续添油加醋：“对，周老师，其实夕夕从小在孤儿院里长大，那里不可能有钢琴老师，而且这孩子在情感上慢半拍，弹钢琴很难有共鸣，唉！”

周舟呆住：“孤儿院？那里是不可能有钢琴老师……”

刘依秋觉得周舟的语气有些不对劲。

旁边的薛瑶见到这种情况，假惺惺地说：“周老师，我知道让一个没学过钢琴的人来接受您的考核，是对您的侮辱。”

薛瑶说完后，又看向薛夕：“姐，如果你真的很感兴趣，不如我来教你吧？”

无论怎样，善良的人总会没错吧？

薛瑶刚想到这里，就见世界闻名的钢琴家周舟老师猛地推开面前所有的人，冲到薛夕面前大喊道：“夕姐，你真没学过钢琴？”

二楼客厅里，所有人都目瞪口呆，一个个难以置信地看向周舟和薛夕。

刚刚他们是不是听错了？

周舟喊薛夕什么？

细节？西街？总不可能是……夕姐吧？

在众人的迷茫和不解中，薛夕慢悠悠地点头：“嗯啊。”

周舟张大嘴巴。

怪不得那天夕姐说不出来他的问题，只能弹奏给他指出来。原来是人家没学过钢琴，钢琴术语她根本不会。

周舟咽了一口口水：“那……那你是怎么会弹钢琴的？”

薛夕：“自己摸索的。”

周舟是钢琴界大师，从小就勤学苦练，一天最少练习十几个小时，这还是在有天分的情况下，才走到如今这一步。

可跟夕姐比……他根本就不能比，好吗？！

在周舟严重怀疑人生时，两个人的对话引起了旁人的注意。

叶俪首先询问：“夕夕，你……会弹钢琴？”

薛夕还没回答，刘依秋已捕捉到一个重大问题：“夕夕，你和周舟大师，你们两个人认识？”

看他们的样子，应该很熟吧。

薛夕对叶俪点点头，这才回答刘依秋：“嗯。”

刘依秋急了：“你们怎么认识的啊？”

薛夕平时不怎么理刘依秋，现在却格外想看她着急，于是慢悠悠地回答：“帮了他一个小忙。”

“小忙”二字一出，周舟急忙开口：“怎么会是小忙呢？夕姐，你可是救了我的命！”

那首曲子的问题如果没得到解决，恐怕他真的会出现心理问题，再也无法演奏了。

不能弹钢琴，跟要了他的命又有什么区别？

周舟一想到这些，面色严肃起来：“夕姐，我可以答应你的任何要求。”

夕姐这个妹妹薛瑶，钢琴弹得真不怎么样。

但如果夕姐开口，他就硬着头皮把这坨屎……啊，不对，这个徒弟给收了。

没办法，谁让夕姐是他老大呢。

可这话落到其他人耳朵里，就成了另一个意思。

薛夕可以直接要求拜周舟为师！

刘依秋急坏了，她算是看出来了，在周舟来之前，两个人并不知道彼此的身份。她托了那么多关系，到最后反而给薛夕做了嫁衣？

刘依秋直接喊道："不行！"

同时，薛瑶也喊道："凭什么？"

周舟看见两个人怪异的反应，顿时蒙了。当事人怎么还反对起来了？他茫然地看向薛瑶："你不愿意？"

薛瑶攥紧拳头："身为薛家人，一切都要靠实力说话。如果靠关系才能拜师，那传出去多难听？"

刘依秋在旁边点头："瑶瑶说得对，我们不是挟恩图报的人！是吧，大嫂、夕夕，我们可不能干这种事。"

叶俪总觉得事情没这么简单，于是看向薛夕。

女孩安安静静地站在那里，淡漠和疏离的态度像是个局外人。她若有似无地"嗯"了一声。

周舟总算反应过来了。看这种情况，怎么夕姐好像跟薛家人的关系不太好？

刘依秋看向周舟："周老师，你看夕夕也同意了，那您最终决定收谁为徒呢？"

薛瑶定定地看向周舟，脸上带着自信的光。

夏夫人和夏一一也凝视着周舟，虽然知道机会渺茫，却还是抱着一丝希望。

在大家的注视下，周舟叹了一口气："本来还想看在夕姐的面上收你为徒的，既然你不愿意，那就算了。你们三个，我其实都没看上。"

这话一出，众人蒙了！

薛瑶更是难以置信地大喊："怎么会？你刚夸我尚可！"

既然知道夕姐跟她们关系不好，周舟也就不藏着掖着了。他咳嗽了一下声："刚才我太含蓄了，那现在我来点评一下吧！"

周舟指着薛瑶："你这么多年的钢琴都白弹了吧？十级只是刚入门，说明你会了钢琴技巧。我在你的琴声里听不到任何感情，就你这样的，演奏一级都不到！没一点音乐天分，就别为难自己了！"

周舟又指向孙若若："至于你，弹钢琴都是侮辱钢琴。你那是弹吗？你那是按键呢吧？！"

评判了两个人后，周舟看向夏一一，神色间带着怜悯："可惜了，贝多芬是在晚年失聪的，你十岁太年幼，对音乐的把控还不到位。我是可以教你，但你这辈子都无法达到大师级水平，所以我不想浪费时间。"

对三个人的评判完成，孙若若和夏一一倒是没什么，毕竟早就料到会落选，薛瑶却无法接受这个结果。

薛瑶紧紧咬住嘴唇，最后忍不住大喊："我们三个都不行，那谁能行？说来说去，你不就还是想收薛夕为徒？"

这话一出，周舟惊呆了："你乱说什么？"

薛瑶正要说话，就听到了他的下一句："我怎么配？！"

正要发飙的薛瑶呆住了。

周舟错愕地看着他们："你是不是没听过夕姐弹钢琴？她的水平比我只高不低。"

周舟又殷勤地看着薛夕："夕姐，我这里刚编了一首曲子，您什么时候有空帮我看一下，提点意见呗？"

薛夕依旧是那副慢条斯理的模样："行吧。"

周舟见所有人都惊呆了，似乎无法接受夕姐是钢琴大佬这个事实，没人搭理他，于是干脆转身往外走："那……我先走了？"

"稍等。"

薛夕忽然开口，让周舟停下脚步。

薛夕指着夏一一，开口道："她不错。"

意思很明显，她想让周舟收徒。

周舟没想到夕姐会看中这个小哑巴，但夕姐的话他必须听，于是连想都没想就说："行，那我就收她为徒吧！"

夏夫人高兴坏了。

十岁那年，夏一一烧坏了嗓子和耳朵后，她就只对钢琴感兴趣，对周舟更是崇拜不已。

但夏夫人知道，周舟这样的人不缺钱，是花钱买不到的。她本来也不抱希望了，毕竟薛夕连薛瑶都不帮，更不会帮她们……

但惊喜来得就是这么快！

夏夫人紧紧搂住夏一一的肩膀，激动得眼眶都红了：“谢谢！”

然后，主角刘依秋就被边缘化了。她看到夏夫人全程握着叶俪的手，再也没有趾高气扬，离开时还对叶俪说：“过几天有个慈善晚会，我带你去吧！”

此刻，跟着叶俪一起送客的薛夕脑子里却在想着，巴特拉猜想证明出来了，等会儿就拍照发给“教数学的”吧？

叶俪觉得自己像是在做梦。

她是书香门第出身，性格一直比较内敛，不擅长交际。而刘依秋一直混迹于富豪太太圈子里，人脉颇广，所以在家里的地位的确不低。

薛老夫人经常嘲讽叶俪的一句话，就是她没有给家里带来任何利益。

而现在，刘依秋苦心经营、努力讨好的夏夫人，哪怕跟刘依秋要了一个考核资格，可在薛家也依旧傲气十足的夏夫人，此刻却平和得不像话，牵着她的手就像是亲姐妹。

“别送了，快回去吧！”

夏夫人还要忙着回去后准备拜师礼，带着夏一一去登门拜访周舟。

等几个人离开后，薛夕扶着叶俪往回走，叶俪才终于回过神来，抓着薛夕的手，激动得眼眶发红：“夕夕，你真是比我想象中优秀太多了！”

伴随着这句话，两个人回到客厅。

才刚进门，一个茶杯就狠狠地砸了过来。

薛夕及时拽着叶俪后退一步躲开茶杯，再抬头，就看到周舟来了后始终没说话的薛老夫人正愤怒地看着她：“你这个白眼狼！既然你跟周舟那么熟，你为什么帮别人跟你妹妹抢这唯一的名额？你到底知不知道谁才是你妹妹！你姓薛！不姓夏！”

薛夕听到这话，缓缓挑眉。

周舟和夏夫人在时，薛老夫人一句话也不敢说，等人走了就开始发火，典型的窝里横。

而薛老夫人旁边，薛瑶眼眶通红，死死地盯着薛夕，那眼神就像是被横刀夺爱。刘依秋也有些失魂落魄，毕竟打击太大，让她露出了疲态。

叶俪早已不是当初那唯唯诺诺的性格了。

自从薛晟告诉叶俪早晚会分家，她就底气十足。此刻被这么一骂，她直接反驳："妈，如果我没听错的话，刚才周舟老师问需不需要看在夕夕的面子上给家里一个机会时，是薛瑶和弟妹自己拒绝了吧？

"身为薛家人，一切都要靠实力说话。如果靠关系才能拜师，那传出去多难听？

"我们不是挟恩图报的人！是吧，二弟妹、瑶瑶，我们可不能干这种事。"

这是刚刚她们说的话，现在叶俪全部还了回来。

叶俪说完后，不管三个人难看的脸色，带着薛夕上楼了。

两个人刚到楼上，就看到薛燕美正站在楼梯口处。见她们上来，急忙大声喊道："大嫂、夕夕，你们回来啦？"

她黑黝黝的脸上笑得很勉强，肥胖的身躯拦在两个人面前，嗓门很大地说道："那个，夕夕啊，你跟周舟老师那么熟，也给你若若姐姐介绍一下呗。她不是薛家人，不要面子的。"

薛夕蒙了。

她虽然从小在乡下的孤儿院里长大，可还从未见过这么"脸皮厚"的人，一时间有点无法应对。

不过面前的人一边说话，那双小眼睛一边往薛夕的房间那边看，神色慌乱，话说得也不过心，似乎是在拖延时间。

薛夕忽然想到，孙若若不在楼下，也不在这里，那么……她——

薛夕的眉头微蹙，蓦地绕开薛燕美，从她肥硕的身体旁边闪过去，直奔自己的房间。

"夕夕，你怎么走了？姑姑跟你说话呢！"

薛燕美反手来抓薛夕，可薛夕早已冲到门口，一把推开房门！

房间里，孙若若正在书桌上翻找着什么，上面的课本和草稿纸被胡乱丢在地上。

薛夕进门后，孙若若扭头看过来，只见身形纤瘦的少女站在门口，明明一副乖乖女的模样，此刻却面无表情，一双眸子里迸发出厉色："你……在找什么？"

孙若若莫名一慌，想伸手解释什么，却一下子打翻了水杯，水洒在早就扔在地上的草稿纸上！

孙若若吓了一跳，脸上堆积出笑容，话说得结结巴巴：“我……我就来看看你这里有没有什么钢琴自学成才的资料，你这桌子上都是些乱七八糟的东西，看都看不懂……”

孙若若其实是来翻找乐谱的。

周舟老师一首曲子可以卖出天价。既然他说薛夕的钢琴水平比他只高不低，那么薛夕作的曲子肯定能卖得更高。

可孙若若翻找了一遍，除了一堆看不懂的数学草稿，根本没看到别的。

孙若若再次看向薛夕，觍着脸说：“薛夕妹子，我可是你姐姐啊，你对我别藏拙，教我怎么弹钢琴吧，或者把你写的曲子给我看看也行。”

说完这话，孙若若就定定地看着薛夕。等了两秒，薛夕才缓缓开口，声音清冽淡漠：“你是自己滚，还是我帮你滚？”

孙若若一愣：“啊？”

下一秒，薛夕上前，一只手拽住孙若若的衣领，一百三十斤的孙若若在她手里就跟纸片人似的，被她直接扔到了门外。

“大家都是亲戚，去你房间一下怎么了？你……哎哟！”孙若若跳起来后，想再次冲进去。

“砰！”房门再次关上，撞到了孙若若的鼻子。

世界终于安静了。

薛夕对这种家庭纷争感到厌烦。

如果不是叶俪和薛晟在这里，她恐怕早就走了。

她深吸一口气，从地上将草稿纸捡起来。孙若若想要找乐曲卖钱，却怎么也没想到，房间里最有价值的，其实是这些她看不上的草稿纸吧？

但有一些被水浸湿得太严重，幸亏推算过程薛夕全记在了脑子里，只要重写一遍就好了。

可……给“教数学的”说的是这天给答案吧？

薛夕想到这里，拿起手机，给“教数学的”发了一条信息。

第八章 不能离开

远在京都，正在参加一个顶级科研交流大会的冯省身。放在桌子上的手机屏幕亮了，一条微信弹出来。

学习：“抱歉，出了点意外，答案恐怕要再过两天。”

冯省身对这个结果并不感到意外，小姑娘年纪轻轻，怎么可能真的证明出来？这是在找借口拖延时间呢。

他回复：“解不出来也没事。”

学习：“两天后应该不会再有问题。”

应该……

冯省身忍不住叹了一口气，两天后再推两天后有意思吗？解不出来就直说呗！

冯省身倒不是心存鄙视。

小姑娘毕竟只是一个高中生，解不出来是正常的，只不过他还是存着一点希望。

冯省身年纪大了，在数学这一行上很多年也无法再进一步，他很想为华夏培养更多的人才。

身为华夏最顶尖的数学大牛，多年前，冯省身碰到一个数学天才，还以为可以拉到数学界，为数学的发展发光发热。可惜那位身份太神秘，肩负的东西也太沉重，不可能放下一切来专心钻研数学。

冯省身忍痛放弃，应该说是也不敢打扰那位，还以为这么多年终于又碰上了一个。

毕竟能进这个群的，都不是普通人。

冯省身自嘲地一笑，觉得是自己魔障了。

小姑娘根本没说她数学好，是他太想收个徒弟，所以才拿数学题去考她。对方钢琴肯定很好，又怎么可能数学好？

一场交流大会结束，冯省身低头正打算走，华中大学数学系的教授走过来："你听说今年数学之星比赛第一名了吗？"

华夏大学和华中大学是国内最顶尖的两所大学，同在京都，有竞争也有合作。

冯省身摇头："每年不都有个第一名吗？"

那个人立刻开口："她数学之星考了二百八十八分！"

数学之星这些比赛，对于冯省身来说属于野鸡比赛，他一向不放在眼里："这也不能说明什么，还是要看全国联赛。"

滨城。

九月中旬，天气转冷，早晚可以感觉到丝丝凉意。所以上学时，薛夕加了一件校服外套。

薛夕依旧戴着白色鸭舌帽，背着重重的书包，在杂货铺门前下了车。

秋天到了，路边的树叶隐隐开始泛黄。这个时间点，两旁的商贩正叫卖着早餐。

薛夕长得好看，无论走到哪里都是众人的关注点。她压了压鸭舌帽，忽视周围人的视线，径直进入杂货铺。

刚进门，薛夕就察觉到不对劲。

平时总是清冷没有顾客的店里，此刻站了七八个参差不齐的男人。他们个个留寸头，穿的衣服也五花八门，在薛夕进门后，齐刷刷地回头看过来。

为首的男人脸上有一道刀疤，看着凶神恶煞，在看到薛夕后微微一愣，努力挤出一抹讨好的笑。

薛夕微愣。

这几个人应该是街道上收保护费的小混混，为首的这个一脸狰狞的表情，是在警告她不要多管闲事吗？

薛夕下意识地看向柜台后。

向淮依旧懒散地坐在昏暗中，手里捧着一本书，姿态矜贵优雅。认识的知道他是杂货铺的老板，不认识的，说他出身高门也有人信。

不过此刻，向淮轮廓坚毅的脸庞上锋利的眉峰微蹙，下颚紧绷，深棕色的眸子里氤氲着深沉，看起来不太高兴。

也是，任谁被收保护费也不会高兴吧？

在几个人的注视下，薛夕往旁边的货架走去，假装来买东西，表示自己跟向淮没关系。

薛夕没注意货架上有什么，余光瞥到向淮那边。

这一刻，她突然萌生一个想法。

如果向淮被这群小混混打死了，她身上的那个诅咒是不是也就自动解开了？

薛夕雾蒙蒙的眼睛刚刚一亮，胸口处就传来一阵剧烈的心绞痛。

这一次的疼痛比以往任何一次都要强烈，似乎连呼吸都痛。

果然不行。

饶是薛夕向来淡漠，也忍不住在心里爆了一句粗口。

深爱的人，怎么可能眼睁睁看着对方去死？

薛夕不过故意这么想了一下，胸口都痛得不行。

她深吸一口气，虽然心里恨得牙痒痒，可还是迈开脚步往向淮那边走过去。她直接站到向淮面前，询问：“没钱交保护费？”

向淮当场愣住了。

向淮不说话，薛夕就当他默认了：“交给我吧。”

正打算开口解释的向淮听到这话，顿时闭紧了嘴巴。

然后，向淮就看到小朋友看向面前那几个蠢货，嗓音淡漠地一字一字说道：“他胆小，你们有什么冲我来。”

说完薛夕右脚后退，身体略前倾，伸出双拳，认真摆出军体拳的攻击姿势。她的俏脸紧绷，似乎随时都会冲上去打人。

从向淮这个角度，刚好可以看到女孩鸭舌帽下的侧脸。

薛夕小巧的鼻梁，微卷挺翘的睫毛，带着湿意饱满的樱桃红唇……怎么看怎么完美。

刚才因为这几个蠢货办砸了事情而生气的向淮，就这么消气了，阴沉的神色渐渐变得柔和，嘴角还露出一抹浅笑。

而面前那七八个疑似小混混的人被震惊到。

他们几个人一会儿看看向淮，一会儿又看看小姑娘。他们刚刚听到了什么？这小姑娘说老大……胆小？

众人胆战心惊地看着向淮，就见平日里人人惧怕、鼎鼎有名的“黑阎王”慢慢伸出一条胳膊放在桌上，头慵懒地往手上一靠。那一瞬，眉眼潋滟，芳华万千的男人缓缓开口：“他们好可怕。”

“小朋友，保护好我。”

——老大，你怎么可以这么不要脸？！

就在他们发呆时，从向淮口中确认这些是来收保护费的人后，薛夕主动出击了！

“砰！”

刀疤脸被一套军体拳伺候，倒在了地上。

其余人瑟瑟发抖地后退，看着小姑娘面无表情地一步步走来，顿时表示——嫂子，你听我们说，我们是来交保护费的！

他们不说，被嫂子打。

他们说了，就会被老大打。

几个人权衡了一下，最终屁滚尿流地跑了。

薛夕揉了揉拳头，活动了一下手腕，对向淮说道：“人跑了。”

向淮很自觉，低眉叹息道：“他们还会再来的。”

“我可以给你打电话吗？”

薛夕顿了一下：“行吧。”

她看向餐桌上已经准备好的早餐，对向淮说：“吃饭。”

向淮坐着没动。

薛夕疑惑地看着向淮，就听他“虚弱”地说道：“我被吓到了。“

“腿软，走不了路。”

向淮语调暧昧，慵懒散漫：“你扶我过去吧。”

薛夕打量着男人。

向淮深棕色的眸子里看不出什么惧怕的情绪，只是面色似乎有些苍白，不知道是不是被吓的。

无论向淮是装的还是真的，他提出来的“合理要求”薛夕都不能拒绝。但她可以……她慢悠悠地道：“那我把早餐给你拿过来。”

这岂不是离小朋友更远了？

向淮在薛夕转身时站起来，跟在她的身后，面不改色地说道：“有你在，我就不怕了。”

始终坐在餐桌旁边，静如鹌鹑的陆超无语了。

以前他们一群人凑在一起，私下商量过这个世界上有什么是老大不会的。最后发现，可能老大唯一不会的就是哄女孩。

如今看来……大佬就是大佬！

三个人坐在餐桌旁吃早饭。

薛夕的手机振动了一下。

她拿起来看了一眼，发现是“演戏的”微信：“夕姐，包收到了！谢谢你！多少钱？你给我一个银行卡号，我打给你。”

上周拿到包以后，薛夕就直接寄给了岑白。这会儿看到这条信息，她才想起自己还未跟向淮结算。

薛夕询问：“包多少钱？”

向淮将嘴里的包子咽下去，这才开口：“两百元。”

薛夕给对方发消息。

学习：“两百元，银行卡号是6××××××××××××××。”

演戏的：“好的，夕姐，钱转过去了。”

薛夕没在意，又继续吃饭。等吃完后她才拿出钱包，抽出三百元放在桌上：“另外一百元还是饭钱。”

陆超默默地咽了一口包子，将这个包其实是二百万元的事实咽下去。

“小姑娘什么身份？”群里。

岑白发了一条信息：“夕姐真不错啊，这个包不知道从哪里买的，也没给我溢价，原价二百万元，现价还二百元卖给我。”

限量款的包，买下来都是有收藏价值的，可以更高价卖出。毕竟有价无市。

周舟：“夕姐家是豪门，不在乎你这点钱。唉，夕姐真厉害，我昨天给她发了我的谱子，她直接给我提出三点不好的地方。”

岑白：“跟着夕姐有包买。”

周舟：“跟着夕姐有琴弹。”

其余人：“舔狗。”

有人提到了冯省身，询问：“小姑娘的数学怎么样？”

冯省身：“还在说能做出来，到现在可能都不知道自己解答的这个问题是巴特拉猜想。我已经不抱希望了，毕竟不是进来一个人就跟群主一样全能，唉！”

其余人安慰道：“到底是个小姑娘，不要要求太高。”

薛夕吃完饭，往学校走去。

校门口，一辆黑色的劳斯莱斯停在门口。司机恭敬地下车后打开后车门，高彦辰就这么顶着一头红毛走下来。

他穿着校服，低头看着手机。

他全身上下满满的是桀骜不驯的气场，吓得其余人看到他都离得远远的，方圆几米内不敢有人靠近。

有人走在高彦辰前面，没看到他。等意识到时，两个人距离已经很近，那个同学只能硬着头皮打招呼：“辰……辰哥好。”

少年不耐烦地抬头，瞳孔里似乎燃着一簇火似的瞪了对方一眼，吓得那个人差点儿腿软。

高彦辰再次低头，正准备往前走，肩膀又被人拍了一下，屡次被打断的人瞬间处于暴怒的边缘。

“谁不想活了打扰老……”高彦辰下意识地想把人痛扁一顿，回头却对上一双似乎带着水雾般的清澈双眸。

女孩面无表情，比高彦辰矮了半个头，正盯着他看。

高彦辰的动作僵住，薄唇轻抿，把后面的脏话咽回去，然后才不情不愿地喊了一声：“夕姐。”

薛夕：“嗯。”

刚刚还如孤狼般的高彦辰，这会儿温顺地跟着薛夕一起往前走，他扭头就能看到女孩背着的书包往下压得厉害，应该很沉，而他的书包在教室里，根本没拎回去。

高彦辰正思考着，忽然听到薛夕好奇地问：“你刚才在看什么？”

高彦辰下意识地给手机锁屏，扔进口袋里：“没什么。”

说完，他瞥了薛夕一眼。如果她继续询问，该怎么敷衍她？

高彦辰正这么想着，就听女孩“哦”了一声，没有再开口的意思。

实验班在三楼，高彦辰的教室则在顶楼。两个人在三楼分开，高彦辰立刻迈开大长腿，三两步上楼进入教室。

8班是整个学校学习成绩最差的班级，烈焰会中有四个人都在这个班。

看到高彦辰，“火苗一号”冲过来：“辰哥！”

高彦辰“嗯”了一声，坐在最后一排，再次拿起手机，网页上写着一排字：投票！谁能拿下今年全国数学联赛第一！

除了他们省的孙杰，还有没参加数学之星比赛，却在奥赛圈子里很有名气的两个人。

薛夕反而不被看好，票数被拉开一千票。

高彦辰把链接发到“烈焰会”群，并打了两个字：“拉票。”

薛夕对于网络上的事情一概不知。

她拿了书本去奥赛班，将巴特拉猜想被打湿的部分重新整理了一遍。

一天的时间转瞬即逝。

到了快放学时，薛夕比预想中早一天整理完毕。而且重新整理一遍后，她的解题思路越发清晰明朗。

为了防止回家后再次发生意外，薛夕当场给那些草稿纸编了编号。把足有三四十张的纸张一一拍照后，她就准备发给“教数学的”。

远在京都的冯省身正坐在实验室里，戴着厚重的眼镜看着电脑里的数学模型。这时，他的手机响了一下。

学习：“在吗？”

冯省身叹气。

小姑娘又要找借口推迟了吧？

他也别为难她了，于是拿起手机编写信息：“这个巴特拉猜想至今还无人能证明，你不用再证了。”

冯省身刚编写好信息，还没发出去，就看到对方又发来消息。

学习：“给我个邮箱，我把答案发给你。”

冯省身错愕地瞪大眼睛。

他盯着手机，那几个字明明他都认识，可连在一起他却觉得自己看不懂什么意思。

冯省身发愣的时间太长，厚重的眼镜滑落，架在鼻梁上。他伸出一只手往上托住眼镜，再次眯着眼睛看向手机。

六七十岁的人，脸上的皱纹十分明显．手指带着些颤抖地把自己编写好的信息一一删掉，并再次回复：“你开玩笑的？”

一个十八岁的小姑娘，怎么可能证明出来巴特拉猜想？

学习：“啊？”

学习：“邮箱是什么？”

冯省身平复了一下情绪，给薛夕发了邮箱，然后就放下手机，静静地等待着。

不急，不急。

这些年，其实很多次都有人说证明出来了巴特拉，公布后却被发现其中的漏洞和错误，小姑娘或许也是诈和。

冯省身深吸一口气，大概五分钟后，只听“叮”的一声，电脑邮箱里提示收到新邮件，手机也同时亮了。

学习：“发过去了，收到了吗？”

冯省身不甘心地问了一句：“你知道你证明的是什么吗？”

或许薛夕根本就不懂这个猜想在数学界的意义。

学习：“巴特拉猜想，题目有点难。在你来问我时，我已经证明半个月了，再加上这一周，总共用了将近二十天。”

为什么冯省身从小姑娘的信息里听出了“我竟然用了二十天才证明出了这个东西”的语气？

她到底知不知道，多少人花一辈子时间也没证明出来？！

冯省身对这个猜想更不抱希望，回复消息：“嗯，我先看看。”

他回复完以后，这才从邮件里将三十几页草稿纸下载下来，又一一打印出来，并按照顺序订立成册，随即看向第一页。

这一看，冯省身就再也没停下来。

薛夕又等了一会儿，发现“教数学的”并没有再给她回复消息。看看时间，还有十分钟才下课，她干脆抽出一套奥赛题，决定刷一会儿。

同在奥数班的范瀚注视着薛夕的背影。

这段时间，范瀚搜索了很多关于巴特拉相关的内容，才发现薛夕竟然真的在证明这个难题。

看薛夕现在的样子，是终于放弃了吧？

十分钟后，下课。

范瀚收拾好书本，站在薛夕旁边，语重心长地说："巴特拉猜想不是我们这个年纪可以接触的东西，做人不要太好高骛远，你还是踏踏实实地准备全国联赛吧！"

薛夕淡漠地看范瀚一眼，没说话。

范瀚以为对方听进去了，又解释道："这一次数学联赛是全国的，你不能小看了别人。你知道去年数学之星的全国第一名吗？他考了二百七十分，重点是，他去年在读高二！而且他在去年就已经拿到了全国联赛一等奖，如果不是身体出了问题，没去参加冬令营，可能现在已经被华中大学破格录取了，他就是我们省的李学恺。还有你也别小看了孙杰，他数学之星虽然考得没你好，但不代表他大赛的成绩就会比你差。"

薛夕觉得范瀚好吵，收拾书本的动作加快，抱着就往外走。

范瀚跟在薛夕身后，还想絮叨。薛瑶从物理班走出来，看到他后急忙追过来："范瀚！"

范瀚停下脚步，薛夕此时已经下了楼，走远了。

范瀚这才看向薛瑶，想到刚才的行为有点心虚，于是尽量表现出关心薛瑶的样子，询问道："听说这个周末周舟老师去你家考核了？以你的水平，肯定拜师成功了吧？"

薛瑶僵了僵，半晌后垂下头笑了笑："没有。"

范瀚一愣："怎么会呢？大家都说周舟收了一个新徒弟啊！不是你，难道是薛夕？"

薛瑶顿时摇头："不是，是夏一一。我觉得她好可怜，学没上过，也没什么朋友，所以就把机会让给她了。"

范瀚顿了顿，跟薛瑶边往教室里走，边松了一口气："我就说，薛夕是在孤儿院长大的，怎么可能会弹钢琴……"

薛瑶听到这话，抱着物理卷子的手指微微用力。有些话她没说，就让范瀚这么误会好了。

两个人回到教室，发现大部分同学还没走。

薛瑶和范瀚都稍稍一愣。

旁边有人拿着手机来询问：“范瀚，你觉得这次数学联赛，全国第一名会是谁？现在李学恺的票数最高，然后是外省的一个人，第三名是孙杰，第四名是薛夕！你觉得薛夕有机会冲击第一吗？”

全国第一。

这个字眼让薛瑶瞳孔一缩，她嗤笑道：“全国第一哪里是这么容易拿的？！薛夕接受系统培训的时间还是太短了，范瀚，你觉得呢？”

薛瑶这话一出，却见范瀚神色有些恍惚。

曾几何时，讨论数学竞赛，大家永远在说他能不能拿到省一等奖的事情，现在竟然已经上升到要拿全国第一的级别了吗？

范瀚不自觉地回头，再次看向最后一排的女孩。

薛夕规规矩矩地将书本塞进书包里，然后拎着重重的书包往外走……

他收回视线，回答：“我觉得难。”

这次考试会抽出省一等奖的获得者参加全国奥林匹克竞赛，除了第一名，其他人都是一等奖，又有什么区别？

薛夕回到家，吃过晚饭，刷完几套题目，躺到床上以后还在频繁地看手机。

“教数学的”为什么还没给她回消息？

京都。

华夏大学，数学实验室。

一名研究生正在做最后的检查，突然发现导师冯省身的房间里还开着灯。

他下意识地走过去，推开门准备关灯，就看到冯导师一只手拿着眼镜，一边用力瞅着纸张上的东西。

他的手在颤抖，整个人似乎处于一种极度的兴奋之中。

研究生愣住，小心翼翼地询问：“老师，您怎么还没回家？”

这都晚上十二点了！而且这天的课题似乎不用熬夜吧？

冯省身被人打断，这才回到了现实中。

他难以置信地盯着手中的答案，猛地站起来：“对的，是对的！”

她真的解决了这个世界难题！

“什么是对的？”

研究生有些疑惑，往前一步想看一下，震惊道：“这是？”

冯省身这才反应过来，急忙站起来，将桌子上的资料收好，见学生适时地收回视线，这才松了一口气。

研究生还处于错愕中："对的？"

冯省身点了点头。

他想到了什么，急忙拿起手机，给薛夕打了一个微信电话。

此刻已是深夜，小姑娘似乎睡着了，电话响了很久才被接听。小姑娘似乎不太适应这样的交流，接听了一会儿后才"喂"了一声，嗓音低哑淡漠，带着睡意。

冯省身急忙问："这个猜想结果你还发给别人了吗？"

对面顿了顿："没。"

冯省身松了一口气，郑重地说："在你还没有发表之前，暂时不要给任何人看，学术界霸占别人劳动成果的人有很多。"

"哦，知道了。"

对方依旧很淡定，让冯省身有一种"皇帝不急太监急"的感觉。

冯省身咳嗽了一下，又询问道："这个猜想是你一个人证明出来的吗？"

对面顿了顿，很认真地回答："不是，我外公证明了三分之二，从给你的草稿纸上应该可以看出来。"

冯省身看出来了，但这个猜想用这个办法来证明，之前有很多人试过，往往都在最后一步卡住，便再也进行不下去。

所以，前面的三分之二真的不算什么，只能算是入门，最难得的是后面的三分之一！

小姑娘就算说这个猜想是她一个人证明出来的，也没有任何问题。

冯省身对薛夕的人品有了进一步的认识。

他像是对待晚辈一般对薛夕多了几分喜欢，笑道："你这个要发表在哪本论文杂志上？"

对面顿了顿："啊？"

很明显有些疑惑。

冯省身说："你这个要整理成论文，给最权威性的数学期刊投稿。你会写论文吗？"

"不会。"

冯省身反而笑了："这个我可以帮你，我建议你投稿给数学界专业的杂志，你的这个猜想绝对能引起国际数学界的轰动！"

对方似乎根本没被调动起情绪来，依旧淡定地回复：“好。”

如果是他，肯定连夜爬起来整理论文，可对方这态度……

冯省身又询问：“最近有空吗？”

“没。”

“学习很忙？”

“不是，要去参加全国数学联赛。”薛夕已经一周没好好刷题了，为了表示对比赛的尊重，她决定接下来这三天好好刷一刷奥数题。

冯省身再次觉得这个世界玄幻了。

——您一个证明出巴特拉猜想的牛人，跟一群高中生孩子比什么赛？

但冯省身想到小姑娘还是一个高中生，忍不住咽了一口口水：“你上高三？”

“嗯。”

“行，那如果你不介意，论文我找可靠的人帮你写？！”

“那拜托您了。”

冯省身这才觉得舒了一口气，最后时刻，他又询问：“我们只不过在群里聊过两句，你为什么这么信任我，把稿子发给我？”

虽然冯省身已经是国内数学大牛，人品肯定有保证，但就连他都无法保证在面对这种论文的情况下不动心……

这可是能载入历史的光辉事件啊！

听到这个问题，觉得有些莫名其妙的薛夕慢悠悠地回答：“不是您拜托我帮您证明这道难题的吗？”

冯省身一僵。

大半夜被吵醒的薛夕，在挂断电话后就没再把这件事放在心上，又睡着了。

接下来的三天，薛夕开始认真地刷联赛题，把所有精力都放在了学习上。

薛老夫人几次想要嘲讽薛夕，都被薛晟压下去。刘依秋和薛瑶则像是被钢琴的事情打击到了，老实得很。

就这么过了三天，薛夕收拾好行李去外地参加全国联赛。

这次参加比赛的人跟上次数学之星的人基本一样，国际学校里依旧是三个女生，另外两个女孩住在一起。

老刘在询问了薛夕的意见后，同意让她单住。

大巴车上，范瀚看女孩戴着鸭舌帽，一个人孤零零地坐在最后一排，抿了抿嘴唇叹了一口气。大巴车上人多口杂，等入住了酒店后，他就去安慰一下她吧。

五个小时后，车子到达酒店。

办理入住时，范瀚特意慢悠悠的，想听听薛夕的房间号。然后就见薛夕递给前台身份证后，前台笑道："你好，是这样的，我们酒店单人间没有了，所以免费给您升级总统套房可以吗？"

其他人都蒙了，还有这么好的事？

范瀚也蒙了，总统套房在二十八楼，不住那一层，普通客人根本就上不去！

薛夕没多想就"嗯"了一声，随即便有服务员过来帮她拎行李。

等到几个人离开后，范瀚思考了一下，自己的零花钱还有很多，他回头想要升级套房时，却看到有其他人正在办理入住："请问单人间还有吗？"

"有的，先生您想住几层？"

范瀚有点不明白是怎么一回事，等轮到他时，他提出想要升房的需求后却被告知："不好意思，我们酒店的套房全被人包了，现在没有空余房间给您升级。"

范瀚一头问号。

这一晚薛夕睡得特别好，第二天的早餐是送到房间的。等到了集合时间，她精神奕奕地上了大巴车。

一行人来到考场，老刘又交代了几句考试须知。薛夕跟着人群走进大门，找到考场后拿出准考证，再进入教室。

她一眼就看到了一个熟人——刘丽媛。

好巧不巧，刘丽媛正坐在薛夕旁边。

自从上次的事情过后，刘丽媛就怀恨在心，到处散播薛夕富二代重享受。结果薛夕拿了第一名，彻底打了她的脸，让她成了一中的笑话！

这段时间刘丽媛根本静不下心来好好学习，知道自己没了拿奖的希望。

刘丽媛攥紧拳头，忽地站起来，拿起笔袋恶狠狠地砸向薛夕。既然她无法拿奖，那么始作俑者也别想好好考试！

接着，她的手腕被薛夕抓住。

有老师看过来，喝止道："怎么回事？"

刘丽媛眼睛一眯，接着整个人往后栽倒。把身后的桌椅推翻后，她忍着腰部的疼痛大喊道："老师，她打我！"

在考场上打架，双方都会被取消资格。

考场外，维持秩序的负责人带着薛夕和刘丽媛站在外面。

考试地点是借用的学校，教室里有监控。

负责人调出来给老刘和刘丽媛的带队老师张老师看，解释道："看监控，是刘丽媛同学先动的手，薛夕同学是自卫才将刘丽媛同学推倒。但根据规定，打架双方都要取消比赛资格。"

高中生大部分年轻，激动又偏激，有些打架斗殴源于双方口头争执，根本分不出对错。所以涉及竞赛圈，规则就是不分对错，动手的双方都要被取消比赛资格。

视频里，薛夕拦住刘丽媛后，刘丽媛挣扎着后退，佯装被薛夕推了一把。只看监控，根本就看不出到底是薛夕推的，还是她自己摔的。

刘丽媛的腰部被撞得生疼，感觉站着都酸得厉害，她咬着牙："对，我是动了手，我认罚！"

刘丽媛瞪了薛夕一眼，反正她也拿不了奖，能把薛夕拉下来也好。

薛夕绷着脸，抿着嘴唇，很生气。

老刘急了："老师，你好好看看，这明显是刘丽媛打人，薛夕同学自卫。她根本没还手，只是轻轻推了刘丽媛一下，怎么可能会有这么大力气？"

旁边的张老师则不满地说："老刘，你几个意思？你是说我们学校刘丽媛是装的吗？"

老刘点头："上次考试她就对薛夕同学充满恶意，这次两个人话都没说，很明显她就是故意的！"

张老师发出叹息："具体情况我也不明白是怎么回事，但规则在这里摆着，薛夕就是动了手。老刘，难道你要违反考试规则吗？"

老刘继续苦求负责人。

薛夕进入考场时，手机原本已经上交了，此刻出来已经拿了回来。

这时，薛夕的手机振动了一下。

全能大佬："考试开始了吧？"

薛夕叹息，回复："没。"

这个点，已经到了考试时间，薛夕竟然还能回复消息，向淮顿时敏感地捕捉到不对劲。

全能大佬：“发生什么事了？”

薛夕气鼓鼓的，简单地编辑信息，把这边发生的事情解释了一遍。

消息刚发过去，“全能大佬”就回复了一条信息：“给我二十分钟。”

薛夕一愣，看了一下时间，已经八点整了。

她没有再回复消息。

老刘还未放弃，继续跟负责人掰扯，就这么缠了对方二十分钟。他见对方还不肯松口，都快放弃时，一个板寸头的男人忽然从远处小跑着冲过来。男人穿着一套连体工装服，脸蛋白皙，样子可爱又乖巧。等来到几个人面前后，他大喘着气，先低头看了一下手表：“二十分钟，一分不差！”

说完，他这才抬头。看到薛夕后，“大嫂”两个字差点就脱口而出，却被他及时止住：“事情的经过在电话里已经说清楚了，现在，把监控拿来。”

负责人和老刘都看得一愣一愣的，张老师询问：“你谁啊？”

那个人顿时一拍脑袋：“啊，忘了自我介绍，我是警察。”

说完以后，他拿出警官证在几个人面前晃了晃：“监控拿来。”

没人报警啊……

负责人蒙了，呆呆地将电脑里的监控录像放给对方看。

那个人接管电脑后，手指在键盘上敲打了几下，把视频放慢八倍后，推到几个人面前：“看这里，这位同学被推开后，明显愣了一下，是站稳了身体后才往后倒的。正常速度看不出来，放慢了八倍后，看清楚了吗？我大……薛夕同学根本就没还手，这件事完全是这位同学自导自演的。就这样还要取消考试资格吗？”

从拿到监控到呈献给几个人看，他只用了三分钟！

负责人见证据十足，顿时愤怒地冲刘丽媛喊道：“刘丽媛同学，你干扰考试秩序，将会被取消所有官方举办的竞赛考试资格！”

说完，负责人又低头看了一下时间：“薛夕同学，我可以放你进考场，但因为后面还有考试，所以我没办法给你补足这段时间，你看可以吗？”

比赛分为一试和二试。

一试时间八点到九点二十分，二试时间九点四十分到十二点十分，的确没办法补这二十多分钟。

薛夕表示理解。

老刘开口安慰道：“薛夕，不要慌！竞赛的精神就是不放弃，加油！”

薛夕点头，跟着负责人往考场跑时，那名便衣警察开口了：“大……薛夕同学，我叫景飞，记住我的名字哦，以后我们还会再见的！”

薛夕又看了景飞一眼，这个人在原地蹦跶挥手的样子还挺可爱，好像一只小飞鸽。

薛夕到考场又耽误了一段时间，所以考试时间比别人少了半个小时。

一试考完，卷子被收走，薛夕松了一口气后呆呆地坐在椅子上。这时，她只觉眼前光线一暗。

她抬头就看到一个瘦高的男生站在她面前，对方穿着海城高中的校服，长相俊逸，嘴角噙着一抹坏笑：“薛夕？”

薛夕微愣。

那个男生说：“我是李学恺，为了表示公平，二试我会等你半个小时。”

薛夕想说不用，可还未等她开口，男生已经转身离开，坐在了第一排的位子上。

二试考试开始，男生果然趴在桌子上睡了半个小时才开始答题。

考试刚结束，数学联赛贴吧里就多了一个帖子：“啊啊啊——这对CP（情侣）我锁了！李学恺和薛夕两个学霸好甜啊，啊啊啊！我可以脑补一部校园爱情小说！”

伴随着这个帖子的热度，薛夕考试时耽误半个小时的事情被传播了出去。

一时间，猜测谁能拿第一的那个帖子里，李学恺和薛夕的票数疾速下滑，孙杰反而成为最有希望的人！

网络上的事情，薛夕并不关心。

因为考完数学后，薛夕就跟“教数学的”一起忙碌起来。

对方找了可靠的人帮忙写了论文，将薛夕草稿纸上的东西传到了电脑上，但其中一些细节还需要她修改和确定。

他们总共用了一周多的时间，论文写完，冯省身就帮薛夕给国外的杂志社投稿，然后等待审核和回复。

与此同时，全国数学联赛的成绩也终于出来了。

薛夕对这次考试没太看重。

她本来参加竞赛就是为了学习，成绩什么的并不十分在意。出分数这天，她照例起床上学。

此刻，薛老夫人正在说话：“瑶瑶啊，跟你讲，做人就要谦虚，事事争强好胜，不给别人留活路，可不就得罪别人了吗？你看，人家就拼着自己不能考试，也要把她拉下马的想法，耽误了半个小时。一试总共才八十分钟吧？唉。”

薛瑶笑了，看到薛夕下楼，将最后一口饭吃完：“奶奶，你别说了，她数学之星拿了全国第一，全国联赛考得太差，会有人质疑她数学之星的成绩的。”

叶俪从厨房里走出来，将早已准备好的早餐交给薛夕。她拧着眉头对薛夕说道：“夕夕，这次的成绩不算什么，大家都知道你有特殊情况，她们的话你不要放在心上。”

薛夕淡淡地抬头，“哦”了一声后询问：“什么话？”

叶俪觉得女儿坚强得有些不像话，就像是永远也没有需要她的地方，这让她感到欣慰的同时又格外心疼。

还只有十八岁的小姑娘，其他人都在娇滴滴地跟父母撒娇，遇到困难哭着求助，可她的夕夕却早已习惯了自己解决一切，竖起一道与这个世界隔离的墙。

叶俪笑了笑，没再说什么。

自从知道薛夕和薛瑶不合后，叶俪就又安排了一辆车，现在两个人谁也不用等谁一起上学了。

她的女儿不用受任何莫名其妙的委屈。

等送走薛夕，叶俪回到客厅里，薛老夫人又嗤笑：“又是奥数，又是物理竞赛的，你也真是宠着她，就不怕贪得无厌。看，现在就拿不了第一了吧？”

薛瑶抿嘴笑了笑，没说话。

叶俪却说：“这只是全国联赛，还不是真正的奥林匹克竞赛。只要拿了一等奖，能进入冬令营就可以保送和降分，这就够了。”

薛老夫人哼了一声。

叶俪则看向薛瑶，主动出击：“瑶瑶，你最近还是少关心其他的，好好刷题吧。这个周末的物理竞赛千万别掉以轻心，免得拿不到一等奖，连降分的资格都没有。”

薛瑶听到这话，脸色瞬间变了。

叶俪现在越来越强势了，让薛瑶不敢再说话。

薛夕照例在杂货铺门前下车，跟“小虎牙”和向淮一起吃早餐。

已经过去一个半月了，三个人的相处越来越自然。

薛夕吃了一个包子后，忽然想到什么，她拿起手机给“全能大佬”发了一条信息：“老师，全国联赛今天出成绩。”

消息发送后，只听对面传来“叮”的一声。

薛夕微愣，只见向淮骨节分明的手拿起黑色手机，一副懒散的动作，格外淡定。他瞅了信息一眼后，慢悠悠地打出一行字，随即又把手机放在旁边。

“嗡。”

薛夕的手机振动了一下。

薛夕又抬头看了一眼向淮，他三口吃下去一个小笼包，偏偏吃东西的动作不显粗鲁，优雅中透着贵气，就像在吃什么山珍海味。

吃完后，向淮的舌头轻舔嘴唇，深棕色的眸子里是漫不经心，随意的动作带着十足的优雅。

薛夕感觉心跳似乎停了半拍，努力把视线从向淮身上抽回来，一边喝豆浆一边看手机。

全能大佬：“等你的好消息。”

薛夕挑眉。耽误了半个小时，其实她也不确定自己是否能拿第一名，可她莫名感觉对方比自己还信任自己。

薛夕没有再回复。

这时，玩手机的陆超忽然蒙了，猛地抬起头来看了薛夕一眼，询问：“网上的帖子你知道吗？”

薛夕带着水雾的眸子茫然地瞥了陆超一眼，摇了摇头。

陆超再次低头，看向那个联赛贴吧里的帖子。

这种小帖子，他们这群人是不会关注的，也就是老大让他关注一下联赛贴吧，他这才看到。

但现在，小姑娘明显不知道这件事，他要告诉老大吗？

打翻了醋坛子的老大会不会做出什么可怕的事情来？

陆超正想着，就感受到老大凉飕飕的视线飘过来。他露出两颗小虎牙，讨好地笑着将自己的手机递过去：“老大，您看。”

向淮低头瞥了一眼。

帖子的名字是："啊啊啊——这对 CP 我锁了！李学恺和薛夕两个学霸好甜啊，啊啊啊！"

帖子的点赞已经超过两千，毕竟奥数圈子比较小，有两千已经很多了。

里面还有人贴了一张照片，嘴角噙着邪笑的男生略弯着腰站在薛夕面前，低头说了什么。

阳光从窗外照进来，照在两个人身上，光线下的少男少女唯美可人。

然后，陆超就看到老大攥着他手机的手指微微用力。

陆超顿时一阵心疼。老大不会把他的手机捏碎吧？

他的柠檬牌手机可是才刚回到他手里没几天啊？！

正在陆超心疼的时候，就见老大慢悠悠地把手机放下来。他顿时松了一口气，默默地把自己的手机抢过来，询问："需要删除吗？"

"不用。"

向淮说话的语气很随意，却让陆超觉得透心凉。只听老大轻笑一声："我怎么会跟小孩子计较？"

这语气，陆超在心里为那个叫李什么恺的男生点蜡。

薛夕不明所以，也没多问。吃完饭，她照例握手，然后离开。只是走到杂货铺门口时，她忽然被叫住："稍等。"

薛夕停下脚步，回头。

向淮一只手揣进口袋里，慢悠悠地走过来。

高大的男人气场十足，走到薛夕面前后忽然低头，凑到她耳边声音低沉地开口："小朋友，祝你考出好成绩。"

薛夕微愣，这种话为什么要凑到耳边说？直接说出来不行吗？

薛夕有些不自在地后退一步，淡淡地"嗯"了一声，这才迈开脚步离开。

坐在杂货铺里的陆超错愕地看着这一切。

陆超刚刚看到有同学正对着薛夕拍照！老大肯定也看到了，他实在是太骚了！

五分钟后，网上果然多了一个帖子："某学霸的谁谁谁，有图有证据！！"

薛夕一直是八卦话题的中心，考了年级第一、拿了数学之星全国第一后，她就成了学校里的名人。

只是薛夕为人低调，上学的大部分时间都在学习，日常生活枯燥无味。

可自从李学恺和薛夕的帖子在奥数圈子里小火了一把后，大家就更关注她了。

于是时常会有人偷拍薛夕的照片，再放到贴吧里。

好巧不巧，薛夕从杂货铺出门时，遇到了同学正在偷拍。于是向淮就利用了一下，为自己正名。

薛夕在外养了一个小白脸的事情早就被薛瑶宣扬过，所以看到两个人亲昵的照片后，大家顿时明白，原来杂货铺老板就是那个小白脸。

对于网络上的事情，薛夕一无所知。

她戴着鸭舌帽，穿着宽松的校服，背着沉重的书包，刚靠近校门，就看到前方围了一群人。

薛夕本来没打算凑热闹，却听到一个熟悉的声音："辰哥！"

她脚步微顿，往前方走去。

众人虽然围着那边，但中间空出了很大一块地方，因为一头红发的高彦辰正站在那里。少年一头红发竖起，像是非主流的杀马特造型。那张脸又俊又冷，全身上下透着一股子桀骜不驯的强大气场。

在高彦辰面前不远处站着一个矮小的女生，女生穿着滨城一中的校服，竟是刘丽媛。

刘丽媛此刻眼眶通红，正在哭诉："是你让我爸妈的工作全被辞退了吗？"

高彦辰低头看着手机，修长的手指正在换小号，给奥数帖子里薛夕能拿第一那一项投票。可他势单力薄，薛夕的票数还在第三位。

高彦辰心情烦躁，听到这话更不耐烦："嗯，怎么了？"

"果然是你！高彦辰，你怎么能这样？冤有头债有主，你有什么冲我来！你凭什么辞掉我爸妈的工作？！"刘丽媛哭着大喊道，"你仗着高家实力强大，就这么欺负普通老百姓吗？"

高彦辰放下手机，原本懒得解释，却不能留下这样的话柄。他双眸直愣愣地扫向刘丽媛，语气又冷又冰："我自己家的公司，辞掉两个在工作上出现巨大失误的员工，有问题吗？"

刘丽媛急了："你别找借口，你分明就是为了给薛夕报仇！我早就听说了，你认了她做老大！我真是很好奇，薛夕给了你什么，让你堂堂高彦辰这么为她出头！是陪你做了什么见不得人的事了吗？"

话一出口，高彦辰身上的暴戾气息骤增。

他蓦地上前一步，声音又狠又沉："你说什么？"

刘丽媛被吓了一跳。

刘丽媛只是普通家庭，父母每个月拿工资维持生活，到中年忽然失业。后来才明白原因，竟然是因为女儿得罪了不该得罪的人！

他们这一周求职处处碰壁，毕竟谁也不敢得罪高家。生活的压力很快把两个人压垮了，这两天开始对刘丽媛进行打骂。

刘丽媛真的受不了了！想到父母的样子，她恶向胆边生，仰头喊道："怎么？她敢做还不让人说了？"

高彦辰低喝一声："你再敢说一句，我打得你爸妈都认不出你来！"

刘丽媛大喊道："她就是个坏女人！不就仗着长得好看，才勾引你堂堂校霸，对她臣服……"

高彦辰不再多说，撸起校服上前一步正要动手！

刘丽媛的校服袖子里光芒一闪，抽出一把水果刀，对着高彦辰就冲过去："你不让我活，那大家就都别活了！"

高彦辰眼里闪过一抹寒光，敢动刀子，这个人不想活了。

他正打算闪身躲开，一道娇小瘦弱的身影冲了进来。

戴着鸭舌帽的女孩拽住高彦辰的胳膊，随即一股大力拉扯着他往旁边一闪。再然后，女孩右脚后退，伸出双拳，一套"踢、打、摔、拿、拧"后，刘丽媛整个人倒在地上，被她擒住双手拧在身后，脸贴在地上，动弹不得。

薛夕一只手轻轻控制住刘丽媛，一边抬头看向高彦辰，缓缓问道："没事吧？"

高彦辰愣住，定定地看着薛夕。

白色鸭舌帽下，女孩的双瞳带着一层水雾，很纯粹也很神秘。此刻，她仍旧面无表情，神色淡漠，高彦辰却生生看出了一丝关切的味道。

高彦辰抿紧嘴唇，心间微热。还从来没有一个人在打架的时候会冲到他的前面，保护他。

高彦辰绷住脸色，看向刘丽媛："她怎么办？"

薛夕想了想，最终开口："报警吧。"

刘丽媛带利器来学校，很明显存着杀人的心思。

上次她出事，就是"小飞鸽"警察帮忙。

高彦辰点点头："行。"

报警后，几个人在等待警察到来的时间里，高彦辰忍不住看向薛夕。想到刚刚刘丽媛的话，他咳嗽了一声，仰着下巴开口：“她说的那些话，你别乱信。”

薛夕：“什么话？”

高彦辰一噎，最终开口：“没什么。”

他对薛夕绝对没有那种心思。

当初薛夕当着那么多小弟的面打败了他，为了面子和道义，他只能低头喊一声“夕姐”。

其后几次出手，网络上帮忙拉票，也是因为烈焰会不能被欺辱。可那不代表他就真的打从内心臣服于她。

他未来一定要找机会跟薛夕切磋，把老大的位子抢回来，让薛夕也去染红发！

这么想着，高彦辰的神色刚平静一些，微信上就收到了“火苗一号”发来的帖子链接：“辰哥，夕姐真的有男朋友！”

高彦辰打开帖子看了一眼，照片上的男人侧对着镜头，只能看出来长得好看，不愧是小白脸。

高彦辰绷住脸。薛夕那么单纯，这个人肯定是骗钱又骗感情。不行，他不能束手旁观！

等警察到来，把刘丽媛带走后，薛夕才回教室上课。

高彦辰看了一下时间，十点才出全国数学联赛成绩，还有时间！

想到这里，高彦辰转身找去了杂货铺。

高彦辰推门进去，看到柜台后的“小白脸”后，扔过去一张卡：“这里面有一百万元，拿着钱离开她。”

高彦辰说完这话，坐在柜台后的男人缓缓地抬起头来。

男人轮廓分明，五官冷硬，薄唇紧抿透着寒意。锋利的眉眼轻轻一扫，无形的杀机扑面而来，让高彦辰绷直了身体，背脊蓦地爬上一抹冷意。

高彦辰从小就被高老宠着长大，养成了无法无天的性格。

即便是面对穷凶极恶的杀人犯时他也丝毫不惧，可不知道为什么，面前这个人给他一种发自内心的惧怕。

这个人跟所谓的“小白脸”绝对不沾边。

高彦辰刚想到这里，就见男人的视线在他的红发上轻轻一扫，随即那股冷意淡了几分，压迫感没有那么强后，他才感觉呼吸终于顺畅了。

接着，男人声音冰冷地问："你找我，她知道吗？"

高彦辰一顿，向来桀骜的人此刻却像是面对上司般不敢不回答："不知道。"

向淮把银行卡扣下，冷白的手指在桌面上敲打了几下："你应该先问问她。"

高彦辰绷住身体。直到此时此刻，他才发现自己脑子一热办错了事。

跟谁交朋友是薛夕的自由，他无权干涉，尤其是面前这个男人绝对不简单……

可高彦辰不想示弱，给薛夕掉面子，抻直脖子："无论怎么样，如果你敢欺负薛夕，我……"

高彦辰的话说到这里，微微一顿，改了口："我们烈焰会跟你没完！"

向淮仔细看了高彦辰好一会儿，才慢慢收回视线："你可以走了。"

高彦辰直到离开杂货铺，被外面的暖风一吹，才忽然意识到，凭什么他说让自己走自己就走啊？

但现在再冲进去，也不对……算了，还是下次再说吧。

向淮盯着高彦辰的背影，面色阴沉，不知道在想什么。

旁边的陆超努力减少存在感，缩了缩肩膀。他吓得大气都不敢喘，就这么默默地等了两分钟后，向淮才笑出声来。

陆超顿时僵住，老大这是被气傻了吗？

他的这个念头刚出，就听老大轻声说道："小朋友还挺受欢迎啊。"

好想变身空气怎么办？陆超的视线落在向淮手中的银行卡上，终于找到机会开口："老……老大，我帮您把银行卡给老高送过去？"

"不用。"向淮瞥了一眼银行卡，"养小朋友很费钱的。"

"但你可以告诉小高，宠孩子也要有个度。"

陆超在心里默默为高彦辰的零花钱点蜡。

第九章 心跳加速

因为叫了警察，之后又做笔录，所以耽误了一些时间，薛夕进入教室时已经迟到了。

第一节课是老刘的课，他知道薛夕的学习态度，所以也没说什么，挥了挥手就让她进了门。

下课后，老刘并没急着出门，而是看向薛夕，似乎生怕她会受到成绩的影响，笑呵呵地说："薛夕同学，这次拿不了第一喽！"

他这开玩笑的语气让整个教室里的气氛都松弛下来。

老刘笑着继续说："人生总会有意外呗，没关系，这只是全国联赛，真正的考试在十一月，只要你拿了省一等奖，就可以参加中国数学奥林匹克 CMO（全国奥林匹克数学竞赛）竞赛，那才是重中之重！华夏和华中大学的保送生都是在那里面挑选的。"

秦爽也急忙往后看："夕姐，大家都知道你耽误了半个小时，所以就算没考好也没关系！"

秦爽说完这句话，又拿起微信看了一眼烈焰会群里的消息，继续安慰她："再说了，能拿省一等奖已经很牛了。你看我们学校，参加奥数考试的总共没几个，能拿一等奖的更是少之又少！"

数学课代表周振抚了抚厚重的眼镜片，也说："对呀，薛夕同学，你已经很厉害了！”

大家你一言我一语，纷纷安慰起薛夕来。

在这样的声音中，一道不和谐的声音传来：“那万一连个省一等奖都没拿到呢？”

教室里忽然安静下来，众人纷纷看向说话的人——薛瑶。她挤出一抹笑，假惺惺地说：“我只是担心，毕竟发生了那种事，姐姐的心态肯定很炸，一试只有八十分钟，她进入教室时就只剩下五十分钟了。一试的题目出名得多，大部分人都做不完。这耽误了，二试四道大题，只要有一题写错就很难了吧。毕竟省一的分数线可是在两百分左右。”

大家纷纷不说话了，只有秦爽嗤笑了一下：“夕姐就算闭着眼睛也能考个两百分！别在这里说什么风凉话了，当谁不知道呢，你心里指不定多盼着夕姐考不好！”

薛瑶脸色一僵，见范瀚也疑惑地看过来，顿时红了眼眶：“我只是为姐姐担心，你们怎么这么冤枉人？”

她还低头抹了一下眼睛。

范瀚皱眉道：“秦爽，薛瑶也是一片好心，你怎么说话这么冲？”

“好心？我呸！她薛瑶要是有好心，我把脑袋摘下来给你当球踢！只要不瞎的人就能看出来她嫉妒夕姐！都是千年的狐狸，在我们面前演什么聊斋啊？”

薛夕听着想笑，“小话痨”怼起人来真是一套一套的啊。

薛瑶涨红了脸，低头哭起来：“我……我真是为姐姐好才说的啊，我怕她太自傲，万一拿不到一等奖丢人……”

范瀚听到这话，皱起眉头：“薛瑶就算数学不如薛夕，也是年级里的佼佼者，而且她还弹得一手好钢琴，差点儿成了周舟的弟子。她本来就是天之骄子，又有什么好嫉妒的？况且成绩还没出来，你们也别太自傲了！”

秦爽莫名自信：“那就一个小时后见！”

老刘想说点什么，可第二节课的上课铃声已经响起，他只能离开教室。他刚回到办办公室，房间里的座机就响了起来。

老刘走过去接听，就听到对方说道：“你好，请问是滨城国际高中数学组吗？”

老刘点头：“对，您是……”

对方说了什么，老刘一下子愣住，随即面上露出狂喜的神色！

十点整，范瀚第一时间查了成绩：二百三十四分！

“好厉害！”

“这分数太牛了！绝对在省前十名！”

范瀚松了一口气。

这段时间范瀚为了追赶薛夕，比以往更加努力，每天晚上在家里刷题到十二点半，早上五点半又早早醒来复习。黄天不负有心人，这个成绩很不错！

范瀚又隐隐有些惋惜。

他想要跟薛夕堂堂正正地比一场，让她看看自己不比她差。可她耽误了半个小时，就算分数比自己低，自己也有点胜之不武。

早知道他也跟李学恺一样，等她半个小时好了！

想到这里，范瀚打开奥数贴吧，里面果然已经开始疯狂地猜测大家的分数了。

“啊啊啊——李学恺拿了第一！”

“那薛夕岂不是不是第一了？”

“怎么会这样？我还等着学霸呈现碾压式成绩呢，可原来学霸也是人，呜呜呜——”

“耽误了半个小时，拿不到第一很正常吧？”

“李学恺为了表示公平，也让了半个小时啊！不过李学恺那是神，拿第一很正常！”

“可我想看我夕爸爸拿第一。”

“同上 +1。”

“同上 + 身份证号。”

帖子里的评论秦爽也看到了，她心疼地看向薛夕，眼神中带着不甘：“夕姐，贴吧里有人说省数学组给海城一中打电话了，李学恺这次拿了省第一名！你考了多少分？”

说完，秦爽往薛夕的手机页面看了一眼。这一看，她的眼睛就像黏在了手机上，再也挪不开了。二百九十八分？

这是什么神仙分数？可这样的分数竟然不是第一？

在秦爽愣神的时刻，老刘脚步轻松地走进来：“好消息！大好消息！”

老刘这话一出，教室里围在范瀚身边的人顿时喊道：“老刘，你知道范瀚考了二百三十四分了？”

范瀚则露出微笑，谦逊地说：“又不是第一，有什么可值得骄傲的？”

老刘的笑容更盛：“不错！考得很不错！省前十应该稳了！”

教室里顿时响起热烈的掌声和对范瀚的恭喜声。在这样的声音中，有人好奇地看向薛夕：“薛夕，你考了多少分？”

考了多少分？

秦爽咽了一口口水，大骂道：“李学恺不是人！”

夕姐都已经这么高的分数了，李学恺竟然是第一，这不科学！难道他考了满分不成？！

秦爽这话落下，旁人便误会了。有安慰薛夕的，也有看她不顺眼、跟薛瑶狼狈为奸的同学则冷嘲热讽道：“是哦，人家等了半个小时还能考第一名，的确不是人，是神！哪里像是某人，啧啧，学霸的人设崩了吧？”

这话刚落下，就听到老刘兴奋又响亮的声音：“崩什么崩？薛夕这次考了全省第一！不出意外，也是全国第一！！她考了二百九十八分！！”

众人十分震惊，简直难以置信！

范瀚愣怔地说：“可……贴吧上写的是李学恺第一啊！”

老刘继续笑：“对，并列第一！两个人都是二百九十八分！”

老刘又对薛夕道：“刚有几所高校的招生办都打电话来，想要跟你签订保送协议，我把那些学校都记下来了，你要不要考虑一下？”

薛夕慢悠悠地询问：“有华夏大学吗？”

老刘一愣，摇了摇头：“华夏和华中这种高校是不会在全国联赛签订保送协议的，最多会给你一个降分协议。”

薛夕略感失望：“哦，那就都拒绝了吧。”

薛夕的目标从来只有一个，那就是华夏大学。

她这话一出口，刚才嘲讽她却被成绩打脸的同学终于又找到了鄙视她的话题：“全国联赛上拿到的成绩能够签订保送协议的只有一般的大学，想保送华夏和华中，真是不自量力！”

薛夕没理她，因为手机振动了一下。她低头看到“教数学的”发来消息：“夕姐，考了多少分？”

薛夕回复：“二百九十八分。”

京都，华夏大学。

数学系院长冯省身看到这个分数，笑了："夕姐果然跟玩一样，这个分数应该是全国第一吧？"

自从薛夕证明出来巴特拉猜想，冯省身对她就改了称呼。

但冯省身的年纪偏大，又是业内出名的数学大牛，称呼一个小姑娘为"夕姐"不合适，所以他就自动加了儿化音，这样喊着就像是古时候称呼自家孙女。

帮冯省身一起整理论文的是他手下的研究生，听到这话，立刻说道："老师，您赶紧给招生办打电话，让他们跟夕姐联系，把这个宝招到学校里来啊！"

华夏和华中两大高校不会在全国联赛阶段就给出保送名额。

但事情总有例外。

二百九十八分，这个近乎满分的分数太高了。如果有重量级的教授提出要求，足以让两所高校破格录取！

但冯省身叹了一口气："我们学校恐怕容不下夕姐儿。"

研究生愣了一下，叹了口气。

华夏大学的确排名全国第一，在世界都名列前茅，但华中大学的数学系才是国内最牛的！

这些年，CMO 的前几名都去了华中大学数学系，夕姐儿这么厉害，恐怕也想去华中吧？

冯省身虽然很想要薛夕，但还是拿起手机，给华中大学的教授李梵打电话："老李啊，我给你推荐一个人，绝对值得你们破格录取，提前签订保送协议！"

李梵对这些不太感冒："全国联赛而已，老冯，你什么时候盯着小孩那点事了？"

就算是 CMO 的冠军，也不值得他们这种级别的科研大牛去注意。毕竟他们带的都是研究生，不在本科授课。

冯省身的语气十分严肃："我建议华夏和华中同时向薛夕伸出橄榄枝，她值得我们尊重。并且，我想跟你商量一下，两所高校联合培养薛夕！"

李梵蒙了："你开什么玩笑？这孩子该不会是你什么亲戚吧？"

冯省身深吸一口气："老李，信我一次！她证明出了巴特拉猜想，未来一周内将在数学周刊上发表！"

李梵："老冯，这孩子不会真是你的私生女吧？连这种谎都编出来了！跟你说吧，我们华中大学是不会破格录取全国联赛冠军的。"

"她既然拿了第一，就让她参加 CMO 吧。到时候她只要能拿前一百，看你的面子，我们签订保送协议！"

冯省身气急："你不去，我去！"

薛夕值得任何一所高校为她破例！

冯省身询问了分数，薛夕回答以后，想了想，又给"全能大佬"发了一条信息："我考了二百九十八分。"

全能大佬秒回："很棒。"

薛夕勾起嘴角。

自从薛夕的分数出来以后，班级里或恭维或真心祝福的人数不胜数，赞美声更是不重样。可薛夕对那些都无动于衷，反而来自"全能大佬"的一句"很棒"，让她感到一丝欢喜。

连大佬都觉得她很棒了，她大概真的很棒吧？

杂货铺里的向淮回复了薛夕的问题后，这才打开了奥数贴吧。他本来打算去看别人夸小朋友的，结果一眼就看到了一个帖子："啊啊啊！我磕到真的了！双学 CP 在线发糖！李学恺和薛夕并列第一！考了二百九十八的神仙分数，这是一对神仙眷侣下凡尘吗？"

下面各种评论全是嗑糖的，甚至还有人写了两个人的同人文甜蜜小片段——

薛夕和李学恺两个人经常为未来的孩子姓李还是姓薛发愁，所以才有了考试前的赌约：谁赢了，孩子就跟谁姓！

有人嫉妒薛夕的美貌，设局让她晚进入考场半个小时。

薛夕当时气得眼眶都红了，心想：完蛋了，以后孩子要姓李了！

考完一试后，李学恺无奈地走来，哄道："宝贝，二试让你半个小时好不好？别哭了。"

结果出来，两个人并列第一，分数一样。所以他们决定——未来生两个孩子，一个姓李，一个姓薛！

事后，有人采访两个人为什么不考满分。李学恺叹息：“不让她两分，孩子跟我姓把她气哭了咋办？”

薛夕则说道：“生了孩子跟我姓，他多没面子呀？所以我让他两分。”

这个同人文小片段获得了一千多个赞。

而位于榜首的评论 ID 名字竟然是“李学恺本人”，他在帖子里留言：“CMO 见。”

这个评论下面全是尖叫声：“啊啊啊——实锤了！我被甜哭了！”

向淮看到这里，被雷得外焦里嫩，深棕色的眸子闪了闪，锋利的眉眼一挑。现在的小孩子都这么玩吗？

李学恺，呵。

两分钟后，这条帖子凭空消失了。

五分钟后，奥赛贴吧里多了一个帖子：“学霸 ×× 亲口说，她离开了男朋友会死，不见他会心痛。”

向淮先给帖子点了个赞，然后抬头看向陆超：“买两千个赞。”

陆超无语，是谁说不跟小孩子计较的？

第三节课下课后。

薛夕看了一眼手机，发现多了一条微信。

全能大佬：“我觉得，你可以更好。”

更好？是因为被扣了两分吗？

果然大佬就是大佬。

薛夕正了正脸色，一本正经地回复：“我会更努力的，下次 CMO 一定拿满分。”

CMO，全国奥林匹克数学竞赛，考进前六十名就可以保送进华夏和华中大学，并且进入国家队经过训练后，选出最优秀的六名代表华夏参加国际奥林匹克竞赛。

华夏已经多年没有在国际奥林匹克竞赛中拿过金牌了。

薛夕忽然觉得还有很多东西可以学，于是她放下手机，拿起奥赛题继续刷起来。

学无止境。

坐在薛夕前面的秦爽下意识地回头打算跟薛夕聊几句八卦，可一扭头就看到薛学霸正在努力刷题，认真的模样让她暗自感叹。

她不忍心打扰薛夕，回过头去，在烈焰会的群里发了薛夕学习的照片，然后编辑消息："夕姐拿了第一后不仅没有懈怠，反而更加努力了。说实话，身为夕姐的前桌，我压力很大。不知道为什么，从小就不喜欢学习的我，竟然也产生了要写作业的冲动。"

火苗一号："看到夕姐的照片，我突然觉得手中的游戏它不好玩了。"

火苗二号："看到夕姐的照片，我突然觉得手中的鸡腿它不香了。"

八班。

"火苗一号"发完消息后，回头看向最后一排的高彦辰，打算跟他讲讲烈焰会里的人都不正常了。可一扭头，却见平时趴在桌子上呼呼大睡的高彦辰正在低头看书。

"火苗一号"瞬间惊呆了："辰哥？"

高彦辰不耐烦地掀起眼皮，挠了挠火红的头发："这道题怎么这么难？你会吗？"

高彦辰放下书本，拧着眉："算了，我都不会，你就更不会了，留着放学后去问问夕姐吧。"

奥数贴吧里，除了嗑糖的帖子火了，在下午的时候，忽然又莫名火了另一个帖子。

遥不可及："说来可笑，某些人考了第一就觉得自己很牛了，今天竟然问老师有没有华夏和华中大学打电话来找她保送。这虽然叫全国联赛，却也只是省级的比赛，还不到全国奥林匹克呢！人家李学恺都没问这么傲的问题，华夏和华中凭什么为你破例？别人喊你一声学霸，真当自己无敌了？"

下面顿时来了一堆酸溜溜的评论——

"人家来自乡下，不懂规矩也正常，毕竟第一也不是谁都能考的不是？"

"学霸这么没有自知之明吗？虽然我觉得薛夕肯定能在 CMO 上拿到好成绩，可现在就这么狂，路转黑了。"

"做人要低调啊，妹妹！来自李学恺学霸的殷切叮嘱。"

秦爽看到这个帖子时，下午刚好上完两节课。她顿时气坏了，直接站起来怒视全班同学："谁跑到贴吧上乱说话了？"

上午的事情只有他们实验班的人知道，如果不是班里有人乱说，怎么可能传到贴吧上？

甚至这个帖子很有可能就是本班的人发的！

秦爽这句话说完，知情的和不知情的都急忙拿起手机看贴吧。在看到上面的内容后，有人阴阳怪气地说："这本来就是事实，还不让人说了？"

秦爽怒了："是老刘问夕姐要不要保送，夕姐才询问一下有没有华夏的。怎么就成夕姐说，华夏和华中应该保送她？你们断章取义也太无耻了！"

那个人还想说些什么，这时，薛夕的手机响了，她低头发现是一个来自京都的陌生号码。

薛夕接听电话，慢悠悠地说："喂，你好。"

对面传来一道声音："你好，请问是薛夕同学吗？这里是华夏大学招生办。"

薛夕听到这话，愣住了："啊？"

"我们看到了你在全国数学联赛上的优异成绩，想要特招您进入华夏大学，请问您有意向吗？"

薛夕呆了呆，雾蒙蒙的眸子瞥了一眼手机上的号码，随即直接挂断电话。

秦爽询问："怎么了？"

薛夕低头继续刷题："诈骗电话。"

薛夕才刚知道华夏大学不会注意全国联赛，就有人来骗人了。唉，怪不得孤儿院院长给她们普及外界知识时，总强调要提防骗子。

薛夕又刷了五分钟题，站起身来打算去奥赛班刷一会儿物理题，毕竟这个周末就要物理考试了。

可薛夕刚放下笔，就看到老刘神色不对劲地走进来。他似乎有点飘，走路深一脚浅一脚的，黝黑的脸庞上带着迷茫，一进门就看向薛夕："你挂了华夏大学招生办的电话？"

薛夕慢悠悠地在脑海中打出一个问号。

整个教室也突然安静下来。

秦爽想到了什么，急忙询问："老刘，你说什么？"

老刘咽了一口口水："华夏大学招生办把电话打到学校来了，让我来问问你，挂了他们电话是想去华中大学吗？还是有什么别的想法？”

所有人都反应不过来，这到底是怎么一回事？

毕竟一个全国联赛，的确惊动不了华夏大学和华中大学这两所历史悠久的顶级院校。

薛夕倒是比其他人平静，但她反应慢，足足过了两秒才恍然大悟道：“刚才那个不是诈骗电话啊？”

大家一脸无语。

秦爽更是绷紧了下巴，强忍住自己的尖叫。

华夏大学是多少人梦寐以求的学校，夕姐竟然挂了他们招生办的电话！！她只能送给夕姐三个字：牛爆了！她随即反应过来，询问道：“华夏大学给你打电话干吗？”

薛夕歪着头想了想：“似乎说特招？”

同学们觉得他们已经对震惊免疫了，从薛夕……不，从学神夕姐来到他们班以后，各种打脸加牛哄哄的事情层出不穷。

秦爽则觉得莫名爽快，她看向刚刚说酸话的那个同学，笑道：“刚谁说夕姐不自量力来着？”

那个同学脸涨得通红：“怎么可能？！”

老刘才不管他们这些斗嘴的事情，直接问：“那么薛夕同学，你什么意思？其实我的意思是，华中大学的数学系更厉害一些，你如果想去华中大学，参加 CMO 考试后绝对没问题。”

薛夕歪了歪头，还未给出答案，老刘又说：“你可以考虑一天，第二天再给答复就行。”

其实薛夕不用考虑。

但既然老刘都这么问了，薛夕干脆拿起手机：“我问问。”

老刘点点头。遇到这种事，跟家长商量一下是应该的。

不过老刘没看到，薛夕打开微信是给“全能大佬”发了一条信息：“老师，华夏大学给我特招，我要签保送协议吗？”

薛夕对“全能大佬”有一种孺慕之情，莫名信任他。

似乎时刻在线，每次都秒回的人回复道：“那你对未来有什么计划？”

学习：“考入华夏大学，继续学习。”

全能大佬：“那现在就可以进入，甚至可以提前联系导师、提前学习，为什么还要犹豫？”

薛夕看到这话，恍然大悟。

她抬起头，看向老刘，语气坚定：“我签。”

第二天，华夏大学招生办的人就来了滨城，带来了今年的第一份保送协议。

招生办来的人是一名中年女性，非常知性和温柔，给薛夕解释保送协议：“这个协议签了以后，并不是你只能来我们学校，未来华中大学想要录取你，你也可以违约。”

换句话说，这个保送协议只对华夏大学有限制？

薛夕对这所学校更有好感，有底蕴的大学只为培养人才，而不是限制人才。

薛夕点点头，在协议上签下名字。从现在起，她就是华夏大学预备役中的一员了。

而这个时候，距离高考还有九个月！距离明年入学还有整整一年。

当天晚上，薛夕放学回家后，叶俪为她准备了蛋糕以示庆祝。

“夕夕，从今天开始，你就可以放肆地享受人生了！”叶俪笑着，满脸都是骄傲，“你已经是一名大学生了！”

薛夕：“哦。”

在旁边听着的薛瑶嫉妒到已经维持不住假惺惺的面孔了，攥紧拳头上了楼。

待其他人吃完饭后，薛夕起身上楼。

叶俪询问：“你干什么去？”

薛夕面无表情：“刷题。”

“啊？”

“第二天就要去参加物理竞赛了，十一月还有 CMO，我还有很多书要看。”

叶俪惊呼道：“你还要参加那些？”

薛夕点头：“嗯，很有意思。”

高中课程薛夕早就自学完了，但她发现奥赛题比较深奥，有很多以前没接触过的知识点。

薛夕参加物理竞赛进入考场这天，网络上忽然出了一个帖子。

微博上一个大V号揭露了一个惊天秘密：“国内人人向往的华夏大学竟有如此内幕！”

文中以华夏大学特招了一名参加全国联赛的学生为开篇，后续写到“并列第一名，且李学恺的履历明显更扛打，华夏大学就算想要特招，为什么不招收李学恺？难道是因为薛夕的家庭底蕴更深厚吗？”

“据可靠人员透露，特招是因为华夏大学一位大牛教授对招生办提出要求，是不是可以猜测。这位教授收取了薛家的贿赂？”

“名牌大学金玉其外败絮其中，望华夏招生办严惩该教授和考生，并取消薛夕的高考资格！”

这个帖子一出，立刻引起轩然大波。

华夏大学作为国内历史悠久、实力强大的学校，一直位于学术界顶级地位。

所以这个帖子一出，很快便引发了众议。

下方全是质疑的评论——

“这个学生肯定是有特别之处才被特招的吧？”

“数学界大牛会被钱收买？开什么玩笑？来，给大家科普一下帖子里提到这位的实力！”

下面是科普冯省身的帖子，知名数学家，并列出这些年他为数学界做出的贡献，凭他研究的领域和成果，已经可以受到国家保护了。

有质疑的，也有跟着帖子一起起哄让个说法的。

“数学家就不是人了吗？是人就爱钱！”

“说薛姓学生特殊的，给你们贴一下她的个人履历。从小在孤儿院长大，没有任何成就，然后只在今年的数学之星和全国联赛上考了第一。”

“说实话，两个第一确实很牛了，只要按部就班地参加CMO，被保送华夏大学是必然的。搞不懂为什么要提前，就不能拿到更能说服人的成绩后再保送吗？作为一个路人，客观地说一下，这样操作肯定有内幕。”

“阴谋论一下，该不会是某人的成绩不扛打吧？毕竟省内考试还有可能作弊，CMO却是全国性质的，你们懂的。”

“总之，希望招生办给个说法。”

网络上吵成这样，华夏大学微博处的同事早就看到了，于是他们联系了招生办。

招生办的老师又去找冯省身：“冯老，如果我们现在不给出一个说法，恐怕国家招生办的人就真的要来询问了。不能把她证明出来巴特拉猜想的事情公布出去吗？”

冯省身叹息道：“周刊还未登就先公布，这样对她不好。”

发表论文的环节很复杂，谁也不知道在他们投稿之前有没有别人已经投稿，还有就是谁也不确定下一刊就肯定会登，万一出现什么意外呢？

冯省身这样的做法，是出于对薛夕的保护。

招生办的老师叹了一口气：“可这样一来您就要挨骂了。您放心，学校绝对站在您这边。只是最近为了您的安全，您就待在学校实验室里吧。”

冯省身点点头。

可是在学校里，也避免不了外面的记者和其他人的恶意揣测。

冯省身中途去食堂吃个饭，都被混进学校的记者蹲到了。如果不是有手下的研究生保护，老人可能会受伤。

对此华夏大学加强了学校的安保措施，严格控制出入人员。

很快网络上就又响起另一道声音：“华夏大学加强保安措施，到现在也不给个说法！”

话题再次引发热议。

冯省身回到实验室时，还觉得惊心动魄。

这时，他接到了华中大学李梵教授的电话。电话才刚接通，李梵教授就苦口婆心地说：“看吧，我说让你不要做得太明显，这就出事了吧？你怎么就不听我的话呢？”

冯省身叹了一口气，李梵不懂他的苦。

夕姐儿跟那位一样全能，并且冯省身早就听说夕姐儿还参加了物理竞赛。如果数学界不给出足够的尊重，万一以后夕姐儿转行了可怎么办？

冯省身在这里为了数学界都不求把夕姐儿招到华夏大学了，李梵却还在这里嘲讽他，简直……

他深吸一口气：“我希望一周后你还能说出这句话。”

说完这话，他就直接挂断电话。

薛夕向来不上网，并不知晓网络上发生的事情。

她参加完物理竞赛回到家时，事情还未发酵。直到周一上了学，才变得严重起来。

奥数和物理都已考完，临时的竞赛课取消，薛夕终于开始全天正常上课。

薛夕从杂货铺出来时，就感觉周围的人在指指点点。但向来迟钝并且不在意别人看法的她，悠然自得地回了教室。

实验一班平时哪怕是课前，大部分同学也都在刷题。可这天情况乱糟糟的，全在讨论这件事。

有人询问薛瑶："薛瑶，你姐姐的事情到底是怎么回事？你们家真给那个教授送钱啦？"

薛瑶顿时垂下头，叹了口气："大伯前段时间的确出差了，但我也不知道他到底去哪里了。别的事情，我又怎么会知道。"

这句话明面上没有承认，可那一句"出差"却引人遐想。

一直酸溜溜的那个同学顿时说："平时看着冷冷清清是个冰美人，还以为学习真的有多厉害呢。竟然也去走后门，真不要脸！"

这话一出，秦爽蓦地站起来骂道："你有什么证据说夕姐走后门？没证据乱说，你这叫诽谤！薛家可以告你！"

薛瑶阴阳怪气地说："秦爽，大家都是同学，不要把话说得这么严重。薛家的律师是不会处理这种小事情的……"

秦爽直接转移目标："你给我闭嘴！薛瑶，别在这里装了，嘴里说着不知道，却告诉大家夕姐的爸爸出差了，这不是暗示什么吗？我跟秦璐一起长大，你这种白莲花的手段见多了！跟秦璐比起来，你真的还不够格！"

薛瑶顿时气得满脸通红："你怎么说话呢？"

"用嘴说话啊，难道你用屁股说话？啧，怪不得说出来的话那么臭！"

"你……"

薛夕进门时，薛瑶正要发怒。大家看到她，倏然安静下来。

薛夕并不以为意，正要往自己的座位上坐，班长周振走进教室喊道："薛夕，刘老师让你去他办公室一下。"

薛夕微微一顿，点点头。

等薛夕出门以后，教室里更热闹了。

“老刘喊她干什么？该不会是学校要处分吧？”

“我不信，夕爸爸那么牛！她没必要做这种事！”

杂货铺中。

向淮正思考该怎么处理这件事，就看到李学恺转发了一个帖子里的评论。

原贴是：“并列第一名，且李学恺的履历明显更扛打，华夏大学就算想要特招，为什么不招收李学恺？难道是因为薛夕家庭底蕴更深厚吗？”

李学恺评论道：“是什么给了你我很穷的错觉？另外，我相信薛夕同学，CMO 见。”

李学恺形象好，长相帅气，在去年的高中评选校草时被推出来，所以他小有名气，微博上有十几万粉丝。

这个评论一发，就有人爆出李学恺的家世——李学恺竟然是海城李家的长孙。

话题 # 不好好学习就要回家继承亿万家产 # 空降热搜。

帖子里列举了李家和薛家的势力，最后得出结论——李家势力比薛家更强大，就算是走后门也应该是李学恺，而不是薛夕。

网友们被带歪了节奏，转移了注意力，一时间纷纷刷屏：“比你有钱的人还比你更努力学习，这世道还让不让人活了？”

而在贴吧上嗑双学 CP 的粉丝闻风摸过来，李学恺微博下的评论区瞬间被霸占——

“啊啊啊，我死了！妈妈我磕到真的了！”

“李学恺这是在为薛夕解释吗？我站这对 CP ！”

“呜呜呜——真的甜死了！我恺哥这个微博号大半年没上过了，上来一次就是为了薛夕，而且成功带歪了节奏，压了华夏大学的热度！你品，你细品！”

向淮坐在杂货铺里，慢慢往下滑，脸越来越黑。旁边的陆超则感觉房间里充斥着酸溜溜的醋味。

他咽了口口水，忍不住说：“老……老大，其实李学恺是在帮忙压热度啦。”

——老大你就放过可怜的孩子吧！

可此话一出，就听到向淮充满寒意地询问：“用得着他压？”

——李学恺你自求多福吧！

不过这件事也怪他，发现得太晚了。毕竟他们这群人每天都很忙，哪有空去微博上玩啊。

陆超询问：“那这件事怎么办……”

向淮：“帖子不用删。”

小朋友证明了巴特拉猜想的事情早晚会登报，到时候足够震惊所有人，不需要特殊处理。

可是也不能任由小朋友被骂下去，压热度的确是个好办法。

“他这点小打小闹就想把事情压住？”向淮敲了一下桌面，“还要有个更劲爆的话题彻底吸引大家的注意。”

更劲爆的话题……

陆超觉得有人要倒霉了！

薛夕被老刘叫到办公室，只是为了安慰她。

老刘操碎了心，生怕薛夕被这件事影响，苦口婆心地劝说了足足十五分钟，这才端起旁边的一个大水杯“咕嘟咕嘟”喝了好几口水。

趁着这个时间，薛夕终于可以说话了：“刘老师，您到底要说什么？”

老刘放下水杯，安慰道：“薛夕同学，你千万别伤心难过，也别看微博浪费时间，别人的说法根本没什么的。”

薛夕：“别人说什么了？”

老刘微愣：“啊？你……没看微博？”

薛夕面无表情地站在那儿，精致的脸庞上那双雾蒙蒙的眼睛里带着迷惑：“没，浪费时间。”

老刘的嘴角抽了抽，黝黑的面孔上露出一丝无奈。

所以，他刚刚那些口水都白费了？

见薛夕没事，老刘又放下心来，摆手道：“行了，那你回去吧。”

薛夕点点头。

她走回教室时，发现班上的同学们已经没讨论她的事情了。大家都拿着手机聚在一起，热切地讨论着什么。

薛夕疑惑地走回自己的位子，就见秦爽蔫蔫地回头看向她：“夕姐，我失恋了，呜呜呜！”

薛夕微愣，顿时有些无语。

薛夕平时反应慢，对感情的事情一向模糊，最不会的就是安慰人和哄人了。现在看秦爽这样子，她慢悠悠地开口：“对方劈腿了？”

秦爽一愣。

薛夕缓缓地询问：“要不我揍他一顿？”

秦爽蒙了，过了足足十秒钟突然哈哈大笑：“夕姐，你怎么这么可爱？！”

说完，她拿起手机给薛夕看：“我男神有女朋友了！”

薛夕瞥了一眼，发现秦爽看的界面名字是：“影帝岑白一掷千金买包送神秘女友！”

岑白，这个名字怎么有点耳熟?

薛夕正在回想是不是在哪里见过，就听秦爽给她科普道：“我是小白的女友粉，他就是我男朋友，可现在他有女朋友了，呜呜，我失恋了！”

秦爽捂着胸口，有点难过，又有些骄傲：“但我小白不愧是顶流，这个消息一出，微博直接瘫痪！现在热搜都进不去了！”

薛夕也不知道该怎么劝了，幸亏这个时候上课铃响了，解了她的围。

上课时，薛夕放在口袋里的手机振动了几下。但她坚持认真听课，没有理会，一直到下课才拿起手机，就看到“大佬群”里有人发信息。

演戏的：“我买包的事情是夕姐你说的吗？”

买包?

薛夕愣了一下，这才突然想起来，“演戏的”名字似乎就是岑白?

薛夕回复：“不是。”

岑白直接在群里开骂:“我只在这个群里求购过！究竟是谁出卖了我?而且帖子还删不了！”

演戏的：“你们还有没有点兄弟情了？”

演戏的：“是谁?给我站出来！吃饱了撑的没事干了？”

教数学的：“不是我。”

弹钢琴的：“不是我。”

季司霖：“不是我。”

其他人：“不是我。”

这时，一条信息冒出来——

全能大佬："是我。"

正热闹的群瞬间鸦雀无声，过了足足两分钟，才有一条信息蹦出来，明明只是话语，但薛夕似乎能看到他们此刻的表情。

演戏的："哥，原来是您这个小可爱呀！我正愁买了这么贵的包没地方炫耀呢，您就给我上了热搜！真棒！"

全能大佬："不客气。"

演戏的："但是……哥，您搞错了，我买包是给我妈的。不给她这个包，她就逼着我去相亲，我可以上微博解释一下吗？"

全能大佬："不可以。"

演戏的："好嘞，我突然觉得自己的确有个神秘女友，神秘到我都没见过。"

杂货铺中。

向淮放下手机，深棕色的眸子微微一沉，命令陆超："联系一下，让数学期刊插个队，三天后，我要在最新一期的报刊上看到小朋友的名字！"

"是！"

教室里。

薛夕看"大佬群"的聊天信息时，"小话痨"秦爽还在说着话："你说我男神怎么就有女朋友了呢？他那个神秘女友到底是谁啊？"

"啊啊啊——他买个包花了二百万元！这么舍得给女友花钱，做他的女朋友好幸福，呜呜呜——"

"夕姐，我还是无法接受我男神出轨了！但我知道要理智追星，我应该含泪祝福他。你说他女朋友是演员呢，还是素人？"

薛夕微愣。

一个包花了二百万元？"小话痨"多说了一个万字吧？

"小话痨"还想继续说，但是上课了。如果是别人的课，她或许会继续说，但老刘进来后，她就安安静静地回过头去了。

薛夕的耳边终于安静了。

可刚过五分钟，一个张字条就扔到了薛夕的桌面上。

薛夕打开，就看到上面写着字："呜呜呜——夕姐，你说勾引了我男神的那个狐狸精到底是谁呢？”

薛夕一头问号。

她就这么被秦爽骚扰了一节课，下课后，老刘刚离开教室，秦爽就蓦地回头。正要说话，薛夕难得抢在她前面开口：“不是女朋友，是他妈。”

秦爽一顿：“啊？”

薛夕松了一口气，生怕这家伙开口她就插不上话了：“包是送给他妈妈的，不是狐狸精。”

秦爽愣了一下，狐疑地问：“你怎么知道？”

薛夕认真地回答：“他说的。”

秦爽愣住，上下看了薛夕一遍，最后抽了抽嘴角，开口道：“夕姐，我好感动，你终于学会哄人了！”

“唉，虽然知道你是骗我的，但我还是好感动。不过我不是要跟你说这个，而是我想了一节课，突然意识到，我男神是国内顶流啊，这次微博恐怕要瘫痪三天了！你的事情就直接被压下去了啊！”

薛夕微愣。

秦爽又继续感叹：“夕姐，你这运气，真不是一般好！”

“小话痨”之后絮絮叨叨的话薛夕没有再听。

从老刘和秦爽的话里，薛夕知道微博上应该出现了对她不好的声音。而岑白这个时候闹出一个大绯闻，直接就把热度压下去了。

薛夕的情商低，但智商高，什么东西都是一点就透。

她忽然意识到了什么……

于是她拿起手机，私聊“全能大佬”：“老师，你是为了我吗？”

“全能大佬”仍旧秒回：“对。”

薛夕心中一热，原来在她不知道的时候，老师为了保护她做了那么多事。她满心感慨，立刻回复消息。

学习：“老师，你对我真好。”

杂货铺中。

向淮拿着手机，看到这几个字，深棕色的眸子里闪过一丝笑意。

小朋友看着冷冰冰的，其实内心很柔软。

但，这就好了？

他回复："还可以对你更好。"

学习："我会报答你的。"

报答？

向淮薄唇勾起，锋利的眉眼柔和下来："怎么报答？"

学习："您一旦有吩咐，必全力以赴。"

小朋友一板一眼且认真的样子真可爱。

不过——

向淮询问："任何事都可以吗？"

学习："对。"

向淮看着这个字，不知道想到什么，性感的喉结动了动，接着低笑一声，修长冷白的手指敲打着键盘："这可是你说的，以后别后悔。"

薛夕看着这个回复，总觉得老师的语气怪怪的。但她没有多想，又继续埋头刷题。

微博上安静了。

但第二天，整个国际高中就炸了锅！

因为影帝岑白，导致微博瘫痪的岑白来了滨城，他要拍摄一段校园的剧情，而他选中了国际高中取景。

对此还毫不知情的薛夕此刻正在杂货铺里吃早餐。

自从叶俪管家后，了解到薛夕的口味，并且从李叔那里知道她每天早餐都是和向淮一起吃后，就干脆每天准备三人份的中式早餐，让她带过来一起吃。

毕竟女儿痴迷于学习，就每天早上吃饭时跟大佬碰个面，她都不好意思反对了。

薛家的早餐很精致，三个人吃得很满足。

吃饱喝足后，薛夕拽着向淮的手。

向淮坐在凳子上，一只手托着下巴，一边盯着小朋友看。女孩巴掌大的小脸上看不到一个毛孔，满满的胶原蛋白，让人生出想要捏一把的冲动。

向淮挑眉："小朋友，想不想切磋一下？"

薛夕没第一时间回答，正认真握着向淮的手，感觉胸口处的疼痛平复后，这才看向他，眸子里闪过一抹光："好啊。"

自从薛夕学会了军体拳，她觉得武术也挺有意思的。只可惜"小虎牙"

不再教她，也不跟她玩。现在有靶子主动找虐，何乐而不为呢？

况且平时想打这个男人，胸口处就疼，但切磋……

薛夕兴致勃勃地站起来，活动了一下筋骨，随即右脚后退一步，双手握拳，做出准备姿势。

向淮悠闲地站起来，伸手对薛夕勾了勾："来。"

下一刻，薛夕对着向淮的胸口处踢过去。新仇旧恨加在一起，这一脚她用足了力气，动作又快又狠。他轻轻一闪，躲开关键位置。她的脚踝被他轻松按住，再用力一拉。

薛夕整个人直接扑到向淮的怀中！

好巧不巧，向淮一只手按住了薛夕的腰，另一只手从她的脸颊滑过……

薛夕感觉腰间那只大手烫得惊人，瞳孔一缩，正要发怒，向淮却适时地松开手，保持距离地后退一步。

然后在薛夕发愣时，向淮缓缓说道："你的动作虽然够快，但破绽太明显，你应该……"

薛夕顿时被吸引了注意力，忘记了被轻薄的事情。

向淮在薛夕眼里一直是花拳绣腿的存在，突然表现出这么强的实力，薛夕不仅没感觉到被欺骗了，反而有一种遇到强者的兴奋感。

以后又有可以学习的了！

等向淮讲完，薛夕还想缠着他再打一次时，他提醒道："你上学快迟到了。"

薛夕这才离开。

等薛夕走后，向淮这才低头看向自己的两只手。

手指间的触感似乎还在，让向淮忍不住想，小朋友的腰似乎一只手就可以攥住，稍稍用力就可以折断……

而薛夕的脸，真是又嫩又滑……

目睹全程的陆超忍不住抽了抽嘴角。

陆超正摇头感叹时，穿着黑色衬衫的向淮慢慢攥紧手，扭头凉飕飕地看过来。他身体一绷，急忙开口："老大，数学期刊那边已经联系好了，两天后，新一期的报刊会发表薛夕的论文！"

向淮这才满意地点了点头，两只手插进口袋里，坐回柜台后，陷入沉思。

陆超收拾完餐桌，拿着手机打了两局游戏。打完后见自家老大仍旧靠坐在椅子上，修长的双腿随意地搭在地上，弓着背，视线盯着前方，姿势半点未改。

陆超忍不住询问："老大，您在想什么？"

向淮微眯着眼睛，高挺的鼻梁下，双唇缓缓开启，声音低沉："小朋友该学点别的东西了。"

薛夕进入校门，明显发现这天有些不同。校门外多了一些保安和值日生，进门还要拿着学生证一一检查。

薛夕跟向淮切磋了一下，耽误了一点时间，所以来得就有点晚，她一眼就看到排在前面正在接受检查的高彦辰。他一头亮丽的红发，总是格外显眼。

高彦辰两只手插在口袋里，眉宇间桀骜气息明显，虽然有些不耐烦，但仍中规中矩地接受检查。然后他似乎察觉到什么，回过头来。在看到薛夕的那一刻，随意扫了一眼身后排队的同学。

跟在高彦辰后面的同学，跟他隔了一米多远，被他这眼神一瞟，顿时机灵地喊道："夕姐，您先来！"

薛夕本来觉得应该排队的。

但那个同学喊完后，其他同学顿时齐刷刷地后退，硬是给她腾出了位置。这个时候推托也是浪费时间，还不如早点去教室看一会儿《作文两百篇》。

于是她走到高彦辰身后。

值日生查了高彦辰的学生证后又要检查薛夕的。

高彦辰顿时烦躁地喊道："检查个鬼！"

值日生缩了缩脖子："辰哥，我们只是按规矩办事……"

高彦辰下巴微抬，星眸瞪大，怼道："学校防备的是记者，我是记者？跟谁在这里耀武扬威呢？同班同学都要出示学生证？你的眼睛长哪儿了？不认识了？就你们这上纲上线的办事效率，上课都要迟到了！"

值日生喏喏不敢言。

本来高彦辰过来他没打算检查，是高彦辰自己配合检查。可怎么到了薛夕同学这里就不行了呢？

值日生急忙让两个人进入学校。

高彦辰跟在薛夕身边，两个人并排走在校园的石子路上。有风吹动女孩的马尾辫，发丝刮到高彦辰的脸上，淡淡的樱花香萦绕在他的鼻尖。

高彦辰眸色微暗，侧头看向比自己矮了一个头的女孩。薛夕戴着白色鸭舌帽，侧脸的鼻梁很挺，走路时身板挺得笔直。每次见她她都是这个样子，似乎永远也不会觉得疲惫。

高彦辰绷住了下巴。

自从上次去杂货铺见了薛夕喜欢的那个人，他就再也没去找过她。一来是爷爷突然没收了他的银行卡，每个月只给他几十万元的零花钱。二来，他也不知道应该说些什么。

此刻，眼看着两个人进入教学楼，再不开口就要分开了。高彦辰忍了又忍，才说："夕姐。"

薛夕慢悠悠地扭头看向他。

高彦辰紧抿着嘴唇，最终只说了一句："回见。"

那个一无是处的"杂货铺老板"都能让自己自惭形秽，现在又有什么资格去问？

说完这句话，高彦辰三两步上了楼，进入八班。

进入教室，高彦辰拿手机打开微博，看了一下热搜，见微博热搜继续瘫着，这才松了一口气。随即他打开微信，找出一个人，给对方发消息："岑白来滨城国际高中拍戏，疑似看望神秘女友。等热搜恢复了，放出这个消息，就能继续把微博搞崩，崩个十天半个月，华夏大学的事也就过去了。"

对方回复："够狠。"

薛夕进入教室时，化了浓妆的秦爽正在跟人聊天："他们在教材楼取景，我们这一周的课都不上了。那栋教学楼不让人接近，小白直接从地下停车场进入，我们根本见不到。啊啊啊——我想见见我男神！哪怕一眼也好！"

薛瑶嗤笑道："别白日做梦了，你以为岑白是普通的影帝啊？花个钱就能见到。大家都不是一般的家庭，可岑家地位那么高，谁敢不听话？就凭你，一个离开秦家什么都靠不上的人还想见岑白？真是不自量力！"

秦爽涨红了脸，平日伶牙俐齿，可涉及自家男神，却有些不敢直言。她瞪了薛瑶一眼，气鼓鼓地回到了座位上。

薛夕见秦爽这样，戳了戳她的肩膀："你想见演戏的？"

秦爽回头，蔫蔫的：“夕姐，谁不想见自己的男神啊。但我知道，我不能给男神添麻烦，我也就说说而已。”

薛夕“哦”了一声，拿起手机，打开微信：“我问问他见一面会不会有麻烦。”

秦爽瞪大眼睛，就见薛夕在微信上给一个备注“演戏的”发出一条信息：“你来国际高中了？可以见一面吗？”

秦爽乐了：“你就算逗我开心也别这样啊。哈哈，我笑了，谢谢夕姐……”

伴随着这句话，微信上，“演戏的”回复了一条消息。

演戏的：“夕姐，我来就是为了跟你见面呢，但我还没到学校，等会儿就到了。我去找你？”

薛夕抬头看向秦爽，一本正经地询问：“是让他来找你，还是我们去找他？”

秦爽捂着嘴笑个不停：“夕姐，够了够了！真的不要开玩笑了！”

薛夕疑惑：“我没开玩笑。”

秦爽了解薛夕的性格，见她这么严肃，也不自觉地收敛了笑容。她思考了一会儿，询问：“夕姐，这个人说他是岑白？”

薛夕点点头。

秦爽顿悟，激动地站起来，看着薛夕拧起眉头，半晌后才吐出一句话：“夕姐，我懂了，你被骗了！”

薛夕微愣，看着秦爽：“嗯？”

秦爽指着薛夕的手机：“我早就听说有人假装明星骗钱了，他是不是找你要过东西？”

薛夕：“没，他找我代买过东西。”

秦爽点头：“这就对了！骗人骗到我夕姐头上了。夕姐，你把手机给我，我跟他说话！”

薛夕不明所以，将手机递给秦爽。

秦爽看着上面的字，略微思考了一下：“他肯定是知道岑白来国际高中了，所以打算骗你出去，到时候勒索绑架什么的。这种人，我们一定要严惩！”

关键是，还打着她男神的旗号，不能忍！

男神的名声是他可以污蔑的吗？

秦爽拿起薛夕的手机，想了想打字：“上午放学后，国际高中的器材室见？”

那里人少，揍他一顿应该不容易被人发现。

演戏的：“好哒！”

“哒”你个头啊“哒”！

她家男神可是高冷类型的，怎么可能会用这种可爱的语气词？

呵，中午她就让这个骗子吃不了兜着走！

秦爽发完消息后，把手机还给薛夕，接着坐下拿起自己的手机，在“烈焰会”群里发消息——

秦爽：“夕姐有难，请求支援！”

高彦辰：“啊？”

秦爽：“有骗子说他是岑白，约了夕姐中午见面。”

高彦辰：“时间，地点。”

秦爽：“上午放学后，器材室。”

高彦辰：“报数。”

火苗一号：“一。”

火苗二号：“二。”

薛夕对这些并不知晓，她已经拿起语文老师布置的作文书津津有味地看起来。

上完两节课后，因为影帝的到来，所以大课间的健身操取消了。老刘步履轻松地走进来，开口道：“好了，我今天来是要告诉你们一个好消息！”

老刘笑得十分开怀：“岑白来学校了，大家都知道了吧？”

“啊啊啊！”

教室里无论女生还是男生，瞬间兴奋地喊出来。

岑白长得好看，演技也好，属于女粉男粉都很多的顶级流量，大家一个个期待地看向老刘。

有人喊道：“有机会见一面吗？远远看一眼也行！”

老刘面色严肃：“学校规定，岑白取景拍摄期间，所有人不得靠近，以免影响拍摄进程。”

“嘁。”

同学们顿时失望地喊了一声。

老刘顿时笑出声来：“但是呢，现在有机会了！因为剧组需要一些群众演员！我给你们全部报名了！有不想去的不去就行。”

“哇！”

“老刘万岁！你简直太好了！”

“老刘，我爱你！”

“这过山车般的心情啊！老刘，你是不是故意的！”

老刘伸出手，压了压同学们的声音后，又说：“鉴于你们要上课，所以群众演员是在下午自习课的时候拍摄。同学们，高三了，我们的课余活动肯定要减少，学习的时间都不够，这次算是给你们放一下风。希望岑白走后，大家可以安心学习！”

“没问题！”

班级里的凝聚力空前高涨。

秦爽更是无法抑制自己的心情，扭头看向薛夕，那张浓妆艳抹的脸上全是惊叹：“啊啊啊——夕姐，我要死了，我要见到真正的男神了！”

秦爽急忙拿起了镜子：“我一会儿要去卸个妆，不能这样子见男神，可是我没带卸妆水啊！呜呜——怎么办……”

秦爽和双胞胎姐姐秦璐长得一模一样，但她十分厌恶秦璐那张虚伪的脸庞，所以总是化妆，这样同学们也好区分。

秦爽正在紧张的时刻，老刘突然喊道：“秦爽、薛瑶，你们来一下。”

秦爽一愣，跟着老刘离开了教室。

两个人走了以后，教室里的同学们就开始热切地讨论起来：“老刘喊她们两个干什么去了？”

“难道是……”

“是什么？你快点说！”

那人说：“我今天早上刚在微博上看到的，说岑白拍摄的这部电影，在学校时有个初恋女友，是个钢琴家，后来出车祸死掉了。戏份并不多，只有几个镜头，原本找的女演员临时出事来不了了，老刘喊薛瑶去……薛瑶的钢琴弹得很不错的，绝对是这件事！”

都是豪门大小姐，去拍戏是降低了身份，可给岑白配戏，绝对是殊荣！

众人顿时羡慕起来。

第十章

他是月色

过了一会儿，薛瑶和秦爽两个人回来了。薛瑶看着还算淡定，但秦爽已经有点头重脚轻的感觉了。

等坐在座位上后，秦爽还觉得像是在做梦。

秦爽怎么也想不到，有这种好事时。老刘会想到她。

教室第一排，薛瑶将事情的经过说了一遍后，旁边的人顿时就开口了："哇，突然后悔为什么不好好学钢琴了！"

薛瑶勾起嘴角："不是，是学校推荐几个人，还要试镜的。"

"你可是我们学校的校花，钢琴又这么厉害！绝对是你！试镜也就走个过场吧！其他人就是去做陪衬的！"

薛瑶没说话。

班上同学一直对薛夕看不上眼，说话酸溜溜的女同学名叫李函蕾，听到这话瞥了最后一排的薛夕一眼，接着笑道："所以说，有些人只知道学习有什么用？可惜了，不会弹钢琴。所以老刘宁可选一个秦爽去凑数，也不会喊某人！"

这话一出，薛瑶的脸色微变。

薛瑶往后看了一眼，见薛夕正低着头看书，似乎没听到她们刚说的话，也对试戏不感兴趣，这才松了一口气。

李函蕾还要再说什么，薛瑶阻止了她：“别说了。”

李函蕾绷住嘴巴，翻了个白眼：“干吗不说？”

薛瑶垂下眼帘，遮住眸子里复杂的情绪。课桌后，她双手放在膝盖上，抓住校服裤子，声音略低地说：“你这么说，她会难过的。”

旁边的范瀚虽然低着头，正在刷《黄冈密卷》，可在李函蕾说薛夕时，就已经竖起了耳朵，心中有几分不悦。此刻听薛瑶说了这句话，他才赞同地抬起头，夸赞道：“薛瑶的做法很对。”

虽然薛瑶学习不如薛夕，但好在善良又大度。而且薛瑶会弹钢琴，比起薛夕的冷冰冰，更像大家闺秀。

范瀚自从换婚发现薛夕如此优秀后，本有些意难平的心此刻终于平复下来。

他看向薛瑶：“加油。”

薛瑶露出一个十分勉强的笑容。

李函蕾见范瀚开口了，虽然还有些不甘心，却也不再提薛夕，反而转移了目标：“不过老刘为什么要找秦爽？她的钢琴我记得只是个花架子吧？”

薛瑶不以为意：“或许是凑数吧。”

“我就是去凑数的！”

秦爽对自己的定位很有自知之明，但她心态好：“先不说别的班的人，就薛瑶我都比不过，但重在参与呗！”

她很快调整好心态：“而且，指不定试镜的时候还能碰到男神呢！”

说到这里，秦爽想到放学后的事情，很快就恢复了斗志，一脸凶狠地开口：“我男神那么好，竟然有人打着男神的名义行骗，绝对饶不了他！”

薛夕慢悠悠地解释：“应该不是骗子。”

“大佬群”里的人，至少人品都靠得住。比如教数学的帮她写了论文，弹钢琴的是周舟，似乎名气不错，还有司霖哥和“全能大佬”。

薛夕突然想到，老师似乎比司霖哥还要厉害，那么老师知道“不靠近他会死”的事吗？

薛夕拿起手机，给“全能大佬”发微信：“老师，我想向你请教一个问题。”

全能大佬：“说。”

薛夕慢悠悠地打字：“怎么跟异性朋友绝交？”

她心想：这样问比较不需要解释太多。

杂货铺里。

坐在柜台后的向淮看到这句话，盯着手机看了一会儿，才给薛夕回消息："你朋友对你不好？"

小朋友回复得很快："也不是，只是觉得耽误学习的时间。"

学习……

向淮提防了李学恺，搞垮了高彦辰的心态，却败给了学习？

他挑眉正想回复什么时，对方的另一条信息发了过来。

学习："而且我也不想被迫靠近他。"

向淮的目光深了几分，视线盯着"被迫"二字看了很久，似乎要把手机看穿。

薛夕发完消息以后，"全能大佬"或许有事，并没有像以往那样秒回。但她也没多想，放下手机继续上课。

等后两节课上完，放学铃声一响，教室里顿时热闹起来。

高三比高一和高二要早放学十分钟，他们都冲去食堂吃午餐。

等教室里的人走得差不多了，薛夕才慢悠悠地站起来，收拾了一下书桌，对秦爽说道："走吧。"

秦爽早已迫不及待，跟在薛夕身后，看到她微信上蹦出一条信息。

演戏的："夕姐，我到了，你什么时候来呀？"

这语气……怎么看怎么像是撒娇。

秦爽打了个寒战，搓了搓胳膊："夕姐，你别抱太大的希望，这个人绝对是个骗子，我小白怎么可能这么说话？"

薛夕已经懒得再解释，反正待会儿见面就知道了。她给对方回复了一个"好"字，就带着秦爽往外走。

秦爽一路上叨叨个不停，从口袋里掏出铅笔盒："等会儿我就把那个假冒我男神的人抓住，狠狠地揍他！我男神那是天上的星星，是他能够亵渎的吗？"

"假装我男神，还撞到我手里，不想活了！不过下午自习课时我要去试镜，不知道能不能见到我男神。"

薛夕抽了抽嘴角，回头看了秦爽一眼，发现秦爽一副花痴的模样，她有些无法理解："你……就这么喜欢他吗？"

秦爽狠狠地点头，神情变得执着："夕姐，你知道男神是什么吗？"

薛夕摇头。

秦爽抿了抿嘴唇，然后说："我家里的情况你应该明白，其实在我十六岁生日那天，我曾经有过轻生的想法。"

家里为她们姐妹俩举办了生日宴，可秦璐的裙子被弄坏了，哭得很可怜。父母一口咬定是她干的，把她的裙子赔给秦璐。秦璐漂漂亮亮地去参加生日会，而她则哭着跑出了家门。

她是不如秦璐在学习上有天赋，成绩一般，可学习差就可以否认一个人吗？

秦爽当时万念俱灰，只想离开这个世界，用自己的死亡来惩罚父母。

于是秦爽爬到高楼上，站在顶层，听着耳畔呼啸的风声，看着这个熟悉的城市。她伸出胳膊，欲乘风而去。

可就在这时，不知谁家放了一首歌。

是岑白的《坚强》。

那里面有一句歌词，岑白似乎是嘶吼出来的，同时也吼进了她的心里："不管他人眼光，我要坚强！"

那是一首说唱歌曲，让秦爽慢慢冷静下来。

从那以后，她追星就一发不可收拾。

秦爽轻描淡写地说了一下这件事，又斗志昂扬："我男神那么正能量，不知道给多少人带去了希望，竟然有人打着他的名义行骗，我今天非搞死他！"

两个人边聊边走，已经到了器材室门外。

秦爽说到这里，眼神变得凶狠。她活动了一下手腕，随即推开器材室的大门。

器材室里全是上体育课时要用到的工具，门刚打开，就看到门后闪出一道身影。秦爽看也没看，直接一文具盒打在那个人头上。

"嘶！"对方后退一步，迟疑地喊道，"夕姐？"

听到这熟悉的声音，秦爽身躯一震！

她看过去，在看到那张惊艳绝伦的脸庞时，下意识地喊道："男神？"

秦爽难以置信地瞪大眼睛，化了浓妆的她看着有点可怖。

面前的男人一米八八，穿着一件风衣，戴着帽子，裹得严严实实。此刻却错愕地看着她，就连眼角的泪痣都似乎带着惊讶。尤其是秦爽那一句男神，把对方震住了。

夕姐喊他什么？男神？

岑白觉得自己完蛋了。

谁都看得出来，“大佬群”里那位在撩夕姐，可夕姐竟然喜欢他？

这个问题实在太严重了！他可以原地去世了。

岑白话都说得结结巴巴：“夕……夕姐？”

对方一说话，秦爽这才意识到发生了什么。她顿时捂住嘴巴，防止自己尖叫出声。

啊啊啊！

啊啊啊！

真的是她男神！是活的！

秦爽想要伸手去摸一摸，却又不敢，只能激动得在原地乱跳。她平日里的伶牙俐齿都没了，激动到一句话也说不出来。

两个人就这么你看着我，我看着你，一时间谁也不知道该说点什么。直到门口，高彦辰带着其余的“火苗”冲过来。

脚步声传来，岑白这才意识到门口还有人。

岑白扭头看去，就见一个样貌乖巧的女孩站在那里。她穿着校服，扎着马尾辫，一双雾蒙蒙的眸子正看着他，面容精致到比女明星还要漂亮。

而薛夕身边，高彦辰拽拽的没说话，“火苗一号”则盯着岑白。因为距离较远，岑白又戴着风衣上的帽子看不清楚长相，他直接说：“夕姐，敢骗你的人就是他吗？兄弟们，上，一定要打得他妈都认不出来！”

岑白这才意识到面前的这个女孩不是夕姐，站在门口的那个才是。顿时刚才没提上来的一口气恢复了，他又原地复活了！

但如果夕姐在门口，那面前这个人是……

秦爽眼见男神又看过来，正要上前一步说些什么，就见男神嫌弃地皱起眉头后退了一步，这才意识到自己现在化着浓妆呢。

她一下子捂住了脸。

平时化成这个鬼样子，秦爽一点儿也不觉得羞耻，因为不用在乎那些不在乎的人的眼光。可岑白不是别人，他就是她的光。

秦爽急忙后退两步。

“咔！”

忽然间，有闪光灯在远处闪现，这说明有记者！

岑白的眉眼忽然舒展，笑得宛如一只狐狸：“小夕姐，下次再见。”

在网上聊天时，岑白语气可爱。

但现实中，这个人说话的声音一点也不娘气，更不存在撒娇的意味，反而语调勾人，活脱脱一个妖孽！

他已经深陷绯闻，不能再被人拍到什么东西，现在已经暴露，最好的办法就是赶紧溜走。

岑白将帽子往下一拉，遮住大半张脸，最后扫了秦爽一眼，腿长的人三两步就消失在这一层楼。

烈焰会众人你看看我，我看看你，集体安静了一瞬。最后还是“火苗一号”“扑哧”一声笑出来，瞅着秦爽学着她的声音喊着：“男神？”

啊啊啊！秦爽刚刚对着岑白喊什么了？

她没脸见人了！！

回去的路上，秦爽蔫蔫的，发挥话痨属性：“夕姐，呜呜呜——我今天没卸妆，让他看到了我最丑的一面，怎么办！我男神肯定觉得我是个神经病，我怎么能张口就喊出‘男神’呢？我在心里喊喊就行了！”

“啊啊啊——下午我要还要去试镜，要不然我不去了吧？我不敢见男神了。呜呜呜——还有这个文具盒，它竟然打了我男神，我要把它……把它……”

薛夕以为秦爽打算一气之下把文具盒扔了，或是砸了，结果这个人语出惊人：“我要把它好好地保存下来，这可不是普通的文具盒，它可是碰了我男神头的文具盒！”

追星狗的脑回路，薛夕表示跟不上。

几个人一起吃了午饭，到了下午自习课时，秦爽要去试镜，她胆子小，不敢去，硬是抓着薛夕陪她。

其他要做群众演员，接下来的课不上了，薛夕反正闲着没事，干脆跟她一起过去。

去之前，秦爽先去卫生间卸了妆。

因为没有卸妆水，秦爽拿着洗面奶多洗了几遍，白皙的脸蛋露出来。

秦爽的长相带着古典气息，一双杏眼很犀利，气质张扬。她看着镜子里陌生又熟悉的自己，给自己打气。

薛夕在卫生间外等她，刚好碰到准备下楼的老刘。

看到薛夕，老刘停下脚步，面对这个“身世可怜”的学生，总是不自觉地心生怜悯。他怕薛夕计较、在意，于是解释道：“薛夕同学，关于那个试镜的问题，其实我想推荐你来着。但那个需要会弹钢琴，你别往心里去。”

薛夕：“哦。”

薛夕其实对拍戏不感兴趣，毕竟有这点时间，还不如去刷几套《黄冈密卷》。

等秦爽出来后，薛夕陪着她去教学楼三楼面试。

她们两个人到的时候，其他人已经全到了，每个班都有一个名额，被老师推荐过来的女孩也都是班级里长相气质不错又会弹钢琴的。

她们才刚过来，就有场务走过来。在看到薛夕后微微一愣，随即眼睛一亮：“你也是来试镜的？”

陪薛瑶来的李函蕾顿时嗤笑道：“她是陪同学来的！”

场务顿时有些遗憾，可面前女孩的形象和气质实在太符合角色要求了，于是不甘心地询问：“那同学，你要不要试试？”

薛夕摇头。

场务不甘地询问：“为什么呢？”

薛夕还未回答，李函蕾又开口了：“她根本没摸过钢琴，怎么演啊？”

场务这才失望地叹了一口气。

这个钢琴家的角色，有一个从远到近的完整镜头，所以要求女演员必须会弹钢琴！

场务这才看向秦爽，随即稍稍一愣：“咦，你不是来了吗？”

说完，他回头看向正在等待的另一个女孩。那个人跟秦爽有着一模一样的脸庞，正是秦璐。

李函蕾讥讽道：“所以这个角色要不然是瑶瑶的，要不然就是秦璐的。秦爽，你来凑数凑得也太明显了吧？”

场务没理会小女生之间的争执，他给了秦爽一个号码牌后，让她坐在外面静等喊号码。

第一个到来的女生进去试镜，很快就出来了，连钢琴都没弹。毕竟都是高门大小姐，只听她落落大方地说：“副导说我的形象不合适，所以不用试了，不过我见到岑白了！”

这话一出，众人皆露出惊叹的神色：“哇，快说快说！”

女生笑着说：“岑白现实中比电视上看着还要帅！很瘦很高，脸也特别小，特别精致，就是额头上不知怎么青了一块。”

“啊，哥哥的头怎么了？不会被人打了吧？”

“怎么会！谁敢打岑白！不想活了吗？”

秦爽略有些心虚，咳嗽了一下，紧张地看向薛夕：“等会儿我男神应该认不出我来吧？”

薛夕看着秦爽卸妆后的模样，很肯定地说：“认不出来。”

秦爽松了一口气。

薛夕又看向秦爽，询问道：“要我帮你吗？”

拍戏这种事，很多人都在走后台。既然岑白跟她认识，只要她开个口，岑白应该不会拒绝吧？

薛夕这么想着，就见秦爽摇了摇头：“这个角色很重要，是男神的初恋，还是找一个有实力的人吧！”

重在参与，秦爽来试镜也不过是想着再见男神一面。

薛夕见秦爽这么说，向来感情就比较淡漠的她也没坚持。

前面的人一个一个地进去。

终于轮到薛瑶了，大家在外面都可以听到琴声。薛瑶走出来的时候，面上露出几分骄傲。

李函蕾见薛瑶这样，开口：“稳了吧？”

薛瑶笑了，下巴微抬：“副导演说让我在外面等消息，但他说，就目前来说，我是最好的。”

李函蕾点点头。

剩下的人就只有秦璐和秦爽了。

秦璐在秦爽前面，她被叫了号，往试镜的房间走。

房间里。

副导和岑白加上两个工作人员坐在那里，岑白的衬衫领口解开，露出性感的锁骨。他邪魅地靠坐在那里，眼睛下的一颗泪痣格外诱人。

只是，此刻男人额头上一片青紫痕迹。他一双狐狸眼中略带着些不耐烦："这都是些什么人？没一点演技！"

副导叹了一口气："所有人中，就刚刚那个上镜效果比较好，可总感觉差一点儿骨感。"

弹钢琴的少女应该是消瘦的，薛瑶的脸有点圆，不太符合角色设定。但这已经是倒数第三个了，如果实在没办法，只能让她上。所以副导才和薛瑶说，让她在外面等结果。

副导演正在这么想着，房门被推开，一道曼妙的身影走进来。

秦璐和秦爽这对双胞胎姐妹，无论从外形还是身形，都一模一样。

看到秦璐那张脸时，副导眼睛一亮。

选过那么多角色，副导一眼就看出这是一张天生适合做演员的脸。他兴奋地询问："会谈钢琴吗？"

秦璐乖巧地点头："会。"

学校里会弹钢琴的人不计其数，而这个角色其实并不需要多么好的钢琴技巧，毕竟后期会找人专门配音，只要弹个样子就可以。

秦璐坐在钢琴前弹奏了一曲。

副导还有些不满意，这人形象够了，可气质跟角色有些差距，不过这已经算是今天最好的了，他无奈地点头："行吧，就你了！"

秦璐没想到副导当场拍板，兴奋得瞪大眼睛。她正要说话，一道慵懒邪魅的声音传来："怎么就定了？不还有一个人吗？"

说话的是岑白，他瞥了秦璐一眼，收回懒洋洋的视线，声音里带着压迫感："最起码给试镜者的尊重应该要有吧？"

副导想到这是国际学校，来试镜的全是各大豪门里的千金小姐，于是看向秦璐："那你先出去，我们再走个过场，这个角色不出意外就是你的了！"

秦璐点了点头，心里笃定会是自己。

毕竟白月光这个角色，她的形象很适合！而秦爽……秦璐一点也没放在心上。那个人从小就是个刺头，整体气场比较强，跟白月光完全不一样！

此刻，房门被推开，刚好有工作人员进来，所以副导的那句话直接传了出去。

在外面等消息的众人瞬间灭了心思，但都没离开，毕竟万一还可以再见岑白一面呢？

秦璐走出去，就看到薛瑶满脸不爽，正怒视着她。

秦璐的目光闪了闪，开口道：“瑶姐，我刚听副导说，这个角色需要弱一些的，你长得太艳丽了，所以反而我这一点不如你的更合适。”

秦璐当场承认不如薛瑶，薛瑶也给秦璐面子：“其实我演不演无所谓。”

秦璐笑了，这才走到秦爽面前开口：“妹妹，刚刚岑白夸我了，说我的形象适合这个角色。”

秦爽紧紧攥住拳头，只觉得心脏宛如被揪住一般，闷闷地疼。

她的光、她的男神竟然夸了秦璐？

秦璐太了解秦爽，也太明白秦爽的痛处了，她笑着开口：“我知道你是岑白的粉丝，你如果想要签名，等我拍戏的时候帮你要？”

秦爽平时伶牙俐齿，可一旦涉及自己的男神，就不敢说话，怕伤害到他的名声，此刻气到说不出话来。就在这时，一道漠然的声音传来：“不用，她会自己去要。”

秦璐一愣，对上薛夕那双漆黑的眼睛，点了点头，开口道：“也是，我的形象合适，那阿爽也合适，你只是要多学学我的样子。毕竟白月光要柔弱一些，你太强势了。”

秦爽的脸色瞬间苍白。想要拿这个角色，就要模仿自己从小最厌恶的秦璐？这让她怎么忍？！

秦璐真是太懂秦爽了，简直字字见血！

场务催促道：“还试镜吗？磨磨唧唧的！”

秦璐笑道：“阿爽，你要是不想模仿我，那就放弃吧？”

放弃……

秦爽是真产生了这个想法，她无法面对男神失望的眼神，却也做不到去模仿秦璐那恶心的嘴脸。

正在秦爽犹豫不决时，她的胳膊被薛夕拽住，听到薛夕淡漠的声音：“不要模仿她。”

薛夕说话慢悠悠的，语气很坚定：“模仿我。”

秦爽呆了呆，看着薛夕说了一句玩笑话：“夕姐，我以为你会让我做我自己。”

薛夕不解："这不是演戏吗？"

既然是拍戏，那就要做剧中的人物，做自己干吗？

当然，薛夕并不是自恋，觉得秦爽模仿她就能天下无敌。而是刚一进来的时候，场务盯着她的眼神太炙热了。

估计那个角色跟她的形象很贴切。

刚刚那群人去试镜时，薛夕不太熟练地上了微博，磕磕碰碰地搜到了这部剧。

剧是根据小说改编的，薛夕快速搜索了原著，根据强大的学习汇总功能，很快找到了这一段——小说里对白月光的描写是飘然若仙，当她出车祸离世时，文中也写到：这样的仙子应该是回归天国了吧？

根据这两段描写，薛夕推测出，这位白月光不应该是秦璐那种白莲花的人设，反而应该是疏离冷漠的类型。

所以，薛夕才给出了这个建议。

秦爽没再说话，内心无比信任薛夕。她点点头，转身进入了房间。

试镜房间里。

岑白无聊地把玩着面前的笔，蹙眉询问："刚刚那个人跟飘然若仙有一点关系？"

副导一声叹息："没办法啊，你也看到了，这是今天形象最好的了。到时候再提点一下，拍摄长镜头时，拍背面吧。这部剧，我们也不能在学校里耽搁太久。唉，学生毕竟是学生，没有一个人有那种气质。"

"那种气质"四个字一出口，岑白莫名想到在器材室看到的夕姐。她站在门口，在昏暗的光线中，明明身边围了一群人，却像是孑然一身、疏离冷漠，跟这个角色简直太贴切了。

但夕姐才不会来演戏呢！

岑白突然没了兴致，整个人懒洋洋地靠在那儿，狐狸眼一挑："随便吧。"

副导也有些兴致缺缺，只想赶紧应付完下一个就定下角色，毕竟在这里浪费的时间太长了。

这时，房门被推开，一道曼妙的身影走进来。只不过跟刚刚那位的落落大方比，这次她的眼神有些躲闪，看着不够端庄大气。

副导微微一愣："你怎么又来了？"

秦爽进门后，先心虚地看了一眼岑白……的额头，那一块青肿的确比较明显，怪不得被人看到了。

本来进门时，秦爽还因为岑白夸了秦璐有点生气，但一看到岑白那副模样，她秒原谅了他！她甚至差点儿问出“呜呜呜——男神，你疼吗”。

秦爽强忍住，面上却呈现出几分愧疚和懊恼，她怎么能打男神呢？

就在秦爽看到男神紧张到手脚都无处放时，听到副导的这句话，她一愣：“啊？”

副导低头看了一眼名单：秦爽。上一个是秦璐。

副导顿时明白：“双胞胎啊？”

岑白听到这话，这才掀起一直耷拉着的眼皮。

啊啊啊！男神看她了！

秦爽顿时绷紧下巴，不敢直视。她心虚地低下头，感受到岑白的视线从自己身上掠过后，紧张到说话都有些磕绊：“啊，对，嗯。是的，双胞胎。”

副导看到她这个样子，再次皱起眉头，开口：“行吧，你可以出去了。”

这小家子气的模样怎么登得上台面？

秦爽听到这话，脸色顿时白了。她知道副导这意思是不行，都怪她看到男神太紧张了。

秦爽想说再给她一次机会，却又觉得丢人，只怪自己没把握住。

她低垂着头，最后瞥了男神一眼，转身欲走。

这时，那道邪魅的声音传来：“会弹钢琴吗？”

秦爽脚步一顿，眼睛亮了。

男神在跟她说话？

秦爽忙点头：“会！”

岑白修长的手指点了一下钢琴：“来一段。”

秦爽不傻，当然明白这是岑白又给了她一次机会！如果还不能把握住，那就真的完了。

男神在剧中是喜欢这个白月光的。

如果让秦璐来演，秦爽估计能气吐血，绝对不能让秦璐糟蹋了她的男神！

这么一想，秦爽又恢复了斗志。

秦爽深吸一口气，站直身体。

夕姐平时是怎样的？目空一切，似乎所有人和所有物都入不了她的眼。

秦爽本来就有那么一股桀骜不驯的劲，此刻认真对待，副导和岑白就看到穿着校服的女孩气场陡然一变。

秦爽慢吞吞地走到钢琴旁边坐下，将双手放在钢琴上，随即弹奏起来。

副导的眼睛一亮！

女孩还穿着校服，弹琴的动作却又酷又冷，眼神里有戏！

这女孩比刚刚那位的可塑性强太多了！她适合演戏！她是天生的演员！

等秦爽一曲弹完，副导当即拍板："就是你！"

秦爽回过头来，听到这句话后，整个人兴奋得差点儿跳起来！她要跟男神演戏了！演戏就会有近距离接触！

秦爽想到这里，视线落在岑白身上。却见他懒洋洋地靠着椅背，一双狐狸眼正盯着她看。

在秦爽兴奋的目光中，岑白语调慵懒地说："文具盒挺硬啊。"

秦爽的身躯一僵，所有兴奋和激动瞬间冻结。她石化般抬头，脸上的表情慢慢地裂开……

他发现了。他认出自己了。

呜呜呜——没脸见人了！

秦爽从试镜间出来的时候，几乎要同手同脚了，脸上的表情绝对称不上好，感觉像快哭了。

薛夕看到秦爽这个样子，有些愕然。

难道她说错了？不应该呀？其他人看到秦爽这副模样，也都误会了。

李函蕾嗤笑道："看她那副样子，不知道的还以为失恋了呢！"

秦爽一愣，可不就是失恋了吗？！

秦璐却笑道："阿爽，你也别太难过了，毕竟还可以做群众演员啊，万一有机会近距离接触到岑白呢？当然了，你如果想要签名，我刚刚那句话还算数。毕竟在剧中，我可是岑白的初恋，要个签名还是很容易的。"

她这话才说完，试镜间的门再次打开，副导走出来。他满脸喜色地宣布结果："今天试镜成功的是……秦爽！"

伴随着这句话，秦璐站了起来，满脸含笑。

可下一刻，她的笑容僵在脸上。刚副导说的是……谁？

秦爽？这怎么可能？！

李函蕾错愕地惊呼："副导，她是秦璐，你是不是喊错名字了？"

副导看着几个人，解释道："秦璐的形象跟这个角色还是有些不符合，所以我们最终决定选用秦爽。"

秦璐和薛瑶还想说什么，副导又说："好了，其他人可以离开了。秦爽，你留下，我找人给你讲讲戏，第二天就开拍！"

秦爽听到这话，身躯一绷。

此时留下来岂不是要面对男神了？

秦爽紧张得一把抓住起身打算离开的薛夕，像是抓住救命稻草似的："夕姐，等我！"

薛夕叹气，好无聊哦，早知道就带一套奥数题来刷一刷了。

不过幸好岑白有戏要拍，先离开了，所以秦爽还算自在。副导讲戏时，秦爽这个学渣听得很认真。

没办法，给男神配戏，她绝对不能拖后腿！

副导对秦爽的悟性表示很惊喜，讲完戏后忍不住询问："你有没有考虑过来娱乐圈发展？"

秦爽一愣，难以置信地询问："我可以吗？"

副导点点头："我觉得你可以考一下京都电影学院。"

秦爽心动了。如果她进入娱乐圈，那么是不是以后还可以跟男神配戏，并不是只有这一次？

可是，她的成绩太差了。

秦爽叹了一口气，扭头想要跟夕姐说说心里话，却见薛夕嘴里念叨着什么。她仔细去听，竟然是——

"君子曰，学不可以已。青，取之于蓝，而青于蓝；冰，水为之，而寒于水。木直中绳，輮以为轮，其曲中规。虽有……"

秦爽觉得突然就有了学习的动力！

实在不行就报个补习班，她不能再这么浑浑噩噩地生活下去了，人总是要有目标的不是吗？

两个人回到教室，薛夕收拾好书包正准备走，就看到秦爽站在那儿，纠结着往书包里塞什么书。最后她干脆一股脑全放进去，抱着沉重的书包，一脸慷慨赴死地跟着薛夕往外走。

当天回到家，薛夕继续在刷题中度过。

直到晚上睡觉时，她才突然意识到，之前给“全能大佬”发的微信对方似乎还未回？

薛夕翻了个身，拿起手机，看向两个人最后的聊天信息——

全能大佬：“你朋友对你不好？”

学习：“也不是，只是觉得耽误学习时间。”

学习：“而且我也不想被迫靠近他。”

以前发消息，对方都会秒回，并且还会给出建议。这次是她哪句话说得不合适吗？老师为什么不理她了？

薛夕躺在柔软的大床上，定定地看着手机，总觉得老师似乎生气了。

她还没遇到过这种情况，想了想，给对方编辑消息：“老师，睡了吗？”

薛夕正要点“发送”，又停下了动作。

这都十二点了，老师那么大年纪，应该早就休息了吧？她这么打扰对方太不应该了。

薛夕正要放下手机，聊天框里却忽然多了一条信息。

全能大佬：“这么晚还不睡？”

薛夕微愣，对方怎么知道她没睡？

但薛夕没多想，只以为是巧合，干脆打字询问：“老师，是我今天的问题让你不高兴了吗？”

薛夕心思简单，不懂就问，总比自己在这里胡乱猜测来得好。

全能大佬：“没，我想告诉你一句话。”

学习：“啊？”

全能大佬：“当你无法拒绝的时候，就试着去享受一下被呵护的感觉吧！”

薛夕盯着这句话看了很久，忽然觉得这句话有大智慧。

人生总有无奈，既然无法改变，那就要让自己过得更舒适，她在孤儿院时不就是这样过的吗？

怎么到了那个男人身上，就总觉得有些不甘呢？

薛夕回复消息：“您说得对。”

兵来将挡水来土掩，既然向淮目前为止没有对她造成伤害，那就先这样吧。

薛夕想通了以后，闭上眼睛很快睡着了。

第二天，精神奕奕的薛夕拎着三份早餐进入杂货铺，明显比之前多了几分自在。

薛夕进了门，先盯着向淮认真地看了一会儿。

天气凉了，向淮没有再穿黑色衬衫，反而换了一件厚点的帽衫，少了成熟的气场，多了几分青春气息，很减龄，也越发显得肤色冷白。

向淮的眉毛生得极好，天然带着锋利，让精致的眉眼都多了几分厉色。

他的眼睛是那种很细的双眼皮。

他的睫毛很长，似乎可以荡秋千。

他的鼻梁很挺，似乎可以玩滑板。

薛夕摒弃偏见，不得不说，这男人的五官处处精致又好看，一点也不比岑白那种靠脸吃饭的大明星差。

靠近向淮这件事，似乎自己并不亏。

被女孩这么直勾勾地看着，知道薛夕已经转换心态的向淮故意询问："小朋友，看什么呢？"

薛夕直白地回答："看你好看。"

旁边的陆超嘴角一抽，一大早就来喂狗粮，真的好吗？

向淮略挑眉，似乎也没想到小朋友会这么直接。但他一点儿没有不好意思，反而慵懒地往前一靠，修长好看的手托住下巴："看吧，不收费。"

陆超："嗝。"

他饱了！

薛夕却及时收回视线："以后再看吧，先吃饭。"

向淮笑声低沉，撩人心弦："嗯，来日方长。"

两个人吃完饭，薛夕握住向淮的大手。果然，少了排斥后，她明显感觉胸口处平复的速度变快了一些。

等完全好了，薛夕站起身戴上鸭舌帽，拎着书包往外走。走到门口，她忽然回头，看了一圈空荡荡、没有一个客人的杂货铺，然后又看向向淮："喂，没钱吃饭了告诉我。"

她很有钱！

向淮微愣，随即失笑："好。"

早知道小朋友这么上道，他就早点用老师的身份来开导她了。

薛夕脚步轻松地来到学校，刚进入教室，就发现里面乱糟糟的。

秦爽难得没化妆，正坐在座位上哭，两只手缠着绷带，有血丝透出来……

李函蕾正在说着风凉话："啧啧——有些人就是没这个命。"

秦璐也在他们教室里，叹了一口气："阿爽，副导刚联系我了，让我替你去。你放心，我会照顾好你男神的。"

秦爽哭得眼睛都红了，指着教室门口喊道："你滚！滚！"

秦璐往外走时还在刺激人："嗯，我请了一天假，导演和岑白今天要给我讲戏，那我就先走了。"

听到岑白讲戏，秦爽的动作一顿。

等秦璐离开，她再也忍不住，趴在桌子上大哭起来。

薛夕从过道处走过去，摘下鸭舌帽放到桌肚里，这才戳了戳秦爽的肩膀询问："怎么了？"

秦爽回过头来，举着包裹着纱布的手哽咽道："夕姐，我太倒霉了。今天上学时，有人骑自行车撞了我一下，蹭伤了手。"

拍摄时，手是要上镜的！

秦爽受了这么重的伤，导演那边取消了她的资格，直接换成秦璐。

薛夕略感错愕，只觉得太巧了："撞你的人是谁？"

秦爽蔫蔫地低着头："不认识，路人吧。其实手上的伤不重，但蹭破了皮，对方带我去包扎了以后就走了。"

这么听着，好像真是她运气差。

秦爽一整天都蔫蔫的，大课间时，老刘进教室来安慰秦爽："这次是可惜了，但你昨天说要报考京都电影学院，这也是一个出路，努力吧。"

秦爽点点头。

剧组来学校借用了一周时间，所以这一周每天下午的自习课都可以去做群演。

上完六节课后，薛夕正在刷一套物理题，秦爽回过头来："夕姐，去剧组吗？"

薛夕看了秦爽一眼。

"小话痨"情绪不太高，有些低沉，肩膀也耷拉着："我想通了，我不能因为秦璐就不去见男神，等以后想见恐怕也没机会了。"

薛夕依依不舍地看了一眼手中的物理卷子，这一题考察的是动量守恒定律，应该选C。她一边在C选项上勾了一下，一边无奈地站起来：“走吧。”

“小话痨”都这样了，如果不去，等会儿又哭了可怎么办？

这天要拍摄的剧情，就是岑白和白月光上钢琴课的镜头，所以用了学校里的琴房。

她们两个人过去时，外面已经围了一圈学生。

这时秦璐看到秦爽，笑道：“阿爽，你来得正好，你帮我去试一下哪个号的戏服适合我好吗？毕竟我们身形一样。我这边要化妆，时间上有点来不及了。”

秦爽顿住绷住下巴。

薛夕本以为秦爽会拒绝，却见秦爽深吸一口气：“好。”

薛夕跟着秦爽进入临时搭建的更衣室，不解地询问：“为什么帮她？”

秦爽心里憋屈得厉害，眼眶红红的。她一边在戏服里面找号，一边往身上比画着看是否合适：“帮她就是帮我男神，早点拍完这场戏，男神就可以早点回去休息。你不知道，我研究过他们拍戏，有时候拍夜景一整天要拍摄十八个小时，只有四个小时休息时间，真的太辛苦了。”

薛夕不理解秦爽的行为，追星可以做到这一步吗？

但她不会干涉。

她陪着秦爽找好衣服，秦璐也走进来，更衣间里顿时只有她们三个女生。

秦璐接了头发，变成长发飘飘，素净的脸庞真的跟秦爽一模一样。这里没有别人，她也懒得再装，直接换衣服。

这戏是在学校里拍，所以穿的也是早就准备好的校服。

忽然，只听“叮”的一声，秦爽的手机响了一下。

秦爽低头，发现是一个陌生的号码发来一张照片。照片上，是短发的秦璐正和一个男人在聊天。

看到这张照片后，秦爽的手瞬间颤抖起来。她猛地抬头，难以置信地看向秦璐：“是你干的？！”

秦璐这时已经换好上衣，疑惑地询问：“你又发什么疯？”

秦爽直接将手机怼到秦璐的脸上：“这张照片你怎么解释？这个男人就是今天骑自行车撞我的人！”

秦璐的瞳孔一缩，拒不承认："仅凭一张照片你就想指认我？秦爽，你也太天真了！这根本不能说明什么。"

秦爽气得全身发抖。

她好不容易得来跟男神接触的机会，全被秦璐给毁了！

于是她往前一步，也不管手上的伤，直接抓住秦璐的手："因为我受伤了，才有了你的机会！秦璐，这些招数我太熟悉了！"

秦璐依旧不承认，笑着说："阿爽，我劝你快点松手。你看，你的血渗透了纱布，都快要弄脏戏服了。如果我也不能拍摄了，你知道这意味着什么吗？"

意味着岑白要多一天的拍摄时间！

秦璐太明白岑白对秦爽来说意味着什么了，那是她这些年活下来的希望，是她的光！

只要涉及岑白，秦爽可以做出任何让步。

秦爽松开手，死死地咬住嘴唇。

秦璐拍了拍袖子，笑着靠近秦爽，压低声音说："自行车的事，你没凭没据，只能自认倒霉。秦爽，这么多年了，你做事怎么还是这么横冲直撞！长长脑子吧！"

秦璐往门口刚走了两步，又回头挑衅道："你放心，我会好好配合你男神的。"

这话落下，秦璐的手扶在了门把手上。

可下一刻！

秦璐的头发忽然被人一把揪住，一股大力拉扯着她后退了两步，随即一个过肩摔，她面部朝下狠狠地倒在地上！

薛夕用膝盖压住秦璐的后背，让她无法动弹，随即面色清冷地按住她的双手。

手上传来水泥地板粗糙的感觉，把秦璐吓坏了。她大喊道："你不能伤了我的手！你伤了我的手谁来演戏？"

薛夕根本不吃秦璐这一套，压着她的手掌往后一拉，跟地面摩擦后，她的手掌顿时一片鲜血淋漓！

疼痛袭来，秦璐尖叫道："啊！救命！！"

薛夕松开秦璐，在工作人员冲进来之前利落地站起来。

工作人员看着秦璐，惊呼：“怎么回事？”

秦璐疼得说不出话来，薛夕乖巧地回答：“摔了一跤。”

秦璐咬牙切齿地喊道：“是你！是你打我！”

薛夕“哦”了一声，反问：“你有证据吗？”

秦璐还想说什么，被吓蒙的秦爽立刻反应过来：“我可以作证，是她自己摔的！”

更衣室里没有监控，秦璐哑巴吃黄连，有苦说不出。

工作人员倒不在乎学生们之间发生的事情，他们只关心一件事——

“这下谁来演戏？”

三个合适的人有两个手受伤了，那么就只剩下最后一个了……

秦璐的手掌被磨破，跟秦爽一样不能上场，哭着被同学搀扶着去校医那里包扎。工作人员则急忙将这件事上报给导演和副导。

导演大发雷霆，副导则急忙冲出来看看还有谁能顶替上。

当初面试时，其实他们看中了三个。现在最好的和次好的都受伤了，那就只能找——

“薛瑶，薛瑶在吗？”

副导喊了一声，周围的学生们四处查看。李函蕾开口：“没在。”

副导拿起手机：“算了，我给她打个电话吧。”

当初这些人都留下了手机号码，就是为了防备发生意外时，可以紧急联系。

他电话拨过去，对方倒是很快接听了。

副导询问：“你在哪儿？秦爽和秦璐手都受伤了，你来补上吧！”

薛瑶假惺惺地说：“我在上物理竞赛课呢，副导，我不太想演呢。”

不想演当初来面试干什么？现在说不想演，不就是想谈条件吗？

这一套把戏，副导见得太多了。

可偏偏现在只有薛瑶能救场，副导说：“原本谈的片酬给你增加一倍，怎么样？”

薛瑶：“才一倍呀？副导，你可能不太明白，我们都不缺钱花。当然了，零花钱多一点我也是无所谓的。”

“那你怎样才想呢？”

薛瑶笑道：“五倍，我就考虑一下。”

副导顿时噎住。白月光只是一个客串，总共出现的镜头也就几个。因为在国际学校里找的人都是豪门大小姐，所以原本的片酬就已经很高了。现在增加五倍，那几乎相当于男二女二的片酬了。

但这部电视剧他们走的是周播的方式，边播边放，这几天必须拍完。不然会耽误周末的播放。

副导正纠结之时，一只修长白皙的手忽然伸过来。在他还未反应过来时，手机已经被抢走了。

副导一愣，就见是一个面色淡漠，却极漂亮的女生抢走了手机。

薛夕慢悠悠地对着手机那头说："给秦爽的匿名短信是你发的吧？"

对方一顿，随即慌乱地开口："你说什么？我听不懂。"

这态度，已经给出了明确的答案。

薛夕冷冷地询问："你参与了吗？"

薛瑶一时间不说话了，显然已经被炸蒙了。

薛夕懂了，没参与，又哪里来的照片？

可笑秦璐以为自己赢了，却不知道螳螂捕蝉，黄雀在后。而薛瑶就是那只黄雀。

薛夕不想知道薛瑶和秦璐之间互相算计的细节，她只知道，算计了"小话痨"，那就都别想演这部戏。

副导反应过来："同学，你谁呀？把手机还……"后面的话却在对上薛夕那双雾蒙蒙的眸子后，卡在了喉咙里。

电话这头长久的沉默让薛瑶慌了："薛夕，我警告你，别多管闲事！"

"哦。"薛夕礼貌地开口，"稍等。"

接着，薛夕捂住手机话筒向副导询问："你看我可以吗？"

当然可以！

这形象，完全就是书中对白月光的描写！

有这样的人，怎么不早点找过来？副导瞪了场务一眼，随即忙对着薛夕狂点头："可以，你本色出演就可以！"

薛夕这才对着手机那头缓缓道："你可以不用来了。"

"这个角色，我接了。"

伴随着这句话，薛夕挂断电话，将手机扔还给导演。

全场寂静。

谁也没想到，薛夕的一句话，就定了三个人争抢的角色。

秦爽站在旁边，知道对于夕姐来说，演戏什么的纯属浪费时间，夕姐现在出头都是为了她！

她泪眼汪汪地看着薛夕，感动到说不出话来，只能默默地流眼泪。

薛夕看到秦爽的样子，顿时满头问号。

她本来就是为了“小话痨”不要哭才接了这个角色，可怎么现在“小话痨”哭得更厉害了？这可怎么整？

这么闹了一通，已经耽误了拍摄时间，并且天都黑了，拍不出黄昏时的光线。再加上刚刚换人，副导还要给薛夕讲讲戏，所以干脆就把这天的拍摄推迟到了第二天。

李函蕾在人群中难以置信地喊道：“副导，她不行，她根本不会弹钢琴！”

副导道：“这个没事，我们已经找了个手替，是周舟的学生。拍摄时，薛夕只要做个样子就好。”

说完以后，他看向薛夕：“薛夕同学，那我们现在……”

薛夕打断了他的话：“昨天给‘小话痨’讲戏时，我已经听了。如果今天不拍摄，那我回去做题了。”

副导愣住，这画风怎么不太对？

薛夕见副导不说话，表示懂了，转身带着同样呆滞的秦爽离开了剧组，回到教室里继续看书学习。

与此同时。

薛瑶躲在卫生间里，一边哭得特别可怜，一边打电话：“妈，她太过分了！她昨天明明说不拍戏的，她就是在针对我！”

能算计到秦爽和秦璐，是刘依秋给薛瑶支的招。

现在出了事，刘依秋的语气也很冷：“怎么到处都有她？不过你放心，她本身也不干净，在这个关头还不低调行事，真是自己找死！你等着吧！”

晚上放学时，薛夕出了校门看到李叔的车后，正准备走过去，却不知道从哪里冒出几个人凑到她的面前：“请问是拿到华夏大学保送名额的薛夕同学吗？”

薛夕不明所以地点了点头。

那些人就宛如变戏法似的拿出几个话筒，直接往薛夕脸上怼："我是电台的记者，请问华夏大学为什么会给你抛出橄榄枝？"

"薛夕同学，听闻华夏大学知名教授点名要特招你，你跟他是什么关系？他为什么这么看重你？"

"薛夕同学，薛家是否买通了教授？你的全国数学联赛成绩是否存在作假嫌疑？"

薛夕拧起眉，想走却被记者围堵住。她正要动手时，远处传来一道声音："呀？记者啊？你们采访采访我呗！"

伴随着"火苗一号"的声音，高彦辰带领着烈焰会众人冲过来，直接强势地把记者和薛夕隔离开。

高彦辰看向薛夕："夕姐，你先走！"

这群人是来堵她的，她先走了，高彦辰他们也会没事。于是薛夕没推辞，直接上了车。李叔踩下油门，车子一下就冲出去。

薛夕坐在车上，透过车窗往后看。

高彦辰双手插兜，桀骜的少年冷冷一笑，"火苗一号"则叫嚣着，其他人也都拦着那群记者。那一簇簇"火苗"似乎在这一刻都可爱了许多。

薛夕收回视线，等到家时，微信上收到高彦辰的添加好友信息。薛夕通过并修改了备注：小火苗。

小火苗："已搞定，放心。"

发的信息都跩跩的，很可爱。

薛夕下了车，边低头编辑消息边进门："谢谢。"

她刚进去，就听到房间里传来薛老爷子的怒喝声："这是怎么回事？"

薛夕加快脚步，进门后就看到薛老爷子和薛老夫人都坐在沙发上，正怒视着薛晟："记者都跑到公司里来了！第二天这件事如果登报了，公司股票肯定会下跌！你怎么这么糊涂！华夏大学也是你可以去买的？"

薛晟立刻摇头："爸，我最近根本没去过京都，又哪里来的买通？而且您不觉得这件事很奇怪吗？每年保送进华夏大学的多了去了，破格录取的也有不少，怎么就抓着夕夕不放？这件事绝对是有人在背后做推手！"

都是商人，薛晟的一句话顿时让薛老爷子想多了。他皱起眉头，被薛晟轻轻松松带着转移了话题："谁在针对薛夕？"

薛晟一脸严肃："应该说，是谁在针对贸晟集团？夕夕是被公司连累了！”

贸晟集团正是薛家的公司。

薛老爷子脑子里已经闪过好几个竞争对手：“这件事一定要严查！那些记者被买通了，肯定会留下痕迹！”

这话一出，一直守在旁边的刘依秋目光闪烁：“依我看，不如就让夕夕拒绝保送吧？这样就能证明我们的清白了。”

叶俪直接打断刘依秋：“我不同意。夕夕堂堂正正，从未做过亏心事，凭什么要拒绝？”

薛老夫人拍了拍扶手，厉声道：“真是可笑，她一个小孩子，有多大的功劳，怎么就被教授看中了？这话说出去都没人信！还说什么堂堂正正……”

叶俪还想说话，薛晟抢先一步开了口：“这个时候推掉保送，不就明摆着告诉大家我们有问题？”

薛老爷子凝眉：“再观望一下吧。”

薛夕站在那里，静静地看着客厅里的这一场争执。

学校里，“火苗”们帮她挡住记者。

家里，父母为她遮风挡雨。

虽然薛夕从来不需要。可这一刻，她还是感觉心里暖暖的，像是被什么东西填满了。

晚上睡觉时，叶俪直叹气：“夕夕是优秀，可你说华夏大学为什么要录取她？”

薛晟目光坚毅：“无论如何我都相信夕夕，这件事闹到最后，如果华夏大学要取消录取资格，我一定要跟他们对峙到底。”

第十一章 她似星辰

第二天，瘫痪了三天的微博恢复正常了！

学校里的记者虽然被高彦辰压住了，可还是有很多记者被高价收买。于是，在热搜恢复的那一刻，“华夏大学保送内幕”这个话题再次上了热搜，上面议论纷纷——

“这件事情还没得到解决吗？招生办为什么不给出一个说法？”

“高考是华夏最神圣的一件事，多少人挤破了脑袋都想要进入华夏大学，可华夏大学就这么随随便便招生吗？太让我们失望了！”

“小道消息，某××学生所在的滨城国际高中里全是豪门子弟，一群人不去国外留学，留在我们国内干什么？”

各种充满争议的声音在网络上发酵。

薛夕并不关注那些，但在杂货铺吃饭时，她收到了高彦辰的微信消息：“门口有记者，快到时说一声。”

这是“火苗”们在等她？

薛夕咬了手中的包子一口，低头回复微信：“好。”

向淮坐在薛夕旁边，倒不是故意偷窥她的信息，而是“小火苗”三个字太明显了。

小朋友喜欢给人取外号，火苗，应该是小高那个孙子吧？

啧啧，一大早上就发消息，有什么好聊的？

向淮视线一扫，落在薛夕手中咬了一口的包子上。他随即开口："小朋友，这包子什么馅儿的？"

薛夕微愣："牛肉馅。"

"好吃吗？"

"还行。"

这两个字刚落下，薛夕就感觉身侧一暗，向淮忽然低头，将她手中剩下的半个包子咬进嘴里。

薛夕蒙了。

向淮嘴角含笑，等着小朋友的反应。

这属于间接接吻了，小姑娘会害羞吗？

向淮等了两秒，小朋友动了。薛夕迷茫地看了看餐桌，随即蓦地伸出筷子，快速将最后一个牛肉包夹走，三两口塞进嘴里，使劲咽下去后才开口："没了。"

所以，他撩人的举动看在薛夕眼里，是跟她抢包子吃？

薛夕觉得有点干，又喝了一口豆浆。见向淮还直愣愣地看着，她迟疑了一下，挺不好意思地将手中的豆浆递过去："你也想喝？"

向淮就这么接过薛夕的豆浆，等女孩跟他握了手离开以后，他定定地看着手中的豆浆，忽然笑出声。

这时，再次目睹老大撩人失败的陆超胆战心惊地开口："老大，国外的数学期刊刚刚发了。"

薛夕压低鸭舌帽，就这么在记者的注视下，被"小火苗"们保护着，安然地进入了学校。

薛夕刚进教室，就被人指责。

李函蕾怒斥道："都是因为你，我们整个学校都被骂了！薛夕，你的数学成绩到底有多假，才会买通教授提前保送？"

范瀚也紧绷着下巴："薛夕，你这个举动实在太欠妥了。"

这时，班长周振冲了进来："薛夕，教务处来人了！"

教务处的老师进入教室，拧起眉头盯着薛夕："薛夕同学，记者把校长都给堵了，整个学校因为你而陷入了舆论危机。请问你被华夏大学录取到底是怎么一回事？如果你再给不出一个合理的理由，学校将开除你的学籍！”

薛夕自己也不明白是怎么一回事，巴特拉猜想的事情对她来说只是证明出来一道题，并不算什么大事。

薛夕这段时间也在困惑是怎么一回事，所以听了这话也只能摇头：“我不知道。”

教务处主任怒了：“什么叫你不知道？华夏大学在全国联赛阶段就录取你，总要有个理由吧？”

教务处主任也无奈了。本来被保送是件好事，算是给国际高中争光了，可谁能知道闹出这么多事来？人家华夏大学历史悠久，底蕴深厚，什么都不怕，可记者现在闹到他们学校来了，还说要曝光他们。

高考本来就是全国人民关注的最公平的事情，这件事如果不能给出一个说法，恐怕教育局都要下来严查了！

教务处主任这话刚说完，一道洪亮的嗓音就传过来：“那你怎么不去问华夏大学？”

老刘边说边走进房间，把昨天的数学卷子往讲台上一扔，“啪”的一声，扬起白色的粉笔灰。

教务处主任急忙挥了挥手，捂着口鼻躲开：“刘老师，你这是干吗？”

老刘哼了一声：“干吗？有什么事非要在教室里说？这个讲台是用来讲课的，不是给你欺负同学的！”

教务处主任顿时恼了：“我怎么欺负同学了？华夏大学特招，总要给个理由吧！”

老刘其实也纳闷是怎么一回事，但华夏大学的电话是打给他的。薛夕还把人家的电话当诈骗电话给挂了，这也就说明是华夏大学求着薛夕被保送的，毕竟最好的数学系在华中大学。

现在出事了，华夏大学也不给个说法，就让他的学生来顶罪？这不可能！

老刘愤怒不已：“你也知道是华夏大学特招的，那你怎么不去问问他们？薛夕同学没有做任何事，我可以为她担保！”

教务处主任蒙了：“你担保？你怎么担保？”

“拿我这一生的教学历程来担保，拿我的教龄来担保，拿我高级老师的职称来担保，可以吗？”

老刘掷地有声，字字铿锵有力。

教务处主任惊呆了：“刘老师，你这又是何必呢？”

老刘指着薛夕，怒道：“这是我的学生，她如果真的贿赂了教授，不用你说话，我主动辞职！但现在情况还不明，你要是开除她的学籍，行，我跟她一起走！”

老刘是高级教师，也是他们国际高中花重金聘请来的老师，这么多年教出了许多优秀的学生。教务处主任不敢再针对薛夕，只是点了点他：“你真是，真是……唉！”

说完这句话，教务处主任转身离开了教室。

老刘这才像没事人一样走上讲台，嗓音洪亮：“看什么看？不知道距离高考还有八个月吗？一个两个还在这里发呆走神，昨天的随堂考试成绩差成那样，你们对得起我给你们报的群众演员吗？”

众人忙纷纷拿起书本，开始看书听课。

薛夕愣怔地坐在座位上，看着老刘，嘴角忽然微微勾起，露出一个难得的笑容。

大课间时，薛瑶去了剧组。

李函蕾直接说：“副导，你们选中的薛夕现在陷入丑闻事件里，你们确定还要让她来演白月光吗？”

薛夕的事情闹得再大，也不如明星们的热度高，只有关注高考的人们知道，所以这件事副导还不知晓。听了这话，他愣住了：“什么？”

李函蕾直接把关于薛夕的那个帖子给副导看：“我记得前几年，就有一个高学历的明星搞了个学术造假，直接被娱乐圈封杀了，那所高校也开除了他的学籍。这件事今天刚上热搜，还未发酵，等发酵开了，恐怕你们再换人就来不及了！”

李函蕾看着副导：“我是岑白的粉丝，不希望你们这部剧毁在这么一个人身上，所以才来提醒一下。”

副导看到热帖后，顿时蒙了：“谢谢你啊，同学。那个薛瑶同学，你先回去等通知，我们这边紧急开个会，到时候应该还是要联系你来！”

薛瑶笑着点点头。

她和李函蕾往教室里走，李函蕾跟在她身边，撇了撇嘴：“一个孤儿院里出来的小野种，还想压过你飞上枝头变凤凰，真是可笑！这个角色，兜兜转转最后还是你的！”

薛瑶勾起嘴唇，隐隐露出得意之色。

等两个人回到教室里，李函蕾就忍不住炫耀："某人自身有黑点，不干净，就别去祸害人家剧组了！我要是你，我就退出剧组！不过你既然这么没有自知之明，那我也不能看着剧组被你害了，所以我刚才已经告诉副导了。副导说，这个角色多半还是要让薛瑶来演！"

秦爽听到这话，怒了："凭什么？"

她又回头看向薛夕："夕姐，找我男神，他一句话，准能保住你！"

虽然夕姐现在处在风口浪尖上，如果是真爱粉，肯定想让男神离她远一点。可夕姐不是别人，秦爽觉得岑白应该会帮忙。

薛夕倒不甚在意："嗯。"

网络上的事情慢慢发酵开，一上午的时间，帖子已经被转发了二十万次，阅读量也超过了几百万。

就在众人声讨，并要华夏大学给出一个理由时，学术界悄无声息地发生了一件大事！

世界上竟然有人证明出来了巴特拉猜想！

再去看论文作者：Xi Xue，副手：Lai Ye，这是两个华夏人？

是谁？国内没有哪个数学家叫学习啊？再去看作者介绍，是一个华夏Young girl（年轻女孩）。年轻女孩，有多年轻？她只有十八岁！而且还是个高中生。

这下所有高校都震惊了！各学校的数学系教授全给自家学校的招生办打电话："给我查，查这个'学习'到底是谁？一定要特招到我们学校来！"

华中大学倒是慢悠悠的，毕竟数学最好的学生都在他们学校里。但是当李梵听到"学习"这个名字和巴特拉猜想时，一下子蒙了。他顿时拍了拍自己的额头："快，给滨城国际高中打电话！特招！我们华中大学也要特招！"

学术界的事情，还没有这么快同步到微博上。

"华夏大学特招"的话题越闹越大，剧组开会讨论时，国际学校的教务处也正在开紧急会议。

主任发出叹息："老刘，我不是不保护自己的学生，但这件事真的不好办。"

老刘腰杆很硬："没什么不好办的。她没贿赂，我作证！"

“你作证？你怎么作证？”主任指着一起开会的老师们，“当着这么多人的面，你说说看！”

老刘：“我就把话放在这儿，你要开除薛夕，我就辞职！”

主任皱眉：“老刘，你真以为学校没了你就不行吗？”

就在这时，时刻盯着网络上舆论动向的老师冲进了办公室。他直接喊道：“主任，华夏大学微博上回应了！而且……而且……”

“而且什么？”主任心惊肉跳，“总不会是要放弃特招，惩治教授吧？”

“不是……”老师感觉这个世界玄幻了，干脆把手机递给主任。

华夏大学的回应很直接，直接扔了数学期刊发表的界面图片，然后写了一句话：想知道为什么保送？这就是原因！

华夏大学这个微博一发，华中大学官博、京都理工大学官博、京都航空航天大学官博齐齐出动，发的内容都大同小异：“请问，现在特招还来得及吗？”

华夏大学官方很高冷，忽视了这几所院校的询问。

主任完全看不懂那个全英文的数学期刊是怎么回事，还傻愣愣地询问：“这……这是发生了什么？”

怎么突然之间所有高校都点名要薛夕？

老刘在看到学术性的周刊后，整个人愣住了。他呆呆地看着主任，一向为人师表的人也忍不住爆了一句粗口，然后说：“我终于知道华夏大学为什么破格录取了！”

“为什么？”

“因为薛夕她就是个天才！”

在老刘简单地科普了一下巴特拉猜想的意义后，主任蒙了，随即又狂喜：“原来是这样！我这就去看看那些记者是不是还堵在门口，我要把手机砸到他们脸上去！”

主任说完要出门时，老刘傲娇地说：“学校里没了我当然行了。主任，你看看，要不先批复一下我的辞职申请？”

主任回头拍了拍老刘的肩膀：“我们今天召开会议的主题是——给你加多少奖金？”

网络上形势逆转。

华夏大学的微博发了以后，下面一群不明所以的人在叫嚣——

“什么鬼？不能随便发篇论文就算是特招的理由吧？”

“就是，我去买几篇论文，是不是也能被特招？”

看着这些回应，网络上就有好心人出来解释：“看到你们的言论，我真是觉得好笑。来，给大家科普一下这本杂志。这是数学界的专业杂志，这些年，华人能发表在上面的论文，一个手掌都数得过来。你随便去发？再给你们科普一下这个猜想，全世界都没证明出来的东西被 ×× 同学证明出来了，怪不得华夏会破格录取，这样的数学天才任何高校都想要！”

科普完毕后，微博上出现了片刻的安静。

再然后，下方开启刷屏模式——

“夕爸爸牛！”

“夕爸爸牛 +1”

“夕爸爸牛 + 身份证号。”

这里面夹杂着一些不明所以的路人的歉意，而那些黑粉早已闭上了嘴巴。

滨城国际高中，此刻已经上完了六节课。

实验一班的同学们齐聚学校剧组外，有当群众演员的，也有跟过来看热闹的，毕竟李函蕾放言说剧组要换人。

众人往琴房走时，李函蕾还在嘲讽薛夕：“真是不到黄河不死心，非要亲耳听副导说换人才可以吗？”

薛夕不理李函蕾，反而加快了脚步。

等到了琴房以后，副导笑呵呵地迎出来。李函蕾指着薛夕说：“副导，您出来得刚好，她非要跟过来，您就亲自告诉她要换人吧。”

副导顿时凝眉：“换什么人？我们不换人！”

李函蕾蒙了：“不是，副导，她一身黑，就这样你还要她进组？”

副导比李函蕾更惊讶：“你没看微博吗？”

大家刚上完课，还没来得及登录微博查看事情的进展。此刻被提醒，众人纷纷打开微博。

大家随即被震惊了！

秦爽的手指还没好，仍用纱布包扎着，但这丝毫不影响她玩手机。她错愕地看着那些言论，只能说出一句话：“夕姐，你太牛了！”

其余的同学也纷纷喊道——

“夕姐，您能给我签个名吗？我突然觉得，以后如果落魄了靠卖您的签名也能活！”

“这真的是学神啊！我竟然跟神仙一个班，我好幸运！”

大家你一言我一语，李函蕾的脸色变得苍白如纸。

站在李函蕾身边的薛瑶看到这些，身子都在微微晃动。她难以置信地看向薛夕，这个在孤儿院长大的女孩竟然这么厉害？怎么可能？！

副导不管他们的错愕，笑着看向薛夕：“薛夕同学，快进来化妆吧！”

薛夕点点头，跟着副导进入房间时，李函蕾无法接受地喊道：“她根本不会弹钢琴，副导，你不能找她去演这个角色！”

副导冷了脸：“这一点你放心，周舟的徒弟夏一一马上就到。她会专业指导薛夕同学，只要做个样子，到时候手部特写用手替就 OK（好）了！”

李函蕾还想说些什么，远处传来一阵躁动。副导看了一眼，当下兴奋起来：“岑老师，你来得正好，白月光的角色敲定了。快来认识一下，这是薛夕！”

岑白的神色间带着不耐烦，就这么一个小角色，剧组来来回回换了好几次。到最后他干脆不管了，所以也不知道最终安排的人是谁，随便吧。

可岑白听到副导的话，顿时蒙了，只觉得后背忽然蹿上一股凉意。

什么？！夕姐来演他的白月光？

如果被那位知道了，他会不会第二天就从这个世界上消失？！

岑白愣在原地，纠结着他是现在逃跑，还是先去给那位请罪。

可岑白这见了鬼的样子却引起了别人的误会。

副导有点担忧，岑白对戏很认真，明明出身豪门，却从不耍大牌。他拍戏有个规定，那就是演技必须过关，从不接受投资商塞人。所以，他这是不满意薛夕？

副导瞥了一眼始终淡定地站着的薛夕，咳嗽了一声低声提醒道：“薛夕同学，快跟岑老师打个招呼呀。”

长得这么漂亮的小女孩，服个软应该就可以了吧？可偏偏薛夕只慢悠悠地看了岑白一眼，没说话。

薛夕不是不想开口，只是在想该怎么称呼岑白。演戏的？似乎不太行。小白？这是“小话痨”喊的，太亲昵了。

副导急坏了，小姑娘不开口，这可咋办？正急得团团转时，却见岑白狐狸眼一挑，凑到薛夕面前：“夕姐，你给我搭戏？”

夕姐？什么鬼？他们是不是听错了？

薛夕点了点头，岑白眉眼下的泪痣衬托得那张脸格外妖娆：“我先去换衣服，等会儿见！”

等岑白进入琴房以后，副导茫然地看着薛夕：“你们认识啊？”

“嗯。”薛夕回答后又询问，“换衣服？”

“行，去化妆室吧。在那边。”副导一边说着，一边领着薛夕到化妆室。等她进去以后，副导才反应过来。只有岑白那样的顶级流量才配他亲自引路，刚才他怎么就自然而然地带着一个小客串过去了？

五分钟后，化妆间的门打开，化妆师走了出来。

副导被吓怕了：“怎么了？”

又出什么幺蛾子了吗？

化妆师也蒙了：“没怎么啊，妆画好了。”

“这么快？”

化妆师露出一副惊艳的神色：“对，她的皮肤太好了，根本不用打粉，就上了点腮红，涂了点唇膏，把头发散下来就可以了！现在她正在换衣服，待会儿就出来了。”

化妆师话音刚落，薛夕就从化妆间里走出来。她出门的那一刻，整个房间里的人全惊呆了。

女孩一头乌黑发亮的秀发宛如绸缎般散在身后，平时在学校里穿的肥大的校服脱下来，换上剧中精致的校服裙。白色的水手服上衣扎在蓝色的百褶裙中，显得那腰盈盈一握。而短裙下，薛夕的双腿又白又直、又细又长，脚踩一双小白鞋，衬托得脚踝部分格外好看。

副导看到后，满脸喜色。

岑白属于很惊艳的长相，跟他对戏的女演员都非常有压力。原本导演还在想什么样的女孩才配得上岑白的念念不忘，现在看到薛夕，副导懂了，就应该是这样的！

薛夕和岑白化妆都很快，但场景布置没那么快，所以两个人换好衣服后，都坐在最前排的位子上等着。

场务正在安排扮演学生的群众演员入座。轮到李函蕾和薛瑶时，薛瑶转身要走，李函蕾却拽住她：“不要走，我们就留在这里看她不会弹钢琴的窘迫！”

薛瑶哪敢留下，可一转身看见范瀚竟然也走了过来，嘴里还说道：“留下来吧，万一她等会儿被钢琴老师训哭了，你也可以帮个忙。”

薛瑶攥紧拳头，想说点什么。工作人员见她没走，又按着她在座位上坐下。

最前排，岑白拿着剧本正在默戏，找状态。薛夕也拿了一支笔，在一个本子上认真地写着。副导看着很欣慰，小姑娘真的很认真勤快啊！

毕竟第一次拍戏，紧张也是可以理解的。副导走过去打算安慰两句，却发现薛夕在写的是一套……《经典奥数 50 题》？

为什么感觉画风有点不对？

他开口：“你……”

薛夕慢悠悠地抬起头，眼睛却还盯着卷子，似乎在心里默算着什么。随手选了个 B 后，她才看向他：“怎么了？”

副导咽了一口口水：“你在写作业啊？”

“嗯。”薛夕瞥了一眼现场，副导从她的表情里读出一句话——你们这么慢，浪费时间。

薛夕做了好几道题后，场景终于布置好了。她把卷子放到旁边，副导给她解释第一场戏：“弹钢琴的等会儿再拍，我们现在先拍一场在钢琴课上，岑白撩你的戏份。”

薛夕点了点头，坐在下面的秦爽则有点为薛夕担心。她认识夕姐这么久，就没在她脸上看到过第二种表情！岑白撩她，能演好吗？

副导开口：“好了，我们一边拍一边讲戏啊！”

然后他退到镜头后，喊：“开始！”

第一个镜头，岑白进入教室，随手拎起白月光喝过的奶茶喝了一口。他挑眉，脸上全是戏弄和撩拨。影帝的演技毋庸置疑，一遍过。

第二个镜头，则要拍摄薛夕的脸部特写。

副导没指望薛夕能有什么好的演技，她就这么面无表情也行，反正剧中的白月光到底喜不喜欢岑白并没提到。

副导讲解道：“是这样的，他喝了你喝过的奶茶，唇碰到的地方是你刚喝过的地方，你们这算是间接接吻了。”

间接接吻？

薛夕蒙了，因为她突然想到早上在杂货铺里，向淮不仅吃了她的包子，还喝了她的豆浆……那是间接接吻？

这个浑蛋！

薛夕的眼里忽然多了一些复杂的情绪变化。

副导捕捉到了，急忙拿着摄像头，差一点儿怼到薛夕的脸上。

惊喜！太惊喜了！这女孩绝对是天生的演员，入戏太快了！这个表情绝了！就是他想要的感觉！

两个人这场戏一遍过，太快了，下一场就是弹钢琴的特写。

副导看了看时间："周舟的徒弟还没来。这样吧，薛夕，你临场发挥一下，随便乱弹几个音符，我们拍一拍试试？"

薛夕点点头。

她走过去，坐在钢琴前，手指放在琴键上。

下方群众演员中，李函蕾露出看好戏的表情："从来没碰过钢琴的人弹钢琴？啧啧——等会儿有人要被骂哭喽。"

她这话说完，导演就喊道："这一场弹的是《梦中的婚礼》，开始！"

伴随着副导的声音，薛夕的手指按在琴键上，修长白皙的手指飞快地跳动，流畅的乐曲飘荡而出……

"停！"

副导忽然喊道："谁把真的钢琴曲放出来了？关了！让薛夕随便按几下就行！"

副导喊停时，薛夕也停下了手中的动作，音乐戛然而止。

群众演员席上，李函蕾看到薛夕的动作后整个蒙了。但因为距离较远，钢琴又是侧对着她们，她也没看到薛夕的手部动作，所以此刻忍不住低笑起来："真是搞笑，还带配音的啊。那薛夕是不是根本就没按键呢？这还怎么拍近景？"

旁边的人也都忍不住笑起来，倒没有恶意，只是觉得好玩。

李函蕾继续吐槽："薛瑶，你们家也有钢琴，她是不是根本就没碰过啊？连模仿都模仿不了？这是东施效颦的效果吗？哈哈哈！"

薛瑶的脸色更白了，嘴巴张了张，却不知道该怎么说。她现在只想逃离这个地方，免得等会儿被人看了笑话。

秦爽觉得李函蕾说得十分难听，小嘴叭叭的："我夕姐就算不会弹琴又怎么样？人总不能太完美了，毕竟要给别人留一点活路不是？"

范瀚拧起眉头，侧头看向李函蕾，叹了一口气："身为同学，大家应该互相帮忙，你说话总是这么带刺干什么？"

李函蕾听到这话，想辩驳什么，可盯着范瀚那张脸却说不出话来。

说完，范瀚又看向薛瑶："要不然你去指点她一下？至少做个样子，应该还是很简单的。"

薛瑶的嘴唇动了动，最终吐出一句话："她会弹钢琴。"

可惜她的声音太低，范瀚和李函蕾都没听清楚："什么？"

薛瑶的面上像是充了血，脸颊发红。她还没开口，工作人员已经大声喊道："导演，没放音乐啊！"

众人皆愣住，没放音乐？

副导也蒙了："没放音乐，那刚才是怎么……"

说到这里，副导猛地明白了什么，有些难以置信地看向薛夕："你会弹钢琴？"

整个实验一班所有人都难以置信地看向薛夕，李函蕾更是错愕至极，就连范瀚都有点蒙了。

薛夕一双雾蒙蒙的眸子看向前方，顿了两秒，正准备开口说话时，门口传来工作人员的叫声："导演，周舟的徒弟夏一一小姐来了！"

这话一出，穿着一袭白裙，身形单薄的夏一一怯怯地站在门口，她的身后跟着夏家为她配的随行翻译。

夏一一在豪门里玩时不喜欢带随行翻译，因为那会让她看着像是个异类，她宁可安静地待在家里。

可夏家身为豪门，夏一一出门时，该有的排场还是有的。

随行翻译询问："副导，是谁需要夏小姐指导？"

副导蒙了，指向薛夕后才反应过来，好像并不需要了？

夏一一顺着他的指点，看向坐在钢琴后的人眼睛顿时亮了，伸出手比画起来。

随行翻译不知道薛夕会手语，看着她的比画，愣了一下后才翻译出来："姐姐，原来是你，但是你怎么会需要钢琴指导呢？"

"我师父都不敢指导你，我又有什么资格？"

“姐姐，师父说他又写了一首曲子，想让您有空的时候帮忙看一下。”

夏一一这三句话说完，现场又是一片安静。

就连副导都蒙了。翻译是不是说错了？

那个需要薛夕指导钢琴的夏一一小姐的师傅……是周舟？

场下，李函蕾忍不住惊呼道：“你翻译错了吧？”

随行翻译面色严肃：“我是专业的翻译，而且为夏一一小姐服务多年，怎么可能出错？夏一一小姐身为周舟大师的徒弟，肯定也不会诋毁自己老师的名誉。”

李函蕾下意识地喊道：“怎么不会？我听说当初周舟选徒弟，是薛瑶让给夏一一的，夏一一这才有机会拜师，有什么了不起的？”

说完以后，知道当初事情真相的翻译直接说：“什么？当时周舟去薛家选徒弟时一共有四个人，这位薛夕小姐钢琴造诣太高，周舟大师不敢收徒。至于其他的，薛瑶和另一个人都被周舟大师嫌弃了。夏一一小姐还是通过薛夕小姐的举荐，周舟大师才收为徒弟的！”

教室里一片安静。

半晌，秦爽惊叹道：“夕姐，你是真不给别人活路啊！”

李函蕾和范瀚也蒙了，一起看向薛瑶：“你不是这么说的！”

薛瑶的脸色白了红，红了白，最后涨红了脸说：“我……我……”

她说不出话来，顿时眼眶通红，哭着站起来，然后跑了出去。

范瀚盯着薛瑶的背影，说不出话来。他本以为薛瑶至少钢琴比薛夕厉害，可现在看来……

他到底是怎么觉得换人的联姻是对的呢？！

杂货铺中。

陆超自从微博上的事情发酵以后，就时刻盯着滨城国际高中的贴吧。果然，他又在贴吧里看到了一条劲爆消息：“啊啊啊——土拨鼠尖叫！学神和小白男神在一起的画面也太美了吧？”

陆超急忙把帖子拿给向淮看，并默默感叹，薛夕小姑娘的CP也太多了吧？

李函蕾多次开口打断拍摄，直接被导演赶了出去。

而夏一一在跟薛夕说了几句话后，就离开了。

薛夕一首钢琴曲一气呵成，导演拍摄时直接让现场安静，当场收了音！

一首钢琴曲全部拍摄完毕，薛夕的任务完成。

就算很顺利，也用了两个小时。

所以拍摄完后，薛夕换好衣服，秦爽就陪着她一起去了一下卫生间。

毕竟是在学校里，教室里没有独立的卫生间，男女厕所在走廊的最尽头。两个人刚过去，就看到岑白也站在那儿。

秦爽的眼睛瞬间亮了，但一看到男神就紧张到脑子里一片空白。

岑白等在这里，其实是为了找个跟薛夕单独说话的机会。毕竟夕姐给他配了戏，他要给群里那位交代一下。

岑白想让薛夕帮他说说好话，免得醋坛子打翻了，真把他给淹成糖醋小白。

所以岑白上前一步看向薛夕，狐狸眼一挑，笑得格外妖娆魅惑："夕姐、秦爽同学，你们好。"

薛夕的反应慢些，点了点头。

秦爽则顿时紧张得手发抖，脱口而出："男神，你亲自来上厕所啊？"

她这话一出，现场一阵诡异的安静。

薛夕一脸茫然地看着秦爽，"小话痨"说的这是什么？

岑白呆住了，就连眼睛下的那颗泪痣似乎都透着点诧异。过了足足五秒，在秦爽终于反应过来自己说了什么而懊悔不已时，岑白忽然笑了："不然，你替我上？"

秦爽则瞪大眼睛，内心在狂叫：啊啊啊——男神看她了，还跟她说话了！

秦爽的脑子都不是自己的了，结结巴巴地说："我……我……我不行啊！"

薛夕觉得"小话痨"没救了，率先侧了侧身体，进入卫生间。

岑白看着秦爽："你不去？"

秦爽痴迷地看着岑白："我能憋！"

去上什么厕所啊？上厕所有看男神重要吗？

岑白终于绷不住了，抽了抽嘴角："去吧，别憋坏了。"

秦爽丝毫不觉得对话有多诡异："那……男神，你也去？"

岑白点头："嗯。"

秦爽顿时攥拳："加油！"

岑白忽然失笑，卫生间的光线比较暗，可他这么一笑，就好似所有光芒齐聚在他的脸上，精致的眉眼透出潋滟的风姿："加个微信？"

秦爽惊呆了，难以置信地看着男神，觉得刚刚那句话绝对是自己听错了！

随即秦爽就看到岑白拿起手机，打开微信询问："你扫我，还是我扫你？"

秦爽觉得大脑已经不是自己的了，等加了男神的微信后，还处于茫然状态。岑白点了点手机，挑眉道："如果遇到了麻烦，或者夕姐有什么问题，都可以微信我。"

说完这话，岑白才进入了卫生间。

秦爽抱着手机，兴奋到快要尖叫！

她竟然加到了男神的私人微信！

"啊，我死了！"

薛夕从卫生间出来时，就看到秦爽一脸花痴地站在那儿看手机，那副样子似乎快要流口水了。

她走过去瞥了一眼，只见秦爽正在看岑白的朋友圈。

见薛夕走过去，秦爽一愣："我男神怎么还没出来？该不会肾虚吧？"

一直躲在卫生间，打算等薛夕出来时再出来的岑白一顿。

秦爽还在胡乱猜测："或者是拉肚子了？"

薛夕转身往回走，秦爽望眼欲穿地看了看男卫生间，纠结了一下后，还是跟在薛夕身边："夕姐，你说我男神会不会受凉了？他这么久不出来，该不是为了躲我吧……"

女孩的声音越来越低，终于消失后，岑白才缓缓走出来，无奈地叹了一口气。他拿起手机，私聊了"大佬群"里的那一位。

微信上的岑白，语气跟现实中完全不同，又软又萌："哥，我要坦白一件事！夕姐她实在太优秀了，被导演选中客串我这部电视剧里的一个小角色。这个角色的设定是我暗恋她，但她是一朵高岭之花，根本不鸟我。哥，您不会介意吧？"

杂货铺中，看到陆超递过来的贴吧信息后，向淮身上的气息就冷了很多。

向淮盯着"大佬群"里某白的微信头像，深棕色的瞳孔里透出点点冷光。就在这时，他收到了岑白的微信。

看到对方的消息后，向淮的嘴角缓缓勾起一点弧度，随即慢悠悠地敲了几个字回复过去。

岑白发了消息后就一直在内心忐忑地等待着，可那位一直没回他，他就只能往教室那边走去。

他刚到门口，就收到了消息。

禁止打扰："不介意。"

岑白顿时觉得自己捡回了一条命，接着又收到了第二条消息："离她远点。"

刚捡回来的那条命似乎丢了半条？

岑白正打算进入琴室的脚步就这么顿在了门口，随即转身就往外走。

经纪人："白哥，怎么了？"

岑白："戏都拍完了还留在这里干吗？走了！"

再不走，感觉小命就没了！

琴房中。

薛夕拎起自己来时背的书包，因为头发散了下来，没有梳子扎马尾，就干脆将白色鸭舌帽往头上一压，柔顺的黑发随意披散在身后。

实验一班的群众演员们还没走，都好奇地逗留在这里。

范瀚也在，他直直地看着薛夕，一点也没掩饰其中的深意。他突然想说点什么，走了过去，女孩也同时转过身来。

范瀚站在薛夕面前，嘴巴张了张，话刚要出口，女孩已经漠然地转身往外走。

薛夕从范瀚面前直接走过，没给他一个眼神，似乎他在她的眼里根本就不存在。

她散开的秀发很长，似乎已经到了腰部，扫过范瀚的手，有一股丝绸般的触感，让他愣在原地。

范瀚摊开手掌，想要抓住什么。可那柔顺的发丝从他的指间溜过，最终什么也没留下。

范瀚愣在原地，这是他第一次发现，自己与薛夕之间遥不可及。

本来这样的女孩是他的未婚妻。如果他没有背信弃义，没有嫌弃她来自孤儿院，依照她随性的性格，也不会悔婚……

"薛夕同学！"

就在薛夕打算离开时，导演忽然叫住了她。

薛夕站定脚步，茫然地回头。

导演走过去："是这样的，这部戏将在周末播放，剧组到时候会@你的微博，希望你也能转发一下。”

微博？

薛夕点了点头。

导演又试探性地问：“薛夕同学，请问你对演艺圈感兴趣吗？我这里有个非常好的剧本，正在物色女一号，你想不想来拍戏？”

薛夕刚想拒绝，导演又说：“我听说你已经被保送到华夏大学了，又不用参加高考，那么接下来的时间一定很充裕吧，考虑一下拍个戏玩？”

薛夕仍旧摇头，是学习它不香了吗？玩什么拍戏？

导演表示疑惑：“为什么？”

薛夕叹了一口气，一本正经地回答：“因为我离不开我的他，我不见他会心痛。”

这什么虎狼之词？！

薛夕回到家时，叶俪走过来低声说道：“找记者曝光你的幕后主使找到了！”

这天家里难得人齐，薛老爷子、薛老夫人坐在沙发上，刘依秋、薛瑶坐在一个陌生男人的两旁。那个男人正在笑，胖嘟嘟的脸上充满商人的狡诈，跟薛晟长得有几分相似，这应该是薛夕从未见过的二叔。

薛夕随着叶俪走到薛晟身边，薛晟穿着西装，坐下时将西装纽扣解开，露出里面的马甲，顿显精英人士的气场。

薛夕默默对比了一下薛晟和二叔。

薛晟身上带着一股儒雅之气，不像商人，更像是经过高学历灌溉的成功人士。而二叔则商人气息明显，这样的人做个小贩没问题，很灵活，可想把家族做大，会显得有些油滑。

单从外表来看，薛晟占据上风。

等薛夕把书包从背后拿下来，抱在怀中坐下后，薛晟就说：“夕夕，这件事跟你有关，我特意等你回来。”

薛夕点点头。

薛老夫人忍不住冷哼一声：“行了，把一家人都叫过来，排场搞这么大，不知道的还以为开批斗大会呢。现在人齐了，可以说了吗？”

薛老爷子拧着眉头，隐隐有些预感。

果然，薛晟把调查到的证据扔在桌子上："我本来以为是有人要通过夕夕的事情针对薛家，可没想到结果真让人意外！二弟妹，我想问问你，夕夕到底哪里得罪你了，你要这么陷害自己的侄女？"

此话一出，所有人都蒙了。

薛老夫人率先开口："老大，你发什么疯？老二媳妇怎么可能会做出这种事？"

老二也开了口："哥，搞错了吧？怎么可能是依秋做的？"

薛瑶则看了一眼刘依秋，心虚得没敢说话。

叶俪指着桌子上的证据："爸、妈、二弟，证据就摆在这里。她给人家记者转了多少钱、什么时候打的电话，都查到了，还不承认吗？"

薛老夫人看不懂这些。

薛老爷子翻了一下证据后，看向刘依秋："老二媳妇，这件事你怎么说？"

刘依秋依旧淡定，脸上没有被抓包的尴尬。她盯着桌子上的那些证据说道："这肯定是假的，是有人栽赃陷害我。爸、妈，你们可要为我做主啊！还有大哥，你不能听风就是雨，这是有外人陷害，想让我们家内乱呢。公司正处于上市的关键时刻，你可千万别上当。"

一句话，成功地让偏向老大家的薛老爷子动摇了，他最看重的就是公司的利益。

刘依秋不给别人说话的机会，再次看向薛老爷子："爸，其实我今天也有个好消息想跟大家分享，刚好人都在，我就说了吧？"

她突然转移了话题："爸，您还记得当初您说，我们滨城来了一个让高家都很重视的大人物，名叫陆超吗？"

薛老爷子点点头："记得。"他随即意识到什么，猛地开口，"难道说……"

刘依秋淡定地点点头："对，我哥找到了这个人，还搭上了关系！两个人现在已是莫逆之交了！"

薛老爷子瞬间笑起来："好！那你看什么时候让你哥引荐一下，到我们家来做个客？"

刘依秋点头，又忽然显得有些为难："本来约了这个周末来的。但是现在……唉，爸，不知道是谁搞的，竟然让大哥一家误会了我，你看我在这个家里哪还有脸待下去？"

薛老爷子看向薛晟。

薛晟面色严肃，眸中闪过一抹厉色。

薛老爷子对着薛晟轻轻地摇头，接着皱起眉头："这件事真不是你做的？"

"要是我做的，让我天打雷劈！"刘依秋毫不避讳地诅咒自己，"爸，这就是别人的阴谋，您和大哥一定要查个清楚明白！不能好好地污蔑我！"

薛老爷子点头："这件事我会亲自找人去查。不过这个周末请陆超先生来家里做客的事情，你先去跟你哥商量一下。"

"好的，爸！"

刘依秋语气轻松地回答，随即挑眉看了叶俪一眼。

薛晟的脸色发黑，还未发怒，薛老爷子已站起来："老大，你跟我到书房来一下。"

薛晟攥紧了拳头，死死地盯着刘依秋。

薛老爷子将音量拔高："老大！"

许是情绪太激动了，他剧烈地咳嗽起来。

薛晟对这个父亲感情深厚，最终扶着薛老爷子上了楼。

等两个人走后，叶俪怒视刘依秋："二弟妹，你别以为这件事爸不追究，我们就不追究了！"

刘依秋垂着眼帘，开口道："大嫂，我不知道你在说什么。"

叶俪还想开口，薛老夫人却"砰"的一下将手中的茶杯重重地放在茶几上："娶妻娶贤，就是为了家和万事兴。叶俪，你身为大嫂，就应该有个大嫂的样子！"

叶俪被噎住。

薛老夫人又拍着刘依秋的手："还是你们刘家厉害。你看看这些年做生意，刘家跟薛家合作了多少项目？这就叫门当户对。依秋啊，你可真是老二的贤内助，不像某些人，家里人从来没有帮过忙。"

两个人起身也离开了客厅，只留下叶俪和薛夕。

晚上，薛晟回到房间里，面色仍旧不好看。

叶俪询问："老爷子怎么说？"

薛晟语气凝重："爸向来最注重公司，竟跟我说反正夕夕也没事，这件事就算了。但我提出了分家。"

叶俪眼睛一亮："然后呢？"

"爸答应了，但他有个条件，要等公司上市后再分家。"

现在分家，不利于公司上市。

叶俪忍不住抱怨："关键时刻，他们怎么就认识了陆超呢？"

那些争执也好，陷害也罢，薛夕并不放在眼里。既然叶俪和薛晟不再追究，她也就抛之脑后了。

薛夕上楼后心平气和地继续写作业刷题，第二天起床就去上学。

叶俪却觉得愧对薛夕，所以早餐准备得格外丰盛。

薛夕带着来杂货铺时，"小虎牙"看到早餐眼睛都亮了。他笑呵呵地把早餐放在桌子上，又忙里忙外。

薛夕看着陆超，不知怎么的突然就问了一句："小虎牙，你叫什么？"

陆超笑着回答："陆超！"

陆超？

薛夕愣住，似乎家里人一直在找一个叫陆超的生意人。这个名字还真普通啊，"小虎牙"竟然也叫这个名字。

她没多想，毕竟家里要找的成功人士至少应该是薛晟那个年纪的，况且"小虎牙"看着最多也就二十几岁，还在给穷人向淮打工，日子肯定更艰难。

于是她"哦"了一声，还想说点什么，只听旁边传来一道咳嗽声。

向淮双手插兜走了过来，陆超顿时闭上了嘴巴。

向淮依旧是一件黑色帽衫，身形很高，所以略低着头，弓着背。他很瘦，帽衫穿在他身上晃晃荡荡的。

薛夕刚想到这里，又想到不久前看到向淮的腹肌和腰……她怎么觉得这个男人很瘦弱？

她收回视线，在餐桌前坐下，率先拿起一个包子咬了一口。

向淮又瞪了陆超一眼。小朋友还主动跟陆超说话，可对自己话就很少，他还要找话题随口询问："什么馅的？"

薛夕的动作僵了僵，抓紧手中的包子，慢悠悠地抬头："你别想再跟我间接接吻。"

向淮一时间顿住，诧异地看向薛夕。他真没多想，只是随口一问。可是小朋友怎么突然开窍了？这下子就不好撩了。

陆超默默地低下头，面对老大撩妹翻车，都快成习惯了。

薛夕到达教室时，跟老刘撞了个面对面。

老刘似乎人逢喜事精神爽，看到薛夕后，脸上的笑容更灿烂："薛夕啊，你可真给老师长脸！"

能培养出薛夕这样的天才，他现在在学校都可以横着走了。

薛夕恭敬地喊了一声"刘老师好"，这才走进教室里。

刚进去，薛夕就看到秦爽双手放在桌子上，捧着下巴，一脸花痴样。她看到薛夕后顿时扭头，似乎有一肚子话要说："啊啊啊——夕姐，你可算来了！不然这些话我都不知道该跟谁说，快憋死我了！"

"夕姐，你知道吗？我男神主动找我聊天了！本来加了微信，我没打算打扰他的。作为粉丝，不要过多干涉男神生活，这是必然的！所以我最多就是一天对着他的头像看个七八十遍。结果到了晚上的时候，男神主动跟我打招呼了！"

"啊啊啊——"

秦爽说完这些，就抱着手机看，似乎那是什么宝贝似的："哥哥怎么可以这么温柔？我不行了！"

"吵什么吵，吵什么吵？"

薛夕还未回复，老刘已走上讲台，嘴里说着训斥的话，面上却依旧笑呵呵的。见他这样，下面的人也开起了玩笑："刘老师，今天有什么喜事啊？"

老刘笑得眼睛都眯成一条线："咯咯——因为薛夕同学的成就，学校给我发了一些奖金！所以，我决定这笔钱要花到你们身上！"

"哇！老刘大气！"

"大气！"

同学们起哄的时候，就有人问："老刘，搓一顿吗？"

老刘又笑了："你们个个家里那么有钱，还缺我这一顿饭？我决定了，拿这笔钱给你们每人买十套卷子！"

"啊？！"

"不要！"

同学们顿时发出唏嘘的声音，秦爽忍不住说："老刘，我们也不缺你这十套卷子啊。你还是留着钱换辆电动车吧！"

老刘家离学校不近，每天骑那辆破自行车都要骑半个多小时，想想就累。

老刘训斥道："我那自行车还能骑，换什么换？你们要是做完这十套卷子，高考的时候数学哪怕多考五分，比我换什么车都高兴！好了，剧组已经走了，你们也收收心，把昨天做的卷子拿出来……”

两节课很快上完，薛夕哪怕已经全会，还是十分认真地听课，老师的讲解总会让她对知识有新的体会和更深刻的认识。

大课间，一群人做完操回到教室里。薛夕刚坐下，就看到前桌秦爽激动得把水杯摔在了地上。

薛夕没在意，过了两分钟，秦爽回过头来，脸颊泛红，眼睛里春意融融："夕姐，男神又给我发消息了，我们聊了两句。他让我提醒你注册一个微博账号，然后剧组今晚要官宣了。还有，周五晚上黄金档要开播。"

薛夕茫然地看了秦爽一会儿，淡淡地"哦"了一声。

秦爽很了解薛夕："你是不是不知道怎么注册？"

薛夕点点头。

秦爽默默对薛夕伸出手："我来吧！"

两分钟后，薛夕的微博注册完毕。毕竟是为了拍戏注册的，所以秦爽在跟她商量以后，注册的微博名字是薛夕，但在简介信息里填上：演员。

注册好以后，秦爽就把薛夕的微博号发给了岑白。

下午时，薛夕的微博已经被剧组那边认证了，后面还加了一个"V"。

随即，薛夕的微博就多了一个粉丝。薛夕点开，发现是岑白。

这下子可炸了锅了。

岑白是绝对顶流的存在，他的关注列表是两位数，大部分都是合作过影视项目的演员。突然多了一个关注，粉丝们就一下子涌入薛夕的微博下，结果发现这个号刚注册，除了一条入驻官方的信息，空空如也。

这是什么情况？岑白的粉丝还算冷静，没有对薛夕狂轰滥炸。

到了晚上，剧组提到了薛夕，并表明这是热播电视剧《旧时光》中，男主角的白月光叶清秋的扮演者。

一瞬间，微博炸了。

《旧时光》这部剧因为是岑白演的现代剧，剧情也很唯美，所以很火，关注叶清秋扮演者的人多不胜数。

又因为岑白的名气太大了，谁来演都会被骂，况且娱乐圈中还真没能压住岑白长相的女星，所以大家对这个角色一直争议不休。

虽然大家对薛夕一片恶意揣测，毕竟剧组把她当个宝，连一张剧照都没放出来。

微博上一片猜疑——

“听说是个高中生，这样子行吗？剧组也太草率了！”

“对，能压住小白的气场吗？可别毁了这部剧！”

“原著中还有一段对她弹钢琴的描写，啊，听说剧里也有这个镜头，一个学生镇得住吗？表示怀疑！”

微博上有一个知名影评人，因为毒辣的眼光和犀利的文笔颇有些人气，点评的电视剧和电影深得人心，名叫“紫涩微凉”。

她每每语出惊人，知道这个角色是由一个高中生来演后，顿时洋洋洒洒写了一大篇表示不满：“叶清秋这个角色虽然没有几个镜头，却贯穿了整部剧。前面播放的二十集中，这个名字也不断出现。

“能被岑白这个男主念念不忘这么多年，绝对是个重型戏份。老一辈的演员无法演绎出她的轻灵，年轻的演员却没有能比得过岑白那张脸的。

“我有一种预感，叶清秋这个角色要被毁了。”

紫涩微凉这条微博一发，顿时引起众人的转发。大家纷纷跑去剧组微博下面留言，表示不满。

剧组里的人倒是乐呵呵的，只发了一条微博。

旧时光官博：“晚上见。”

而官博发完以后，岑白竟然也发了一条微博。

岑白：“这是我见过最好的叶清秋。”

一句话顿时让网络安静了几分钟，随即再次炸开了锅。

“岑白力挺叶清秋”这个话题直接上了热搜榜，岑白的粉丝们分成了两派。

一派表示：“无论叶清秋怎么样，我们都支持哥哥！散了散了，总共没有几个镜头，不要这么讨论了！”

另一派则表示：“岑白怎么了？竟然为一个小角色说话，微博号被经纪公司占用了吗？”

在全网都不看好的评论中，夹杂着烈焰会的“火苗”们刷的零星好评。高彦辰虽然想控评，但岑白的粉丝太可怕了，他们买的水军都占不到便宜。

网络上一片腥风血雨之时，《旧时光》播了，全国上下，几十万人一起看今天的剧情。

“紫涩微凉”在现实中家境不错，她坐在沙发上认真地看剧，并且拿了纸笔记录，准备播完后写新一轮的影评。

岑白的表现一如既往地好，演技和颜值都在线。

等到第二十四分钟时，终于出现了叶清秋的剧情。先是几个穿着校服的侧脸和背影的镜头。

“紫涩微凉”瞥见那个侧脸，带着挑刺的心态看，竟然硬生生被吊得心痒痒的。

这个侧脸，可以给八十分吧。挺美的，就是不知道演技怎么样？

终于到了钢琴课，有了正脸剧情。在岑白进门后，岑白和女孩一起入镜了。

别的女星和岑白在一个镜头里，一般都会被虐得渣都不剩，可这个叶清秋竟然与岑白不相上下。

“紫涩微凉”愣住了，得不承认，这个演员是真的漂亮！精致又耐看，且五官很扛打。她不知不觉地坐直了身体。

接着，导演竟然把镜头贴近到女孩的脸上。

女孩眼神的变化，还有那一丝丝或许察觉不到的羞涩和诧异，简直把叶清秋此刻微妙的心情演活了！

太厉害了。

随即就是女孩的一个长镜头，从远到近弹钢琴，可以看出来没有用手替。

阳光从窗外照进来，落在女孩的身上。这一刻的镜头美得惊人，让“紫涩微凉”感觉胸口发烫。

她眼睛都不舍得眨一下地盯着镜头。

五分钟的钢琴曲，导演一帧也舍不得删，竟然全放了！可就是这样，一首钢琴曲放完，还让人有一种意犹未尽的感觉。

“紫涩微凉”的手微微颤抖。

叶清秋的镜头没有了，她迫不及待地打开微博……

滨城某处家中。

周舟和夏一一也在看这一段钢琴演奏。

周舟忍不住叹息：“夕姐的速度很快，没有一个错音，技巧掌握得很熟，她真的不需要再被教了。唯一遗憾的是，她的琴音里没有感情，注定无法成为一代钢琴大家啊。唉！”

夏一一小可爱听不到老师在说什么，只茫然地看着周舟。

网络上再次沸腾了。

“叶清秋美爆了”“叶清秋弹钢琴”“林木叶清秋”“紫涩微凉道歉”等话题全部上了热搜。

“紫涩微凉”删博道歉后截了一段动图，是叶清秋的奶茶被喝了一口，导演怼到她脸上拍摄的那一段。

“紫涩微凉”评价了每一帧表情的细节，最后得出结论：“叶清秋身为一个新人能拍出这种效果，只有两种可能：一，她爱上了林木而不自知；二，她爱上了岑白而不自知。”

“林木”是岑白在剧中的名字。

一时间，“叶清秋爱岑白”这个话题经过一夜的酝酿后，直接高挂在热搜榜第一。

第二天是周六，薛夕对这些并不知晓，她甚至都没去看昨晚的电视剧。有那个时间，多刷几道题多好。

而薛家忙着打扫卫生，招待第二天即将到来的陆超。这次比之前招待周舟还要谨慎。

只有叶俪晚上拽着薛晟看了剧，但见女儿不怎么感兴趣，也就没提。

薛夕则背起书包准备上学。

高三生并不是每周都放假，而是两周才放一次，所以周末也要上课。

第十二章 幸有相遇

杂货铺中。

向淮盯着微博上的内容正在看。

岑白那么大的明星，关注力度肯定更高，一晚上的时间，薛夕和岑白的同人文就已经写好了：“岑白已经忘记了那一晚的薛夕，可薛夕对这个大明星念念不忘。她是他的老婆粉，后来她发现自己怀孕了，偷偷生下了孩子。在一次客串中，她终于再次见到了这个日思夜想的男人，跟他搭戏后，薛夕悄然离开，却不想宝宝找了过来。小财迷宝宝仰着头，爸爸，买妈妈吗？买一送一那种。”

什么乱七八糟的！一晚上时间连孩子都有了？

刚看到这里，微信上就跳出信息。

岑白：“哥，你听我给你解释！绝对不是你想的那个样子！”

呵。

向淮直接把岑白的微信拉黑了。

陆超在旁边瑟瑟发抖。

这时，薛夕提着早餐走进来。三个人吃完后，在陆超的胆战心惊中，薛夕像没事人一样离开。

等到两节课后，大课间时间，向淮忽然站了起来。

陆超惊呆了："老大，您要去干什么？"

该不会要炸了学校吧？

向淮慢条斯理地整理了一下衣服，然后走了出去。

此时滨城国际高中的学生们正在做操，薛夕穿着校服站在操场上，正跟着广播一板一眼地做操。忽然，她听到广播里传来一道熟悉的低沉的声音："薛夕同学，请到门卫处来，向帅哥找。"

国际一中门卫处有个广播，可以连接到学校广播站，通知什么消息或者喊人用。

一般如果有学生家长来找人，门卫会在下课时间广播的时候喊一句，这样学生就可以到门口隔着栏杆和家人见面。

但因为国际高中的学生们都不把某些校规当回事，比如大家都会带手机上学，只要不太过分，老师也会睁一只眼闭一只眼。所以广播喊人这件事，已经太久没做了。

门卫处。

门卫急着跟向淮说话："你怎么回事？刚才不是说了吗？跳完操再喊！你怎么提前了啊？"

向淮把两只手插进口袋站在那里，他的五官精致，身材瘦高，一副腿长腰窄的模样，跟个大明星似的。门卫对着他说的话越来越柔和，到了最后，几乎是在跟他商量。

刚才向淮说要找薛夕，让门卫帮他喊人，这也算在工作范围内，所以门卫就同意了。

向淮又说在外面挺晒的，想先去里面休息一下，门卫又鬼使神差地让他进来了。接着门口来了别人，门卫出去询问情况，谁知就这么一会儿的工夫，向淮竟开了广播？

向淮没有一点做错事情的自觉，不疾不徐、轻描淡写地说："抱歉，没看准时间。"

门卫无语。

虽然犯了错，但这个错误还不算太大，可问题是："您刚才不是说您是薛夕的家人吗？我这才让您喊的。"

门卫以为这个人最多也就是薛夕同学的哥哥。

或者就算是有什么关系，也会藏着掖着点。毕竟这里是高中，禁止早恋！

向淮靠着登记出入人员记录的桌子，挑高的身形让门卫的小房间都显得有点逼仄。男人摸了摸鼻子道：“对不起，开了个小玩笑。”希望小朋友不要因为这个玩笑生气。

门卫的嘴角抽了抽。

操场上，同学们一下子炸开了锅，在监管做操的老师也忍不住看向薛夕。

有别班的同学起哄：“薛夕，快去门卫处吧，别让向帅哥等太久！”

“哈哈哈！”

这种玩笑并没有多么恶意，但被开玩笑的人总归会有些不好意思，臊得厉害。

那个同学刚喊完，身后一脚已经踢到了他的屁股上。

那个同学踉跄着往前走了两步：“哪个孙子敢踢……”

一回头，就看到一头红发的高彦辰拎着外套站在那儿，大眼睛盯着他：“你有本事再说一遍？”

那个同学简直惊呆了。

高彦辰从来不做操，什么时候竟然乖乖地开始做课间操了？不过现在不是考虑这些的时候，面对校霸，他识相地闭上了嘴巴。

高彦辰犀利的目光扫向周围的人，看热闹的同学们顿时闭上了嘴巴，再不敢说什么了。

这时，广播体操已经播放完毕，大家就都原地解散了。

但周围看热闹的人还三三两两地凑在一起，不肯离开。

拜薛瑶所赐，私下里大家都在传薛夕养了个小白脸男朋友，要给钱才会跟着她的那种。大家都当成玩笑，私下里各种嘲讽。

这个时候，不远处有两个人在指指点点。

“听说是小白脸，来学校找她是来要钱的吗？”

“不知道她男朋友长什么样子，但凡有点血气的男人都不会被人养吧？该不会是个娘娘腔吧？或者总不会是做那个的吧？”

“那个是什么？”

“你说呢？”

在众人的议论纷纷中，薛夕面色平静地往门卫处走。高彦辰带领着烈焰会的人跟在她身边，乍一看那气势浩浩荡荡，不知道的还以为约了群架。

薛夕走了一段才察觉到不对劲，回过头问：“你们跟着我干什么？”

“火苗一号”急忙开口：“万一那臭小子是来敲诈勒索你的？我们去给你撑场面啊！”

高彦辰神色带着点别扭，咳嗽了一下说道：“烈焰会老大要是被打了，我们可就太丢面子了。”

薛夕歪了歪头，觉得高彦辰这个样子还挺可爱。

她伸手在口袋里摸了摸，随即掏出一个棒棒糖递给他。

高彦辰呆呆地看着薛夕手中的棒棒糖，过了一会儿才反应过来：“给我的？”

薛夕点点头。

高彦辰撕开棒棒糖的糖衣，等甜腻的味道刺激到味蕾后，他才反应过来，夕姐这是把自己当成小孩子了？

他的眉头一蹙，掏出棒棒糖，又看了一眼走在前面的女孩。女孩的马尾扎得很高，走路时一晃一晃的，但身姿笔直……

高彦辰又把棒棒糖塞进嘴巴里，嗯，还挺甜。

一群人就这么浩浩荡荡地护着薛夕来到门口，看热闹的同学们躲得远远的，都想看看那个小白脸长什么样子。

于是，门卫忽然瞥见一大群人往这边走过来，吓得他啃苹果的手都僵住了。这是干吗？要逃学吗？

烈焰会的人护送着薛夕来到这边，在距离门卫的房间还有五步距离的时候，高彦辰停下脚步，其他人也都跟着停下。只让薛夕一个人往前，给足了她说话的空间。

这架势……让其他人更不敢靠近了，只能远远地抻长脖子看热闹。

有人小声说了一句：“听说薛夕认识小白脸那天，是被范瀚换婚的那天。她一定是受了刺激，才随便找了个人。”

有人附和：“一个小白脸，无论长什么样，都不可能比范瀚更帅吧？”

范瀚是他们的校草。

其实高彦辰也很帅，只是那一头红发让人太难接受了。

李函蕾也藏在人群中，笑着说：“她学习再厉害有什么用？女孩终归是要嫁人的，只这一点，她就输给薛瑶了。一个小白脸，拿什么跟范瀚比？”

“出来了！快看！”

不知是谁喊了一声，大家急忙看过去。

远处，薛夕站在门外，不知道说了什么，里面的男人走出来。他穿着一身黑色的衣服，看不出什么牌子，但隐约可以看到人很高，很瘦。

向淮似乎察觉到什么，往人群这边看过来。

男人一身黑衣，肤色冷白。他的眼睛属于很窄的双眼皮，不笑时总显得格外犀利。利落的短发下，他的五官精致到没有一点瑕疵，坚毅的轮廓透着硬朗，长得格外好看，又跟娘娘腔一点都不沾边。

向淮比明星岑白更给人一种距离感，让人觉得无法靠近。

国际学校看热闹的那几个人惊呆了，此刻满脑子都是——这样的小白脸，他们也想要！

然后，他们就听到薛夕的声音：“没钱了吗？”

向淮默了默，回答：“不是。”

薛夕一双大大的凤眸看着他，带着一丝诧异：“那你是来？”

向淮慢慢地垂下眼帘，长长的睫毛洒下一片剪影，神色中带着几分落寞：“你看微博了吗？”

薛夕摇头，拿出手机打开微博，然后她微博上的提示音就“嘀嘀嘀”地响起来。

她这才发现自己的微博一晚上多了几十万粉丝，并且还有上涨的趋势。她茫然地盯着手机看了一会儿，正不明所以时，一只白皙修长的手伸过来，将她的手机抢了过去。

薛夕再抬头，就看到向淮打开热搜重新递给她，随即就直勾勾地盯着她看。

薛夕看向手机，在看到第一个话题“叶清秋爱岑白”后愣了一下，不明所以地抬头：“这是假的。”

向淮眉毛一挑，低笑出声：“我知道。”

向淮的声音很撩人，让人感觉像是有羽毛从心间拂过。他缓缓地开口：“小朋友，我吃醋了。”

薛夕有点蒙，眸子里似乎又多了一层雾，让她分辨不出“吃醋”是一种什么样的情绪。

薛夕从小生活在孤儿院里，对感情一直很淡，但她也明白向淮这是不高兴了。

“他不高兴”这个念头一起，薛夕的胸口处就钝痛起来，她就知道必须要哄向淮。于是她有些头疼又茫然地问道：“那怎么办？”

女孩茫然的语气让向淮无奈又生气。

向淮蓦地上前靠近薛夕，慢慢地低头凑到她的耳边。他身上好闻的香草气息似乎萦绕在空气中，说话时的气息喷在皮肤上，痒痒的，像是有一股电流从耳边蹿进心里。

就在薛夕绷直身体，有些无所适从时，向淮缓缓说道：“我可以在你的微博上发一条消息吗？”

薛夕忽然觉得有点渴，咽了口口水：“可以。”

向淮没后退，距离薛夕依旧很近。听到这话，他就拿起手机在上面操作起来。过了一会儿，他突然伸出手：“把手给我。”

薛夕不明白所以地照做后，向淮的五根手指紧紧地抓住她，十指交扣。他举起她的小手，拿手机拍了照，接着发完微博后，再将手机还给她。

女孩此刻乖巧得厉害，让向淮手痒痒的。他的大手在薛夕的头上摸了摸，随即笑道：“小朋友，记住别删。”

两个人站在那里，俊男美女，格外养眼。远处的同学们拿出手机，偷偷对着他们拍了不少照片。

向淮看在眼里，却没计较。

等向淮离开后，薛夕回教室上课。她不知道，此刻学校的贴吧上已经热烈地讨论起来——

“啊啊啊——这照片好唯美！不知道怎么回事，突然觉得他们好般配！”

“好帅好帅！关键是又撩又欲。啊，我不行了！”

“默默地说一句，当初某校草换婚后，我还一直觉得学神有点可怜。可是今天看到了学神的小白脸，我突然觉得，怪不得学神当初一点也没伤心难过！”

“校草的确帅，可跟这个人比真的差远了。无论是五官还是气质！”

“我觉得学神才是人生赢家，我们都输了！！”

教室里，范瀚和薛瑶也在刷贴吧。看到这样的消息后，薛瑶紧紧地攥住拳头，在范瀚面前一向会维持人设的她。此刻面色紫青，差点儿绷不住。但她还是低低地骂了一句："长这么好看有用吗？还不是一个小白脸！"

范瀚却觉得心像是被刀绞般疼。他的确输了，还输得很彻底。可他最无法忍受的却是身边女孩的疯狂。

范瀚很聪明地没有追究薛瑶在周舟收徒这件事上的欺骗，他知道，一旦把话说出来，两个人就都要撕下丑陋的面具。

范瀚没说，心却已渐渐远离。他到现在才发现，薛瑶并没有他想象中那么好。

尤其是刚刚薛瑶说的话，这些话怎么会是温柔大方的女人说得出口的？

他真的要好好考虑一下和薛家的这门婚事了。

第二天一大早，家里的众人就忙碌起来。因为陆超要登门。

薛夕早上醒来后，就发现家里的用人们进进出出，将收藏的餐具拿出来清洗晾干备用，以便晚上待客。

叶俪给薛夕准备早餐时，刘依秋就酸不溜秋地说道："大嫂，现在家里这么忙，你还要给薛夕和她那个小白脸准备早餐，就不能随便对付一下吗？"

叶俪没理刘依秋，将早餐装好后递给薛夕。

家里求刘家帮忙引荐陆超，所以刘依秋骄傲地昂起头，平日里心思阴沉的人此刻也透出几分倨傲。

薛夕接过早餐，慢悠悠地看向刘依秋。她刚想说点什么，叶俪已拽住她的胳膊："来，夕夕，我送你去上学。"

两个人出了门，叶俪这才说："你别跟她顶嘴，不然你奶奶又要说很难听的话。她想说几句，那就让她说呗，反正我们又不会怎么样。"

薛夕沉思了一会儿，说："嗯，就当是狗叫了。"

叶俪先是蒙了，然后一下子笑出声，女儿现在都会开玩笑了。

等薛夕上了车，叶俪站在那里看着车子慢慢远去，心境变得跟以往大不相同。

以前薛老夫人偶尔暗讽叶俪两句，她虽然颓废，但其实心里是会难过的。可薛夕回来后，她那种什么都不放在心上，什么言论都不过耳，我行我素的生活态度，感染了叶俪。

将近五十岁的人，从一个小姑娘身上学会了放宽心境。

他人的说法又与她何干？

叶俪的这些念头，薛夕并不知晓。她在车上拿出英语词汇本，利用这半个小时的时间扩展了一下词汇量。

薛夕过目不忘，高中的英语词汇早就弄清楚了，现在看的都是数学方面的专业词汇。

她证明巴特拉猜想时，发现很多资料都是英文的，就算翻译成汉语，也会有些漏洞，于是她想以后直接看英文专业书。

就这么默念了一路，到杂货铺的时候，她差不多已经背了几十个单词。

车子停下，薛夕很自然地将小巧的单词本放进口袋里，拎起书包和早餐下了车。

她进入杂货铺时，向淮依旧在柜台后看书。“小虎牙”接了早餐过去餐桌摆放时，只见向淮将手中的书本往桌子上一扣，随意地站起来。

不知道为什么，薛夕忽然好奇向淮看了这么久的书到底是什么书。于是她探了探头，看到倒扣着的那本书封面很古朴，是一种灰暗到让人宁静的颜色，就连书名都让人感觉内心平静不少——《大藏经》。

坐下吃饭时，薛夕的目光就忍不住往向淮的脸上扫。

这男人看着最多也就二十五岁吧，为什么要看佛经？这种东西不应该是年纪大的人看的吗？

有了疑惑后，薛夕又四处打量了一下。这么久以来，她就没见杂货铺开过张。

可这里面装修得很宽敞，至少跟正规的超市是一样的。

所以向淮和“小虎牙”是怎么养活自己的？还有，向淮这么穷，他怎么给“小虎牙”发的工资？

以前薛夕不在意，现在再来看，感觉向淮身上处处都是秘密。

也对，毕竟还有个“不靠近他会死”呢。

薛夕将包子咽下去，又看了向淮一眼，却见他已经吃饱了，正坐在那里静静地看着她。他深棕色的眸子深不见底，似乎能看穿人的心思。

薛夕跟向淮对视了两秒后，他低笑一声，往她这边靠了靠。小餐桌并不大，他这么一靠过来，距离薛夕不超过十厘米："小朋友，别动。"

薛夕咬着包子的嘴巴顿时停住，向淮忽然伸手过来……

薛夕拧起眉头，心里却闪过一个念头：这个男人要是敢轻薄她，她就……她就打断他的腿。

念头刚出，向淮伸手擦了一下薛夕的嘴唇。

薛夕瞪大眼睛正要说话，男人却"嘘"了一声，接着将手收回去，一根冷白修长的手指在她面前晃了晃："嘴边沾了东西。"

直到薛夕离开时，还觉得唇瓣有滚烫的温度，并且似乎要烧到脸上。

到了教室，薛夕刚坐下，"小话痨"就巴拉巴拉地开始说话："夕姐，昨晚我男神又跟我聊天了。"

秦爽两只手托着下巴，两眼似乎都在冒桃心："我都不敢打扰男神，可他每天晚上都会跟我聊两句。嘿嘿，对了，夕姐，他还生气吗？"

薛夕愣住，想到向淮的举动，迟疑片刻后开口："应该不生气了吧。"

"那就好！"

秦爽松了一口气："我男神说，真怕因为拍一部戏就影响了你和他的感情。"

秦爽这么说着，自己都觉得有点奇怪："我男神好像很在意他的感受，可男神要是怕他生气，不应该去问你吗？"

秦爽又摆了摆手："不过这或许就是我男神找我聊天的话题呢？嘿嘿，毕竟我一看到他脑子就空了，根本想不出什么话题来。"

每次岑白给秦爽发微信，她内心就只想尖叫。哪里还有理智聊天？所以聊天的节奏都掌握在岑白的手里。秦爽已经很知足了，这世界上能跟男神加上微信，并且经常聊天的人又有几个？

上课铃响了，秦爽回过头去。这时，手机响了一下。她低头，看到烈焰会里"火苗一号"发了消息："辰哥这是怎么了？买了一大堆棒棒糖。"

秦爽十分疑惑，最近奇怪的人真的好多。

一天的课上完后，薛夕在下午两节自习课时就把老师们布置的作业全写完了，放学时带着厚重的英文文献回了家。

接薛夕的车子回到家时，薛瑶早已经到了，换了漂亮的裙子正在客厅里坐着。

薛夕一进入客厅，就看到家里人全穿了正装，餐桌上美食众多，香气扑鼻。

薛夕正在看，就听刘依秋说："薛夕，你快上楼换件衣服，我哥他们就到了！"

一辆车子停在了外面，刘依秋和其他人纷纷站起来往外走。

薛晟给了叶俪一个眼神，叶俪悄悄地领薛夕上了楼。两个人进入薛夕的卧室后，叶俪指着放在她床上的裙子："今晚穿这个吧。"

穿着校服待客总不太好。

薛夕也没有计较，穿上那条长袖的白色收腰长裙。裙子的款式其实很日常，却让叶俪眼前一亮。

早就知道自家女儿漂亮，没想到平时看惯了薛夕穿运动装、校服，突然换上裙子，竟如此夺目。

薛夕扎了个高马尾，便跟着叶俪一起下楼。

刚到楼梯口处，就听到下方传来薛老爷子的恭维声："陆先生，您能莅临，真是让寒舍蓬荜生辉。"

随即传来一道让人不太舒服的嗓音："薛老，客气了。大家都是商人，皆为利往。"

薛夕对家里来的客人不太上心，心里在想吃完饭后刷什么卷子，毕竟作业已经全写完了。

薛夕下了楼，就看到刘依秋旁边站着一个跟她的长相有几分相似的微胖男人，应该就是她的大哥刘晋茂了。

刘晋茂旁边站着一个中等身材，眼睛很小，满脸带笑的男人。他穿着西装，看上去大概二十八九岁。

薛夕说不上来为什么，总觉得他的眼神让人很不舒服。同叫陆超，"小虎牙"给人的感觉就好多了。

这个人看见薛夕时眼睛一亮，询问道："这是？"

薛晟上前一步，拦在薛夕面前，简单地介绍道："陆先生，这是内人和我女儿。不如我们先去用餐？"

陆超眯了眯眼睛，视线透过薛晟看着他身后那一抹白，笑道："好，我们可以边吃边聊。"

入席时，薛老爷子主动让位："您是客人，今天您坐主座吧！"

"那不行。"陆超一本正经地说，"您是前辈，而且这可是您家，我随便坐就行了。"

几个人推脱了一番，最后陆超坐在了薛老爷子的下首，其他人这才落座。

其他人边吃边讨论着生意上的问题，薛夕则认真地吃饭。

这天的白斩鸡不错，薛夕吃了两块后又夹了一块，正打算吃时，忽然听到陆超说："看薛小姐的胃口，白斩鸡似乎味道不错？"

薛夕继续将第三块白斩鸡放到嘴里，慢条斯理地吃起来。

因为她没说话，餐厅诡异地安静了几秒钟。

陆超的面色渐渐沉下来。这时，只听刘依秋说："夕夕，陆先生跟你说话呢？怎么不理人？这样不礼貌哦？"

薛夕听到这话，茫然地抬起头来，这才意识到薛小姐指的是自己。

于是她"哦"了一声，开口道："是不错。"

之后，她又夹了第四块。

薛晟和叶俪正打算说点什么转移话题，刘依秋看到陆超盯着薛夕看的眼神，忽然笑了："夕夕，你也给陆先生夹一块。"

这句轻浮的话让整个餐厅安静下来。

薛晟和叶俪的脸色瞬间阴沉，顾忌着家里有客人，两个人齐刷刷地看向刘依秋。

刘依秋笑道："就是给客人夹个菜，夕夕这么懂事，该不会不懂礼貌吧？"

叶俪垂着眼帘道："这道菜离瑶瑶更近，让她夹吧。"

刘依秋蒙了，脱口而出："这怎么行？"

叶俪盯着刘依秋："怎么不行？"

"瑶瑶已经订婚了。"

叶俪笑了："就是给客人夹个菜，礼貌而已，跟订婚了又有什么关系？"

刘依秋从来不知道，文人被逼急了，嘴皮子竟然这么利索。她的嘴角抽了抽，正想说什么，陆超笑了："我不是这个意思，我不吃鸡，只是看薛小姐吃得香而已。"

陆超成功地转移了话题，让气氛不再那么尴尬，随即大家又你一言我一语地说起来。

到了最后，宾至如归，一片祥和喜乐。

送走陆超后，刘依秋的大哥刘晋茂临走前笑道："老爷子，如果不是看在我妹的面子上，我是不会拉你们入股的。陆先生也说了，最多只接受一个亿的投资，占据项目百分之十的股份，再多也不卖了。老爷子，这个项目很好，利益可以翻倍。你们考虑一下，第二天给我答复。"

已经是晚上八点半，客厅里，薛老爷子面色凝重地思考合作的问题："老大，你怎么看？"

薛晟皱眉："总觉得有点不靠谱。"

刘依秋笑道："大哥，我觉得你做生意太优柔寡断了。陆先生上面可是有人的，连高老都忌讳，他还能骗我们不成？这个收益可是翻倍的。"

薛晟没理刘依秋，看向薛老爷子："爸，这件事我觉得不靠谱。一个亿是公司全部的资金，都压在陆超身上，太危险了！"

老二却跟刘依秋一个心思："爸，这可是刘家吃肉，给我们喝汤呢。刚人家说的话你也听到了，要不是看在依秋的面子上，这百分之十的股份也不给我们呢。"

薛老爷子对做生意不敏感，干脆看向薛晟："薛家未来是你的，这件事由你做主吧！"

薛晟沉默了一下，说："这次的投资就算了，毕竟第二天就要给出答案，我们无法对项目进行测评。"

这话一出，刘依秋和老二就怒了，叫嚣了很久。最后薛晟拍了桌子："公司到底是谁做主？"

刘依秋气坏了，指着薛晟骂道："要不是我嫁到薛家，你以为你会有这个机会？大哥，你就等着看刘家数钱时后悔吧！"

薛夕更赞同薛晟的决定。做什么事情都要知己知彼，什么情况都没搞清楚就去投资，太冒险了。而且那个陆超总给她一种不是好人的感觉。

晚上，薛夕刷完题就上床休息。

然后，她做梦了。

她能清醒地知道这是梦，在梦里，在她的卧室，向淮搂住她的腰，她似乎能闻到他身上香草味的沐浴乳的气息。

然后向淮伸出一根白皙的手指晃了晃："小朋友，梦都是假的。"

她正想着的时候，向淮凑到她的耳畔，低低地叹了一口气：“你什么时候才能长大？”

长大了干什么？

薛夕想问这个问题，可她还没说出口，就蓦地睁开了眼睛。

映入薛夕眼帘的是天花板上的水晶吊灯，随即是紫色的纱帘。天已经亮了，光线透过纱帘照进房间里，让她确定还是在自己的卧室里。

足足五秒钟后，她才收回茫然的视线。

好奇怪，怎么又做了这样的梦？

薛夕深吸一口气，看了一下时间，已经六点多了。

于是她早早地起来，先背了一会儿语文课本，然后才下楼。她拎了早餐打算去杂货铺时，薛晟下楼了。

一直等在客厅沙发上的刘依秋站起来：“大哥，我哥一大早就打电话问我们到底要不要入股。要不是我家没有这么多流动资金，这一个亿他肯定就自己吃了！”

薛晟整理了一下西装，看向刘依秋，一脸正色道：“短时间内利益翻倍，这种已经超出了正常经商的范围。所以这件事，我劝你让你大哥谨慎点。”

刘依秋的脸色有些难看。

等薛晟离开，刘依秋又给刘晋茂打电话：“你确定这个生意靠谱吗？薛晟说有风险，让你谨慎点。”

刘晋茂冷嘲道：“项目是滨城政府早就想开发的一个项目，靠关系才能拿下来，没有任何问题。况且我的人亲眼看到陆超拜访高家，高老亲自送他出的门。你觉得在滨城，可以让高老这么尊敬的人会有问题？”

刘依秋顿时被说服了：“那家里的钱够吗？”

刘晋茂冷哼道：“薛家不知好歹，不吃这个利，我打算全要了。”

刘依秋开口：“哥，我这里有点私房钱，还有我的嫁妆，你也帮我入股吧。”

薛夕没理会这些，拎着早餐来到杂货铺。

向淮依旧穿黑色帽衫，坐在柜台后的阴影中，还在看书。薛夕看了一下书名，换了一本，不再是《佛经》，而是《庄子》。

向淮虽然经常说一些暧昧的话，可他本人给人的感觉极冷，薛夕就没见他跟“小虎牙”说过很多话。

这样一个男人，为什么要看这些修身养性静心的书？

这个人真是越看越奇怪。

薛夕这么想着，将早餐递给“小虎牙”。三个人吃饭时，薛夕时不时地看向“小虎牙”。他吃饭时眼睛也亮亮的，可以看出吃得很香。

同叫陆超，昨天那个人真是太让人不舒服了。

薛夕正看着，忽然一杯豆浆送到她的面前。她回过神来，就见向淮将豆浆塞到她的手中，询问道：“小朋友，你在看什么？”

“嗯。”薛夕回答，“看陆超。”

陆超正在吃包子，听到这话，手上的动作一下子顿住，只感觉一股凉飕飕的杀气从老大身上释放出来。

他觉得脖子处一冷，下意识地咽了一口口水。

向淮忽然慢条斯理地说：“吃饭时，柜台后面不能没人吧？”

陆超“噌”地站起来：“对，不能没人。我去盯着，万一有人买东西也好结账。”

说完，陆超随手拿了两个包子和一杯豆浆蹿到柜台后。见薛夕的视线跟着看过来，他又缩了缩身体，让自己整个人躲在收款机后。

餐桌旁只剩下薛夕和向淮，薛夕没办法，这才把视线落到……包子上。她认真地吃着，两个小包子进入了肚子以后，她突然想到什么，抬头对向淮询问：“你的沐浴乳是什么气味的？”

向淮吃东西的动作一顿，慢悠悠地抬起头，视线暧昧地在她身上转了转，笑道：“香草味的，怎么了？”

向淮的视线有点灼人，让薛夕有点不自在地移开视线：“没什么。”

上次骂向淮浑蛋，说他控制梦境，结果被这个人调戏了，还说出什么“日有所思，夜有所梦”的话。

日有所思……

薛夕忽然看向向淮的嘴唇，他的唇形薄，但轮廓分明，带着几分坚毅的神色。

她忽然抽出一张餐巾纸递给向淮，命令道：“擦擦嘴巴。”

陆超从柜台后探出头来，悄悄地往这边看。就见老大微愣，向来都是命令别人的“大魔王”，此刻竟乖乖地接过纸巾。

上午十点，薛夕做完操回到教室，就听到大家说物理竞赛的成绩出来了。

她一边往座位上走，一边登录网页查询成绩。

秦爽转过头来，询问道："夕姐，考了多少分？"

薛夕这时已经查到了："三百分。"

"满分！"秦爽竖起大拇指，"夕姐，我们考满分，是因为只能考满分，而你考三百分，是因为满分只有三百分！"

听到秦爽的吹捧，薛瑶冷着脸打开网页。只要拿了一等奖，就可以进入冬令营，考多少分不都一样？有什么好得意的。

这么想着，薛瑶看向自己的成绩……

李函蕾看不惯众人捧着薛夕，说道："瑶瑶，你别灰心，她应该会去参加数学冬令营，不会参加物理的。到时候你经过了冬令营的训练，而她没有，你肯定能在决赛时赢她！"

范瀚虽然不想理会这两个人，但薛瑶现在是他的未婚妻，面子上他也要恭贺一下，于是说："加油。"

两个人说完这句话，却发现薛瑶的脸色很不对劲。她正盯着手机看，脸色一阵苍白，手指也在颤抖，她的面部表情格外狰狞，嘴里呢喃着："怎么会这样……"

李函蕾顺势看向薛瑶的手机："一百六十九分？瑶瑶，这是你的分数？这怎么可能呢？"

薛瑶一向是学校物理竞赛重点培养的对象，平时考试都在二百分以上，一百九十分就可以拿一等奖了，现在这是……连冬令营都没资格参加了？

物理老师正好走进来，说："恭喜薛夕同学，又拿了物理竞赛省第一名，应该也是全国第一名。"

说完，他看向薛瑶，皱起眉头："薛瑶，你这次怎么回事？是考试时不舒服吗？竟然连二等奖也没拿到，只拿到一个三等奖。"

三等奖……

只会发一张奖状，什么作用也没有。

薛瑶失魂落魄，呆呆地坐在座位上："老师，一定是他们判卷子判错了！"

物理老师叹了一口气："你的成绩出来后，我也觉得出了错，申请了查卷子。”

“但你的确是没发挥好，平时都能做对的题目考试时竟然写错了。薛瑶同学，你也别太计较，竞赛这条路走不了，那就好好学习准备参加高考吧。”

物理老师这句话刚说完，老刘就脚下生风地冲进教室，看向薛夕：“那个……薛夕同学，华中大学的物理系也打来电话，想问问你考不考虑保送到他们学校的物理系？”

数学系、物理系，全国最好的专业都在华中大学。

整个教室里一片寂静。

薛夕总是能创造奇迹般的高分，同学们都习以为常了。可现在，华中大学跟华夏大学抢人都抢得这么明目张胆了？！

能让历史悠久的两所高校如此抢人，真是“活久见”！

偏偏当事人薛夕一副淡定的模样，慢悠悠地抬头回答：“不去。”

老刘又说：“他们说学费全免，奖学金也可以商量，并且他们学校的专业任选。”

“我不缺钱。”

老刘无语了一下，随即忍不住好奇地问道：“你为什么就认准了华夏大学呢？”

薛夕回复：“因为它综合实力第一。”

老刘蒙了，反应了好一会儿才明白这句话的意思。

薛夕进入某所高校，并不是只去学习一个专业。她可以像高中一样，同时学好每一个科目！所以她看的是综合实力，并不是某专业第一。

其他同学也反应过来，大家都沉默了，此刻心里只有一个念头——学神简直不是人！

眨眼间，一周的时间过去了。

这天薛夕刚刚放学回家，就听到客厅里传来争执声。她往前走了两步，就看到刘依秋趾高气扬地看着薛老爷子和薛晟：“爸、大哥，我让你们投资你们不干，现在看到第一笔钱的利润，眼红了吗？那可是整整一千万元啊！我们刘家先投了两千万元，半个月还不到就回了一半的利息！真金白银在这里放着，现在多少豪门都拿着钱去求着人家陆超入股呢。我大哥真后悔第一笔时为什么没投资一个亿，不过上次我们家那百分之十没要，被我大哥买了，再过几天就又有五千万元的利益进账了！”

刘依秋说完，薛老夫人就忍不住埋怨：“老大，你也真是的，做生意就不能畏首畏尾。现在好了，这么一个大好的机会就这么失去了！”

薛晟皱起眉头，没说话。

薛老夫人又看向刘依秋：“老二媳妇，你去问问你大哥能不能再见陆先生一面。我们家也要入股啊！”

刘依秋说：“我已经让我大哥去问了，不过行不行我可说不准，毕竟现在是我们求着人家。”

薛老夫人点头：“好，好，还是你们刘家有用。在这种关键时刻，就要靠你。不像某些人，什么都做不了，还只会拖男人的后腿！”

薛晟脸一沉：“妈，我们家一向是男主外，女主内，投资这件事是我一个人做出的决定，跟别人无关！”

薛老夫人刚要发怒，刘依秋的手机就响了起来。

刘依秋走到旁边接听完电话后，欣喜地说：“爸，陆先生同意我们投资了！”

这话一出口，众人皆一脸兴奋地看向刘依秋。

“还是一个亿，不过……”刘依秋瞥了薛晟一眼，“我大哥说，陆超想请薛夕吃个饭。”

这话一出，正打算上楼的薛夕脚步一顿，客厅里也瞬间安静下来。

“不行。”薛晟铿锵有力地回答。

从上次吃饭就可以看出，那个陆超看上夕夕了。他怎么能把亲生女儿往火坑里推呢？

薛老夫人却说：“有什么不行的？大家都是商人，吃顿饭怎么了？就你们家女儿珍贵？吃顿饭，五千万元，还有比这更贵的饭吗？”

叶俪气得身体都在颤抖：“妈，你知道你在说什么吗？这顿饭，摆明了是陆超不怀好意！”

薛老夫人冷笑：“就算是这样又怎么样？薛夕喜欢的那个小混混能比得上陆超？陆超一表人才，我看薛夕嫁给他也不亏！”

老二在旁边喊道：“上次是大哥决策错误，导致没赚到钱。那么这次也应该由你们大房来弥补这个错误，让侄女去吃顿饭，又不会少块肉。我不管，反正我要投资！”

薛晟看着面前这些所谓的亲人，深吸一口气：“我把话放在这儿，我薛晟不会卖女求荣！这个投资我不干！既然你们坚持，那就分家，我带着叶俪和夕夕走！”

“不行！”薛老爷子率先反对，说完这两个字，就再次咳嗽起来。

以往每次薛老爷子这么咳嗽，薛晟都会让步。可这次薛晟却只倒了一杯茶递给他，眼神坚决。

薛老爷子喝了一口茶，压下喉咙间的痒意，随即将茶杯放在茶几上，叹了一口气：“老大，我没几年好活了，等我去了你们再分家不行吗？”

薛晟开口：“爸，你也同意让夕夕陪陆超吃饭？”

薛老爷子脸顿时一沉：“当然不行！”

薛晟心中一暖，可还未说话，薛老爷子就放缓了语气：“但陆超如果真心追求薛夕，也不是不能考虑。不过他要拿出诚意，我薛家的女儿必须堂堂正正嫁给他。”

薛晟绷住下巴，眼神渐渐变凉。

薛老爷子从小最疼他。小时候家里比较穷，只有两个鸡蛋，妈会给老二一个，给薛老爷子一个。而往往薛老爷子会藏着那一个，偷偷给他。

可薛老爷子到底还是把家族利益看得太重。

薛晟已经不想再说什么：“爸，分家吧。”

薛夕始终站在门口，她垂着眼帘，淡漠的视线里此刻却多了几分柔和。

其实她对这个家没什么归属感，可此时此刻，她却真切地感受到，自己是有父母的孩子。

薛老爷子见薛晟如此坚决，正要再说些什么话挽留，老二突然开口：“对，分就分！爸，分家！都怪大哥拦着，否则我们投资了这个项目，早就赚钱了。我要分家！”

薛老爷子十分错愕，难以置信地看向老二：“你也想分家？”

老二点点头：“对，爸，我都快五十岁的人了，可以当家做主了，为什么还让我听大哥的话？”

薛老爷子惊呆了。

薛老夫人冷哼一声：“老头子，两个儿子都已经离了心，你还强求他们在一起干什么？我看就分了吧！不过家产要分成四份，给我一份！”

对于薛老爷子来说，两个儿子和老婆都要分家，他知道就算自己不同意，这件事也是势在必行。

于是他深吸一口气，说：“行，你们要分家，可以，那我今天就来公平地分家！”

薛老爷子说到这里，垂下眼帘：“家里公司的股份分成两份，一份归老大，另一份拆成三份，我、老二和你们妈的一人一份，你们同意吗？”

老二顿时叫嚣道：“凭什么大哥拿一半？”

薛老夫人也喊道：“对啊，凭什么老大一个人拿我们三个人这么多？”

薛老爷子拍了拍扶手：“公司是老大一手建立的，这些年，公司能发展到现在，都是老大的心血！给他一半不多！”

薛老夫人喊道：“我不同意，没分家时，赚的钱就是全家的！”

老二也觍着脸开口：“对啊，爸，你要这么说我也不同意。当初家里就几千块钱，都给大哥拿去创业了，当年可是一分钱没给我！”

薛老爷子顿时怒吼道：“你当初就知道打牌，给你干什么？”

老二脸皮很厚：“那我不管，家产都在你的名下，我和大哥都是你的儿子，你可不能厚此薄彼。”

薛老爷子还想说什么，就听薛晟说：“所有东西都分为四份吧。”

薛晟并不想占家里人的便宜，说按照最公正的方式来分。

薛老爷子见薛晟都这么说了，深吸一口气：“行，分为四份，一人一份！家里的资金也分为四份，房产除了这栋老宅，也分为四份。刚好有四套别墅，一人一套。至于这栋老宅，我和你们妈要住。老大跟我们住，老二搬出去！”

其实没了刘依秋和薛瑶的挑拨，薛老夫人一个人也搞不出什么事情来。

但老二听了这话，和刘依秋对视一眼，两个人顿时明白了对方的心思。

薛老爷子和薛老夫人还各自拥有公司股份呢，让老大住在这里，等两个人离去后，那些岂不都成了老大的？

老二这时走到薛老夫人身边，摇晃着她的肩膀：“妈，我离不开您，我想跟您住！”

刘依秋给了薛瑶一个眼神，薛瑶也急忙红了眼睛：“奶奶，我舍不得您。”

薛老夫人被两个人一哄，直接说：“不行，叶俪跟我不合，薛夕这个死丫头又根本不把我当奶奶，我要跟老二住！”

薛老爷子眼睛一瞪：“那你就跟老二搬出去，我跟老大住！”

薛老夫人顿时又开启“一哭二闹三上吊”的模式：“不孝子要把我赶走啊！我命怎么这么苦啊！”

薛晟看向老爷子：“爸，这栋老宅就留给你们吧，别争了。你要是想我们了，就去我那里住几天。”

薛老爷子看着客厅里哭哭闹闹的众人，视线又落在薛晟身上。那个常常跟在他屁股后面的孩子，那个顶天立地的男人，如今鬓边竟也生了白发。

他的大儿子也老了。

薛老爷子眼眶一红：“行。”

几个人当下找来律师，拟定了财产分割协议，签完字后递给老爷子。薛老爷子把自己的那一份股份递给薛晟：“老大，我的这份交给你。”

薛晟想要拒绝，薛老爷子却把协议书使劲塞到他的手中，便转身上了楼。

七十多岁的人，曾经高大的身躯已经佝偻，他背着手的样子看着格外让人心酸。

薛晟没说话。

上了楼，薛晟和叶俪笑着对薛夕说：“我们的新家是一栋小别墅，虽然比这里小，但会自在很多。今晚就收拾东西，明天一早搬家！”

薛夕点点头。她的东西并不多，只收拾了一个行李箱就开始刷题。

第二天，叶俪递给她早餐时笑道：“晚上让李叔接你去新家，我带着你的行李走。”

她点点头。出了门，就看到送她的车子停在外面。她上车后，车子立即启动。

她继续拿着英语本子读单词，读了一会儿后往外看了看，却忽然发现不太对劲。

这……不是去学校的路！

薛夕猛地抬头，就看到驾驶座上，老二回头看着她笑：“大侄女，帮叔叔一个忙，陪陆先生吃顿饭吧！”

杂货铺中。

平时最晚七点二十会到的薛夕迟迟没来，坐在柜台后的向淮静不下心来看书。

一身黑衣的男人手中握着《庄子》，视线却时不时地扫向门口的时钟，已经七点半了。

小朋友再不来，恐怕上课要迟到了。

向淮朝陆超动了动手指。

陆超一脸茫然地看着向淮：“啊？”

向淮嫌弃地说：“手机。”

他先用陆超的手机给“学习”发了一条微信：“还不来？”

消息发出去以后，对方始终没有回复。

他再次看向时钟，又瞥了一眼陆超和自己的手机，确定自己没看错，的确已经七点四十分了。

他又用陆超的微信给自己的微信发了个句号，然后自己的微信秒收到他的信息，这说明陆超的手机也有信号。

那薛夕为什么不回复呢？

向淮想了一会儿，又拿出自己的手机给薛夕发消息：“上课了吗？”

这个“全能大佬”的微信号对薛夕永远都是秒回，薛夕对他也几乎是秒回。如果不回复消息，那她一定是在上课。

但现在，对方还是没回消息。

七点五十分，向淮坐不住了，看向陆超：“让景飞定位一下小朋友的位置。”

不就是一天没来吃早饭吗？老大这么紧张干什么？

但陆超还是很快联系了景飞，给了他薛夕的电话号码后，景飞那边快速给出了结果：香格里拉大酒店。

她好好的不去上学，去酒店干什么？

向淮沉思片刻，忽然起身：“备车。”

第十三章 灿烂如你

香格里拉大酒店。

薛家的车子直接停在停车场，薛夕才刚下车，就被几个穿着黑色西装的人围住。二叔薛贵下车后笑道："在路上没挣扎，还算聪明，毕竟要是出车祸可就不好了。大侄女，我跟你说，别敬酒不吃吃罚酒。今天就乖乖地陪陆先生吃顿饭，等回去了，叔叔不会亏待你。"

薛夕打量着周围的环境。这个酒店停车场还挺大，停了不少薛夕不认识的牌子的小轿车，看外表应该都很贵。

说明这家酒店还不错，那么早餐应该也挺好吃吧？

薛夕这么想着，就跟在薛贵身后往电梯的方向走去。等进入电梯以后，薛夕才慢悠悠地说："你别后悔。"

薛贵跟薛晟有几分相似的那张脸上带了奸诈的笑意："大侄女，我后悔什么？怕你爸爸来找我算账？到时候你们生米煮成熟饭，你爸爸一定会感激我的！能嫁给陆先生这样的人，比你那个小混混是不是强多了？"

几个人乘电梯直接来到总统套间那一层，到了 1808 房间门口，薛贵敲响了房门。

房门打开后，只见陆超穿着酒店的睡袍出现在门口。他看了一眼薛贵身后的薛夕。

小姑娘穿着校服，扎着高马尾，戴着白色鸭舌帽，看着干干净净，格外乖巧，越发令人食指大动。

陆超忍不住咽了一口口水，随即笑道："快请薛小姐进来。"

见薛夕没动，身后的人就推了她一把。

等薛夕进入房间后，陆超直接关上房门："来，薛小姐，我带你吃早餐。"

门"砰"的一下关上，陆超的黑衣保镖们忍不住询问："没事吧？"

薛贵挥了挥手："有什么事？那是我侄女！再说了，一个小姑娘，能有多大劲？陆先生怎么可能搞不定？！"

其他人想了想刚刚进去的女孩瘦弱的小身板，顿时放下心来。

随即他们就听到房间里传来"乒乒乓乓"的声音，还有身子撞到了门上，似乎打开了房门，下一刻房门又被关上。

房间内。

陆超趴在地上，两只手用力地往门边爬。他想要喊人，可嘴巴一张就吐出一口血，血沫子里还带着一颗牙。

他惊恐地回头，就见那个"乖巧柔弱"的学生妹坐在沙发上，雾蒙蒙的眼睛盯着手中的三明治。她带着一点好奇地吃了一口，随即眼睛一亮。

薛夕三两口把三明治吃完，这才站起来，似乎根本没看到他似的走到门口。

只见薛夕打开房门走出去，薛贵看她的衣服上都没一丝折痕，顿时愣住："这么快？"

薛夕慢悠悠地看向薛贵，顿了顿："已经很慢了。"

薛贵上下打量了一下薛夕，刚才闹出那么大动静，别真伤着了吧？他询问："那个……夕夕，你感觉怎么样？"

"还行。"薛夕低头看了一下时间，"我要去上学了。"

薛夕两只手抓了抓背着的双肩包，快速往电梯那边走。她刚走两步，忽然听到身后传来惊慌的声音："拦住她！"

薛夕的脚步加快，犹豫了一秒，在浪费一点时间把这群人打趴下，还是赶紧去上课之间纠结了一下，然后她选择了后者。

薛夕刚到楼下，跑出大堂，正打算打车去学校，就看到一辆黑色奥迪停在她面前。随即副驾驶座的车窗落下，驾驶座上的向淮出现在她眼前："去哪儿？”

薛夕看了一下腕表；“学校。”

上课要迟到了。

向淮：“上车。”

向淮正准备打开副驾驶座的车门，就见小朋友利落地坐到后座上。他的手一顿，慢慢地收回来。

算了，就给小朋友当一次司机吧！

向淮这么想着，便启动了车子。车子才刚发动，他就从后视镜里看到从大堂里追出来几个人，很明显是追着薛夕来的。

向淮的目光一沉，询问道：“今天怎么来这里了？”

“有人请我吃饭。”薛夕从书包里掏出手机，看了一眼，发现“小虎牙”和“全能大佬”老师都给她发了消息。她忙给“全能大佬”回复了消息：“刚有点小事，还没上课。”

消息刚发出去，向淮的手机就“嘀”了一声。薛夕拧着眉头，疑惑地看向他的手机。

向淮低沉的嗓音又传过来：“谁请你吃饭？”

薛夕随意地回答：“陆超。”

酒店里，几个保镖灰溜溜地回到房间。

陆超被人扶起坐在沙发上，脸上的血迹被擦干净后，可以看出被打得鼻青脸肿，身上也到处疼。不知道他是不是被打得骨折了，已经喊了酒店医生来房间里诊治。

陆超实在无法想象，一个小姑娘竟然会有那么大的力气。

薛贵站在陆超面前，低着头，脸上露出惊恐之色，喊道：“陆先生，这……我也没想到我家侄女她竟然这么厉害，等我回去就把她抓回来，让她给您道歉好吗？”

陆超疼得直哼哼，让薛夕道歉？

他“呵”了一声，眼里闪过狠辣的光。

陆超旁边有人说：“薛先生，你们这是什么意思？还想不想投资了？”

薛贵急忙点头：“想，我是真的想，但我那个侄女从小在外面养大，性子比较野。陆先生，我知道这次是我错了，您看投资的事情……”

医生给陆超的脸上药，他疼得倒吸了一口凉气。听到这话，他的小眼睛看向薛贵，最后说："生意是生意，我不会把私人感情夹杂到生意上来。"

薛贵蒙了："那您这是同意了，还是不同意呢？"

这个人怎么这么蠢？

陆超拧起眉头："你是刘家的亲戚，我会给刘家这个面子。但钱要尽快到账，否则就赶不上了。"

"好，好！"

薛贵欣喜万分："我回去筹备好钱，立马就给您送过来！"

他说完擦了擦额头上的虚汗，这才往外走。走到门口他又回过头："陆先生，您放心，我回去后绝对会狠狠地教育一顿我侄女！"

陆超想到那小美人精致的脸庞，眼里又闪过贪婪的欲望："下次训好了再送过来。"

等薛贵走了，陆超脸上露出狠辣的神色："呵，薛家给多少钱，我们就拿多少钱！"

旁边的人顿时开口："也该撤了吧？"

他们是一个诈骗集团，来到滨城后，偶然知道有一个很厉害的人物来了。于是他们买通了刘家的人，让他在中间牵线，让刘晋茂误以为他就是那个"陆超"，多次来讨好。

陆超露出要投资那个大项目的想法，刘晋茂果然上当，上赶着送钱。至于薛家……敢打他，那就要付出代价！

向淮将薛夕送到校门口，看着她在门卫处登记后进入学校，这才启动车子回了杂货铺。

到了门口，陆超急忙迎出来，随口问了一句："老大，没事吧？"

"有事。"

向淮说完，瞥向陆超："听说滨城来了个大人物，叫陆超？"

陆超脖子一凉，不明所以地回答："这不是老高对外放出的烟幕弹吗？好让大家别查到您。"

向淮"哦"了一声，随即开口："那你给我解释一下，今天早上陆超为什么请小朋友去酒店房间吃早饭？"

陆超一愣。

吃饭怎么会去酒店？不对……谁请薛夕吃饭？陆……陆超？

陆超急忙摆手："老大，我冤枉，我比窦娥还冤！"

向淮凉凉地扫了陆超一眼，进入杂货铺后又坐在柜台后的椅子上，往后一靠："别六月飞雪了，你现在下个雪给我看看？"

陆超急忙走到向淮身边，委屈地说："我从昨晚就一直跟您在一起，我去哪里请薛夕吃饭啊！我又不会分身术！再说了，我知道您对薛夕心怀不轨，哪里还敢生出那种胆子，跟您抢人呢？"

向淮一脚踢向陆超："啰嗦什么，还不快去查？"

陆超这才反应过来，刚才老大是在嘲讽他！

他一溜烟地往外跑："好的，保证五分钟内给您消息！"

五分钟后。

陆超耷拉着肩膀，慢慢挪到向淮身边，要说这事还真跟他脱不了干系。

竟然有人冒充他？

陆超咽了一口口水："老大，您觉得'陆狂超'好听还是'陆帅超'好听？"

正在看书的向淮挑眉。

陆超委屈地道："我要改名！我爸妈给我的这个名字太普通了，怎么那么多同名同姓的人？！"

向淮看着手中的书，没搭理陆超。

陆超这才切入主题："那个人的真名也叫陆超，是个诈骗犯，手段很高明。先骗了刘家，又利用刘家在小范围内进行诈骗。这件事因为没有传播出去，所以知道的人并不多。他已经骗了刘家一亿一千万元了，刚刚薛家又答应会打给他五千万元。"

向淮深棕色的眸子里有暗光闪烁："薛家？"

陆超急忙解释："是薛夕的二叔，今天早上也是他带薛夕去见的那个蠢货。我还听说他们昨晚分了家，跟薛夕这边闹得还挺不愉快的。"

他目光阴沉："我已经找人监视那个蠢货了，只要您一声令下就可以抓人！"

向淮垂下眼帘，嗤笑一声："等薛家的钱到账后再动手。"

薛夕还是迟到了。她推开后门，悄悄地进入教室，坐在自己的座位上。她动作很轻，只有在进门时生物老师看了她一眼，本来打算停下讲课训斥两句的，可发现迟到的是他们班的学神后就收回了眼神，没再说话。

薛夕迅速掏出课本，听了大概十五分钟后，下课了。

见生物老师离开，薛夕正准备将生物课本放下之时，薛瑶站起来，义正词严地说："薛夕，你上课能不能别迟到？你知不知道我们班的纪律分从来是满分！因为你，这个月的锦旗可能都到不了我们班了！"

滨城国际高中每个年级都有一面锦旗，每个月颁给纪律分最高的班级。

其他班级，尤其是八班，注定与锦旗无缘。但一班和二班竞争很激烈，两个班级都是实验班，互相不服气，平时在学习成绩上就一直在比，锦旗更是不在话下。

两个班的同学们憋着劲，几乎没人迟过到。所以薛瑶这话一出，班里其他同学也都不乐意了。

李函蕾大声吐槽："一点儿班级荣誉感都没有！你这么自私的人，学习再好又有什么用？"

"就是，我们努力了一个月不迟到，都被你害了！"

"你都已经保送上华夏大学了，要不干脆休学得了。天天在教室里晃悠，影响大家的学习兴趣。"

有几个人酸溜溜地跟着说。

薛夕来班上也有一段时间了，除了李函蕾这样的，也有维护她的——

"我没觉得影响到我啊，每天看到学神都被保送华夏大学了还在这里努力刷题，我就有了很强的动力！"

"就是，行了吧，人家也不是故意的，就偶尔一次，别没完没了的。谁还没个特殊情况呢？万一学神这次是真有事呢？"

薛夕听着同学们的议论，一时间蒙了。

她其实并不知道教室前面挂着的那面锦旗还是流动的，如果知道，肯定不会跟着薛贵去酒店逛一圈。

她正打算说话，秦爽蓦地站起来："够了啊？一个个都刻薄成什么样子了？夕姐下次会注意的！"

见还有人说话，秦爽的脸色一沉："我说话不算数是吧？那我让辰哥来跟你们说道说道？"

教室里终于安静了。

随即，李函蕾就小声地说："有事就躲在后面，怂恿一个小脑残出头，某些人心机真够深的！”

薛瑶也紧紧地攥住拳头。

物理竞赛成绩出来以后，薛瑶就一直处于消沉状态。一个人的高三只有一次，她没拿到这个奖，将会抱憾终生。

而薛瑶已经好好想过了，她之前的考试都没有问题，只在薛夕回来后，一次次地用成绩虐待她，让她最近一段时间变得毛躁，成绩直线下滑。

所以，她对薛夕格外怨恨。

薛瑶的气势很强，态度也很坚决：“无论如何，薛夕是不是应该给大家道个歉？”

一班和二班每个月的纪律分几乎是满分，薛夕迟到将会被扣除班级的两分，这面流动锦旗下个月可能要去二班了。

薛夕觉得薛瑶的这个要求并不过分，毕竟是她个人影响了全班，于是她慢悠悠地说：“对不起。”

教室里安静了一会儿，接下来别的同学就摆手道：“没事。”

“小事。我们班也不能总霸占着第一不放嘛，就当给人家二班一个机会了！”

这幽默的话语惹得教室里其他人都笑了起来。

可就在这笑声中，薛瑶完全丢掉白莲花和大度的人设，强势地说：“一句轻飘飘的‘对不起’就完了？”

“那你想怎么样？”秦爽扬起那张浓妆艳抹的脸，气呼呼地怼上薛瑶，“让夕姐给你磕个头？你觉得自己配吗？别给脸不要脸！”

薛瑶冷笑：“磕头倒不用，但最起码给大家鞠个躬吧？”

她说着指向讲台：“如果你真有诚意，就站到那儿给大家鞠躬道歉！”

教室里一阵安静。

秦爽看不下去了，拉开椅子，椅子与地面摩擦发出尖锐的声音，随即她直接冲到第一排，站在薛瑶的桌子前：“有本事你再说一遍？”

见秦爽冲了过来，薛瑶没敢再说话。

秦爽伸出一根手指点了点薛瑶：“下次说话前最好考虑清楚，有些人不是你能招惹的！”说完，她就回到座位上。

秦爽刚坐下，门口便传来二班班长的声音：“我听说，你们班今天有人旷了半节课，被扣了两分？”

这话一出，班里的同学就齐刷刷地喊道：“滚！”

二班班长探头探脑，故意看向流动锦旗：“别这样，我就是来提前看看。你们放心，第二天这面旗帜就交给我们班了，我们绝对会好好对它的！”

说完以后，他趁大家还没发怒，急忙跑了。

等二班班长离开，教室里再次安静下来。

过了一会儿，李函蕾又小声地吐槽：“都怪某人，不然我们班怎么会被嘲讽？”

“想想真是气得慌，等会儿就是积分考核了，这两分多关键啊！”

在大家的议论纷纷中，老刘走了进来，第二节课是数学课。

老刘见大家无精打采的，敲了敲桌子喊道：“这才第二节课就困了？给我精神一点，坐直了！别整天弓着背趴在桌子上，无精打采的！你们看看人家薛夕，都被保送了，这上课的态度也是最好的！”

这话一出，老刘忽然觉得气氛有点不对劲。

老刘没问什么情况，而是拿出卷子：“今天讲卷子，第一题，求集合 A 和集合 B 的并集。这么简单的题目，做了没一百遍也有八十遍了，我是真不明白，某些人怎么还会出错？李健，你说说，你是怎么把这道题又算错的……”

一节课很快上完，下了课，老刘把课代表兼班长的周振叫了出去，等询问完情况后，老刘皱起眉头。

半晌，老刘叹了一口气，随即背着手再次走进教室：“今天大课间我们不做操，我来给你们开个小班会，占用十分钟时间！”

刚要起身的同学们顿时一个个乖巧地坐在原位。

老刘背着手走上讲台：“上课前，教务处那边来找我们算了一下本月的分数。本来呢，我们跟二班持平，但因为薛夕同学上课迟到扣了两分，我们就落后了。我知道，大家肯定都在心里埋怨她。”

老刘指着前面的锦旗，语重心长地说：“这面锦旗本来就不会一直都是我们班的，而且你们是不是忘了我们学校的校训？”

校训……

大家愣住了。

老刘说：“严于律己，宽以待人。”

李函蕾说：“凭什么？本来就是她的错！”

薛瑶也愤愤不平：“刘老师，学习好就可以一直被偏袒吗？”

“就是，老刘，你偏心得也太厉害了！”

学生们叫嚣起来，老刘盯着他们直皱眉。

这时，教务处主任出现在门口：“老刘，你在呢。刚好！我就不去你办公室了。”

老刘一愣：“明天才换锦旗吧？今天就来摘走了？”

教务处主任顿时笑了：“摘什么？我是来通知你，薛夕不是拿了两个一等奖吗？所以要给她一些个人奖励，给你们班奖励二十分！”

整间教室犹如被按了暂停键，一时间所有人都僵住，难以置信地看向教务处主任。

薛瑶更是瞪大眼睛，难以置信地看过去。

李函蕾也觉得脸上像是被扇了一巴掌，脸色有些难看。

班里为薛夕说话的同学在欣赏着薛瑶和李函蕾尴尬的神色，没说话，跟着薛瑶和李函蕾一起声讨薛夕的那几个人此刻都低着头，说不出话来。

教室里没有爆发出掌声和欢呼声，这让教务处主任觉得有点不对劲。他疑惑地看向老刘：“怎么？嫌分少？”

老刘咳嗽了一声，正要说话，教务处主任又急忙说道：“当然啦，这只是奖励的一部分，还有一些现金奖励。我们学校每年的特例是拿到了一等奖，奖励一万元，保送到顶级院校，奖励十万元！薛夕同学情况特殊，不仅拿了两个一等奖，还被保送了，而且还有学校每天都在打电话来询问她的保送情况，给学校争了光，所以学校决定奖励她十八万元现金。薛夕同学，你的银行卡卡号给我一下。”

“十八万元”一出，大家齐刷刷地发出惊叹。

虽然大家都是豪门子弟，但能在实验班的，都是家里管教比较严格的，每个月的零花钱都有定数。

十八万元对他们来说，算很可以了。

正低头做卷子的薛夕茫然地抬起头来：“哦。”

教务处主任感觉满腔热血地来，还以为能看到同学们激动的神色，可一班同学怎么逗这么淡定？

教务处主任又看向老刘：“那……我先走了？”

老刘心情不好，没好气地说：“要不然留下来听一节课再走？”

教务处主任伸出手点了点老刘——薛夕被保送后，老刘，你飘了！

等教务处主任走了有一会儿后，秦爽率先开口：“夕姐，牛啊，刚扣了两分，扭头就带来了二十分！”

其他人也纷纷说——

“学神就是学神啊！”

“本来就是，刚那些咄咄逼人的，都打脸了吧？”

老刘咳嗽了一声，教室里安静下来。他看向薛瑶和李函蕾：“学校里搞这么一个流动锦旗，也并不是你们推诿攻歼的理由。”

“况且之前我们班和二班是平分，按照学校的规定，就算是平分，锦旗也要去二班。薛夕扣的这两分就真的这么重要吗？”

老刘的话让薛瑶和李函蕾垂下头，薛瑶小声说：“刘老师，我们只是太想要锦旗了。”

老刘见薛瑶到现在还执迷不悟，有些失望地摇摇头。他回头，打开投影仪，把随身带着的U盘插进去：“这是上个月的分数，在两个班都没有迟到早退的情况下，我们比二班高了三分，你们知道是为什么吗？”

薛瑶知道：“因为我们班的平均分比他们高了三分。”

流动锦旗，除了纪律，当然也跟成绩挂钩。

老刘点点头：“那你知道这三分是谁拉上来的吗？”

老刘直接当着全班同学的面去掉了薛夕的所有分数，整个班级的平均总分顿时低了整整四分！

老刘看向薛瑶：“薛夕同学来到班里两个月了，上个月我们是因为她才拿到了流动锦旗，这个月可以说又是因为她才拿到。”

教室里瞬间鸦雀无声。

薛瑶难以置信地看着投影仪上的分数，紧紧地绷住下巴。

老刘最后总结道：“班级荣誉感并不是出事了就指责某个人，而是一荣俱荣，一损俱损。”

说完这话，他深深地看了薛瑶一眼，转身离开教室。

教室里陷入了长久的沉默之中，大家都被老刘最后的那句话震撼到了。

就在这样的安静中，秦爽忽然说：“老刘说得对，一荣俱荣，一损俱损。刚刚指责夕姐的那些人是不是应该向她说一句抱歉？”

这话落下，众人纷纷看向李函蕾和薛瑶。

李函蕾咬住嘴唇，低下头不说话。

薛瑶则紧紧地攥住手指。

秦爽咄咄逼人："刚让夕姐道歉时，她干脆利落地道了歉，怎么轮到你们就这么玩不起了？"

薛瑶气得脸都白了，低声说道："对不起。"

秦爽侧着头："你说什么？我听不到！夕姐，你听到了吗？"

再次被打断做题思路的薛夕慢悠悠地抬起头："什么？"

秦爽指着薛瑶："看吧，当事人都没听到，算什么道歉？"

薛瑶的脸涨得通红，眼泪滚落，突然大声喊道："对不起，对不起！行了吗？"

秦爽笑了："一句轻飘飘的'对不起'就完了？你也不用磕头，但至少给夕姐鞠个躬吧？"

这是薛瑶刚刚说薛夕的话。

薛夕看着秦爽的背影，忍不住勾起嘴角。这个"小话痨"，简直可以变成"秦怼怼"了！

薛瑶当然不会鞠躬了。

她哭着跑出去，躲开身处教室里的尴尬。

薛夕对薛瑶的道歉根本不在意，因为她从来就没把薛瑶放在眼里。

她继续低头刷题。

一天的课很快上完，到了放学的时间，薛夕背着书包出门，就看到李叔开了另一辆车来接她。

薛夕的话不多，对周围的事情漠不关心，所以也没询问。

李叔直接开车带薛夕去了新家——新苑别馆。

这是一个别墅区，他们家是一栋三层楼的小别墅，占地面积大概两百平方米。

外面有一个几十平方米的小花园，种了一棵树。树荫下有一个秋千，装修很田园风。

车子到达以后，叶俪来接薛夕，兴奋地说："夕夕，我带你去你的房间，这次，你的房间是我亲自设计的！"

薛夕跟在叶俪身后进了门。

薛晟则看着李叔，有点疑惑："今天怎么换车了？"

李叔开口："哦，早上我去老宅接大小姐时，被二老爷拦住，说不用我送，都没让我进门。然后下午我打算去接大小姐时，又联系不上二老爷，不知道该去哪里取车，所以我就先用了这辆。”

薛晟眉头一蹙，厉声问道：“你是说早上你没送夕夕，那是谁送的夕夕？”

李叔愣住了：“不是您说让二老爷去送的吗？”

薛贵送的？

薛晟的面色忽然一沉，薛贵要去送薛夕上学干吗？

他忽然想到昨晚在薛家刘依秋说的话，再想起薛贵的为人……他突然意识到什么，猛地转身进入客厅。

薛夕背着书包，正在打量这栋小别墅。

家里只有两个用人，除了司机，还有从薛家跟过来的小芳，此刻正在厨房里做饭。每层楼大概有一百多平方米，一楼是客厅、餐厅，加用人房。

他们的卧室在二楼，薛夕住的房间是阳面，有独立卫生间，并且还带一个大概十平方米的更衣间，比在薛家的那个更大，装修得也更精致，更温馨。

床单是少女粉，窗帘是粉紫色，最让薛夕满意的是大大的白色书桌，它几乎占据了一整面墙，薛夕所有的复习资料都已经被摆放上去。叶俪见她眼睛发亮，忍不住默默叹息了一声。

别人家的女儿都是喜欢漂亮的衣服，可她家女儿怎么就这么喜欢学习呢？

叶俪摇了摇头，开口道：“夕夕，你的房间都是我亲自整理的，书籍资料我也是按照你在薛家的顺序给你摆的，你看看有没有错的地方？”

叶俪的心很细，没有任何问题。

叶俪又笑道：“明天放学后我去接你，我们去买几件衣服。你的更衣间太空了。”

薛夕回到薛家后，叶俪一直忙于管理家务，还被薛老夫人监管着，只抽空给她置办了几套衣服。每次看到薛瑶满满的衣帽间，她就忍不住想，等搬家了，一定要把夕夕的更衣间也塞满。

薛夕想拒绝，觉得太耽误时间，叶俪却像早就知道她的想法似的，娇嗔道：“不许拒绝！再说了，你不是领了奖学金吗？那是不是应该给同学送份礼物呢？明天我带你去买。”

听到这话，薛夕顿了顿。她对人情世故并不了解，但既然叶俪这么说，她也就勉为其难地点了点头。

这时，薛晟冲了进来。他神色慌张，上下打量薛夕，见她没事，便询问道：

"夕夕，今天早上你二叔带你去哪儿了？"

薛夕属于那种别人不主动提起某个话题，她也不会开口的人。

况且她从小在孤儿院长大，身边的小伙伴经常一个个地被接走，她没有朋友，性格很孤僻，遇事喜欢自己解决，不太会求助于人。

但薛晟已经提了，薛夕就会回答："去和陆超吃饭。"

薛晟的脸色瞬间阴沉如水，气得身体都颤抖起来，立刻紧张地询问："你……没出什么事吧？"

薛夕摇头："我没事。"

听薛夕说没事，薛晟这才松了一口气。他怒气冲冲地转身下楼，外套都没穿直接就往外走。

叶俪也被气得不轻，询问道："你去哪儿？"

薛晟没回答，只说："你们吃晚饭吧，不用等我了。"

等薛晟走了，叶俪拽着薛夕看，确定她没受伤，也没被占便宜后才放下心来。

吃饭时，叶俪的眼眶都红了。她不是怪薛夕出事的时候没第一时间告诉他们，只是在自责、愧疚和难过。

叶俪给薛夕夹了她最爱吃的红烧肉："夕夕，以后无论遇到什么困难，记得第一时间告诉我和爸爸，好吗？"

薛夕点点头。

这一天，薛晟回来得很晚，薛夕听到他回来的声音后，出门下楼，就看到他的脸很黑，身上的白衬衫上有些血迹。他将手藏进口袋里，笑着开口："夕夕，早点睡。"

"好。"

薛夕敏锐地看到薛晟的手破了皮，看样子似乎不是被打了，而是打人导致的。

第二天，薛夕放了学，发现叶俪果然跟着李叔一起来接她。

薛夕其实不怎么喜欢人多的地方，但还是跟着叶俪来到滨城最大的奢侈品商场，新天地购物中心。

这里都是卖的高端的奢侈品，基本上滨城的豪门太太买东西都会来这里。但叶俪比较宅，认识的人很少，所以也没碰上什么人。

两个人随便逛的时候，叶俪询问：“你都有哪几个要好的同学？买什么？”

薛夕伸出手指头数数：“秦怼怼、小火苗、小虎牙，还有火苗号到八号……”

这都什么跟什么啊？

叶俪好笑地问：“你那个他是这其中的谁？”

薛夕愣了一下，她把向淮给忘了。

见薛夕这神色，叶俪就明白是怎么一回事了。她的嘴角抽了抽，突然觉得那个小白脸怎么有点可怜？

两个人进了一家鞋店，叶俪递给薛夕一双G家的小蜜蜂运动鞋：“夕夕，我听说年轻人都喜欢这个，你试试。”

薛夕接过来，先看了一眼鞋底的价格：¥9660。

她一双大眼睛看呆了，惊叹道：“好贵！”

叶俪正打算笑，一道声音传来：“给我把这双鞋包起来。”

伴随着这熟悉的话语，两个人扭头就看到刘依秋拎着几个购物袋走进来。她笑道：“这款鞋子瑶瑶有好几双差不多款式的，但这双还是新款，她肯定喜欢。”

刘依秋说完又看向薛夕，道：“夕夕，你也别羡慕。我给瑶瑶买鞋的钱都是我自己的嫁妆，你妈没什么嫁妆，所以你们还是不要追求高品质的东西了。毕竟已经分了家，要省着点钱花，对不对？”

叶俪皱起眉头：“你……”

叶俪的话还没说完，又被刘依秋打断：“本来婶婶应该送你一双鞋的，但我的嫁妆和家里的现金都拿去投资了。夕夕，要不你等我的利息到了以后送你一双鞋？”

叶俪插话：“一双鞋我们还是买得起的。”

刘依秋阴阳怪气地说道：“大嫂，买一双鞋都这么纠结，你是后悔没跟着我们一起投资吗？好歹也存点私房钱啊！不过大哥昨晚突然跑到家里来发疯，把薛贵打了一顿。薛贵可是说了，亲兄弟下这么重的手，所以这份投资就算你们现在想加入，他也不会牵线了！”

这时，店里的财经频道突然播报了一条消息：“近期滨城出现了一个诈骗集团，目前诈骗金额已达一亿六千万元！具体情况请看现场记者详情报道……”

薛夕听到这则新闻，抬头看向挂着的电视机。

刘依秋没注意这些，还在跟叶俪聊。

叶俪听到刘依秋的话，皱起眉头："就不劳二弟妹操心了，这个投资我们家不会参与的。"

刘依秋撇了撇嘴："大嫂，你跟我嘴硬什么？我就不信，这种利润，你能不动心？"

叶俪还想说什么，服务员拿了薛瑶尺码的这款鞋走过来："薛太太，这双鞋为您包好了，请问您是刷卡还是付现金？"

刘依秋瞥了一眼手机银行余额，发现竟然只剩下一万多元了。

早上他们几乎把家底都掏空才凑够了五千万元的现金，让薛贵转给了陆超。

本来这一万多应该拿去保养车子的，但现在……刘依秋看了叶俪和薛夕一眼，不能在他们面前露怯。

所以她硬着头皮笑道："刷卡吧。"

反正熬半个月就会有两千多万元的利润进账，到时候还愁没钱花？

刘依秋去刷卡时，叶俪和薛夕坐在沙发上，有服务员来帮她们试鞋。叶俪说："夕夕，妈妈是不是太没用了？"

薛夕一愣，不解地看向叶俪。

叶俪皱起眉头："这些年我也没怎么存钱。"

女儿丢了，叶俪活得就像是行尸走肉，每天没把自己饿着就不错了，哪还有心思去存钱？

不过幸亏薛晟不介意，可到底花自己的钱才能更加理直气壮。

想到这里，叶俪深吸一口气："夕夕，我这些日子画了一些画，想要送去画展试试，也不知道能不能卖出去。"

如果一幅画能卖个几万元……又或者只能卖到几千元，叶俪也能给薛夕买件衣服。

薛夕正打算鼓励叶俪时，刘依秋付款回来了。听到这话，她直接笑道："大嫂，你说你这么辛苦干什么呢？一幅画要画好久呢，就算卖几百元，还不够家里吃顿饭呢！"

叶俪的脸色一沉，正准备说话。薛夕忽然握住叶俪的手腕，对她做出一个噤声的动作："嘘。"

叶俪一愣，就见薛夕指了指电视机："妈，你看。"

薛夕的这个动作让刘依秋蒙了。

刘依秋跟着扭头看过去，就听到电视里前线记者正在播报："这是一个大型诈骗团伙，经验老到，头领为陆某，联合犯罪者分别为李某、张某，三个人皆已逃脱。警方发布了通缉令，以下是他们的照片，如有市民见到，可拨打报警电话提供线索。"

这话说完，下面便展示了几个罪犯的照片。

第一张是一个长相普通的男人，那双小小的眼睛让人格外熟悉。

在看到这个人时，刘依秋的瞳孔微缩，愣在原地。

薛夕慢悠悠地看了刘依秋一眼，在照片换到李某时才迟钝地说："这个人有点眼熟，是陆超吗？"

叶俪也皱起眉头："二弟妹，刚刚那个是陆超！诈骗……二弟把钱给他了吗？"

给他了吗？

刘依秋想到早上转的账，手一松，各种购物袋顿时全掉在地上。

她的脚步略有些虚浮，难以置信地看着电视机："这……这肯定是假的，假的……"

说完，她不管脚下的东西，拿起手机颤抖着双手给薛贵打电话。只是薛贵的手机一直没人接听。

她又给刘晋茂打电话，对方直接挂断她的电话，再打过去时已经占线了。

刘依秋心里产生一种不好的预感，整个人摇摇欲坠，看样子快要晕过去。

叶俪略有点担忧，扶住了她的胳膊："二弟妹，你没事吧？"

刘依秋挺直后背："我没事，我能有什么事？这是假的，现在的虚假新闻真的是……陆超怎么会是假的？这不可能……"

刘依秋嘴里念叨着，低头将购物袋都捡起来，直接往外走。她要赶紧回家，赶紧回去看看薛贵在干什么！

眼看着刘依秋离开，叶俪皱起眉头。

薛夕对他们无感："妈，买什么？"

叶俪收起心思，帮薛夕选起了礼物。

结账时，叶俪还是给薛晟打了一个电话，说了这件事。

刘依秋失魂落魄地将东西放在车上，回到老宅才刚进门，就看到薛老爷子惊慌失措地下了楼，看到她以后急忙询问道："老二投资了吗？"

刘依秋看到薛老爷子这种态度，顿时什么都明白了。她感觉腿发软："不……不知道……"

"还不快把老二找回来！"

一群人忙着给薛贵打电话，可接连打了好几个都没人接，谁也不知道二老爷去了哪里。

这时，薛晟听到消息后也回到了家里。

客厅里，薛老爷子一脸愁容。短短一个小时，他整个人憔悴了好几岁，精神气都没了。

薛晟走过去，低声询问："爸，老二呢？"

薛老爷子抓住薛晟的手："老大，陆超的事情确定了吗？"

薛晟看着薛老爷子，虽于心不忍，可还是要告诉他残忍的真相："确定了。"

刘依秋最后的一点希望都没了，目光呆滞地跌倒在沙发上，随即猛地起身："那……那抓到了吗？钱刚转给他，他肯定没机会转走，能把钱追回来吗？"

薛晟已经去警局了解了情况，摇了摇头："不好说，现在人都找不到。警察说，这一伙人就跟失踪了似的，没有任何离开滨城的迹象，可人就是不见了。"

刘依秋怒道："他们都是干什么吃的？三个人，一个都抓不到吗？！"

薛晟没说话。

刘依秋低着头，失魂落魄地上楼，打开门以后，忽然惊呼出声。

薛晟听到声音，三两步冲上去，就听到了薛贵的打呼声。

全家人四处寻找的人竟然正躺在床上呼呼大睡。

薛晟走过去，推醒薛贵："大白天的，你睡什么觉？"

薛贵鼻青脸肿，睁开眼睛看到是薛晟，顿时骂骂咧咧："你干什么？老大，你有什么好得意的？你又有什么资格管我？你还以为是小时候呢，我要听你的？告诉你，老大，等我拿了陆先生那边的利息，我就把公司的股份全买了，到时候压在你头上，让你喊我一声'总经理'！"

房间里的酒精气味很浓，熏得刘依秋捂着鼻子站在门口不进去。薛晟见薛贵这醉态，气道：“混账东西，你以为我想管你？如果不是看在爸的面子上，我今天根本不会回来！”

薛贵醉醺醺地挥手：“那你滚啊！谁稀罕你回来啊！我今天把话给你放在这儿，别说我马上就要飞黄腾达了，就算我穷得去要饭，我也不会回去找你要一分钱！同样，我这笔钱你也别想占便宜！”

说完，薛贵又躺下了。

薛晟转身往外走，到了门口，就看到薛老爷子被保姆搀扶着站在门外，此刻脸色很不好看。

薛晟叹了一口气：“爸，你也听到了，这件事我不适合管，我先回去了。”

薛老爷子想说什么，可是嘴巴张了张，却说不出话来。

等薛晟头也不回地离开后，薛老爷子这才进了门，一拐杖打在薛贵身上！

薛贵吃痛，从床上跳下来：“爸，你干吗？”

薛老爷子二话不说，继续打：“我让你睡，我让你跟你哥说那种话！你知不知道，陆超是个骗子！你被骗了！！”

薛贵原本听到前面半句还在跳着脚蹦跶，可听到后面半句后，整个人蒙了，酒瞬间醒了一半：“你说什么？”

薛家老宅鸡飞狗跳，刘依秋和薛瑶抱在一起痛哭，薛贵则呆愣愣地在原地站了很久，最后和刘依秋一起跑到刘家去问是怎么一回事。

结果刘家更惨，刘家投资了一亿两千万元，返了一千万元的利息，所以总共损失了一亿一千万元！全家老小都在客厅里哭个不停，一夜破产！

刘依秋和薛贵看到他们，忽然觉得庆幸。庆幸时间太紧迫，他们刚分到的房产和公司股份还未变现追加投资……

薛家老宅里一片惨淡，薛晟回到新家，就看到餐厅里，叶俪温婉地坐在那里，正在跟女儿轻声细语地说话。

外面是万家灯火，一阵寒风。室内柔和的餐厅灯光下，他生命中最重要的两个女人就坐在那里，有一种岁月静好的感觉。

薛晟忽然一笑，放下了所有不满，笑着走过去：“今晚吃什么？”

三个人吃了晚餐，再一起上了楼。

薛晟正准备回卧室洗澡，却被薛夕叫住：“爸。”

他停下脚步，回头就看到薛夕拿出一条领带递过来：“送给你。”

薛晟的眼睛一亮，一向沉稳的人此刻也压不住嘴角的笑意。他眉飞色舞地接过领带：“夕夕长大了！”

他进了卧室，去冲了个澡，出来后没换睡衣却穿上了正装。叶俪进门时，他正站在镜子面前显摆：“看，女儿送我的！你有吗？”

叶俪笑道：“我没有。”

薛晟强忍住嘴角的笑：“嗯，没事，下次夕夕拿了奖金会给你买的。”

等到周末，薛晟却发现叶俪和薛夕穿了母女装，一个是紫色的中式小裙子，一个是紫色的旗袍。他忍不住酸了：“你不是说你没有吗？”

叶俪笑得更欢：“对呀，我是没有领带啊。”

这一晚，薛晟如何开心得意薛夕并不知道，她把给大家准备好的礼物一一收好放到书包里。因为逛街耽误了一些时间，所以她晚上只学习了两个小时就睡下了。

第二天，薛夕先起床背诵了半个小时的语文课文，这才下楼。她发现薛晟和叶俪已经起来了，正在吃早餐。

见薛夕下楼，叶俪给她打包早餐时，三个人聊了几句。

只听薛晟说道：“今天高老出面了，说陆超是一个二十五六岁的男人，大家不要再被骗了。”

叶俪说：“也不知道刘家是怎么回事，这么轻易就信了那个人是陆超。一个亿的生意，也敢这么投资！是鬼迷心窍了吗？”

薛晟回答：“像这种诈骗集团都是有经验的，你看陆超这件事，只有刘家和薛家两家知道，他其实根本没骗其他人的钱！这样一来，暴露的危险就少了很多。不过刘家的确是在慢慢没落，可刘晋茂也不应该犯这种错啊。唉！也真是奇怪。”

叶俪点头：“而且就算真是陆超，哪有那么玄乎？”

薛晟凝眉，快速喝了两口牛奶：“高老这么给面子，就说明不是普通人。也不用找了，反正高老的寿辰就快到了，总会见到的！”

两个人说这话时，叶俪已经将早餐打包好。薛夕接过早餐往外走时，却被薛晟叫住。他整理了一下西装：“司机暂时只有一个，嗯，所以今天我搭一下你的车，先送你去上学，再送我去上班。”

薛夕完全没有心机地点点头。

两个人一起上了车，薛晟的手机振动了一下，他低头就看到叶俪发来的消息：“你自己就会开车，蹭车是假，打算见见夕夕的那个他才是真吧？”

薛晟心虚地看了薛夕一眼，见她又在背英语单词，这才偷偷摸摸地回复：“你就不想知道让女儿那么上心的人长什么样？”

叶俪：“拍个照，不然我就揭穿你！”

薛晟笑道：“是，夫人！”

两个人很快就到了杂货铺。

薛夕下了车，对着薛晟挥了挥手：“爸，我先走了。”

薛晟点点头。

等薛夕进入杂货铺后，他就在车里透过杂货铺的门往里面看，想看看女儿在里面干什么。

可惜杂货铺的大门被一道窗帘拦住，薛晟什么也看不到。

心急如焚的薛爸爸咳嗽了一下，随手拎起薛夕下车时被他偷偷藏起来的英语词汇本下了车。

嗯……女儿的单词本落在车上了，他给送一下，顺便瞅一眼那个把女儿迷得晕头转向的小白脸，不算过分吧？

杂货铺中。

尚不知岳父大人就要进来的向淮此刻慢悠悠地站起来，他眼皮略耷拉着，有些无神，脸色较以往也更显苍白，似乎白得都要发光了，像是昨晚没睡好。

薛晟刚进门，就看到餐桌旁坐着三个人。

女儿和其中一个穿黑衣的男人背对着他，而此刻，那个黑衣男人随意地踢了一脚对面那个男人的椅子，并喊道：“陆超……”

陆超？

薛晟微愣，怎么又是陆超？不过这个名字也真够普通的。

薛晟没多想，毕竟是高老看中的人，怎么可能会在一间小小的杂货铺里。虽然这个陆超看着大概二十五六岁，年龄倒是符合。

而向淮在喊了一声后，陆超就反应过来老大是什么意思。这是来客人了，在让他赶人呢。

他们杂货铺这段时间一件东西也没卖出去当然是有原因的，一来是位置偏僻，的确人少，二来就是靠陆超赶人了。

毕竟，那个收款机谁也不会用。

陆超随手将包子塞进嘴里，站起来走到门口，含混不清地说："本店暂不营业。"

说完以后，陆超就为薛晟掀开帘子，打算等他离开后再坐回去吃饭。

这天的小笼包格外好吃，回得晚了，不知道老大和小姑娘会不会一个也不给他留。

听到陆超这话的薛晟无语了。

做生意哪有这样的？因为吃饭而不营业？怪不得年纪轻轻就在这里开间杂货铺养老呢，一点奋斗的劲头都没有。

薛家能走到今天，全靠他一个人。薛晟最看不起的就是好吃懒做的人，所以此刻他对陆超的印象不太好。

但……这应该是夕夕喜欢的人吧？

再不喜欢，也要试着去接受。

嗯，至少这小孩面上带笑，看着挺和善的。背对着他的那个黑衣男人，看坐姿一副"唯我独尊"的模样，肯定不好惹，给人一种阴沉的感觉。两个人一对比，这个小孩要好相处多了。

而且陆超至少还知道站起来迎客，又比那个黑衣男人要勤快多了！

薛晟在心里做好自我安慰后，再去看陆超就顺眼了一些。他咳嗽了一声，道："我不买东西。"

陆超愣了一下，正准备说话，就见薛夕慢悠悠地回头，看到薛晟后呆住："爸？"

一个字就让向淮的身体微僵。

向淮慢悠悠地回头，就看到一个儒雅的中年男人站在那里，正对着陆超和善地笑？

向淮眉毛微挑。

薛夕已经站起来，然后走过去："您怎么来了？"

薛晟收回打量陆超的视线，笑道："你把词汇本忘在车上了。"

薛夕恍然大悟："哦。"

薛夕接过单词本，看向薛晟。

薛晟笑着说："不介绍一下吗？"

薛夕这才反应过来，因为陆超就在旁边，于是她率先介绍陆超："这是'小虎牙'。"

薛夕说完，向淮已经快速走到她身边。他主动伸出手，对薛晟说："伯父好，我是向淮。"

薛晟略冷淡地对着向淮点了点头，随即又看向陆超："小伙子好好干。"

陆超一脸莫名其妙。

薛晟说完话才看向向淮，在看清楚他的容貌后，略有几分诧异。这人长得真好，可惜一副冷冰冰、不太会说话的模样。

夕夕刚刚主动介绍了陆超，还取了个外号叫"小虎牙"，看着很甜蜜的样子，所以陆超应该才是她喜欢的人吧？

薛晟皱起眉头。他不是豪门出身，所以对出身看得也不太重，只要人上进就好。如果夕夕认准了陆超，那么他就决定拉陆超一把，不然以后吃苦的还是自己女儿。

想到这里，薛晟看向陆超："加个微信吧。"

已经感觉到脖颈处凉飕飕的陆超急忙推了向淮一把："我没有微信，您加我老大的吧？！"

好可怕！

老大未来的老丈人总是对着他笑干吗？

向淮凉凉地瞥了陆超一眼后，再次主动拿出手机："伯父，我扫您，还是您扫我？"

薛晟抿了抿嘴唇："我扫你吧。"

两个人加了微信后，薛晟这才开口："夕夕，我先走了。"

薛夕点点头。

等薛晟离开，三个人再次坐到餐桌旁。向淮眉毛一挑，看向薛夕："小朋友，你爸爸似乎不太喜欢我？"

薛夕神色平静："好像是。"

向淮觉得自己心上像是被捅了一刀。

偏偏小朋友想了想，又看向向淮："我爸爸是个儒商，很少看人不顺眼。"

向淮感觉心上又被捅了一刀。

薛夕继续说："他对'小虎牙'就很和善，可能是和你不投缘吧。"

第三刀。

向淮难得感觉没胃口，再次看向陆超。

欲哭无泪的陆超此刻恨不得变成空气，如果可以选择，他绝对不会让自己长得惹长辈喜欢。

薛夕吃完早餐，并没有第一时间离开杂货铺，而是拿起书包，从里面拿出昨天买的礼物，将一个大大的礼品盒递给陆超：“送给你。”

陆超觉得自己已经死了。

他胆战心惊地接过礼品盒，不用扭头都可以感受到老大的死亡凝视。

——呜呜呜，夕姐你害我！

向淮全身充满醋意，一双眼看着薛夕：“小朋友，我的礼物呢？”

薛夕的动作顿了顿：“把你给忘了。”

向淮内心忽然生出一股失望，一种强烈的无力感涌上心头，整个人如置冰窖。

跟小朋友认识两个月了，她拿了奖学金，竟然给陆超买了礼物，却没给自己买。

小朋友真是一块千年寒冰啊，怎么都焐不热。

向淮正这么想，却见女孩嘴角微勾，忽然开口：“逗你的。”

薛夕这才从书包里再次掏出一个礼物盒：“送你的。”

向淮愣住，幽深的眸子盯着薛夕。

他看着手中的礼物盒，感觉像是忽如一夜春风来，所有的冷意一瞬间消失。

比收到礼物更让人高兴的是，小朋友竟然会跟他开玩笑了？

向淮的嘴角一勾，扯出一抹潋滟的笑，似乎要将略有些昏暗的杂货铺都照亮。

等薛夕走后，向淮率先打开礼物盒，里面是一支黑色的钢笔。他拿起来在手中转了一圈，笑道：“这钢笔真好。”

陆超唯唯诺诺地收拾桌子。

随即他就看到向淮扫向自己的礼物，于是胆战心惊地打开，心里默默地念叨：千万别比老大的礼物好，千万别比老大的礼物好……

然后，陆超就看到一个精致的手机壳。

这个手机壳是大品牌，估计要近千元，比向淮那支钢笔还要贵。

完蛋了，要死了！

陆超正纠结是将手机壳上交，还是去殡仪馆给自己订个棺材时，就听到老大说：“小朋友果然对我不一样。”

向淮低头看着手中的那支笔：“她爱学习，不喜欢玩手机。”

捡回了一条命的陆超觍着脸道："对，老大，您绝对是与众不同的。您看昨晚幸亏有您在，否则还真要被那个假陆超给跑了！本来以为只是一个简单的诈骗集团，没想到竟然还是个能人……"

向淮凉凉地说："是你太弱。"

陆超再次询问："警察局那边派人来说，钱财大部分已经追回，什么时候还回去？"

向淮听到这话，目光一沉："不急。"

敢打小朋友的主意，就让刘家和薛家胆战心惊并拮据一段时间吧。

如果不是身份不允许，这笔钱向淮都想扣下，算是为小朋友报仇。

另一边，薛晟离开杂货铺后给叶俪发了偷拍的照片。

叶俪很快反馈："长得挺可爱，可是也没到可以收买的地步吧？比夕夕还差点，怪不得便宜，只用三百元。"

薛晟给叶俪发了消息后，想到刚刚杂货铺里清冷的情况，他决定出手帮一下忙。

他到了公司后，直接找到采购部，把"夜来香杂货铺"的名字和地址告诉经理，并说："以后公司所有日常用品的采购都找他们吧。"

有这么一个大客户，至少不至于饿死那两个人。

可谁知过了半天后，采购部经理找到薛晟："薛总，他们不愿意卖给我们啊。"

薛晟愣住："为什么？"

"他们说数量太多了，数着麻烦，还要做装货等苦力活，所以不卖。"

怪不得守着那么大一家杂货铺，竟然还赚不到什么钱了。

这么多年来，其实我一直会梦回高中生活，在梦里已不知参加了多少次高考。所以我把故事从高中开始讲，是因为想要圆自己一个高考梦，总觉得高中的时候没有尽力，导致最后的结果也有点不尽人意——我从小到大的目标是清华北大，毕竟谁还能不允许人做梦呢，是吧？

说起高中，那时候背英语单词的时候是最痛苦的。曾幻想过，如果有过目不忘的超能力就好了，这样子岂不是所有的知识我都能学会，都能记住？所以女主的名字薛夕，谐音学习，我赋予她过目不忘的能力。

关于数学竞赛，也算是我自己的一些意难平。我从初中开始喜欢数学，数学成绩一直是全校第一名。因为我生活在一个小镇，没有奥数班，更没有课外辅导，那时候也不太懂竞赛，只是学校里有了名额，老师就让我去试试，却止步于全国联赛二等奖的名次。现在想来还是不甘心，觉得若是让我有更系统的学习机会，我应该表现得会更好。所以我让薛夕去参加了竞赛，从全国联赛到CMO（全国中学生奥林匹克竞赛），再到IMO（国际中学生奥林匹克竞赛）。

给了薛夕学习的天赋，当然就会让她的情商变得低一些，所以就有了她慢性子、反射弧长的设定。

这样一个女生，如果没有什么东西把她和男主绑定在一起，那么可能慢性子的她会和向淮一辈子都没有交集吧，所以又有了那个两个人必须在一起的理由：不靠近他会死。

我个人蛮喜欢薛夕的性格，对不相干的人很淡漠，任尔东西南北风，我自岿然不动。现在的社会很浮躁，人们可以对别人随意地评论，如果我们太过于在意别人的看法，那又怎么活出自我？对于恶意的、不相干的言论，该忽视就忽视。这种潇洒的生活态度，是我一直在追求的，却始终心胸还未如此豁达。

薛夕虽然冷，但又对朋友关怀备至，比如小话痨秦爽只是引领着她去了一下老师办公室，她就记住了对方的善意。在高彦辰找她麻烦时，大部分人会选择漠视，刚认识秦爽的她却挺身而出。对朋友，她有属于她自己的温柔。

薛夕毫无疑问是很强大的，学习好，能力强，但其实她内心的强大才是整本书最重要的部分。而这本书并不只是讲述着她一个人的成长，是所有人都在成长。

叶俪为母则刚，改掉了前期唯唯诺诺的性格，为了维护女儿，终于站了起来，不再被婆婆打压欺辱，算是一种成长。

薛晟为了妻女，不再忍受家庭毫无节制的利用，不再惯着不讲道理的母亲欺负妻女，身处婆媳矛盾中，他决然站出来解决问题，而不是一味地和稀泥，是一种成长。

秦爽和高彦辰，从横行霸道的校霸慢慢受到薛夕的影响，生活态度不再消极，开始积极向上，哪怕他们在学习上无法得到认同，可到最后，他们都会找到自己存在的意义，这更是一种成长。

至于向淮，他对于薛夕人生的意义，更像是一个导师。他目前的身份保密，后期会有，但不多说了，怕剧透。

每个人都有自己独立的性格。这些亲情、友情，再加上最终的爱情，才是完整的人生。

至于那个“不靠近他会死”，后文会有相对系统的解释，这是我写文之初就想写的一个故事。我其实想法很多，每隔一段时间，都会有新的构思，但只有这个故事，是一直在我脑海中盘旋不去的，只是故事框架过于宏大，让我始终无法下笔，到如今才终于鼓足了勇气。

写的时候还是有些忐忑的，可看到读者的支持和热爱，让我慢慢坚定了想法。我的确不该一直待在舒适圈，勇于尝试，打破自我，不失为是一种积极向上的生活态度。

当然，后面的故事会更精彩，更扑朔迷离，也会让前期所有的不合理变成合理，到现在为止埋下的暗线不少，后期会一一来填。

写作至今，已有十年，从青涩地写下第一句话到目前的行云流水，每本书虽都有不尽人意的地方，却始终在进步。我希望，我可以和我的读者朋友，伴随着故事里面的人物一起成长。

后续的故事，我慢慢写，你慢慢看。

陪伴是最长情的告白，感恩你陪我走过薛夕的人生。

公子衍

2020.07.01